上海市剧本创作中心
海上风·艺术文丛

BEYOND WORDS

不可说

喻荣军话剧作品选 2014—2023

夏 萍 **主编**

喻荣军 **著**

上海人民出版社

目录

House Guest

家客①

① 中文版创作于 2016 年。上海话剧艺术中心制作演出。2017 年 4 月 7 日上海话剧艺术中心首演于艺术剧院。导演：周小倩，舞美设计：黄楷夫，主演：张先衡、许承先、宋忆宁。2017 年 9 月复演于上海美琪大戏院，参加上海新剧目展演，荣获优秀剧目奖。2017 年 11 月 10 日作为第三届上海国际喜剧节开幕演出。同年 11 月发表于《剧本》杂志。2017 年 12 月演出于北京首都剧场，被《新京报》观众评选为年度最受欢迎剧目。2018 年 4 月参加上海静安戏剧谷邀请展，荣获年度最受欢迎剧目奖；5 月参加中国国家话剧院新剧目邀请展；6 月参加"林兆华剧目邀请展"并巡演杭州等地。2018 年 7 月，《读步——2017 上海新剧作》由上海人民出版社出版。2019 年 1 月获第二届华语戏剧盛典最佳编剧（提名）。2019 年 5 月获得国家艺术基金滚动资助项目。2020 年 10 月上海话剧艺术中心艺术剧院新版演出（主演：周野芒、钱程、宋忆宁）。2021 年 5 月获得第二十届曹禺剧本奖。英语版 2018 年翻译完成。德语版 2019 年翻译完成，2020 年 10 月出版。日语版 2019 年翻译完成，2019 年 12 月日本大阪演出。韩语版 2019 年翻译完成，2020 年 2 月出版，2020 年 10 月韩国首尔朗读。西班牙语版 2020 年翻译完成。

时　间　2016 年初夏
地　点　上海城市中心的一座老旧宅院

人　物
　　　　第一幕
　　　　马时途　男，七十五岁。曾经是刑满释放人员
　　　　莫桑晚　女，六十八岁。曾经是下岗纺织女工
　　　　夏满天　男，七十二岁
　　　　第二幕
　　　　马时途　男，七十五岁。退休前是唐山钢铁集团副总经理
　　　　莫桑晚　女，六十八岁。曾经是知青。退休前是上海外国语大学
　　　　　　　　教授。著名翻译家、社会学学者
　　　　夏满天　男，七十二岁。曾是歌剧演员。退休前是上海文广局副
　　　　　　　　局长
　　　　第三幕
　　　　莫桑晚　女，六十八岁。大学教授，退休
　　　　夏满天　男，七十二岁。歌剧演员，退休
　　　　马时途　男，七十五岁

关于舞台
　　整个舞台是一所带有院落的老式平房。它处于上海城市的中心地带，
却独立成院。四周高楼环立，这所平房就像是一处世外桃源，显得不真实，
与周围格格不入，又像是一处钉子户，虽然面临着拆迁，却依然矗立在城市
的中心。城市的繁荣与喧嚣时刻对它进行着挤压，它却是静止的，卓然的，
是回忆，是态度，更是坚持。
　　平房的两边是两个房间，一边是卧室，一边是书房，中间靠后的部分是
厨房，卧室和书房是看不到的，或是只能看到一些书架，厨房里有简单的厨
具、冰箱等。舞台中央是客厅，客厅并不宽敞，老旧得很，有一张旧的长沙
发，以及茶几和电视柜，客厅的左边放着一张餐桌和几把椅子。舞台的前
方连着客厅的地方是廊檐，廊檐下有着短短的走廊连接着一小块花园，花
园里种着些花草，生机勃勃，花园的最前方有一张木制的长椅。长椅的一
边有着一棵香樟树，枝繁叶茂，荫盖着小花园，对抗着整个城市，长椅的另
一边有着钢筋院门通向外面。
　　透过院门可以看见繁荣而拥挤的城市，高楼大厦鳞次栉比，热闹非凡。
残破的院墙上隐约可见一个巨大的"拆"字。

士不可以不弘毅，任重而道远。

——曾子《论语·泰伯》

第一幕　1976年马时途从唐山回到了上海

[灯光渐起。舞台的一角，歌手忧伤地唱着歌。

歌　手　（唱）1976年

时代变迁风云变幻

巨人陨落天塌地陷

从城市的废墟中爬起

在生活的废墟中跌倒

天空依旧晴朗

阳光依旧灿烂

日子一天一天

生活平平淡淡

如果……

生活里没有如果……

我们只有一个1976年……

（白）1976年，马时途从唐山回到了上海……

[客厅的灯光起，马时途坐在桌边翻看着报纸，莫桑晚坐在沙发上愣愣地看着他。沙发前面的地上放着一台老式的破旧的英雄牌英文打字机。

[静场。马时途放下报纸，抬头看了一下莫桑晚。

马时途　怎么了？

莫桑晚　没怎么。

马时途　那你怎么了？

莫桑晚　觉得你……好陌生。

马时途　是吗？（把报纸放在一边）这报纸要停刊了。

莫桑晚　现在谁还看报纸。

马时途　（抬头看看四周）这房子终于要拆了。

莫桑晚　不拆，留着，也就旧了，老了。

马时途　就像我们俩？

莫桑晚　你什么意思？

马时途　本来是要拆的，结果没拆成，这一过就是四十多年，其实并不合适。

莫桑晚　上辈子欠的吧。

马时途　你欠我的？

莫桑晚　说不上谁欠谁。

马时途　要怪就怪那个时代吧。

莫桑晚　怎么能怪时代呢，错的都是人。

马时途　时代还不都是人为的？所以你一直怪我。

莫桑晚　怪？有用吗？马时途，你别一天到晚地胡思乱想好吧，人这一辈子只能有一种活法，知道吗？就是命，得认，啊！

马时途　命！（稍停）前两天那个在公园里一直教唱歌的老刘死了，今天来了个新的，听说他以前是歌剧院的歌唱家，神经兮兮的，非要教我们唱歌剧。

莫桑晚　（笑）歌剧？

马时途　你去学吧，你应该喜欢歌剧的？

莫桑晚　我？我就是一个下岗纺织女工，我一辈子都没看过歌剧。

马时途	你说,你要是不跟着我,说不定,你会上大学,当教授,也许就会是一个响当当的知识分子,你原来那么洋气的一个人,就是一个仙女。
莫桑晚	马时途,你又来了! 我们这种人是成不了知识分子的!
马时途	我当然不行,本来就是工人出身,我说的是你,你以前可是知识青年。
莫桑晚	他……叫什么名字?
马时途	夏满天。莫道桑榆晚,为霞尚满天。你叫莫桑晚,他叫夏满天,你们的名字真是挺配的。你说,你要是嫁给他这样的人,会怎样?
莫桑晚	别胡思乱想了,好吧!

〔莫桑晚出神地看着远方。静场。

莫桑晚	咦……天晓得。
马时途	(想了一会儿)那次,我要是没回来呢?
莫桑晚	哪次?
马时途	唐山大地震那年,我去唐山出差……我要是在大地震中死了……或者……我当时真的有这样的想法,不回上海,从此消失。
莫桑晚	……
马时途	老天爷有眼,那天晚上我去赶凌晨的火车,半夜里天热得要命,我坐在公交车里,突然就觉得车没命地摇晃起来,我眼看着两边的房子就成了平地……我不停地去救人,把刚刚要到的款也给丢了……我花了一个多月才逃出唐山,回到上海。
莫桑晚	当时我真的以为你死了。
马时途	我要是真死了,也许,对你对我都好。
莫桑晚	(看着马时途)……
马时途	他娘的,你说我冤不冤? 发生了大地震,人都死了那么多,公

款丢了，非得说我是贪污失职，那是什么情况，命都没了啊，谁还在乎钱？有时候，我真想再回唐山找找，那钱究竟是埋在哪块砖头底下了……不然，我就不会去坐牢，不会一辈子连份正经的工作都没有，你也不会受这一辈子的苦，一辈子抬不起头……也许，你会有个爱你的男人，有个孩子……不像现在，什么都没有，就剩个房子，到老了还要被拆掉……

[莫桑晚站起来。

莫桑晚　你就在这里瞎想吧，我得去收拾了。

马时途　瞎想？那几年蹲大牢可不就得靠着瞎想打发日子。

莫桑晚　可你早就出来了呀，马时途，醒醒吧！这房子下周就要拆了。现在开发商开的价还算可以，别再拖成了钉子户，就人财两空了。

马时途　住了一辈子，说拆就拆了。

莫桑晚　你就是一个看大门的，有这房子也是托你爸你妈的福，你还想怎样？还好我们俩没有子女，否则这房子早就是他们的了。

[马时途想了会儿，他也站起来。莫桑晚弯腰提起打字机。

马时途　这老式打字机就是重，扔了吧，以前觉得你可能用得着？现在早就没什么用了。

莫桑晚　你买的。

马时途　那我来拎吧。

莫桑晚　不必了，再重，我也拎得动……都拎了一辈子了。

[莫桑晚提着打字机走到花园里，她静静地站着，抬头看着天空。马时途看着她，他随手拿起报纸看了一眼，然后扔掉。马时途走进屋，下场。

[静场。

[夏满天推门走进花园,他显得很累。他看到莫桑晚站在那里发呆。

夏满天　想什么呢,桑晚?

莫桑晚　噢,没什么,老夏。我就是瞎想想!

[夏满天坐到长椅上,喘着气,他脱下外套。莫桑晚走过去,放下打字机。他们并排静静地坐着。

[静场。

[灯光渐暗。

第二幕　1976年马时途没有从唐山回上海

第一场

[灯光渐起。舞台的中央,歌手忧伤地唱着歌。

歌　手　(唱)1976年

　　　　时代变迁风云变幻

　　　　巨人陨落天塌地陷

　　　　把过去的一切全抛掉

　　　　把未来的一切都过完

　　　　爱情说来可笑

　　　　情感藏在心间

　　　　日子全靠打发

　　　　生活没了本钱

　　　　如果……

生活里没有如果……

我们只有一个 1976 年……

（白）1976 年，马时途没有从唐山回到上海……

［舞台一侧的院门口。夏满天上场，他穿着一件风衣。他在门口站了一会儿，看了看花园里面，听了一会儿，他从风衣的口袋里掏出一大串钥匙，仔细地从中间找到一把，去开门，却发现门是开着的。于是，他推开门，走进花园里，在长椅前站着。

夏满天　（大声地）门是开着的。

［随着莫桑晚的场外声，她从厨房里走出来，她身上系着围裙，端着碗筷和点心，放在桌上。

莫桑晚　我在家呢。

夏满天　你应该锁上门的。前两天就听说重庆有个钉子户半夜被人给强制拆了。

莫桑晚　我们不是钉子户……怎么，还没跟他们一起唱歌呢，老刘不是叫你了吗？

夏满天　跟他们？

莫桑晚　又来了。退休十几年了，怎么还乐不到一块去？

夏满天　乐，有什么好乐的。

莫桑晚　怎么说你也是一名党员，从群众中来的，如今，退了休，更要和群众打成一片啊，什么局长、处长，还是科长，没区别的。什么朋友、对头，都过去了。

夏满天　你别光说我，瞧瞧你自己。

莫桑晚　我怎么了？

夏满天　一个堂堂的大学教授，著名学者，现在呢，蛰伏陋室，事不关己，高高挂起，每天柴米油盐酱醋茶，就是一个家庭主妇——

莫桑晚　　不好么？世界很大，与我何干。

夏满天　　社会由他，关我屁事。你连学问都不做了，还管我去不去唱歌？

莫桑晚　　我是我，你是你，我们不一样。再说，我最看不惯学院里的那帮年轻教授，学问没什么，课题也不好好做，就知道成天吵吵嚷嚷，好像这个国家欠他们多少似的。

夏满天　　看看，这才是国家主人翁的样子。可我们这代人，在这个国家，却始终活得像个客人，都太认相了。

莫桑晚　　客人？是你把自己当客了吧！老刘他身体不好，我劝你下次请他来家里坐坐，有什么过不去的坎啊，相逢一笑泯恩仇！难道这仇你还要带到阴曹地府里去？

夏满天　　他走了。

莫桑晚　　走了？（看着夏满天）走了！？

夏满天　　昨天晚上，心脏病。

莫桑晚　　……挺好的，有福之人，不遭什么罪。

夏满天　　我心脏也不好——

莫桑晚　　夏满天，这不吉利的话，不好瞎讲的。

　　　　　　〔静场。

　　　　　　〔莫桑晚盛起一碗粥，放在夏满天的面前。

莫桑晚　　我在红豆粥里面加了薏米仁，去湿的，对心脏好。

　　　　　　〔夏满天看着莫桑晚，他突然站起来。

莫桑晚　　你要干什么？吃饭啊。

夏满天　　我知道我早餐就喜欢喝个咖啡吃点面包，可你非得让我吃什么红豆薏米仁。

莫桑晚　　没良心的。

　　　　　　〔夏满天生气地走到花园的长椅前，一屁股坐下。

莫桑晚　　（远远地喊着）哟，那上面全是露水，还没干，你就坐啊？

［莫桑晚从桌上拿起一块抹布跑过来，把夏满天轰起来，擦着长椅。

莫桑晚　哟，越来越说不得了，跟个小孩子似的。

［夏满天又在长椅上坐下。

夏满天　桑晚，你以前可不是这样的，我即便是死在这里，你也会照样写你的书，做你的学问。

莫桑晚　学问？学问有个屁用，能顶得上一斤鸡毛菜？现在，对我们来说身体最重要！噢……小强……刚才来电话了，我说你还没回来。

夏满天　他说什么了？

莫桑晚　他说……他觉得我应该写篇文章，谈谈中国当代知识分子的问题。

夏满天　我们中国当代知识分子怎么了？真是咸吃萝卜淡操心，他在美国还管上我们中国的事情。他没说小莉上大学的事儿？

莫桑晚　是艾米莉，你的孙女叫艾米莉，不是小莉……她挺适应的。

夏满天　挺适应的，可她回到中国却不适应了，这还是中国人吗？

莫桑晚　艾米莉生在美国，长在美国，她怎么会是中国人呢？

夏满天　她中国字都不认识。

莫桑晚　怎么，以前你非得要死要活把小强送出国，现在后悔了？

夏满天　那时候什么社会环境……哪里容得我去选择！

莫桑晚　你是有选择的，好吧，别什么都怪社会。

夏满天　我没怪社会，是时代，没办法。

莫桑晚　你啊，现在是退休了，倒什么都敢说了。

夏满天　我一直都敢说的。

莫桑晚　好，你出息了，连社会也敢说了。那好，你说呀！

夏满天　小强还说什么了？

莫桑晚	没了。
夏满天	那他打电话干什么?
莫桑晚	儿子问候问候父亲,你还想怎么样?已经不错了。
夏满天	我不需要他问候。
莫桑晚	那你需要什么?他们有他们的生活。
夏满天	那我们的生活呢?
莫桑晚	怎么了?这不就是么?
夏满天	这就叫生活?起床,去公园,回家,吃饭,发呆,睡午觉,继续发呆,吃晚饭,看电视,睡觉,再起床,再去公园,再回家……
莫桑晚	怎么?这难道不是你工作一辈子换来的?
夏满天	我放着四室二厅的房子不住,陪你来这个破地方。
莫桑晚	陪我来?这里不是你的家啊!
夏满天	昨天那里的居委会给我打电话,让我搬回去住,还得要我做小区业委会的主任。
莫桑晚	哟,业委会的主任,多大的官啊!
夏满天	这不是官大官小的事情,我们人老了,退休了,又怎么样,怎么说我们也还是主人。
莫桑晚	主人?那是指人民,好吧!
夏满天	你这是什么话,难道我不是人民,我不是人民的一分子?
莫桑晚	哟,现在想起人民来了。好了,好了,不是你说高楼大厦住不惯吗?
夏满天	这里你喜欢。
莫桑晚	是啊,我是喜欢,我住不惯你局长大人的豪宅。
夏满天	那你说我住不惯?
莫桑晚	你是住不惯。
夏满天	是你住不惯。

莫桑晚	好了,都住不惯,行了吧!四周都是高楼大厦,就这里好,独门独户。
夏满天	城市里的最后一片净土,我喜欢。
莫桑晚	(笑)我也喜欢。
夏满天	可你非得要让我先说。
莫桑晚	好了,喝点儿粥吧,每天早晨我们要是不吵一吵,你是不会吃饭的。
夏满天	谁有闲工夫和你吵!
莫桑晚	我啊。
夏满天	跟你吵没劲。
莫桑晚	怎么?
夏满天	发不出火。
莫桑晚	就你那心脏,你还想发火,歇歇吧。
夏满天	人老了,现在我的脾气好多了。
莫桑晚	你是一头犟驴,得顺毛捋!(笑)就你这脾气!……吃不吃啊?都凉了。
夏满天	我在这儿吃。
莫桑晚	这儿吃?屋外凉。
夏满天	我就在这儿吃。
莫桑晚	好,夏局长大人就在这里吃,全上海的人都在鸟瞰着呢!
夏满天	让他们看好了,我这碗薏米红豆粥可是莫大教授用心熬制的!
	[莫桑晚走进客厅,去加菜和端碗。夏满天和她远远地大声对话。
夏满天	今天他们还是唱了。
莫桑晚	啊?老刘不是没了吗?
夏满天	没人指挥,没人领唱,他们还是唱了。

莫桑晚	唱什么了？
夏满天	《驼铃》，都哭得稀里哗啦的……(小声地哼着歌)送战友，踏征程，默默无语两眼泪,耳边响起驼铃声,战友啊战友……

〔马时途上,他穿着衬衫和西装,提着只包。他摁响了门铃。

〔夏满天停了唱,他应声走过去打开门。

夏满天	谁啊？
马时途	我。
夏满天	你是谁啊！
马时途	我……
夏满天	你找谁吗？
马时途	你。
夏满天	我？
马时途	你……是谁？
夏满天	我？我问你是谁呢？
马时途	我是……我是马时途。
夏满天	马时途？谁啊？
马时途	我。

〔马时途一下地进了门,把包往地上一放。虽然他尽力掩饰着,但依然能看出他的右腿走路有些瘸。

马时途	(看了看四周)就是这儿。
夏满天	喂,你这人……怎么进来了？……喂,你是谁啊？
马时途	我是马时途。
夏满天	喂！(掏出电话)我报警了。

〔莫桑晚听到动静,她从里面跑出来。看到马时途,她有些恍惚。

莫桑晚	老夏,谁啊？
夏满天	一个神经病。

莫桑晚 （迟疑地看着马时途）……！？

马时途 桑晚——

［莫桑突然手中的碗跌落到地上，哐的一声。她跌坐在长椅上。

［灯光急暗。

第二场

［灯光渐起。

［莫桑晚坐在沙发上。夏满天双臂环抱着，靠在屋檐下客厅的门边。马时途站在花园里。

［静场。

马时途 桑晚——

夏满天 莫—桑—晚。

马时途 莫……莫桑晚。

莫桑晚 你就这么回来了？

夏满天 应该是你就这么有脸回来了。马时途？果然，老马识途啊。我才明白，对，是叫马时途，怪不得刚才听到名字觉得有些耳熟。

马时途 我应该早点儿告诉你，让你有个准备。

夏满天 不是你，是你们，包括我。

莫桑晚 准备？

夏满天 这不需要准备，这样挺好，天大的惊喜。

莫桑晚 四十年，你离开了四十年，现在要我有准备？

夏满天 等等，不是说你在那年的唐山大地震中死了吗？

马时途 是的。

夏满天 是的？那你怎么又活着回来了？活见鬼了吧！

莫桑晚	老夏!
马时途	夏……满天。
夏满天	哟,都调查清楚了啊,连我姓什么叫什么都知道啊。
莫桑晚	老夏!
夏满天	夏—满—天。好,我不说了,你们聊,你们聊,都四十年没见面了,要不要我回避一下?

　　〔夏满天走到沙发上坐下,他握住莫桑晚的手。

　　〔静场。

马时途	我,我能先吃点东西吗?饿得慌!

　　〔莫桑晚看了一眼夏满天,夏满天扭过头去,她拍了一下他的手,站起来,走过去盛了一碗粥。她正准备把粥端出来。马时途一下走进屋里,在桌前坐下。

马时途	谢谢。
夏满天	喂,你! ——我请你进屋了吗?
莫桑晚	老夏,等他吃完了再说吧。

　　〔马时途稀里哗啦地喝着粥,就像是在自己的家里。莫桑晚与夏满天看着他。

马时途	(抬起头)四十年了,桑晚。
夏满天	莫—桑—晚。
莫桑晚	说吧。
马时途	说什么?
夏满天	(掏出手机)桑晚,我叫警察吧。
莫桑晚	别急,老夏。
夏满天	喂,一个人,死了四十年,突然又活了,还在跟我们说话,吃饭就像是在他自己家里一样,要不,我打精神病院的电话得了——

马时途	这是我家。
夏满天	你看,没错吧,是得打精神病院的电话吧!
莫桑晚	马……马时途,我不管你怎么就回来了,可首先一点,这里已经不是你的家了,情况变了——
夏满天	对。
马时途	它至少……曾经是——我生在这里,在这里住了二十二年,这是我爸我妈留给我的房子……
莫桑晚	你要是这个意思的话,其实很好办,找个律师咨询一下……
夏满天	喂,你们就开始谈房子的归属问题了啊,这是在谈离婚吗?我到现在都搞不清楚他到底是人,还是鬼? 你要是人,你得证明你就是马时途。
莫桑晚	是的。是我糊涂了。你不是死了吗?
夏满天	是啊,你死了啊。
莫桑晚	1976 年,你去唐山出差,正好发生大地震,你就再也没回来了啊。
马时途	你们就当我是死了吧。
夏满天	这是什么话,死了就是死了,怎么就当是你死了,没死,你还是个人,死了,你就不是人了。
莫桑晚	我不想回忆过去的事……
夏满天	这一大早真是触霉头……我还是先叫警察吧。
莫桑晚	可……你是怎么了?
马时途	我没死。
夏满天	不是废话么。
莫桑晚	那这四十年你去了哪里?
马时途	隐姓埋名,重新做人……给你自由……
夏满天	我怎么听着这么耳熟呢? 像台词,演戏呢?

马时途　我对不住你……不能再拖累你。

夏满天　果然是电视剧，还是苦情戏。

莫桑晚　你说得好轻松。

马时途　我知道我这样做不对。

夏满天　这不是不对这么简单，这是情感上的犯罪。

马时途　是的，是一个人对另一个人的伤害。那天事情谈得挺不顺，拖得很晚他们才把买材料的钱款都给了我。我包里拎着钱，刚走出大门，身后的大楼就塌了……

夏满天　喂，大地震发生在凌晨好不好，就算是个苦情戏还漏洞百出。

马时途　我赶凌晨的火车……

莫桑晚　都过去了……我也不想听你的故事，故事是你的，你留着吧。

夏满天　你这是卷款潜逃。

马时途　我的腿被砸断了，伤得很重，意识也不清醒，我在病床上躺了七个多月，我在想……

莫桑晚　不用说了。

夏满天　我倒是想听听，他怎么隐姓埋名的。

马时途　死了那么多人，重新登记的时候，我报一个姓名就可以进厂了。那时候乱得很，我说是从乡下来的，无亲无故的……

莫桑晚　你一直在唐山。

马时途　是的。

夏满天　你现在叫什么名字。

马时途　马新仁。

夏满天　你怎么不连姓也改了呢？新人，是啊，重新做人，倒是挺有寓意的啊。

莫桑晚　好了，故事听完了。你走吧。那么多年了，听起来就像是别人的故事。

夏满天　就是别人的故事。桑晚,你不想听听他为什么又回来?老马时途啊,是啊,走的时候,还是年纪轻轻的,现在果真是老马识途了——

莫桑晚　老夏,你干嘛这么起劲?

夏满天　我起劲?一个死了四十多年的人突然回来了——他是你的前夫啊,你们离过婚吗?他就这么回来了,我算什么啊?你可是我老婆啊。

马时途　我没有别的意思。

夏满天　那你什么意思?

马时途　你知道老马识途的后面一句么?

夏满天　你什么意思?

马时途　人老识事。

夏满天　什么意思?你是在讽刺我不识事么?

马时途　不,我是在说我自己。有些事情到老了还不说明白,我死不瞑目。

莫桑晚　我都明白的!

马时途　你不明白。

莫桑晚　不明白又怎样?

夏满天　都太迟了。

马时途　不迟,莫道桑榆晚,为霞尚满天。

夏满天　那也是说我的啊,好吧,你就死了这条心吧,别现在人死了,心还是活的,那倒是挺悲哀的事情。

莫桑晚　老夏。

夏满天　你干吗总不要我说,难道我说错了吗?你知道他现在是干什么的吗?他那种事都做得出来,一藏就藏了四十年,他的故事,你敢信吗?

马时途　我没什么好隐瞒的,你们想了解什么,我都可以告诉你们。

莫桑晚　没什么想了解的。

夏满天　不,我想了解。你在唐山干什么?那么多年,结婚了吗?有孩子吗?为什么到今天才回来?

〔静场。

〔莫桑晚抬头看着马时途。

马时途　我把款子丢了,也落下了残疾……我索性就在唐山待了下来,一待就是四十年,后来我还去了钢铁厂工作——

夏满天　那当然,唐山嘛,当然是钢铁厂。现在谁不知道世界钢铁产量排名,第一是唐山,第二是河北,不包括唐山,第三是中国,不包括河北和唐山……

莫桑晚　老夏!

夏满天　好了,你继续!

马时途　刚开始我还是做销售,那是我在上海就干的活,有油水,我也熟。后来,我做了副厂长,副总经理,十五年前退的休。

夏满天　老婆呢?

马时途　(看着莫桑晚)我一直没结婚。

夏满天　为什么?干得不错啊。

马时途　(看着莫桑晚)不太可能了,无能为力了。

夏满天　那你早该回来了,为什么是现在?

马时途　我现在身体不太好。

夏满天　想找个人照顾。

马时途　没有,我只是想回来。

夏满天　哟,老马识途,叶落归根啊。

马时途　毕竟这是我曾经生活了二十二年的地方。我日思夜想都是这里。

夏满天	怪不得这房子老是晃荡,原来是有人惦记啊。有个问题,你不是三十五岁消失的吗?怎么在这房子里只住了二十二年?
马时途	我父母都是老地下党,父亲解放前夕牺牲了,房子是五二年市里专门分给我母亲的。
夏满天	现在……后悔了?
马时途	不是。是眷念。
夏满天	说得我都想哭了。
莫桑晚	老夏!
夏满天	他说得挺好的啊,你看,他连自己都感动了。桑晚,你难道不感动?
马时途	小夏,对不起,我比你大,叫你小夏吧!
夏满天	你看我这个样子,像小夏吗?
马时途	夏局长。
夏满天	看来你真把我们了解得很透啊。
马时途	我一直关注桑晚。
夏满天	关注?用监视更合适吧。
莫桑晚	老夏!
夏满天	怎么了?桑晚,你难道不想了解吗?一个男人就这样不明不白地消失了四十年,还一直关注……不,一直监视着你,你就不想知道为什么吗?
莫桑晚	我不想知道。
夏满天	我想知道。
莫桑晚	那你跟他说。我走。
	〔夏满天腾地站了起来。
夏满天	还是我走吧,我在这里碍事。
莫桑晚	你要干嘛?

夏满天　人家来找你，我杵在这里干什么。

马时途　对不起，二位，我来并无恶意，你们都在场，我还得要征求你们的意见。

夏满天　征求我们的意见？你是入党啊还是提干啊？什么意见？说吧！

莫桑晚　征求意见？

马时途　我想要回来住两天。

夏满天　住？

马时途　是的。我把我在唐山的所有的一切都卖了，我要回上海。

莫桑晚　你要住这里？

夏满天　这房子原来是你的，可早就变更了，你都死了啊。

马时途　你们误会了，我不是来争房子的，我只是想在临死前，还能在这里住两天，一直以来，我一无所有，可这里有我的一切。

莫桑晚　不可以。

夏满天　你住这里，你是要把我们赶走？

马时途　不。

夏满天　那你住哪里？

马时途　我记得这边大的是卧室，那边小的是客房。

夏满天　现在是书房了。

马时途　我加张床。我不会动你们的书的。

夏满天　你是说我们三个人住一起。

马时途　我尽量不打扰你们的生活。

夏满天　三个人住一起，还尽量不打扰？

莫桑晚　你昨天晚上住在哪里？

马时途　静安宾馆，我在上海没亲戚，你是知道的。

夏满天　有，你也不敢去认吧。

马时途　是的，我断绝了所有的联系。

夏满天 那还是别联系的好，别把你们家亲戚给吓死。(笑)摊上了不是?

马时途 我知道，你们完全可以把我赶出去，可是我就是想试试。

夏满天 如果……我说我不同意呢!

马时途 那我……(看着莫桑晚)我……

莫桑晚 你先出去一下吧，我们商量一下。这房子不是我一个人的。

夏满天 这是什么话，难道你要是一个人，就让他住下了?

　　[马时途站起来就往外走。

夏满天 喂，能看一下你的身份证吗? 谁知道你是新人，还是旧人?

　　[马时途站住，他掏出身份证递给夏满天，夏满天拿着身份证看了一眼，像是发现了什么，他又看了看马时途，然后把身份证还给他。

夏满天 喏，别忘了拿你的包。

马时途 先搁这儿吧!

　　[马时途看了一眼莫桑晚，他并没有拿包，他走到花园的门外。

夏满天 你看，他主意定着呢，我让他拿包，他就不拿。

莫桑晚 我了解他，他不是那样的人。

夏满天 (笑)你了解他? 那你知道他四十年前为什么离开吗?

莫桑晚 大概吧。

夏满天 大概? 可你从来不说。

莫桑晚 你从来不问。

夏满天 我? 有什么好问的。

莫桑晚 你觉着呢?

夏满天 觉着什么?

莫桑晚 他要住这里——

　　[静场。

莫桑晚 我知道这对你是个意外，你也有意见，我理解你的想法。

夏满天　那你还问我。

莫桑晚　可他的处境,即便我不太了解,可也得慢慢地了解,毕竟人
　　　　家是客,他一头闯过来——

夏满天　我同意。

莫桑晚　什么?

夏满天　我同意啊,他住下好了,我倒想看看他能玩出什么花招来。

莫桑晚　真的?

夏满天　是的,我同意。不开玩笑。

莫桑晚　你不是赌气?

夏满天　赌气? 像他,一赌气,四十年不回家——四十年不回来,不,
　　　　是消失了四十年。

莫桑晚　我觉得还是慎重点儿吧,得跟他谈——

夏满天　没什么好谈的。

莫桑晚　你!

夏满天　我怎么了?

莫桑晚　好……那我去跟他说?——

夏满天　别,我来。我是一家之主。

莫桑晚　你? (笑)好吧!

夏满天　莫桑晚,这时候你竟然能笑,这很伤人的。(一边往外走,一边
　　　　回头对莫桑晚)不过,我警告你,以后别在外人面前跟我顶嘴。

莫桑晚　不是你说得不对吗——

夏满天　那也不行。

莫桑晚　那以后——

夏满天　打住,知道就行。

　　　　[夏满天走到花园门口。莫桑晚不放心地跟到客厅门口,站住。

夏满天　(打开门)你,马时途,进来吧。

［马时途进门。

夏满天　以后要明白,房子都是有主人的,非请莫入,知道吗? 否则,非但不礼貌,而且犯法,这叫私闯民宅。

马时途　知道了。你们——(看着莫桑晚)你们——

夏满天　(指着自己)看我,我是一家之主。看她没用。

马时途　那——

夏满天　我同意你留下暂住。

马时途　谢谢。

夏满天　(指着自己)谢这里,我决定的,不是她。听明白了吗? 是暂住。

马时途　明白。

夏满天　暂住就是你可以先住一两晚,试试,行,再说,不行,走人。上海,法治社会,懂吗?

［马时途往客厅走,夏满天拦住他。

夏满天　刚才怎么说的来着,非请莫入。

［马时途站住。

夏满天　(一伸手)好,请吧。不过,暂住,还得有个条件,得付房租。

马时途　(站住)房租?

夏满天　你以为呢! 还要干家务。

［马时途顺手拿起搭在椅背上的围裙,在夏满天和莫桑晚惊诧的目光注视下给自己系上。

马时途　你们家拖把在哪里?

［灯光急暗。

第三场

［灯光渐起。

［马时途从外面进来,他轻轻地推开门,手里拿着一份报纸,他把报纸放在长椅上,拿起扫帚开始扫地。

［莫桑晚提着菜篮子走出来,她静静地看着他。

莫桑晚 这么早,我还以为你没起来呢!

马时途 老了,睡不着。在这里就更睡不着了……

莫桑晚 让你将就了,那张折叠床原本是我的,我以前在书房晚了,为了不打扰老夏,就睡在那里,老夏睡眠一直不好。

马时途 你真辛苦,写了那么多的书……

莫桑晚 早就不写了。

马时途 为什么? 你的书我全看过,有些我也看不懂。

莫桑晚 (意外地)你? (盯着马时途)看我的书?

马时途 (掩饰地)不,偶尔看到的就……夏局长呢?

莫桑晚 他去公园了,每天早晨都去。

马时途 真好。

莫桑晚 你在唐山……早晨会去公园吗?

马时途 不去。那些广场舞,大秧歌,我不会。再说我这腿也不能跳。(稍停)你怎么不去公园?

莫桑晚 不习惯,吵得很。

马时途 是的,你习惯清净,捧本书就能读半天……你妈也是,她最怕吵,那时候我在她面前经过,都要踮着脚的……

莫桑晚 她是资产阶级大小姐出身,你走了以后她一直过来陪着我的,后来,我跟了老夏,她还一直跟我们一起……

马时途 夏局长人挺好的。

莫桑晚 是的,就是越老越小孩子了,他人善良,别看他整天嘴上不饶人,可是心眼不坏。

马时途 看得出来。

〔莫桑晚走到长椅前,坐下,顺手放下菜篮子择菜。

莫桑晚　（看到长椅上的报纸）去买报纸了?

马时途　昨天的《新民晚报》,还有今天的《文汇报》,习惯了。

莫桑晚　习惯?

马时途　看了四十年,走得再远,也像是从未离开过上海。

〔静场。

马时途　你歇会儿吧,我记得你腰不好。

莫桑晚　那是以前,娇生惯养,后来——习惯了,腰反倒好了。（稍停）你……怎么打算的? 你……身体……怎么不好了?

马时途　……肺癌……还行。

莫桑晚　（稍停）那……要当心了。

马时途　（苦笑）我这把年纪,还有什么要当心的? ……你还好吧?

莫桑晚　大毛病没有,小毛病很多。

马时途　心情好就行,该怎样就怎样?

莫桑晚　你倒是安慰起我来了。老夏这个人说话……你别往心里去。

马时途　怎么会呢!

莫桑晚　我和他是习惯了,再不吵,生活就真没乐趣了……你为什么当初不回来了?

马时途　我……在唐山把要到的款给丢了,回来他们是不会放过我的。你知道那帮造反派的,我是他们的眼中钉,他们一直找机会整我,就是他们派我去唐山的。

莫桑晚　你不能太累,歇会儿吧。

〔马时途在长椅另一头坐下,他看着莫桑晚。莫桑晚看着远方,陷入沉思。

莫桑晚　知道吗……你是因公殉职,厂里后来给了一笔抚恤金。

马时途　真是对不起厂里了。（欲言又止）你……你很想要个孩子,可问题在我,我越来越不行……你就是个仙女,神圣不可侵犯,我却越来越自卑,甚至都不敢碰你,更别说作为丈夫,我都觉得自己都不是个男人……可你妈总是跟我说:小马呀,你和桑晚该有个孩子了。

[静场。

莫桑晚　你以为你很聪明,是吧?

马时途　我想我要是死了的话,你就没有一切烦恼了,房子留给你,你可以找个配得上你的人重新来过。

莫桑晚　(苦笑)……

马时途　你和夏局长不是挺好的吗,他比我强。

莫桑晚　那是要脱一层皮的。

马时途　我知道。

莫桑晚　你知道?

马时途　我也是。

莫桑晚　(苦笑)你也是?

马时途　后来我就想回来,"四人帮"粉碎了,我想他们也不敢找我茬了……可我得知你考上大学了,外语学院……我想等你上完大学再回来,我不能打扰你……八二年你大学毕业留校做老师,我就想回来……可我想再等等,等你工作稳定下来……八三年,我甚至已经买好了火车票,下定决心要回上海,可是我却在《新民晚报》上看到了你和老夏结婚的消息……那张火车票就一直压在我办公桌的玻璃板下面……我一直想回来,可我不能影响你……就这样,你离我越来越远……好久了,我最想的就是这样,能坐在这里,看着你。这次我就不管不顾了。我觉得很对不住夏局长……

莫桑晚　(有些哽咽)那你干吗现在还要回来?

马时途　（指了指胸口）这里……受不了。

莫桑晚　都这么大岁数了。

马时途　夏局长说得没错，人死了，心还活着。（指着胸口）这里全是
　　　　上海，这房子，还有……

莫桑晚　不说了吧！……先这样吧。

　　　　〔静场。

马时途　你……一早去买菜？

莫桑晚　买了几十年了。

马时途　你以前厨房都不进的——

莫桑晚　老夏爱吃虾，晚了就没大个的了。

马时途　以前，你妈总爱买新上市的蔬菜，蚕豆、茭白、蒜薹……

莫桑晚　老夏喜欢吃蛤蜊，他心脏不好。

马时途　以前，你妈总爱做蛋糕，她说不比红房子的差……

莫桑晚　八三年，她就过世了。

马时途　你都不知道菜是怎么烧的……

莫桑晚　人啊，有什么学不会的！

　　　　〔静场。他们分坐在长椅的两头，各自抬头看着天空。
　　　　〔夏满天急急地上场，他在门口翻出一大串钥匙，从中找出
　　　　一把，却发现门是开着的，他推门进来，看到莫桑晚与马时
　　　　途，他愣了一下。于是，他径直坐到了他们中间。

莫桑晚　回来了。

马时途　这么早？

夏满天　没你早。

马时途　我睡不着，出去遛遛。

夏满天　怎么？谈什么呢？继续。

莫桑晚　（站起来）吃饭吧！

夏满天　别啊,是不是我打扰你们的谈兴了? 那我走。

　　　　[夏满天说着,却没有起身。

　　　　[静场。

夏满天　哟,真不留啊,那我就还不走了。

马时途　说你呢!

夏满天　我觉得也是。

马时途　说你好。

夏满天　那是自然,你留在这里,还得看我脸色。

莫桑晚　今天公园怎么样?

夏满天　还能怎么样? 没人教唱,都快散了。

莫桑晚　都记起老刘的好了?

夏满天　没人提他。

莫桑晚　为什么?

夏满天　本来就没什么好提的? 人走了,也就走了。

马时途　老刘是谁?

夏满天　一个唱歌的。

莫桑晚　一个唱歌的?

夏满天　可不就是一个唱歌的。

莫桑晚　你呢,夏局长,还不如一个唱歌的。

夏满天　你什么意思?

莫桑晚　你知道我什么意思。

夏满天　你这有意思吗?

莫桑晚　我也觉得。

夏满天　我专业不比他差。

莫桑晚　可是他还在唱,带着大家唱。

夏满天　大家唱? 唱的都是些《小苹果》啊,《爱情买卖》啊,这也叫歌? 再说,那些人,有几个能唱得好的?

马时途　你们在说什么啊?

夏满天　与你无关。

马时途　对不起,我就是问问。

夏满天　那也别问。

莫桑晚　老夏!

夏满天　怎么了? 我们家的家事,他有什么权力过问?

　　　　〔莫桑晚站起身。

莫桑晚　吃饭。(对马时途)我也给你做了。

马时途　谢谢。

　　　　〔莫桑晚转身离开。夏满天转头看着她,他气呼呼的,把手
　　　　里的钥匙串弄得直响。

马时途　你带这么多钥匙干什么?

夏满天　没你的事儿。

马时途　我就是问问。

夏满天　以后,跟你无关的事情少问。

马时途　下次我陪你去公园,你教我唱歌。

夏满天　不必了。你? 你会唱歌?

马时途　所以才要跟你学嘛!

夏满天　每天回来都是一肚子的闷气。

马时途　她……她说……吵吵生活才有乐趣。

夏满天　她说的? 总有一天我要被她气死的,乐趣,有这样气人来找
　　　　乐子的吗? 你怎么就那么聪明,就这么跑了,我倒成了个接
　　　　手的,真是倒了八辈子霉了——

马时途　她对你挺好的。

夏满天　那你怎么跑了呢?

马时途　　我没你优秀，我配不上她。

夏满天　　（笑）唔，这理由不错。

马时途　　（笑）我不该管你们的家务事。

夏满天　　管？你有什么权力？

马时途　　不是管，我是瞎起劲……那个老刘？

夏满天　　死了。下午我去参加他的追悼会。

马时途　　对不起。

夏满天　　人又不是你害死的，你道什么歉！

　　　　　　〔莫桑晚在屋里盛着饭菜，她冲着两个男人大声地叫着。

莫桑晚　　吃饭了！

　　　　　　〔两个男人同时答应着。

马、夏　　知道了。

马时途　　知道了，桑晚。

夏满天　　莫—桑—晚。

马时途　　习惯了，我改。

夏满天　　习惯了？四十年还忘不了？

马时途　　我没这个意思。

夏满天　　那你什么意思？

马时途　　只是……习惯。

夏满天　　习惯，习惯，习什么惯？（用手掌制止马时途）别，别说对不起，啊！

马时途　　……

　　　　　　〔马时途站起来。夏满天也跟着站起来，突然他有些站不
　　　　　　稳，一下地摔倒在椅子上。他手中的钥匙串掉到地上。马
　　　　　　时途急忙去扶他。

马时途　　夏局长，你当心点儿……夏局长，你怎么了？

　　　　　　〔莫桑晚从屋里冲出来。

莫桑晚　老夏,老夏!

马时途　他怎么了?

莫桑晚　他心脏不好。

马时途　(俯身看着夏满天)夏局长,夏局长。

　　　　〔灯光急暗。

第四场

　　　　〔灯光渐起。

　　　　〔客厅里亮着灯,空无一人。

　　　　〔莫桑晚上,她手臂上搭着老夏的风衣,她从风衣口袋里掏
　　　　出那大串钥匙,从中找出一把,打开院门。

　　　　〔莫桑晚手里拿着钥匙串在院里的长椅上坐下。

　　　　〔静场。

　　　　〔马时途从书房里走出来,他走到莫桑晚面前,站住。

马时途　夏局长怎么样了?

莫桑晚　暂时没事,不过医生说得当心。

马时途　你也挺累的……噢,下午有个电话打过来,你儿子。我说你
　　　　们会打过去的,我没敢说夏局长的事,我想你们没告诉他自
　　　　会有你们的道理。

莫桑晚　噢,他没问你是谁?

马时途　问了。我说是夏局长的朋友,在这里暂住两天。

莫桑晚　他说什么了?

马时途　没说什么……我做了饭。

莫桑晚　(看着马时途)是吗?

马时途　风衣给我吧!

〔马时途接过风衣和钥匙。

马时途　夏局长……他为什么总带这么一大串钥匙?

莫桑晚　他喜欢,我跟他说了他也不听,其实也就一把是管用的,其余的都是以前他单位的钥匙……我没地方放,就放在他的风衣口袋里,好拿。

马时途　夏局长很热爱他的工作。

莫桑晚　是的,退了,到现在还没适应呢。什么事都不服,也不服老。

　　　　〔马时途走到客厅,打开灯,把餐桌上菜碟上盖着的碗碟拿开。

马时途　我做了几个菜,这边我用饭盒也给夏局长装了,等会儿我给他送去。

　　　　〔莫桑晚坐下来看着饭菜。马时途看着她,欲言又止。莫桑晚转头看着他。

马时途　……那些盐、酱油,瓶瓶罐罐的……还在原来的位置……还是以前我放的位置……

莫桑晚　老夏不进厨房的,我也是后来才学会做的。

　　　　〔静场。莫桑晚把头转过去,看着远方。

马时途　你喜欢吃葱烤鲫鱼和四喜烤麸,你尝尝,看看我的手艺有没有退化,我在唐山也经常做的,就是那里的葱没上海的香,烤麸也买不着。

莫桑晚　你不爱吃葱烤鲫鱼的。

马时途　你爱吃——

莫桑晚　(转头看着马时途)老马,不必的。

马时途　就是想做做。

　　　　〔静场。他们默默地吃着饭。

马时途　你……儿子在美国?

莫桑晚　是的……不,他是老夏前妻的孩子,他妈过世的时候,他才六岁。

马时途　你和夏局长……

莫桑晚　我给歌剧院做翻译时认识的老夏……

马时途　这我知道,你给歌剧院翻译了好几部歌剧。(稍停)我的意思是……你们为什么不再要个孩子?(沉思着)我以为……

莫桑晚　你以为什么?

马时途　我以为你会重新开始,要个孩子,你应该有更好的生活,我当初只是一个工人,没什么文化,我配不上你。我知道那很难。

莫桑晚　难? 你以为你死过一回,别人就不是了吗? 你现在回来,算什么? 故地重游,叙叙旧情? 好了,现在你都看过了。你这么做顿饭,就找回过去的时光与记忆了?

马时途　我……等夏局长的病好了,我就走。他这个样子,你身边没个人,我不放心。

莫桑晚　(笑)四十年都这么过了。

马时途　我以为我这么做是我弥补过错的机会,你跟着我一辈子是没有出息的,我没出息,可你不能没出息……我是下定决心的。

莫桑晚　(冷笑)决心? 你是不是觉得还挺悲壮? 一个英雄? 牺牲自己,成就别人? 那你就继续牺牲啊,你回来干什么……

马时途　那我明天走。

莫桑晚　(突然发火)走? 除了走,你还会什么?

　　〔静场。

马时途　(欲言又止)我……如果那次我回来了,会是怎样? 你能再结婚上大学做教授,你能如此有成就?

莫桑晚　我没想过。

马时途　四十年来,我每天都在想。

莫桑晚　想有什么用?

马时途　你真的从来不想？

莫桑晚　我有老夏，我不允许自己这么想。我现在挺好的，我爱我的丈夫，我有一个家，日子过得挺安稳的……

马时途　这就好。

莫桑晚　是挺好。

马时途　如果我回来了……那时候说不定我就会被枪毙了……即便没有那样，也会去坐牢……一个瘸子……我们也不会有孩子……我让你等？

莫桑晚　生活是没有如果的，只能有一种活法。

马时途　可那都是因为人的选择，不是吗？

　　　　〔静场。

　　　　〔马时途走到书房里，从里面拿出一本旧的相册，放在莫桑晚的面前。

莫桑晚　你不可以乱动老夏的书。

马时途　这是老夏给我的。

莫桑晚　老夏？（稍停）留个纪念，我不能你人死了，就把你的一切都丢了吧，早知道我还是丢掉的好。

马时途　电影票、公园门票、糖纸、香烟纸、粮票、布票……

莫桑晚　你想拿这些来证明什么？那只是一本相册。

马时途　（从相册里拿出一张汇款单）这五十元的汇款单，你没有去取，在一九七八年，那是很大的一笔钱，你上大学用得着的。

莫桑晚　（吃惊地）我不知道是谁汇的钱，我怎么能用？

马时途　地址是唐山。

莫桑晚　我退回去了，可是又被退了回来，那是个假地址。

马时途　当时你那么缺钱，你为什么不去取那五十块钱？

莫桑晚　（哭着）那是我冥冥之中觉得你兴许还活着！

［静场。

［马时途想安慰莫桑晚，却又不敢。

马时途　桑晚，这全是我的错，没有考虑到你的感受，让你受了这么多的委屈……我其实是死过一次的人，四十年来，我把自己当成另外一个人，虽然活着，却只是活着，上班，下班，我忙得不可开交，我是马新仁，那个叫马时途的人早已死了。但是每当夜深人静的时候，我就无法面对我自己，那个马时途又从我身上活了过来……我曾经无数次想立刻回来，可是我发现这早已不可能了，你有家有业……

［马时途站起来，他拿起桌上的打包盒。

马时途　我会尽快离开。（对着莫桑晚深深地鞠了一躬）对不起了。我现在给夏局长送饭去，今天晚上，我陪他吧！也算是我为这次给你们带来的不方便赔个不是。

［马时途提着饭盒往外走。莫桑晚突然叫住他。

莫桑晚　你……等等！

［马时途站住。

［莫桑晚站起来，走到房间里。良久，她拿出一件旧军装，犹豫着。马时途看到，有些激动。

莫桑晚　我不应该……可就这么拿出来了……本来就是你的，物归原主吧……

马时途　我们结婚时穿的……你还留着。

莫桑晚　是老夏不让我丢，他让我留着，也是个纪念……他也总是让我一直拿出来晒的……今天老夏叮嘱我，让我把它交给你。

［莫桑晚把衣服递给马时途，自己转身走回房间。

［马时途看着手中的军装，他把军装捂在脸上，压抑地哭起来。

［灯光渐暗。

第五场

[灯光渐起。

[收音机里正唱着沪剧小调。客厅的茶几旁。夏满天与马时途正在聚精会神地下象棋。

[马时途举起一枚棋子。

马时途　将军。

夏满天　慢!

马时途　怎么?

夏满天　你能在这里住下来,得看我的心情。

马时途　那……那我不将了。饶你一着。

夏满天　饶? 我能高兴吗?

马时途　不高兴?

夏满天　不高兴我能有心情让你留下来吗?

马时途　那你说怎么办吧?

夏满天　你自己看着办吧!

马时途　你这不是胡搅蛮缠吗?

夏满天　你下棋,你决定,我怎么是胡搅蛮缠? 想一想,胡搅蛮缠的应该是你吧?

马时途　你啥意思?

夏满天　我没什么意思,你走啊!

马时途　那我咋走啊?

夏满天　喂,你都走了几十年了,怎么又不会走了呢!

马时途　喂,夏局——

夏满天　喂,就下这一局。

马时途　你这人说话咋这么气人呢?

夏满天　我说话,你生气,气人应该是你吧!

马时途　你啊,就是嘴上不饶人,估计你这一辈子都吃嘴上的亏吧!

夏满天　我只是一个搞声乐的,一辈子吃开口饭,亏不亏当然都是嘴上的。

马时途　你怎么只是一个搞声乐的呢! 你堂堂的一个副局长好吧? 你说话要是能收一收,估计早就是副市长了,桑晚也要少受气。

夏满天　莫—桑—晚。

马时途　好了,好了,莫桑晚。

夏满天　你还别说,我还真有机会再往上升的。升官又不是什么见不得人的事情,自古以来,中国的文人士大夫从来就是两条路,要不,居庙堂之高,要不,处江湖之远。

马时途　结果呢?

夏满天　就像你说的,坏就坏在我这张嘴上。于是就高不就,远不了了,这就是命。

马时途　现在想想,也许更好!

夏满天　想? 想有什么用? 可你别说,我还是要说你小子实在太精了,当年一走了之,把一个残局留给我来收拾。赶明儿我也要一走了之,让你也尝尝这个莫桑晚的滋味。

马时途　你别忘了,我们曾经在一起四年多。

夏满天　哟,你算老几? 我和她在一起三十四年,起码是你的八倍,算算看,看谁吃的苦多。八倍,我真是倒了八辈子的霉了。

〔静场。

夏满天　怎么了?

马时途　你了解桑晚吗?

夏满天　按时间算的话,比你至少多个七八倍。

马时途　以前呢?

夏满天　什么以前？

马时途　跟你在一起以前。她以前……现在……随和多了。

夏满天　随和？她？你会用词吗？

马时途　你不知道她之前有多傲气！

夏满天　傲气？

马时途　噢，知道了。

夏满天　知道什么？

马时途　她以前可是个不食人间烟火的仙女，她从不下厨房的……
　　　　（岔开）你看她现在每天早晨都去菜场。

夏满天　不买菜吃什么？

马时途　买菜也许就是个过程，更多的是为了可以和卖菜的小贩讨价还
　　　　价，生活便有了乐趣。她现在去了银行，你知道她去银行干啥？

夏满天　喂，我们家的事情。

马时途　当然，我也不清楚。

夏满天　她的工资，我的工资，总得要看吧，你大小也是个副总经理，
　　　　怎么连这个都不明白——

马时途　许多老人去银行，就那么点钱，倒腾来倒腾去有事做了。

夏满天　日子嘛，不就是用来打发的吗？

马时途　日子是用来过的，不是用来打发的，现在就好像我们的日子
　　　　过不完似的，可其实日子本来就不多……
　　　　〔停顿。

马时途　桑晚为什么不写书了？她出过那么多书，翻译过那么多作品。

夏满天　你挺关注她的啊？

马时途　我看上海的报纸，《新民晚报》《文汇报》，那上面总有你们的
　　　　消息。（稍停）她成功了，我就觉得我这四十年没回来有了
　　　　意义，可是现在……桑晚，她怎么可以这样呢？

夏满天　怎么可以？

马时途　是的。她怎么可以这样？她是一个著名的社会学学者，她应该有更大的成就，她不可以停下来，她可做得更好的。

〔停顿。夏满天看着马时途。

马时途　怎么了？

夏满天　马时途，你知道吗？你这样折腾来折腾去是不是太自以为是了？好像一切都是在你的掌控之下。

马时途　我只是觉得她是一个知识分子，她应该对社会有更多的责任。

夏满天　她是她，你是你。这就是你的问题。

〔静场。

马时途　那你为什么不去唱歌？

夏满天　什么？

马时途　你为什么不去唱歌？

夏满天　唱什么歌？

马时途　公园，公园啊，我看到你去公园了。

夏满天　你跟踪我？

马时途　别人每次从公园回来都高高兴兴的，可是你，却是一肚子的火。

夏满天　这关你屁事儿。

马时途　……你就远远地找一个角落，坐在那里发呆。

夏满天　我喜欢。

马时途　你不喜欢。

夏满天　你凭什么——再说——再说跟他们有什么好玩的。

马时途　这才是问题的关键。

夏满天　什么意思？

马时途　你是局长，是吧？

夏满天　谁在乎啊！

马时途　是啊，谁在乎啊。可你在乎啊！这就是你的问题。

　　　　〔静场。夏满天把棋盘一推。

夏满天　这棋你还下不下了？

　　　　〔夏满天站起来，他拿过收音机，胡乱地调着频道，歌剧选段
　　　　《今夜无人入眠》①的旋律响起来。

马时途　你都退休十来年了吧？

夏满天　是啊，你不会比我短！

马时途　我退了十五年，那厂也算是我一手帮着建起来的，一砖一瓦
　　　　我都熟悉，一草一木我都有感情……后来退休了，我再去厂
　　　　里，认识的人就越来越少，再后来连门卫都不认识我了，不
　　　　让我进去……过去几十年，我们这代人也是为这个国家卖
　　　　过命的，从专业角度来说，既算是工人老大哥，也算是知识
　　　　分子，怎么说也都是国家的主人，可是，现在呢？……去年，

----

① 《今夜无人入眠》是意大利著名作曲家贾科莫·普契尼根据童话改编的歌剧《图
　兰朵》(Turandot)中最著名的一段咏叹调，剧情背景是鞑靼王子卡拉夫在要求
　公主图兰朵猜其身份。
　Nes-sun dor-ma! nes- sun dor-ma!
　Tu pure, o Princi-pes-sa, nella tua fred-da stan za-guar-di le stel-le che trema-
　no da mo re e di spe-ran-za!
　Ma il mio mi-stere chiu-soin me, il no-me mio nes-sun sapra!
　No, no. sul-la tua boe-ca-lo di-ro. quan-do la lu-ce splen-de-ra!
　Ed il mio ba-cio scioglierail si-len zio! che ti fa mi-a!
　Di-le-gua, o not-te! tra-mon-ta-te, stel-le! tra-mon-ta-te, stel-le! Al-lal-ba vin-
　ce-ro! Vin-ce-ro! Vin-ce-ro!
　不得睡觉！不得睡觉！
　公主你也是一样，要在冰冷的闺房焦急地观望，
　那因爱情和希望而闪烁的星光！
　但秘密藏在我心里，没有人知道我姓名！
　等黎明照耀大地，亲吻你时，我才对你说分明！
　用我的吻来解开这个秘密，你跟我结婚！
　消失吧，黑夜！星星沉落下去，星星沉落下去！黎明时得胜利！得胜利！得胜利！

厂子倒了，说是产能过剩，说给踢了就给踢了……

夏满天 我们这把年纪，对目前的中国来说可不就是产能过剩。

马时途 是啊，都这把年纪了，背的东西多了，谁都会被累垮的，那为啥不放下一些，轻松上路。

夏满天 上路？往哪里上？

马时途 夏局——小夏——还是小夏吧——我不管了，我就这么叫了——小夏，真的，你教我唱歌吧！（听着音乐）他在唱什么？

夏满天 《今朝夜里呒没人困得着》①。

马时途 （怀疑地）是吗？……你知道有一首英文歌……叫《田纳西华尔兹》②？

---

① 今晚睡不着（上海方言）。

② 《田纳西华尔兹 The Tennessee Waltz》：

I was dancing with my darling to the Tennessee Waltz
When an old friend I happened to see
I introduced her to my loved one
And while they were dancing
My friend stole my sweetheart from me
I remember the night and the Tennessee Waltz
Now I know just how much I have lost
Yes, I lost my little darling
The night they were playing
The beautiful Tennessee Waltz

我和爱人跳着一支田纳西华尔兹，一位友人她突然光临，
我把爱人向她介绍，可当他们跳起舞时，她竟偷走我爱人的心！
我还记得那夜晚和那田纳西华尔兹，现在知道我已失去很多。
对，我已失去的爱人，那晚正当他们跳起迷人的田纳西华尔兹。

该歌曲首唱者是美国著名歌星帕蒂·佩姬(Patti Page)，美国大乐队时代排名第14位的艺人，在这期间共有上榜歌曲39支。最成功的歌曲就是这首歌，1950年11月18日登榜首13周，被列美国为最佳销售单曲之一，甚至被选定为田纳西州州歌。该歌的作曲 Pee Wee King 是二战以后美国乡村音乐的领军人物，率先在乡村音乐中使用架子鼓与电子乐器。

夏满天　The Tennessee Waltz?

马时途　这歌唱的什么啊?

夏满天　能唱什么? 无外乎说一个女的跟老公跳田纳西华尔兹,遇到了她的闺蜜,她把闺蜜介绍给老公,于是,老公就跟闺蜜跑了。

马时途　你能教我唱吗?

夏满天　你? The Tennessee Waltz? (打量着马时途)哟,你小子,你觉得我们两人当中谁是那个闺蜜?

马时途　你想到哪里去了啊?

夏满天　好吧,算我多想了。看不出你还挺洋气的! 不过,这歌太老了。

马时途　噢! ……就是问问! ……想吃什么? 今天我给你做。

夏满天　对不起,我不喜欢北方菜。我爱吃桑晚做的。

马时途　咦,谁说做北方菜了? 那天我做的菜你不是很爱吃的吗?

夏满天　是吗? 那……那是因为我生病。

马时途　有关系吗?

夏满天　你不知道生病会改变人的口味吗?

马时途　知道啊,可我不知道心脏病会啊。桑晚今天买了冬笋——

夏满天　你喜欢吃?

马时途　你想我怎么回答?

夏满天　我喜欢吃。

马时途　塔菜冬笋?

夏满天　简单,但最能反映出一个人的手艺。我不会做菜,但是我会吃。

马时途　知道,你是艺术家。

　　　　[马时途围上围裙。

马时途	你知道我以前在上海,象棋是有段位的,厂工会的象棋比赛我总拿第一。
夏满天	我怎么知道,又没人告诉我。
马时途	桑晚没说过?
夏满天	你真是太看得起你自己了。你以为桑晚会跟我提起你?
马时途	从来不提?
夏满天	提,一个负心汉,还能有什么!
马时途	是,还能有啥!
夏满天	喂,我警告你啊!
马时途	警告我? 怎么了?
夏满天	以后,你别再跟着我啊!
马时途	公园又不是你家的。你家我都能来,公园我还能有什么去不得的。
夏满天	你这人真是厚脸皮。
马时途	人老,就是有一个好处,皮厚。你知道像什么吗? 就像这冬笋,嘴尖,皮厚,腹中空。
夏满天	你果真皮厚,冬笋? 你有它嫩?
马时途	(笑)是,我不像,你像,尤其是这嘴,尖刻得很。
	〔马时途笑着去剥笋。
	〔音乐声继续。莫桑晚上场。
莫桑晚	你们……说什么呢?
马时途	说你呢?
莫桑晚	说我,说我什么?
夏满天	你去哪儿了?
莫桑晚	银行。
夏满天	又去银行做什么?

莫桑晚　没什么,就是看看工资。

夏满天　工资不是每个月固定到账的吗?

莫桑晚　我把一些钱从工商银行的账户里倒出来,在建设银行开了
　　　　个户,那里利息高一点,中国银行的理财产品不错,我把农
　　　　行那个到期的给卖了,去买了点儿,听说浦发银行的那个支
　　　　行要搬了,我就把那卡给注销掉了,换到招商银行来,排了
　　　　一个上午的队,现在银行里怎么这么多人啊……

　　　　〔莫桑晚看到马时途在笑。

莫桑晚　你笑什么?

马时途　银行里怎么那么多人?

莫桑晚　什么意思? 你们干什么了,这么鬼鬼祟祟的。

马时途　你买的冬笋我来做,塔菜冬笋……

莫桑晚　几点了? 我晚了吗? 老马,反正你会做,我们不急,啊!

　　　　〔马时途笑着端着菜盆进屋。

　　　　〔客厅里只剩下莫桑晚和夏满天。

莫桑晚　今天早晨怎么了?

夏满天　没怎么啊。

莫桑晚　做什么了?

夏满天　公园里能做什么?

莫桑晚　没劲。

夏满天　是啊,公园里能做什么?

莫桑晚　公园里什么不能做? 我这是关心你。

夏满天　你这是没话找话。

莫桑晚　可不就是没话找话,几十年了,什么都说了,还能说什么,可
　　　　不就是没话找话。

夏满天　(笑)他说你随和!

莫桑晚　什么？他？马时途？他说什么？

夏满天　他说你现在随和了,那以前要傲成什么样子？他说你以前就是个仙女,不食人间烟火,我怎么就从来不觉得呢？

莫桑晚　你们凭什么说我？

夏满天　是他,不是我。

莫桑晚　(冲着屋里)马时途,你出来。

　　　　[马时途乐呵呵地端着菜盆跑出来。

马时途　怎么了,桑晚？

莫桑晚　桑晚是你叫的？

马时途　莫—桑—晚。

莫桑晚　马时途,我告诉你,以后你少在背后说我,你没这个权利,知道吗？

马时途　说—你？说你什么啊？

莫桑晚　你就是一根葱。

马时途　葱？

莫桑晚　……少跟我在这里装蒜。

　　　　[夏满天偷偷地笑着。莫桑晚生气地转身走进卧室。

　　　　[马时途看着夏满天。

夏满天　你,你看我干什么啊,我又没说什么。

马时途　叛徒！

夏满天　现在你知道莫桑晚的厉害了吧！

　　　　[马时途笑着看着盆里的冬笋,他端着盆离开。

　　　　[夏满天看着他们离开,他一个人坐在桌边,拿起那串钥匙,他看了一会儿,开始慢慢地一把一把地拆着。

　　　　[灯光渐暗。

　　　　[《今夜无人入眠》的旋律越来越大,甚至有些宏大的感觉。

第六场

〔随着急促的电话铃声。灯光渐起。

〔莫桑晚拿着一个无绳电话,接听着。

莫桑晚　(接听)喂,你好!……对不起……你能说清楚点儿吗?……不是,我听得清……信号很好……我的意思是你能说普通话吗?……说吧,你有什么目的……对,人生就应该没有目的,人生只有过程,我们应该享受过程,所谓的终极目的都是虚无的……什么? 你不知道我在说什么? ……我在说,人啊,宁可去追求虚无,也不能无所追求,哪怕是为了一个虚无的目的……银行账号? 这是你的目的? ……好啊,一个人知道自己为什么而活,就可以忍受任何一种生活……我是说,你能忍受,这就很好……(用脸颊夹住电话,拿起碗,用搅拌器搅拌着盆里的鸡蛋)好,你说吧……是,是,是……你说,我听着呢……没事儿,你说,你说……有一句是这么说的:当你凝视深渊的时候,深渊也正在凝视着你。当你在听我说话的时候,我也正在听你说话! 对不对? ……想一想,人终将会被抹去的,就如同大海边沙地上的一张脸……不,不,不,这不是什么变态的想法,再说变态也不是坏事啊,变态是符合人性却背离理性的行为……很好,你也这么认为,一切事物本身就是矛盾的,一切的孤独皆是罪过……

〔马时途拿着报纸,从外面悄悄地上,他站在一边看着莫桑晚打电话。

莫桑晚　(继续接听)不,我不孤独,我是说……汇款? ……汇到你的账户？……当然，我知道你不是骗子……可只要条件许可，机会成熟，人人都是想作恶的，也就是说人人都可能是骗子……人之初,性本恶嘛……哪个银行？……当然,你怎么会骗我呢,你说我抽到了大奖……是的,当你对自己诚实的时候,世界上就没有人能够骗得了你……是的,我感到难过,不是因为你骗了我,而是因为我再也不能相信你了……记住了,年轻人,青春是你唯一值得拥有的东西,你要珍惜……好,说了这么多,你的老板也不会扣你奖金了! 以后有时间你再打过来! ……啊,我有时间的呀! 再见! ……噢,OK, OK, Bye-bye! 哟,他还跟我说英语!

［莫桑晚挂上电话。马时途笑着。莫桑晚看着他,把碗放在桌上。

莫桑晚　人生其实就像是在痛苦和无聊之间的钟摆一样,不停地来回摆动,不是无聊,就是痛苦。

马时途　这才像是你说的话。

莫桑晚　你没跟老夏一起?

马时途　他在帮他们整理谱子,我就先走了。

莫桑晚　整理谱子?

马时途　唱歌的谱子啊,他答应帮公园里的那些人整理。

莫桑晚　他? 老夏? 为什么? 你?

马时途　其实他心里早想着了,只是缺人推一把。

莫桑晚　他这个人什么都要求完美,甚至于苛刻,以前老刘弄的谱子他肯定看不上的……谢谢你。

马时途　谢我干嘛!

莫桑晚　没有你,他是不会去的。

马时途　他就是在乎自己的面子罢了。

莫桑晚　那可不是面子,是尊严,他把那看作是知识分子的尊严,比命还重要。

马时途　老夏说这房子,要拆?

莫桑晚　十几年前就要拆了。以前是老夏顶着不让,他说这房子是五二年市政府专门分给烈士遗孤的,是历史保护建筑,于是,他们就不敢拆了。

马时途　不敢?

莫桑晚　因为你爸是烈士。

马时途　因为老夏是局长吧!

莫桑晚　不,是因为老夏。

　　　　〔静场。

马时途　噢,我,我今天回以前的厂里了。

莫桑晚　以前的厂里?

马时途　全拆了,就那个龙门架还在,听说要做成剧场。

莫桑晚　生活真的很荒诞,以前人们的生活在那里上演,现在却真的要演戏了。戏是有了,单单生活没了。

马时途　那大门还在,我们第一次见面时的那面墙,早就没了⋯⋯(稍停)你穿着碎花裙子,还有那辆永久牌自行车。

莫桑晚　(苦笑)永久牌自行车!是的,是我从舅舅家借的。

马时途　那天阳光真好。我从厂里跑出来,你就站在阳光底下,推着那辆永久牌自行车,整个世界都不一样了⋯⋯你从朱家角骑到了浦东,我大汗淋漓地从工厂里跑出来,穿着背心,浑身脏兮兮的⋯⋯

莫桑晚　工人就该是这个形象。

马时途　你来的时候我还正在车床边,听说有人找,师傅就让我出来了。

莫桑晚　是我妈喜欢你,说你老实。

马时途　我妈不放心,说你……不食人间烟火……没人气!

莫桑晚　(笑)不食人间烟火!我在安徽农村下放的时候,我的名字
　　　　是五个字,那里的人都叫我:小麦当韭菜。你妈倒好,给了
　　　　我一个六个字的名字:不食人间烟火。

马时途　你把地里的麦苗都当作韭菜了。

莫桑晚　我以前在上海,哪里见过麦苗。

马时途　我去过那村子,我花了一天的时间从上海赶到南京,又花了
　　　　一天半的时间从南京赶到那个村子……我一进村就去找生
　　　　产队长,跟他说我要娶你。他当时的表情是那么的不可思
　　　　议……

莫桑晚　我给你写的信,你就来了,要不,我就嫁给生产队长的儿子了。

马时途　那天晚上,我住在村里另一个上海女知青的家里,她已然成
　　　　了一个地地道道的农民,背上背着一个孩子,围着灶台给我
　　　　做饭,从头到尾不说一句话,她那个男人贼眉鼠眼的,一看
　　　　就知道不是个好东西。

莫桑晚　那男的是趁她晚上看抽水机的时候强奸了她。

马时途　当时我觉得自己就是孙猴子,我要把仙女救回上海。

莫桑晚　是啊,的确是救。你要不是那么根正苗红,你也救不了我。

马时途　你……还跳华尔兹吗?

莫桑晚　早就不跳了。

马时途　田纳西华尔兹。

莫桑晚　什么华尔兹也不跳了。

马时途　我当时并不知道那首歌唱的内容是什么?你经常唱,对牛
　　　　弹琴。

莫桑晚　我爸从国外带回来的唱片,那时只能偷偷地听。我爸很后
　　　　悔教了我英语,可我就是喜欢。

马时途　我配不上你。我只是一名工人,虽然我一直在努力,从车间到销售,我拼命工作,可我还是觉得你离我很远⋯⋯你知道什么时候你离我最近吗? 就在那个春天的晚上,在安徽乡下,月光下,你就站在水田边,一边唱着,一边跳着,你的身影就落在水田里,像是两个人在跳舞,美极了⋯⋯

［马时途突然开始唱起《田纳西华尔兹》,他唱得有些生硬,却很用心。

马时途　(唱)I was dancing with my darling to the Tennessee Waltz

　　　　......

［莫桑晚听着,有些惊讶。

马时途　(唱)When an old friend I happened to see

　　　　I introduced her to my loved one

　　　　......

［莫桑晚站起身离开。

［马时途怔怔地看着远方,他虽然没有看莫桑晚,但是他能感受到她的离开。

马时途　(喃喃地)是老夏教我的。

［马时途继续唱着歌。

马时途　(唱)And while they were dancing

　　　　My friend stole my sweetheart from me

　　　　......

［灯光渐暗。

第七场

［灯光渐起。

[莫桑晚在家里来回地走着,她显得很着急。

[马时途和夏满天开心地有说有笑地上场。

莫桑晚 (生气地)你们俩跑到哪儿去了?打电话也不接。

夏满天 (掏出电话,看了看)哟,十五个未接电话,我没听到。

莫桑晚 我还以为出什么事了?急死人的。

夏满天 我能出什么事?我不是和老马在一起吗!

马时途 这事怪我,是我拉他去的。

夏满天 关你什么事,是我唱得晚了。

莫桑晚 唱?唱什么?

马时途 夏局长给大家指挥唱歌,闹得可欢了。

夏满天 什么叫闹得可欢?

马时途 就是很开心啊。

夏满天 是吗?我怎么觉得那帮人兴致不高,他们总跟不上。

莫桑晚 他们更喜欢老刘?

马时途 是你要求太严,我觉得他们唱得挺好。

莫桑晚 你这么认真干吗?大家又不专业,在一起就图一乐。

夏满天 那找我干吗?

马时途 你是艺术家,是知识分子,声名赫赫嘛!

夏满天 知识分子?现在哪有什么知识分子啊,现在都是些知道分
    子。知识分子得有气节,应该关注社会,批判现实。士不可
    以不弘毅,任重而道远。可我们呢,只要把生活过好,身体
    健健康康就行,别的我们都不关心了,怎么能算是知识分子
    呢?你堂堂一个大厂的副总,难道不是知识分子?

马时途 你别抬举我,我只是一个大老粗。

夏满天 抬举,你现在还觉得知识分子是什么好词啊?现在衡量
    一个人成功与否的标准是什么?是金钱,你以为是知识啊!

莫桑晚	看看,又杠上了不是。
夏满天	你莫桑晚是个地地道道的知识分子,现在呢? 想当年你好歹是个知识青年,下过乡,插过队,咦,说到这里,我倒想问问你这个老知青,那帮人在公园里一天到晚地唱着老歌,说青春无悔,你现在后悔吗?
莫桑晚	后悔又如何? 这种情感很复杂,你们俩不明白。
马时途	是不明白,我们都没赶上。
莫桑晚	没赶上? 你以为是什么好事啊?
夏满天	那他们在唱歌中找到了什么? 回忆,并不美好啊! 曾经的青春? 被葬送了啊! 那个时代那么残酷那么悲惨,究竟有什么是值得歌颂与怀念的呢?
莫桑晚	心理学上把这叫作认知失调,就像是买东西,买之前你会考虑来考虑去,可一旦买了,你就会强化你买的理由。我们也一样,既然如此,又能怎样? 难道我们能把那几年给要回来?
夏满天	我今天在指挥他们唱歌的时候一直在想老刘。
莫桑晚	老刘?
夏满天	他怎么就能如此地有激情?
莫桑晚	老刘比你小,他是知青。
马时途	我看你唱得也很开心啊!
夏满天	开心与激情还是有区别的。不过,我已经跟他们说好了,过两周我要给他们教唱新歌。
莫桑晚	新歌?
夏满天	《今夜无人入眠》。
马时途	老夏,你别搞笑了,那个他们能唱得来的啊?
莫桑晚	他们没人懂意大利语的吧?
夏满天	我想试试。只要你努力,这世上没有办不成的事。接下来

有得你们烦的了。我要练声,首先自己得恢复,都几十年没唱了……还要重新整理谱子,我要带着他们去参加市里的合唱比赛,这一定会让那些评委们瞠目结舌的。

马时途　我来帮你整理谱子。

夏满天　你识五线谱吗?

马时途　我搞搞复印之类的活还是行的。

莫桑晚　老夏,你会的歌那么多,你干嘛非要教他们学这首《今朝夜里没人困得着》?

夏满天　要不就教他们唱《冰凉的小手》?

马时途　《冰凉的小手》?

莫桑晚　一首更难唱的歌剧选段……夏满天,我跟你说,这是你的,不是他们的。

夏满天　是啊,所以我要教他们啊!你放心,我一定能成的,我有方法。(激动地唱起来)Ma il mio mi-stere chiu-soin me……

莫桑晚　好了,好了,今天艾米莉打电话来了。

夏满天　小莉?

莫桑晚　她决定明年春天去云南山区支教。

夏满天　支教?她中文都不会,小强不管她?

莫桑晚　小强支持她这么做。

夏满天　真是瞎胡闹,好好的大学不上……

莫桑晚　你可别忘了,他们跟我们可不是一代人哟。老夏,来,你跟我来。

　　　　[莫桑晚和夏满天一起走到厨房里。

　　　　[马时途坐在桌边,他有些失落,突然,他拼命地咳嗽,有些止不住。

　　　　[灯突然灭了,马时途站起来,他想去开灯。就在这时,他听

到夏满天在唱着《生日快乐》。莫桑晚端着只蛋糕,蛋糕上插着支蜡烛。夏满天跟在后面。

〔马时途怔怔地站着,无语泪眼。莫桑晚把蛋糕放在桌上。

夏满天 老马,今天是你的生日,生日快乐。

莫桑晚 生日快乐。

马时途 我真没想到我还能过生日,谢谢你们还记得我的生日。

夏满天 打住,不是我们,(看着莫桑晚)是她——(看着马时途)你知道我为什么要留你下来么?那天我检查你的身份证,发现你的生日和桑晚的是同一天,所以我就留你下来了。我知道你们的生日并不是同一天,因为每年你的生日,桑晚和我都要去静安寺给你烧炷香……

马时途 (感动地看着莫桑晚)桑晚?

莫桑晚 许个愿吧!

〔马时途抑制住自己的情绪,他低头许愿,吹灭蜡烛。夏满天开了灯。

夏满天 你许的什么愿?

莫桑晚 说出来就不灵了。

夏满天 那算了。

马时途 我说我希望那年在唐山大地震中死去。

〔夏满天和莫桑晚吃惊的表情。

〔灯光急暗。

第八场

〔灯光渐起。

〔夏满天穿着风衣,静静地站在台前,他怀里抱着一大沓曲谱。他看着远方，像是在坚持着。他站得有些不稳，甚至要跌倒，可是他一直坚持着。

[远处飘来《小苹果》的旋律，似有似无。

[灯光照在他的脸上，全是汗水。他只是一动不动地站着。怀里的曲谱一张张地滑落。

夏满天　（喃喃地）说好的，都要来的，怎么一个都不来？

[静场。

[夏满天觉得胸口很疼，他用手捂着，随即一头栽倒在地。怀里的曲谱散满了一地。

[歌剧选曲《今夜无人入眠》的旋律响起，声音越来越大。

[灯光渐暗。

第九场

[灯光渐起。

[莫桑晚手臂上搭着夏满天的风衣和马时途站在长椅前，莫桑晚的手里拿着一个钥匙环，上面只有一把钥匙。

莫桑晚　一直从老夏的风衣口袋里掏钥匙，都习惯了，否则的话，这钥匙我都不知道往哪里放？

[莫桑晚看着手中的那把钥匙。他们一起走到客厅。

莫桑晚　其他的钥匙呢？

马时途　老夏拆了。我说了他，所以……早知道就不说了。

莫桑晚　谢谢你……他总算是放下了。这钥匙环还是艾米莉在美国买的，老夏很喜欢。你知道其他的钥匙在哪里吗？

马时途　在餐桌的抽屉里。

[莫桑晚打开桌上的抽屉，从里面拿出一大把钥匙，她开始

一把一把地装着钥匙。

马时途 我很后悔鼓励老夏去公园里给那些人教歌。

莫桑晚 不是你的错。

马时途 如果他不去教歌的话，就不会出事了。

莫桑晚 是他自己要去的。

马时途 他要是不教那首歌就没事了。

莫桑晚 他是必须要教的，我知道他。

马时途 那些人也真是的，不学嘛就不要答应他来教啊。

莫桑晚 也不能怪人家，是老夏自己。

马时途 一百多号人，竟然没有一个来。老夏就一个人，他一直站在草地上……

莫桑晚 谢谢你陪着他。

马时途 我要是不在场就好了，我该走的……他要面子。

莫桑晚 那不是面子……是尊严。今天我跟学校联系了，对院里的几个课题提出了严厉的批评，课题不应该成为教授们赚钱的工具。一直以来，我们都说大学要提倡自由的思想，独立的精神，可现在的大学却成了培养精致利己主义者们的乐园，这不应该。他们很意外。

马时途 你不怕年轻的教授们不开心？

莫桑晚 那他们就得努力啊。

〔静场。

〔莫桑晚把那串装好的钥匙放在风衣的口袋里。

马时途 这次我要是没有来找你们，或许……

莫桑晚 其实跟你来不来没有关系，现在人们虽然看上去都活得不错，可是心里却早已锈迹斑斑，都快腐掉烂掉了。人，不应该是这样的，生活，也不应该是这样的，可我们早已习惯了，适应了，习惯这样老去，适应这样死去。我一生都是事不关己，高高挂起，和谁都不争的，以前在学术上我还能有些研究，可是一旦退休我就远远地躲开了，我一直以为世界是自己的，与他人毫无关系，可是我错了，因为我发现我越来越远离这个社会了，时间久了，就被遗忘了，只有在追悼会上才能让人们又想起来了……老夏不是这样的人，可是他生生地被我拉扯住了！他不服，他不接受！可是我却早已屈服了。当然，你来了，也很好，生活起了波澜才像是生活，否则，与死何异？老夏先我走了，挺好，否则，我真不放心，他这个人不会照顾别人，也不会照顾自己，我真怕是倒了次序……

马时途 你也要照顾好自己，都是一把年纪的人了！我这次真不该来，但我很感激你们，让我看清了自己，其实，那个马时途早就死了，我叫马新仁，我得有自己的生活，哪怕只是一天，也不算太晚。说一句老实话，我到现在才学会了坦然。人啊，只有从容了，才会活得有意义，可一直以来，我的心里都是杂乱无章的，有些东西放在心里久了，也就发霉了，就永远都不会亮堂的。我一直放不下你，其实也是放不下我自己，我是攥紧拳头过生活的，双手握得太紧了，里面只能是空的，只有松开手，才能抓住一切，我自以为我的出走就是放手，却不知道自己原来是攥得更紧。我们遇到困难，总是怪罪于生活，可是生活总是要风生水起的。你看，我活了这么大的岁数，可非得要到了现在才算是活明白……只是又让你受苦了。

莫桑晚 我给开发商打了电话，我同意他们拆迁……可我有一个条件，你会一直住在这里，想住多久就住多久，我跟他们说了你的情况，什么时候拆，由你决定，这本来就是你的房子……他们现在也不急,就同意了。

马时途 （感动地)谢谢……其实我也没几天好住的,不要再成了这儿的钉子户……我准备走了。

莫桑晚 走?

马时途 都收拾好了。你看,我又要走了,这次不是不辞而别。

莫桑晚 去哪里?

马时途 我也不知道去哪里? 人生总有归处吧。我想重新来过,任何时候都不晚。

莫桑晚 如果四十年前我们就这样想……

马时途 生活里是没有如果的,就像你说的,它只有一种活法。我们所经历的一切,其实都是生活本来的模样。

〔马时途从桌子底下拿出一份厚厚的剪报,放在莫桑晚的面前,莫桑晚打开剪报。她看着,泪流满面。

马时途 我一直搜集所有关于你的资料,《新民晚报》《文汇报》……所有的关于你们的消息,我都剪下来了……你翻译了歌剧,你出的书,你参加活动,你讲的话……可是后来,突然就没有了,我还以为你生病了……我想回来看看……现在好了,这剪报送给你……再见!

〔马时途从房间里拿出包,下场。

〔莫桑晚开始演唱《田纳西华尔兹》。

莫桑晚 （唱)I was dancing with my darling to the Tennessee Waltz

When an old friend I happened to see

I introduced her to my loved one

And while they were dancing

My friend stole my sweetheart from me

……

〔莫桑晚唱完,她怔怔地看着前方。

〔静场。

〔夏满天从书房里走了出来,他看到莫桑晚。

夏满天　怎么还没睡,桑晚,想什么呢?

莫桑晚　没什么,老夏,我就是——瞎想想。

〔夏满天在莫桑晚的身边坐下,莫桑晚把头埋在他的怀里,他们静静地坐着。

〔灯光渐暗。

第三幕　　1976年马时途从唐山回到上海,又走了

〔灯光渐起。舞台的一角,歌手忧伤地唱着歌。

歌　手　(唱)1976年

　　　　　　时代变迁风云变幻

　　　　　　巨人陨落天塌地陷

　　　　　　在悲伤中听到了笑声

　　　　　　在苦难中看到了希望

　　　　　　花谢还会再开

　　　　　　人生不会重来

　　　　　　活着含辛茹苦

　　　　　　活着简简单单

　　　　　　如果……

　　　　　　生活里没有如果……

　　　　　　我们只有一个1976年……

（白）1976年，马时途从唐山回到上海，又走了……

〔《小苹果》的音乐渐起。花园里的长椅上放着一台录音机，音乐从这里传出来。长椅前放着大小不一的塑料袋和纸箱，还有一台老式的破旧的英雄牌英文打字机。

〔夏满天正随着音乐不停地扭动着，他学着广场舞的动作。莫桑晚从屋里走出来。

莫桑晚　老夏，你不要跳了，烦死了，你要歹也是个艺术家，有些品位好不好？

夏满天　（关上音乐）这音乐不好吗？老百姓喜欢啊，节奏感强，跳跳舞，活动活动筋骨，多好，我劝你也去学学。

莫桑晚　通俗和流行向来强势，但它会消解和模糊艺术本身的标准，长此以往，我们何来有深度的精神生活？

夏满天　听听，听听，这才是一个教授和一个知识分子应该说的话。

莫桑晚　知识分子？现在谁还愿意成为知识分子？你要是知识分子，能去跳《小苹果》？好了，我不和你贫嘴了，我还要给小强做饭呢，放学还要去接小莉，一天到晚忙死了。说正经的，这房子就要拆了，我得再去找他们。

夏满天　你要干吗？

莫桑晚　在这个国家，我是主人，不是客人。

夏满天　这房子迟早是要拆的。

莫桑晚　我就不信这个邪，这个社会，你就得要跟它斗。

夏满天　斗，有用吗？小强不是都把开发商给告了吗？

莫桑晚　不斗你怎么知道？你曾是个歌唱家，好歹也算个名人吧！

夏满天　现在，早就不是了。以前我唱歌剧，现在我在公园里教他们唱《小苹果》。

莫桑晚　艺术的悲哀！

夏满天　你我都这把年纪了,何必这么认真,条条大路通罗马,干吗非得要在一条道上走到黑呢?

莫桑晚　夏满天,你怎么变得这么没有原则了呢,这房子你不住,小强他们还要住呢! 小强不是我们亲生的啊! 条条大路通罗马,人和人是不一样的,有些人生下来就已经在罗马了! 他们是不需要走的。只有我们这些人,没有路,才要靠走的,知道吗?

夏满天　你有你的路,我有我的路,至于适当的路、正确的路和唯一的路,这样的路其实并不存在。

莫桑晚　你别跟我绕来绕去的。

夏满天　这不是你经常说的吗?

莫桑晚　要不我们就当个钉子户,看他们能怎么样?

夏满天　是钉子,不被拔掉,迟早也会烂掉的。

　　　　[夏满天站起来去搬纸箱。

夏满天　那个老刘死了。

莫桑晚　哪个老刘?

夏满天　还能有谁? 就是那个文化局副局长,以前也是我们剧院唱歌剧的。

莫桑晚　他倒是一个蛮有理想的人,你跟他一辈子都是死对头。

夏满天　理想? 我可不像他,他什么都放不下,退了休,还一天到晚像个领导似的,跟谁都玩不到一起去,何苦呢! 你看,说烂掉就烂掉。

莫桑晚　不,都是钉子,他是被拔掉,你才是烂掉。

夏满天　你什么意思?

莫桑晚　我说世事难料,你还记得马时途么?

夏满天　谁啊?

莫桑晚　我前夫。我有时候在想,如果大地震那年他从唐山回到上海后没有走,会怎样?

夏满天　那他干吗要回上海?

莫桑晚　他花了七个月的时间从唐山回到了上海,就是为了当着我的面跟我说两个字:离开。

夏满天　生活里是没有如果的,只能有一种活法。

莫桑晚　马时途离开后的第二年,我曾收到过一笔从唐山寄来的匿名汇款。我总觉得马时途又回到了唐山。他只是在我的世界里消失了。

夏满天　消失?

莫桑晚　如果他没有消失,也就没有我们了。

夏满天　那他还是没有消失的好。

莫桑晚　没良心的。

夏满天　也许就有另外一种可能了,不是么?

　　　　〔莫桑晚站起来,她提起地上的打字机,往屋里走。

莫桑晚　别瞎想了,下周就要拆了。

夏满天　这破打字机这么重,又派不上用场,你还总拎着它干什么?

莫桑晚　(头也没回)他买的。

夏满天　他?

莫桑晚　是的,马时途,我前夫。

夏满天　桑晚,要是现在门铃突然响起来,马时途要是回来了呢?

　　　　〔莫桑晚站住,她回过头怔怔地看着门口。

夏满天　(笑)你看,瞎想的是你,不是我。

　　　　〔夏满天搬着纸箱走进客厅。

　　　　〔莫桑晚笑了笑,她走到花园的长椅前坐下。

　　　　〔静场。

［突然，响起了清脆的门铃声。莫桑晚站起来，她走到门口打开门。马时途走了进来。

马时途 你人不是在家么，锁什么门呢！

［莫桑晚没说话，她走回长椅坐下。她抬头看着天空。马时途看着她。

马时途 怎么了，桑晚？想什么呢？

莫桑晚 没什么，老马。我就是瞎想想！

［马时途走到莫桑晚身边，坐下。他们并肩坐着。

［静场。

［灯光渐暗。

［灯光渐起。舞台的中央，歌手忧伤地唱着歌。

歌　手 （唱）如果……

　　　　1976年，马时途根本没去过唐山

　　　　那会是怎样

　　　　生活里没有如果

　　　　活着……

　　　　活着一天一天

　　　　活着平平淡淡

　　　　活着含辛茹苦

　　　　活着简简单单

　　　　（白）1976年，马时途根本没去过唐山

　　　　（唱）噢，1976年

　　　　那是1976年……

　　　　1976年，马时途根本没去过唐山

　　　　噢，马时途

马时途是谁？

如果，

生活里没有如果……

〔灯光渐暗，音乐渐收。

〔静场。

〔《今夜无人入眠》的主旋律慢慢地响起，在剧场空里越来越大。

〔幕落。

〔剧终。

知识分子的社会良心

——话剧《家客》创作后记

　　《家客》这部戏的构思由来已久，我一直想写一部关于中国当代知识分子的戏，尤其是关于我的父辈们，他们这一代知识分子的命运让我非常感兴趣，而更让我感兴趣的是他们现在的生活状态。他们的命运一直是和国家的命运紧密联系在一起的，多少年来，他们一直是国家的主人，可是当他们老了后，却赫然把自己当作客人了？现在，中国社会越来越老龄化，上海更是早已步入老龄社会，如今，这些老人在做什么？他们与下一代人之间的关系如何？他们对于年轻人有着什么样的影响？当然，一出戏不可能面面俱到，如果能有一个点让我可以出发就够了，而从这个点出发我能够走多远，这就不得而知了，这也许就是创作的魅力所在，你永远不知道自己的边界在哪里？你也永远不知道自己能够走多远？创作就是一个自我探索和认知的过程。而对于这个戏来说，那个点就是知识分子。

　　何谓知识分子，词典上的解释是指具备大专及其以上学历的，以创造、阐发、传播或者运用知识为核心工作的脑力劳动者。这个解释在很大程度局限了知识分子的范围，甚至有悖知识分子的历史渊源。知识分子与知识有关，可与学历无关。关于知识分子这个概念的来历，许纪霖说最先来自俄国，1860年由俄国作家波波里金提出，专指当时把德国哲学引进俄国的一小圈人物，是指一群受过相当教育、对现状持批判态度和反抗精神的人，他们在社会中形成一个独特的阶层。另一个说法是它来自法国德雷福斯事件后被广泛使用，专指一群在科学或学术上杰出的作家、教授及艺术家，他们批判政治，成为当时社会意识的中心，却被他们的敌对者蔑视为知识分子，可见知识分子在当时是一个贬义词。在西方，知识分子的出现是现代社会发展的产物，知识分子虽是一个较笼统的概念，但是在不同的国家知识分子的特征也不尽相同。

那么中国知识分子的特征是什么呢？现在，知识分子是指工农兵之外的脑力或专业技术劳动者，它是古代"士大夫"的现代延续，具有责任感，以天下为己任，为国分忧，为民请愿，如此深究，有人就说现代中国社会已经没有知识分子。其实，这种说法不只是在中国，在现代社会里，由于专业技术分工越来越精细化，以前我们指的知识分子在很大程度上是消亡了。在中国，知识分子的地位一直在变化，有时是敬语，读书多。有时被蔑视，被叫作"臭老九"。可见中西方对于知识分子的认知是不一样的，而在不同的历史时期，甚至不同的地域，知识分子所表现出来的特征也各不相同。许纪霖将20世纪中国知识分子划为六代人，以1949年为中点，分为前三代和后三代，而后三代以"文革"为中心，分为"十七年"一代，"文革"一代和"后文革"一代，其中最受瞩目的是"文革"一代，这代知识分子的人格塑造在"文革"中完成，并在改革开放三十年中成长成熟，从而成为世纪之交中国社会的中坚力量和中流砥柱。对于我们70年代的人来说，"文革"一代知识分子具有明显的理想主义精神特征，他们是现代中国的思想启蒙者，却又因为特殊的经历而和这个国家的命运紧密相连，他们关注政治，关注现实，却又精致而利己，他们是改革开放的推动者或是弄潮儿，却又在经济大潮中浮浮沉沉。跨入21世纪，这一代知识分子多已步入暮年，他们或远离政治和社会，或蛰伏陋室，冷眼旁观。在他们身上看不到传统士大夫的家国情怀与社会责任，而这部戏就是写给他们的。

我在 90 年代中期进入剧团工作，那个时期舞台演出很不景气，既没有观众，也没有市场，除了北京和上海，戏剧舞台难以有正常的演出。我面对的多是长期在剧团工作的长辈，他们的整体性格在很大方面也影响着我们这一代人。在他们身上我看到了矛盾的统一体，他们行事谨小慎微，却也不择手段，他们有着强烈的使命感，却时时表现出不安全感，他们有着理想主义的精神，却对社会现实逆来顺受。慢慢地，我们这一代人也开始逐渐地理解与接受上一辈的他们，他们关心世界却少于奋进，他们关心国家大事，却也亦步亦趋。他们经过市场经济大潮的洗礼之后，不断地遭受挫折，他们的理想趋于幻灭，在退休之后更是选择退出社会，回归小我。

如今，中国一部分知识分子的世俗化倾向愈演愈烈，知识分子不再是从责任、良知、人格等方面去选择自己的生活原则和态度，而是将自己的利益作为自己的行动原则。从某种程度上来说，他们是放弃了自己知识分子的身份，而专业化和技术化更是让他们变得更加保守。如今，知识分子越来越少，知道分子却越来越多，他们可能是某个领域的专家，却不是传统意义上的知识分子，一个知识分子不只是一个读书多的人，他的心灵必须有独立精神和创新能力，是以思想为生活的人，但是过度的专业化和技术化让他们失去了自我反思与批判的能力，从而变得更加利己和世俗。

几年前，一个偶然的机会，在一大早，我陪同一个英国导演去了上海复兴公园。他是一个肢体剧导演，对于中国武术很感兴趣，于是我们建议他去看看上海公园的晨练，可是这次探访却令我大开眼界：清晨公园里是如此的热闹，晨练的、跳广场舞的、唱歌的，这是一个充满着活力的世界，你难以想象他们是何等的快乐，无忧无虑，在他们中间我看到了各色人等。当时，一个正在参加合唱《驼铃》的老大爷突然停了下来,他用流利的英语与英国导演交流,原来他是上海外国语大学的一个教授,他如数家珍地给我们介绍公园里各种活动,幸福之感,溢于言表。虽然以后我再也没有去过复兴公园,可是他给我留下了深刻的印象,我一直对于他的生活状态很感兴趣,这不是放下不放下的问题,其中关乎知识分子的社会责任。在我的世界里,我几乎看不到这些老人们的身影,可是在公园里,他们却有着一个精彩纷呈的世界,所以,当我想为剧院的老艺术家写戏的时候,我就自然而然地想到了那个早晨,那个复兴公园里的大学教授,他是那么忘情地投入地唱着一首老歌,他对英国导演讲话时眉飞色舞的表情,这就是这个剧本最初的人物形象。

于是,我从三个层面去构思《家客》这个剧本。

首先,在人物方面,我通过马识途、莫桑晚和夏满天三个老人的现时生活去展示过去的四十年,甚至七十年。马识途的父母解放前是地下党员,他的出身根正苗红,他从车工做到销售,一直都是工厂里的红人,所以他才有可能在 70 年代去挽救备受挫折的莫桑晚,把她从农村救回到城里,让她避免成为生产队长的儿媳妇。可是很快,婚后的马识途发现自己与莫桑晚之间存在着巨大精神落差,他们没有共同语言,生活习惯也不尽相同,他们的婚姻岌岌可危,所以当大地震发生的时候,马识途最终选择了消失,他的消失可能是因为一时的冲动,却也是一种必然,他以为自己的离开可以再次挽救莫桑晚,同时也能挽救自己,没承想却害了自己也害了莫桑晚。在他看来,他选择不回上海是自己巨大的牺牲,是他的牺牲却成就了莫桑晚,她可以上大学,可以再结婚,可以有自己的事业,同时也有着一个美满的婚姻和家庭。多年以来,马识途一直很关注莫桑晚,他小心地收集着她的所有资料,并一直为自己的牺牲而自豪,他把自己打扮成一个英雄,这也是他活下去的全部动力。可是,当他退休之后,却发现能找到莫桑晚的资料越来越少了,他发现她索居在家,对社会和学业不问不闻,所以他决定再次回到上海,他要再次去挽救莫桑晚……

莫桑晚是一个"黑五类"子女,特定的历史环境让她的生活充满着不幸与坎坷。她是老三届,也是知青,被下放到安徽农村,就在这时,她认识了马识途,后者成了她的救命稻草。她通过嫁给马识途而回城,可是回城之后,莫桑晚却发现他们之间存在着巨大的不可填补的鸿沟。马识途的消失让她的生活有了另外一种可能,她可以上大学,后来,她遇到了夏满天,和他结婚,也有个美满的婚姻。夏满天以前是歌剧演员,后来成为文化局的副局长,他对于自己所从事的歌剧事业有着强烈的热爱与责任感,可是因为官位,他不得不选择离开舞台,这成了他的心病,他的一辈子都在这种选择之中痛苦着。退休之后,莫桑晚事不关己,高高挂起,她成为一个真正的家庭主妇,她只关心丈夫的身体,无聊时也只是逛逛菜场,跑跑银行。可是夏满天却始终关注社会,他对于歌剧的现状总是不满意,严肃文化的缺失总让他耿耿于怀,他对通俗文化是排斥和不屑的。就在这时,离家四十年的马识途却突然回来了,他一下子闯入莫桑晚和夏满天的家里,打破了他们生活的平静……而这些都是故事情节的层面。

其次,马识途、莫桑晚和夏满天都是过去三四十年中国知识分子的代表,他们经历过"文革",在特定的历史时期成熟和成长起来,又在改革开放之中成为国家建设的主力军和社会支柱。马识途一辈子兢兢业业,是为国家的现代化建设贡献一生的知识分子,最后他成为一个大型国企的副总,可是到老了,由于社会和经济的发展,他发觉自己曾经的努力竟然成了虚设,可是他并不迷茫,仍然在极力寻求与社会的关联。莫桑晚是大学教授、知名的学者,她经历过生活的挫折和磨难,知道如何小心谨慎地行事,可是一旦退休,她就把自己与社会割裂开来,作为一名社会学家,她清楚地知道自己应该怎样做,可是她不敢自我批判,她把自己蜷缩在壳里,甚至不敢去面对来自学生的置疑。对她来说,穷则独善其身,达则兼济天下。可是一旦退休就和穷达无关了。而夏满天是一个理想主义者,退休之后,他一直关心社会,他对社会有着诸多批评,他听不惯流行音乐,以为严肃音乐才是正道,可是最后,却为了维护艺术家的尊严而让自己生生地被晒死……这些是故事所寄托的另外一个层面。

最后,《家客》这部戏是一出荒诞喜剧,虽然只有三个人物,却表现出不同的生活可能性,三幕戏分别代表着三种不同的人生,马识途是一个关键人物,在第一幕里他是一个回归者,在第二幕里他是一个闯入者,到了第三幕,他成为一个神秘的人物,而所有的一切,都是因为在1976年唐山发生大地震的时候他的抉择,因为不同的决定就产生了不同的人生结局,在这里我想表达人生的不确定性及命运的偶然性,这是荒诞的。在剧中,夏满天和莫桑晚的家是城市中心的一座独立的庭院,在城市高楼大厦的挤压下,它就像是一个世外桃源,它是一个符号,更是一个象征,可是三个人物却都固守着它,它与城市、工业、现代之间有着某种对抗,这代表着一种态度,但是它却时时刻刻都有可能被拆除……这些是剧本的又一个层面。

当然,一切的构思都是在有故事的基础之上,都得放到人物的情感纠葛之中,都得通过塑造人物去表达,但愿不会太累赘,太刻意。知识分子应该是一个关心他个人身处的社会及时代的批判者与代言人。不论时局如何艰难,处境如何尴尬,知识分子始终都要勇毅地担当应有的社会责任,始终坚守知识分子应有的社会良知。正如钟敬文所说,知识分子应该是社会的良心,是社会的中流砥柱。知识分子就应该是追求真理的人。

左宗棠年轻时曾写过一副对联：身无半亩，心忧天下。天下为公、担当道义是知识分子应有的情怀，从家国情怀到天地情怀，何为天，何为地，人在天地中是一个什么样的状态，这所涉及的是中国古时文人的终极价值，这是士大夫精神的根本所在，对于当代知识分子应该有所启迪，这就是我写这部戏的初衷。

是为记。

Left Unsaid

不可说

时　间　当代①
地　点　上海②

人　物③

　　程米雪　女,四十六岁
　　李少丰　男,四十八岁
　　董青云　男,四十七岁
　　李小强　男,二十岁

---

① 关于时间:随着剧情的发展,时间可以回溯。当代是指演出时的当下,也可以从任何一个时间点切入。

② 关于地点:是一座大型的现代化城市,例如上海,也可以是演出所在地,相应的台词可以根据此地域的不同进行调整和修改。

③ 关于人物:戏刚开始时,李少丰的身份是著名神经外科主任医师、上海某三甲医院院长。程米雪是上海某三甲医院神经内科主任医师,她是李少丰的妻子。董青云来自北京某三甲医院,也是著名的神经外科主任医师,他是李少丰和程米雪的大学同学,与李少丰同班。李小强是李少丰和程米雪的儿子。随着剧情的发展,人物的身份一直在转变之中,人物之间的关系也一直在转变之中,并不固定。

题　记：

佛曰：不可说，不可说，一说即是错。

序幕

[黑暗中，不安的声音响起，类似高频的声音，持续而单调。

[一阵刺耳的刹车声，是汽车撞击的声音。一个男孩的尖叫：妈妈！

[灯光突起，舞台的一角。一座冰雕的男孩塑像伫立着，他仰着脸，仿佛在叫喊着，灯光照在上面，晶莹剔透，闪着异样的光芒。在整个演出过程中，冰雕随着时间的推移逐渐地消融。

[李小强出现在舞台的另一角，他静静地看着冰雕，就像是在打量着过去的自己。

[慢慢地，舞台中央的沙发上，出现了李少丰、程米雪和董青云，他们都冷冷地坐着，注视着远方。他们慢慢地转过头看着李小强。

李小强　（看着他们）爸？妈？

[灯光随着高频的声音一起突然消失。

[静场。舞台归于黑暗。

一

[一扇巨大的落地窗户，窗外是远眺城市的景象，城市的建

筑笼罩在雾霭之中,有些模糊不清。

[舞台上是一个城市顶层复式的客厅,客厅里有沙发、餐桌、椅子和冰箱等。客厅一侧有门通向外面,另一侧有门通向客房,一侧后方有门通向厨房,另一侧后方有门通向卫生间,紧靠着窗户的一面有楼梯通向上一层的卧室,却只能看见部分楼梯①。

[窗户旁边的高柜上放着一尊半尺高的白色的小孩子雕像,跟舞台一角的冰雕小孩是同样的造型。

[墙壁上,电视画面无声地动着,像是一件摆设。电视里,主持人正激动地解说着,一直播放着激烈战斗的画面。

[程米雪坐在餐桌前,她面前长长的餐桌的另一端,放着一份西式的早餐,有面包、黄油和一杯橙汁。而她自己的面前却放着一大碗面。

[程米雪从一只药盒里仔细地拿出几颗药,放在自己的手心里,小心地数着,然后放进嘴里,喝水送下。她静静地坐着,像是等待着什么,有些仪式感。

[良久。

[李少丰拿着手机从楼梯上走下来。他穿着睡袍。程米雪一直看着李少丰,李少丰微笑着走着,但有些傲慢。

李少丰　药吃了吗?

[李少丰走到餐桌前,坐下,他看到程米雪面前的药盒,点了点头。程米雪一言不发,面无表情,他们开始吃早餐。

[李少丰优雅地把黄油抹在面包上,开始吃着,他偶尔停下

---

① 关于舞美,剧本提供的是写实的场景,也可以是荒漠的绿洲或是大海深处的孤岛。

来,看看电视,在他的眼里,程米雪仿佛就像不存在一样。

程米雪缓缓地吃着面条,突然,她哧溜哧溜地吃出响声,像是故意引起李少丰的注意。

［李少丰被程米雪吃面条的声音所吸引,他看着程米雪。

［李少丰从桌上拿起遥控器冲着电视摁了摁,电视的声音一下子大了起来。程米雪停止了吃面条,她看着李少丰。

李少丰　又打仗了。

程米雪　什么?

李少丰　(朝电视努了一下嘴)电视里,又打仗了,不知道哪里?

程米雪　天天打,哪里又无所谓! 总归在打就可以了。

李少丰　你现在是越来越不关心时事了。

程米雪　关心? 闲的。

　　　　［静场。李少丰用遥控器把电视的音量关掉。

李少丰　你昨天晚上说谁离婚了?

程米雪　算了。

李少丰　我记得你说了。

程米雪　我是说了。

李少丰　说谁? ……我记不得了。

程米雪　你睡着了。

李少丰　我睡觉快,倒下就睡着了,你又不是不知道。

程米雪　是的,我知道,一说正事就你困。

李少丰　好,说正事,谁啊?

程米雪　都一样。

李少丰　什么都一样。

程米雪　谁离了还不是都一样,先吵、再打、再离婚。

李少丰　我就是问问,下次你跟我说的时候,最好是在我清醒的时候。

程米雪　我怎么知道你什么时候清醒？

李少丰　不在睡觉的时候。

程米雪　你总在睡觉。

李少丰　什么意思？

程米雪　睡不睡觉有什么关系？

李少丰　这哪里像一个神经内科主任说的话？睡就是睡，不睡就是不睡，睡，你说什么我就不知道，不睡，你说什么我就知道，这就是区别，什么叫有什么关系？

程米雪　你说了什么？你再说一遍？

李少丰　睡，你说什么我都不知道，不睡，你说什么我都知道，这就是区别，什么叫有什么关系？

程米雪　然后呢？

李少丰　什么然后？

程米雪　然后就是然后，哪有什么然后？

李少丰　你说话我听不懂，你怎么不去学哲学？

程米雪　我学的是脑内科，神经内科，就是要在病理上和生理上弄懂哲学的基础学科。

李少丰　（笑）那我呢？

程米雪　你学的是外科，脑外科，当然跟哲学扯不上关系。

李少丰　你们女人要是分析起问题来，真的是很可怕。

程米雪　你们男人不是喜欢吗？

李少丰　喜欢？

程米雪　喜欢分析啊，你们不是成天的分析来分析去的吗？屁大点事情也要分析——屁，你要不分析出其中硫化氢和甲烷的成分比例来你们是不会罢休的。

李少丰　是问题总归要分析，是屁，就得分析出它当中 3-甲基吲哚的含量和比例,否则,我们怎么知道屁为什么会臭? 这里面有科学、有逻辑,否则,它就是问题,有问题,就得找出答案来。

程米雪 　(冷笑)你把屁分析得这么清楚就能解决问题了? 我们根本不在乎它是个什么东西。更何况它还是个——屁!

李少丰 　是问题当然要分析,即便是——屁。

　　　　〔静场。

程米雪 　问题本身不是问题。

李少丰 　那什么是问题?

程米雪 　分析问题。

李少丰 　分析问题有什么问题?

程米雪 　这就成了问题本身。

李少丰 　我不明白。

程米雪 　想啊。

李少丰 　想不出来。

程米雪 　你没想。

李少丰 　你怎么知道我没想。

程米雪 　因为这问题不用想。

李少丰 　你又说是问题。

程米雪 　此问题非彼问题。

李少丰 　那是什么问题?

程米雪 　我说过,不是问题。

李少丰 　可你说——

程米雪 　(打断)对你来说是问题,对我来说不是问题。

李少丰 　是,对我来说是问题,我都被你搞糊涂了。

程米雪 　因为分析本身是问题,而问题本身本不是问题。

李少丰 　为什么分析本身是问题?

程米雪　对你来说不是问题,对我来说是问题。

李少丰　是问题当然要分析。

程米雪　(笑)所以是问题。

李少丰　什么问题?

程米雪　我们之间的问题。

李少丰　我们之间有问题吗?

程米雪　我们之间没有问题吗?

李少丰　我觉得我们之间,没有问题。

程米雪　好吧,你知道这问题是谁的问题吗?

李少丰　谁?

程米雪　上帝。

李少丰　上帝?

程米雪　是,是上帝的问题。你是脑外科专家,解决不了,我是脑内科专家,也解决不了,这就是上帝的问题。

李少丰　上帝怎么会有问题?

程米雪　这是问题。

李少丰　什么问题?

程米雪　上帝怎么就不会有问题?

李少丰　好吧,那这问题就让上帝来解决吧!

程米雪　(笑)上帝怎么能解决上帝的问题,如果解决了,那上帝怎么会有问题呢? 笑话。

李少丰　有道理。

程米雪　谢谢。

李少丰　谢谢?

程米雪　你同意我啦!

李少丰　是吗? 我自己都不清楚。

程米雪 因为你是脑外科专家。

李少丰 这跟外科内科没关系吧!?

程米雪 是的,(用手指了指自己的脑袋)但是跟脑外科和脑内科有
关系。

〔静场。

〔李少丰继续吃着自己早餐。

〔程米雪站了起来,她收拾碗筷,有些生气地端着碗筷进了
厨房。

〔李少丰长长地、缓缓地舒了一口气,平复了一会儿,又开始
不急不慢地吃着面包,喝着橙汁。他无心地用眼睛的余光
扫了扫电视。

〔程米雪从厨房里走出来,她走进客房,拿出自己的包,整理着。

程米雪 你吃完了,把盘子放进水槽里,十点钟,阿姨会过来洗的。

李少丰 你不坐我的车了?

程米雪 我叫了车,来不及了。再说,也省得别人背后嘴杂,说我总
是蹭院长大人的公车。

李少丰 今天晚上我不回来吃饭。

程米雪 不回来吃饭?

李少丰 董青云来了。

程米雪 噢!

李少丰 考察交流。

程米雪 是找你写推荐信吧。

李少丰 他也不见得非得找我写。

程米雪 你是院长。

李少丰 他有这个实力的。评二级教授,北京的竞争更激烈,他从美
国回来不久,水平没问题,可是人生地不熟的,关系得重新

搞。最近,他做的脑外科手术案例研究,发表在了《柳叶刀》上。

程米雪　我读了。

李少丰　他也发给你了?

程米雪　发在同学的群里。的确很牛,一个十一年前失败了的手术
　　　　案例,竟然能得出如此令人震惊的结论。

李少丰　外伤性脑肿瘤出血复合先天畸形——他的研究水平的确
　　　　高。噢,他想请你晚上一起参加,吃个晚饭。

程米雪　还是算了吧。

李少丰　你们算是同学。

程米雪　你们才是同班同学,我跟他只是同届而已。他找你。

李少丰　你自己看着办吧! 如果你下班早,就过来,没几个人的,就
　　　　是院里的几个领导,还有科室里的几个人。

程米雪　不去。

李少丰　不去就不去,你干吗这语气?

程米雪　我怎么了?

李少丰　你好像很生气。

程米雪　没有。

李少丰　感觉上是这样。

程米雪　那是你的问题。

李少丰　又是我的问题? 结婚都二十多年了,我还不了解你? 如果
　　　　你不让你的语气显得很生气的样子,我怎么能觉得你是很
　　　　生气的样子?

程米雪　我不觉得我的语气有什么问题。

李少丰　你不觉得?

程米雪　是的,我不觉得有问题,如果你觉得有问题,那是你的问题,
　　　　不是我的问题。

李少丰　（突然）你是不是有问题啊！（缓和了一下）你是不是有问题？

程米雪　我没有,但是好像你有。

李少丰　晚上同学来,大家一起吃饭,你爱来不来,可你干吗要这样？

程米雪　是啊,你说的。

李少丰　我说什么了？

程米雪　爱来不来啊！

李少丰　你不是这么说的,你用的是一种生气的语气。

程米雪　爱来不来可不就是这语气,爱来不来我还能怎么表达？ 而且还要表达得让你不觉得有生气的意味。

李少丰　好,打住,我不想跟你吵。

程米雪　我也不想。

李少丰　我就是想把事情说清楚,可是结果就是吵。

程米雪　干吗非得说清楚。

李少丰　是问题总得说清楚吧！

程米雪　对你来说,是。对我来说,不是。

李少丰　什么意思？

程米雪　我说了几十年了,可你从来不听。

李少丰　我没有不听。

程米雪　是吗？

李少丰　是吗！

程米雪　是啊！

李少丰　什么是啊？

程米雪　没什么。

李少丰　你到底在说什么啊？

程米雪　你从来不听。

李少丰　我听了。

程米雪　那只是你觉着听了。

李少丰　我觉着！

程米雪　是的。

李少丰　你没觉着？

程米雪　当然。

李少丰　当然？

程米雪　是啊。

李少丰　是啊?!

程米雪　你脑子怎么长的啊？我真想把你的脑子剖开来看看里面是
　　　　什么成分。

李少丰　那是我的专业！

程米雪　不可理喻。

李少丰　你们一样不可理喻。你一大早跟我绕来绕去在绕什么啊？

程米雪　是我在绕吗？

李少丰　难道是我？

程米雪　不是吗？

李少丰　我在跟你讲道理,在分析问题,在解决问题。

程米雪　这就是问题的关键。

李少丰　关键？

程米雪　是啊,我说过多少次了,可是你总忘,我不需要你跟我讲道
　　　　理,更不需要你给我分析问题,你说的我都懂,我不需要你
　　　　一遍一遍地说。

李少丰　懂？那你说你懂不就行了吗？

程米雪　这需要说吗？

李少丰　你不说我怎么知道你懂没懂？

程米雪　这重要吗？

李少丰　这当然重要。

程米雪　不,这一点都不重要。

李少丰　那什么是重要的。

程米雪　你不要说。

李少丰　我不是哑巴。

程米雪　你就当你是哑巴不行吗?

李少丰　我不理你? 这样的话,你又要说我不爱你了。

程米雪　或是你换一种方式说。

李少丰　什么方式?

程米雪　你就直接说爱我啊。

李少丰　我做了不行吗? 干吗非要说出来。爱是做的,不是说的。

程米雪　你那叫作爱吗?

李少丰　喂,什么意思?

程米雪　你只顾你自己。

李少丰　我难道没有照顾你的感受吗?

程米雪　有。

李少丰　那不就得了。

程米雪　那不会得了!

李少丰　那怎样才会得了?

程米雪　你直接说啊,或者,你就换一个话题。

李少丰　(冷笑)我试过,可还是吵。

程米雪　那就再换。

李少丰　还是吵。

程米雪　不会。

李少丰　怎么不会。等等,你让我想想,刚才我们为什么要吵? 我说
　　　　打仗了,然后就开始吵了——

程米雪	也许打仗就是吵吧！我不记得了。
李少丰	你又不记得！
程米雪	本来就是可有可无的话题,我干吗要记得。
李少丰	喂,我们是因为这个话题而开始吵的啊！
程米雪	是啊。
李少丰	是啊？
程米雪	话题并不重要。
李少丰	(大声地)那什么才是重要的。
程米雪	(大声地)什么才是重要的？你的态度,你的话,你的语气,你的眼神,你的手势,你的爱——爱——爱才是重要的,我才不在乎你什么狗屁话题,什么狗屁战争,狗屁打仗,狗屁问题——狗屁！狗屁！你他妈都要开始跟我分析屁的构成了！我不需要,我不关心,我不在乎,我不屑了！你都跟我说了十二年,十二年了,我还站在那个十字路口,谁也别想告诉我该怎么走,谁说都没有用,谁都不是我！我就像是被关在一个黑盒子里面,我喘不过来气,我不想找出口吗？我想找啊,可我找不到啊,因为根本就没有出口。你也别他妈再给我分析了,分析,分析,分析,是,分析本身不是问题！问题本身都他妈是问题！分析解决不了问题！问题是我不知道该怎么解决自己的问题。(手机响起来,看了一眼)我的车到了,我要走了！再见！

[程米雪提起包,气冲冲地跑到门边换鞋。

| 程米雪 | 昨天晚上我是想说,董青云离婚了。 |

[程米雪下场。

[李少丰看着她下去的方向,表情很无奈,他想吃面包却又停下,有些恍惚地打量着这个家。

二

[从窗户里可以看到城市的远景一直在变化,能感觉到时间的流动。

[程米雪坐在沙发上,她聚精会神地看着电视,电视的画面里一个魔术师的手脚被绑住了,她正试着逃离,程米雪看着,很紧张。

[李少丰上场,他放下包,脱掉自己的西装外套。程米雪能感觉到他的到来,但是,她没有回头。

李少丰　看什么呢? 这么认真。

程米雪　(一举手)别说话。

[程米雪看着电视,她显得越来越紧张。李少丰脱下皮鞋,换上拖鞋,他立在程米雪的身后,握住程米雪的手,跟着程米雪一起看着电视。

[终于,电视里魔术师成功地逃脱,程米雪长舒了一口气。

程米雪　紧张死我了。

李少丰　看个电视把你紧张成这样,你看你,手心里全是汗。

程米雪　我以为她逃脱不了了。

李少丰　怎么可能呢? 魔术,逗你玩的。

[李少丰在程米雪身边坐下,他瘫倒着身体,显得很累。

[程米雪关了电视。她靠在李少丰怀里。

[静场。

李少丰　怎么了?

程米雪　怎么样？

李少丰　没怎么样。

程米雪　没怎么。

李少丰　噢。我还以为你怎么了？

程米雪　董青云找你干什么？

李少丰　你说对了。

程米雪　（冷笑一声）他肚子里有什么花花肠子，我还能不知道！

李少丰　他问你好。

程米雪　是吗？

李少丰　是吗？！

程米雪　是的！

李少丰　是的！！

程米雪　你怎么想？

李少丰　当然得帮他写了，他是你同学。

程米雪　你帮不帮他写跟他是不是我同学没必然的联系。

李少丰　当然有联系，他不是你同学，我凭什么要帮他？

程米雪　喂，你别忘了，你才是他的同班同学，你们曾经是最要好的
　　　　兄弟，你们是同行。

李少丰　同行是冤家。

程米雪　他在北京，你在上海，八竿子打不着的。现在这社会，帮他，
　　　　就是在帮自己。

李少丰　（看着程米雪）你这算不算是在帮他说话？

程米雪　你是院长，他不是，抢不着你什么的。

李少丰　哟，你还在帮他说话。

程米雪　吃醋了？

李少丰　（笑）我吃什么醋？

程米雪　那你话里有话！

李少丰　我说得这么直接，这还叫话里有话？

程米雪　你是吃醋了。

李少丰　我没有。

程米雪　你吃了，就承认。

李少丰　我没吃，我干吗非得要承认，这不是逼我撒谎吗？

程米雪　（生气地甩开李少丰搭在她肩上的手臂）没劲。

李少丰　又怎么了？

程米雪　你说怎么了？

李少丰　好了，好了，我吃醋了还不行吗？我不是吃，是喝，不，是灌，我今天晚上没喝酒，一直在灌醋，行了吧！

程米雪　（没好气地靠回到李少丰的臂膀里）你这个人，一点儿情趣都没有。

李少丰　我真的不理解，你们女人指的情趣是什么？

程米雪　情趣就是情趣，能有什么？

李少丰　情趣是指对美好生活的一种追求和向往。

程米雪　太对了。那你还不知道我向往什么？

李少丰　不知道。

程米雪　所以啊！

李少丰　所以什么？

程米雪　你说呢！

李少丰　我不知道，所以才问你。

程米雪　自己想。

李少丰　生活不应该这么复杂，我们能不能简单一些，直接一些？

程米雪　所以啊？

李少丰　（稍停，有些生气）所以什么！？

程米雪　你看,一点情趣都没有,那还说什么呢!

李少丰　你说呢——

　　　　[程米雪一抬手,打断李少丰的话,她坐直身体。

程米雪　别说了,我们都——什么都别说了!

李少丰　我只是想把事情说清楚。

程米雪　问题就在这儿,能说清楚吗?如果男人和女人之间的事情都能说清楚,那上帝还干吗要创造出男人与女人?感情的事情能说得清楚吗?需要说清楚吗?你跟一个女人去说道理,你说你脑子是不是进水了?

李少丰　好,那我不说了。

　　　　[静场。

程米雪　这是冷战。

李少丰　我不说话了呀!

程米雪　这是冷暴力。

李少丰　我说话了,你说我错了,我不说话了,你说我冷暴力,你到底想让我怎么办?

程米雪　我没想让你怎么办。再说,脑袋和嘴都长在你脖子上呢!

李少丰　那好,今天你就明确地告诉我,你想要什么,你跟我说清楚。

程米雪　又是说。

李少丰　喂,你不说清楚,我怎么知道?

程米雪　我以前说过了呀,有用吗?

李少丰　怎么又扯到以前了?

程米雪　由来已久了啊!

李少丰　以前你说什么了呀?

程米雪　你看,又忘了,说了有用吗?

李少丰　以前……你说……说……(试着回忆着)你说……说……不

该和你讲道理？

程米雪　是啊！

李少丰　我没讲道理啊！我只是想把事情说清楚，不清楚我怎么做？清楚了，才不会错，我只是试着说清楚而已。

程米雪　说清楚不就是讲道理嘛！

李少丰　这有错吗？

程米雪　没错。

李少丰　那为什么不可以讲道理？

程米雪　然后就错了。

李少丰　你什么意思？

程米雪　停，打住，我不想绕了。

　　　　〔静场。

　　　　〔李少丰站起来，他来回地走动着，他走到那尊白色的小孩子雕像面前，盯着它，迅速地平静下来。李少丰拿起衣服和包走向二楼的房间。

程米雪　（起身，踱步）李少丰！你只顾你自己！

　　　　〔静场。李少丰从房间里走出来。

李少丰　你说什么？

程米雪　我说——你只顾你自己！

李少丰　我只顾我自己？

程米雪　是的。

李少丰　我没有顾及过你的感受吗？

程米雪　是的！

李少丰　十二年了，我把那个伤口一层一层地给包裹住，就当它是结了痂，就当它不存在，我只能这样活下去，可是你呢？每一次你都要血淋淋地把它端在我面前，每一次结痂，你都不顾一切地给它抠啊抠。你高兴了,是吧?程米雪,你记住了,在这个家里不只是你一个人难受,我也是个人,(指着自己的胸口)我也有心,我这儿也会疼的。睡觉。

[李少丰转身欲离开。

[程米雪蜷缩着蹲到地上。

[李少丰转过身。

李少丰　时间不早了,不要闹了,赶紧睡觉吧!

程米雪　你不要这么凶嘛。

李少丰　睡觉觉了,好吗?

程米雪　对不起。可我只能跟你说一说!

李少丰　米雪。我……我其实是理解你的。

程米雪　我知道。

李少丰　我只是想——

程米雪　(悲伤地)我知道。(试着平静下来)我不需要你跟我说什么应该怎样,不应该怎样?我不需要。我只需要你跟我说说话,说说你做了什么,没做什么。说说工作上的事情,说说知心的话,说说开心的事情,说说从前……从前……我还以为这样就够了。十二年了,心被剜了,那是一个无底的深渊,你做什么都填不满的,我以为我忘了,可是我没有。它始终在那里,就像一只蹲在黑暗深处的野兽,随时会跳出来把我咬得遍体鳞伤……我不想去想,可总是在想从前……从前……从前……从前……少丰,跟我说说话,说说话,随便你说什么都行,求你了说说话……

[李少丰轻轻地搂着程米雪。

李少丰　好好好……我和你说说话……说说……说……我给你讲个笑话吧,有一个精神病患者他总认为自己是老鼠,在医院治了一年,终于康复了。出院的那天,刚走到医院门口,突然窜出一只猫,他当时就呆住了。医生不解地说:你已经好了,你不是老鼠,你不要这样。病人说:嘘! 轻点儿,我知道我已经不是老鼠了,可是猫不知道啊!

程米雪　我们院哪个门口?

李少丰　哪个门口?我说的是精神病院。

程米雪　你骂我呢?

李少丰　我没骂你。我只是讲了个笑话。

程米雪　你用一个笑话在骂我。

李少丰　我没有用一个笑话在骂你,我就是想骂你。

程米雪　李少丰!

李少丰　我错了! 我错了! 米雪……你还记得那次我们去马尔代夫吗?

程米雪　我当然记得。

李少丰　我好想再去一次,蓝天、白云、大海、沙滩,完全地放空身体,什么都不想,什么都不做,就是静静地躺在沙滩上,让阳光把自己晒成一条鱼干,多好。

程米雪　我那次感冒,头昏脑涨的。

李少丰　你说你喜欢。

程米雪　不想扫你的兴。

李少丰　我们住的海上酒店也不错。四面全是海水,海风徐徐地吹着,还能看到水里的热带鱼。

程米雪　我说这些鱼可以熬鱼汤。你说不可以。

李少丰　热带鱼是看的,不是吃的。

程米雪　肯定能吃。

李少丰　打那以后,我只要看到别人养的热带鱼,我就在想到底是红烧的好,还是清蒸的好。

[程米雪笑。李少丰看着程米雪,也笑了起来。他们对视着,眼里满是爱意。

[静场。

程米雪　(突然)强子要回来了……

李少丰　(停下)好。

程米雪　中秋节放三天假,他就提前一天回来了。

李少丰　很好。

程米雪　我要给他做糖醋排骨。

李少丰　太好了。

程米雪　我要放很多糖。

李少丰　好极了。

程米雪　不放糖那怎么叫糖醋排骨呢。

李少丰　好。

　　　　[静场。

李少丰　亲爱的。

程米雪　嗯?

李少丰　爱你。

程米雪　我也爱你。

　　　　[李少丰转身走向二楼的卧室,下场。

　　　　[程米雪怔怔地坐在沙发上,她沉静下来。突然,她忍不住轻声地抽泣起来。

　　　　[许久。

　　　　[程米雪止住哭,她打开电视。

　　　　[电视里,一只母狮子正和一只小狮子嬉闹着,程米雪看得出神。

　　　　[电视的声音也消失掉,只有画面在不停地跳动着。

三

［从窗户里可以看到城市的远景在变化，孤独、疏离而冷漠。时间由晚上变成第二天的下午。

［电视的画面慢慢地变成两只成年的狮子在嬉闹，没有声音。

［房间里，高柜上的雕像不见了。桌子上放着几盘菜。

［沙发上，李小强坐着正在看电视。

［程米雪穿着一件连衣裙，从二楼卧室走出来，她的打扮比上一场漂亮了许多。她看着李小强，慢慢地从楼梯上走了下来，那眼神有些陌生，有些判断。

［程米雪的步子有些迟疑，像是不敢打扰儿子，只是一小段的楼梯，她走了很久。

李小强　（抬起头）妈！

程米雪　（突然像是缓过神来，稍停，有些嗔怪地）回来就看电视。

李小强　随便看看。

程米雪　看什么呢？

李小强　两只成年的狮子……

程米雪　小狮子呢？

李小强　没看到，估计都长大了，离开了。

　　　　　［李小强拿起遥控器，关掉电视。

　　　　　［程米雪走到客厅中间。

程米雪　回来还顺利吗？

李小强　北京到上海，现在挺方便的。

程米雪　中秋节，同学们都回家了？

李小强　嗯，加上周末有三天假呢。

程米雪　在学校还好吗？

李小强　还行。

程米雪　什么叫还行？

李小强　就是没啥问题吧，一切都平平常常的，也没什么事情发生。

程米雪　平平常常多好啊，孩子对爸爸妈妈是最重要了，强子，你知道吗？你不在家，家就空了，你看，你的房间我们还保留着，什么都没动，你的玩具，你的书包，你的那辆自行车，还有你一边洗澡一边玩的那只小黄鸭，你光着个小屁股——

李小强　妈，我都上大学了。

程米雪　对，你都大二了。

　　　　〔程米雪从厨房端出一碗牛肉面放在桌上。

程米雪　强子，交女朋友了？

李小强　妈！

程米雪　我是你妈。

李小强　（笑）你想听什么答案？

程米雪　（笑）还什么答案，有就是有，没有就是没有呗。

李小强　你看，有吧，你担心，没有吧，你更担心。

程米雪　废话，你是我儿子，不担心你担心谁？强子，你是妈的乖宝宝。

李小强　妈，我都大二了。

程米雪　知道了，大学生，吃面。

　　　　〔李小强看着桌上的牛肉面。

李小强　您又做牛肉面了？

程米雪　怎么啦？吃腻啦？不喜欢了？

李小强　喜欢的,妈,好吃,但也不能用手抓着吃吧。

程米雪　(笑)你看我这脑子。

　　　　〔程米雪去厨房拿来筷子递给李小强。

李小强　(接过筷子,闻了闻)一股抹布的味道。

程米雪　有吗?(拿过筷子闻了闻)我洗得很干净的啊。

李小强　但是……很亲切。

程米雪　你呀!

　　　　〔李小强吃着牛肉面,程米雪看着。

程米雪　强子,今天是中秋节,我给你做了糖醋排骨。

李小强　好,那要放很多糖。在北京,他们做糖醋排骨是不放糖的,
　　　　不好吃。

程米雪　不放糖?为什么?

李小强　也许……也许他们放得少,也许是因为他们嘴甜。

程米雪　嘴甜?甜得过你啊。

　　　　〔李小强吃着面,抬手看了眼手表。

李小强　妈,我今天晚上……有个小约会。

程米雪　女同学?

李小强　哎呀!妈,就是普通的同学。

程米雪　真的?

李小强　真的。

程米雪　几点呀?

李小强　我们约了五点钟见面。

程米雪　五点?这么早?

李小强　这样晚上我就可以早点儿回来陪你和爸呀!(站起身)我
　　　　走啦。

程米雪　去吧。

〔李小强拥抱程米雪，欲离开。

程米雪　强子，早点回来啊！

李小强　好。

〔程米雪跟上李小强。

程米雪　强子，今天是中秋节，你的同学也要在家里过节的呀？要不，你就别去了吧？

〔李小强站住，他回身看着程米雪。

程米雪　强子，我是不是太强势了？

李小强　是的……就一点点。

程米雪　那我得改。

李小强　妈，你对爸爸那可是真强势。

程米雪　真的？

李小强　真的。

程米雪　那可改不了。（出神地）意识到了问题所在，就是改不了，也许这就是人吧。

李小强　妈，没那么严重的。

程米雪　我也就是说说而已。

李小强　妈，那我走了。

〔李小强下场。

程米雪　（大声地）强子，过马路的时候，小心点，看着点车，啊！

李小强　（场外）妈！知道了，我都大二了！

程米雪　（转身）是啊，都大二了……大二了！

〔许久，程米雪像是陷入沉思。

〔程米雪突然惊醒，她走到沙发前，坐下，打开电视机。电视上，两个成年的狮子带着一群小狮子正在嬉耍着，没有声音，只有画面，程米雪静静地看了一会儿。

［程米雪站起来,穿上围裙,端着盛牛肉面的碗和筷子,走进厨房。

［静场。

［门铃声突然响了起来。

［程米雪从厨房里跑出来,打开门,董青云提着礼物上场,他穿着衬衫西装,很正式,也显得很帅气。

董青云 (有些正式)米雪。

程米雪 (吃惊地)董……青云?董大胡子?

董青云 是我。

程米雪 你怎么来了?

董青云 (举起礼物)中秋快乐!

程米雪 来就来了,怎么还带礼物呢。

［程米雪接过礼物。

董青云 我来上海,一个人,孤家寡人,想找铁三角来过个中秋节,蹭口饭吃,行不行?

程米雪 不行!

董青云 你!

程米雪 (笑)开玩笑的!请进,快请进。

董青云 我是不是得换个鞋。

程米雪 不用不用。

程米雪 你来怎么不跟我说一声啊。

董青云 想给你一个惊喜。我给少丰发了信息,他没回我。

程米雪 噢,少丰今天下午有个复杂的手术,有些麻烦。

董青云 (打量着米雪)过个节,穿得这么正式?(笑)还玩浪漫呢?

程米雪 哪儿有呀。

程米雪 老李说你没变,你果真没什么变化。

董青云	怎么会呢?! 少丰变化不大。
程米雪	我们都老了。
董青云	你,你没变。
程米雪	(笑)你,还是老样子——
董青云	人哪有不老的。
程米雪	没有,我说你讲话的样子——
董青云	噢,少丰平时挺忙的吧。
程米雪	做医生,哪有不忙的,你不也一样嘛。
董青云	是,是,是,一样。
程米雪	估计你在美国的时候会好一些。
董青云	是,病人少些。
程米雪	你看,我们光顾着说了,坐,坐呀。

〔董青云坐到沙发上。程米雪关掉了电视。

董青云	其乐融融。
程米雪	什么? 哪里,哪里看得出啊,你真会说话——
董青云	狮子一家,挺温馨的。
程米雪	噢,是的。其乐融融。
董青云	暂时的,吃饱了。可它们也有挨饿的时候。
程米雪	什么? 噢,喝点什么? 橙汁? 你以前最喜欢喝橙汁了。
董青云	有可乐吗?
程米雪	(笑)你瞧,在美国待的。

〔程米雪拿出可乐给董青云倒上。

程米雪	现在老李只敢喝苏打水,他痛风。
董青云	是啊,昨晚吃饭的时候,他就说了,他连海鲜都不敢碰的。
程米雪	昨天真不好意思啊,我下午有个会,下班晚了,家里阿姨要 等着和我交接,现在家里什么事都得听阿姨的……

董青云　也好,否则,今天我就没有机会登门了。

程米雪　是,还是家里更亲切些。

董青云　(闻了闻)什么味道?

程米雪　哦,又不知道哪家把菜给烧煳了!……哟,糟了,糖醋排骨!

〔程米雪跑进厨房。

〔董青云四下地打量着。他打开电视机,电视上,一只狮子正藏在灌木丛里准备捕猎。他听到程米雪的脚步声,随即关上电视。

〔程米雪有些失落地从厨房里走出来。

程米雪　糖醋排骨烧煳了。

董青云　糖醋排骨烧煳了,多大点儿事,你看你,还是老样子。

程米雪　(笑)你怎么了?

董青云　我? 怎么了?

程米雪　这个没变,那个老样子!

董青云　(笑)没有,只是感慨一下。

程米雪　感慨嘛,那是因为变化大呀,变化不大,感慨什么? 可见我们的变化还是大的。不过,我说你变化不大,倒是真的。

董青云　你还是那么厉害,我嘴笨,说不过你的。

〔程米雪坐在桌边。

程米雪　你怎么就想到回国了?

董青云　北京医院开的条件不错。

程米雪　听说你在美国发展得挺好。

董青云　其实,还是国内的资源多。

程米雪　国内很缺你这样的人才。

董青云　挺难的。

程米雪　怎么了?

董青云　国内靠的是关系，我又初来乍到。

程米雪　你都回来两年了啊。

董青云　是，就算不是初来乍到，可跟你们这些大学一毕业就在一家医院做了这么多年的人相比，还是不好比的。

程米雪　各有利弊吧。(稍停)那你回来了，你家里人怎么办？

董青云　我父母本来就在北京，他们希望我回来的。

程米雪　哦，是，那你回来了，你孩子怎么办？

　　　　〔停顿。

董青云　我没结婚。

程米雪　你没结婚？你那天不是在同学群里说你离婚了吗！

董青云　问的人多了，我嫌烦。

程米雪　哦，那回来了好啊，凭你这条件，找一个年轻的没问题，现在，大叔都挺吃香的。

董青云　(苦笑)是啊，都大叔了……香不香的，都习惯了。

程米雪　习惯是可以改的。

董青云　要改，早就改了。

程米雪　还是你不想改？

董青云　也许是没遇到想改的人吧！

程米雪　会遇到的。

董青云　是吗？

　　　　〔停顿。空气仿佛凝固了起来。

程米雪　同学们你联系不多啊。

董青云　在国外，远，以前联系也不方便……

程米雪　是，大家工作都忙，在国内我们平时也见得少，倒是在开学术会议的时候，经常能见到。

　　　　〔静场。

［董青云喝着可乐。

程米雪　再来点?

　　　　［程米雪起身,又给董青云倒了一些。

程米雪　太甜了,应该少喝点。

　　　　［静场。

董青云　(看着窗外)我上个月去了趟颐和园。

程米雪　是吗? 颐和园,多少年没去了,都忘得差不多了。

董青云　是啊,要不是那一年我们一起去逛了趟颐和园,可能真的一
　　　　辈子也不会去的——

程米雪　是吗? (笑)我们那天也真是疯了,逛了一整天。

董青云　现在想起来,挺好笑的。(回忆地)还记得一个小女孩非要
　　　　给我们编手环……

程米雪　手环?

董青云　啊,你不记得了? 就是在每人手腕上现编一只的手环,一只
　　　　五毛钱,你说你要蓝色的,就给我编了只红的……

程米雪　(极力回忆着)噢,噢,好像是的。

董青云　那天天气真好,大学读了五年,接下来两年要去医院实习,
　　　　每个人都很开心。我们玩了一整天,直到公园关门,把公园
　　　　的角角落落都逛了个遍,昆明湖、万寿山、苏州街、佛香阁、
　　　　排云殿、仁寿堂……

程米雪　(笑)啊,你还都记得啊——

董青云　我这不又是去了一趟吗? 那天,我们喝了多少瓶橙汁——

程米雪　十几瓶吧!

董青云　十八瓶,你喝了十三瓶,我喝了五瓶。那哪里是什么橙汁,
　　　　就是橘子水。

董青云　是。(少顷)回学校的时候,你说你喜欢红色,我就把红色的

手环给了你,你给了我那只蓝色的……

程米雪　真的? 这我真的不记得了。

董青云　我们一起在学校食堂里吃夜宵,碰到了少丰,他说他最不喜欢颐和园,说乾隆皇帝花了那么多钱,造这么个园子,完全是因为下江南留下的后遗症。

　　　　〔远远地响起救护车的警笛声,似有似无。

　　　　〔静场。

董青云　为什么?

程米雪　都过去了。

董青云　米雪,我一直有个疑问,为什么从那以后你就——不理我了?

程米雪　我?

董青云　是的。

程米雪　你自己清楚。

董青云　我?

程米雪　不说了吧。

董青云　而且从那之后,你就和少丰在一起了,他是我最好的哥们儿。

程米雪　(笑)青云,过去的就过去了,不能说的,也没必要说的,如果有什么错的话,就怪我们年少无知,年少轻狂吧! 毕竟,那时候我们都年轻。哎,今天,你来也不是为了说这些的吧!

董青云　(尴尬地笑着)没,没,我只是去了趟颐和园——就突然想问问……对不起。

　　　　〔静场。

董青云　少丰经常回来晚吧,这样你就辛苦了。

程米雪　习惯了。

董青云　(笑)你刚说了嘛,习惯是可以改的。

程米雪　董青云,你要干什么?

董青云　……

　　　　［停顿。

程米雪　那天晚上你为什么让少丰来跟我说，你自己为什么不来？

董青云　哪天晚上？

程米雪　就是颐和园回来的那天晚上。我们吃完夜宵，都半夜了，大家都在复习准备考试，每个人几乎都要熬通宵的。

董青云　噢，我？我让少丰跟你说……说什么啊？

程米雪　你怎么忘了？你让少丰来跟我说，虽然我们俩在颐和园玩了一整天，彼此都有好感，你……你甚至亲了我，但是，你让我不要因此而误会，因为你是一毕业就要去美国的，我们俩在一起，不合适。

董青云　(吃惊地)什么？我没有这么说啊。我和你说好了要一起复习的，可是当我来到教室的时候，你却跟少丰坐在一起。而且，你就再也不理我了。

程米雪　是啊。我怕影响你出国啊！

董青云　(思索着)我明白了，难怪几天后考完试，选择实习医院，你就选了跟少丰一起。(少顷)李少丰跟我说，是你叫我不要误会，我们俩是不可能在一起的。毕业了，你是肯定要回上海的……(苦笑)原来如此。

程米雪　你真的没有让他来跟我说——

董青云　我当然没有说，你可以问他。

程米雪　这个李少丰，他竟然撒谎。(苦笑)他骗了我？

董青云　这小子，也骗了我。一年以后，他跟我说，你们好了，让我不要介意。(笑)米雪，你知道吗？我的人生从那天晚上就彻底改变了。

程米雪　没这么严重吧。

董青云　是的。我选择了另外一家医院去实习,离你越远越好,实习的时候我什么事情都没有做,就是一心准备出国,我感觉被你骗了,那一整天在颐和园的情景充满了谎言和欺骗,从那以后,我再也不相信感情了。

〔董青云越说越激动,他甚至想哭。

〔董米雪走到董青云跟前,她拍了拍董青云的肩膀。

程米雪　(笑)青云……

董青云　(看着程米雪)米雪,你明白吗? 那时候,最美好的东西在最美好的时候以最残忍的方式给毁灭了。

〔两个人面对面地站着,他们靠得如此的近。

〔静场。

〔董青云突然抱住程米雪,程米雪急忙推开他。两人远远地分开。

〔静场。

〔远远地响起救护车的警笛声,越来越近,就在眼前,却又渐渐地远去。

董青云　对不起。

〔董青云从口袋里拿出一只蓝色的手环,想给程米雪,又放弃了,他走回到沙发边,放下手环。

〔场外,响起了脚步声。

〔董青云赶紧走到窗边,看着窗外。

〔李少丰上场,他提着公文包,看上去有些疲倦。

李少丰　(看着程米雪,径直向她走过去)米雪,我回来了——

董青云　少丰。

〔李少丰吓了一跳,回过头,看到董青云。

李少丰　董青云? 你吓死我了! 你怎么来了?

董青云　我给你发信息了,你没有回我。

李少丰　(热情地)我下午正好有一个颅中窝底恶性肿瘤的开颅手术,位置不太好,挺麻烦,我这不是刚做完手术,就赶回来了。你……早来了?

　　　　［李少丰脱下外套递给程米雪,她没有接,李少丰只好自己放下外套。

董青云　(慌乱地)我也是刚到。(对李少丰)坐,别客气。

　　　　［李少丰疑惑地看着他,董青云尴尬地笑着。

李少丰　一会儿,你准备留下来吃个饭?

董青云　我就是来找铁三角蹭饭的,行不行?

李少丰　不行。

董青云　你们两口子啊,这是怎么回事嘛?

李少丰　怎么回事?

董青云　米雪也这么说。

李少丰　(笑)是吗? 喝点什么?

董青云　(拿起可乐)有了。

李少丰　(转身对程米雪,大声地)老婆,给我拿瓶苏打水。

程米雪　你自己没手啊。

　　　　［李少丰转身悄声地问董青云。

李少丰　怎么了?

董青云　(小声地)糖醋排骨烧煳了。

李少丰　哦!

董青云　估计是糖放多了。(少顷)仿佛一下子又回到了从前。

李少丰　从前?

董青云　是,从前,大学的时候,老同学坐在一起,又没有外人,不知道从何说起，一时间就恍惚了。

李少丰　恍惚？

董青云　错觉，也许错觉更准确。

李少丰　错觉？

程米雪　可不就是错觉，除了都老了。也许，那么多年都是错觉。

李少丰　是吧？

程米雪　是不是，都心里清楚。

董青云　是，清楚。

李少丰　是清楚。没见面，还以为对方是多少年以前的样子，这一见面，反差太大，可不又是恍惚，又是错觉，也许，只有见面了，才能看得清楚。

程米雪　看得清楚吗？也是。生活嘛，都是用谎言修饰过的。

董青云　（看着程米雪）既然已经看清了生活的本质，就可以改变的。

李少丰　不，不是改变，是接受。

程米雪　也只能接受，否则，又能怎么样？

董青云　是的，又能怎么样，就像……就像是人的头颅，打开以后，其实都是差不多的。

程米雪　那是你们脑外科的看法，对我们脑内科来说，脑洞大开可是差很多的。

李少丰　一个是物质的，一个是精神的。

董青云　不，我们俩都是学脑外科的，都是物质的，也是差很多的。

李少丰　那就……一个西式的，一个中式的。

董青云　（笑）不，……是一个好的，一个坏的。

程米雪　嗯。

李少丰　什么意思？

董青云　好，就是指好的方面，坏，就是指坏的方面，任何事物都有好的方面与坏的方面。

[静场。

[李少丰盯着董青云。

李少丰　你搞得倒像是学脑内科的。

程米雪　本来内科与外科就是相通的。

董青云　否则,你们俩也不可能在一起的。

程米雪　是啊!

[三个人都笑起来。

[李少丰看到董青云手里的可乐,转过身看着程米雪。

李少丰　老婆,给我拿个杯子,我也想喝可乐。

[静场。

[程米雪转身去了厨房。

董青云　你呀,还是当心你的血糖吧。

李少丰　你呀,还是少咸吃萝卜淡操心。

[程米雪拿出一听苏打水,丢给李少丰。

李少丰　你看,我被管的。

董青云　这你不是自找的吗。

[李少丰和董青云大笑起来。

李少丰　青云,既然你已决定留下来吃饭,那我们就痛痛快快地喝一
　　　　场,几十年的老同学,真是令人高兴,你说,是不是?

董青云　谢谢老同学。不过,少丰,我正要跟你说呢,真的很抱歉,这饭
　　　　我恐怕是吃不成了,我现在就得走,我就是等你回来说一声的!

李少丰　走? 现在?

董青云　是,是我爱人——我爱人突然晕倒住院了,我现在就得回北京。

李少丰　你爱人? 你们不是离——是哪家医院,我帮你找人。

董青云　不用了,就在我们医院。

李少丰　哟,真是不巧,那赶紧回去吧,否则,也不放心。这饭什么时候吃都行。

〔董青云把可乐放到桌上。

董青云　(看着程米雪)只是很遗憾,没能尝到米雪的手艺,不过,还好,我来了一会儿,也坐了一会儿,否则,这次来上海没见到米雪,倒真是遗憾了!(转向李少丰)你看,问声好还要麻烦你来转告。现在好了,米雪,我也见到了,该说的也都说了,开心。等下次,来上海,我一定再来蹭饭。

李少丰　我让司机送送你,机场还是高铁站?

董青云　不了,我叫了车。

李少丰　(招呼董青云到跟前)青云,你的推荐信我早就填好了,字也签好了,办公室已经快递出去了。这种事还是公对公的好。

董青云　谢谢。

李少丰　真遗憾,你没尝到米雪的手艺。

董青云　那还是放在传说里的好。

李少丰　下次。

董青云　下次。

董青云　(看着程米雪)下次再见!

程米雪　再见!

〔董青云下场。

李少丰　(看着董青云离开的方向)真不巧,他爱人的事——

〔李少丰拿起外套和公文包,他看到那只蓝色的手环,拿着举起来。

李少丰　这是个什么东西?怎么那么难看。

〔程米雪走过去,一把抢过手环,看了一下,扔到垃圾桶里。

李少丰　哟,老情人走了,不开心了?

程米雪　你会不会说话？

李少丰　会说话的呀。

　　　　［程米雪收拾着桌子，从厨房里端出一盘烧煳的糖醋排骨。

　　　　［李少丰摆放着三副碗筷和两只酒杯。

　　　　［程米雪拿出一瓶白酒，给酒杯斟上。

　　　　［两人坐到桌边，他们看着对方。

程米雪　糖醋排骨烧煳了。

李少丰　煳了就煳了吧。

程米雪　是啊，煳了就煳了吧。

程米雪　（李少丰举起酒杯）董青云跟我说了，这次他没请你转告，是
　　　　直接和我说的。

李少丰　米雪，今天是中秋节——

　　　　［静场。

　　　　［程米雪强忍着泪水，喝了一口杯中酒。

李少丰　（放下酒杯）今天也是强子的忌日。

程米雪　（喝尽杯中酒，声嘶力竭地喊着）强子，吃饭。

　　　　［照着强子座位的灯光渐强，很不现实。

　　　　［程米雪扯掉脖子上的项链，丢到桌上。

　　　　［电视机突然亮了起来，两只狮子孤独行走着的画面。

四

　　　　［从窗户里可以看到城市的远景在变化，城市的夜晚，灯光
　　　　璀璨。

[深夜。

[电视机的画面逐渐地消失。

[高柜上的雕像又出现了。桌上,一瓶红酒。程米雪手里拿着一杯红酒,她喝了一大口,像是陷入了沉思。

[静场。

[李小强从房间里走出来。

李小强　妈。

程米雪　(抬起头)强子?

李小强　你怎么又喝酒了?

程米雪　(放下酒杯)今天过节。

李小强　药吃了吗?

程米雪　没。

[李小强看着程米雪,他转身欲走。

[程米雪站起身。

程米雪　强子,妈舍不得你走。

李小强　妈,我长大了。我有我的未来,你也要有自己的生活,你不能总是活在过去里。

程米雪　强子,那件事,你不怪妈妈吧?

李小强　不怪。

程米雪　我总是看到你在过马路,向我跑过来。

李小强　妈,是我的问题,我没有看到红灯。

程米雪　那天……我突然有个病人要会诊——我本来答应要接你的,可是我晚到了,所以,你一看到我就冲着跑过来。

李小强　不,妈。不是的,妈。

程米雪　怎么了?

李小强　我没看到你。

程米雪　（吃惊地）你没看到我？

李小强　是的，我看到了爸爸和他的学生。

程米雪　什么？

李小强　那个姐姐我认识的，爸爸开着车，那个姐姐坐在爸爸的边上，我以为他们是来接我的，所以，我是向他们跑过去的……妈，我没看到你。

程米雪　（喃喃地）你没看到我？你没看到我……

　　　　　[李小强转身下场。

　　　　　[李少丰穿着睡衣上场，他从楼梯上慢慢地走下来。

　　　　　[程米雪转眼看到李少丰，像是在打量一个陌生人。

李少丰　醒了，你不在身边，我不放心。

程米雪　（冷笑）吵醒你了。

李少丰　本来就睡得不踏实。

程米雪　心虚。（喝了口酒）董青云说——他从来没有让你跟我说那些话——

李少丰　（稍停）是的。我说谎了。

程米雪　为什么？

李少丰　因为我爱你。

程米雪　多好的理由。

李少丰　是的，那时我得想办法，否则，我就失去你了。

程米雪　你可以有一万种方法，为什么要选择这种？

李少丰　是的，一万种方法，可这是唯一的一种，一箭双雕，一举两得，以最简便的方法去赢得胜利，为什么不呢？就像动手术，一刀下去，就得要准，要狠，否则，就没机会了。

　　　　　[程米雪惊讶地看着李少丰。

程米雪　可是你在说谎？

李少丰　是的。

程米雪　（不可思议地）天啊！李少丰，你竟然说得这么坦然！

李少丰　是啊，爱一个人，可以不择手段，男人都是雄性动物，雄性动
　　　　物之间的竞争向来是残酷的，不择手段的。

程米雪　人，不是动物，好不好？

李少丰　（笑）人，当然是动物。

程米雪　（突然发火，大声地）李少丰，你竟然还笑得出来？你说谎，
　　　　对我说谎，我无法相信你了，无法相信你，你竟然还笑，相
　　　　信，是婚姻的基础。

李少丰　米雪，你冷静一下。

程米雪　我很冷静。

　　　　〔静场。李少丰给程米雪的酒杯里加了些酒。

李少丰　你们——怎么会说起这事？

程米雪　对你这已经不是事了，对他可是大事。

李少丰　不会吧，都过去那么多年了。

程米雪　你真会给自己找台阶，时间不能解决所有的问题。

李少丰　不，是给我们的过去找台阶。年少轻狂谁能没有两件荒唐事？

程米雪　荒唐事？既成事实了，是吧！无法改变了，是吧！我只能认
　　　　命了，是吧？

李少丰　当然，那你跟董青云怎么说的？

程米雪　实事求是。

李少丰　那么为什么不也撒个谎，为你的丈夫想想，让他多一个朋
　　　　友，而不是敌人。他估计恨死我了。

程米雪　是的，所以他走了。

李少丰　他爱人生病了，你看他结婚了，有了孩子……

程米雪　没有。

李少丰　你在场的,他说他爱人突然晕厥——

程米雪　他跟我说,这么多年,他就一个人,没结婚。

〔静场。

李少丰　如果你嫁的不是我,是他,会怎么样?

程米雪　也许我们的生活就不会是这个样子。

李少丰　我们的生活到底怎么了?因为你和我,因为男人与女人,只要男人与女人在一起就是这样子的,这太真实了,没有想象。换了谁都一样。即便是女神,也有坐在马桶上便秘的时候,只是你看不到而已。

程米雪　所以,要留有想象的空间。生活之中,要有情调、要有浪漫,要有甜言蜜语。

李少丰　就是说谎呀!你们女人就是不愿意看到生活的本质。

程米雪　那是,因为我们本来就是生活的本质。

〔静场。

李少丰　强子睡了?都半夜了。如果你觉得他应该学外科就外科吧,我不跟你争了,我只是觉得内科会轻松一些,像你一样——

程米雪　轻松。

李少丰　相对来说,你是轻松一些。

程米雪　(冷笑)当然,你一直就是这么认为的。

李少丰　可外科的确更累,是吧?一个手术,我一站往往就要好几个小时。

程米雪　(笑)轻松?你觉得我轻松?是你自己一直很轻松吧。是的,我是想轻松,可我能轻松得起来吗?这么多年了,我能轻松吗?

李少丰　米雪,你知道你不轻松——

程米雪　(抬手制止)打住,好了,别跟我说什么轻松。怎么选,是孩子自己的事情。

李少丰　难道给他点建议,不可以吗? 你不也想——

程米雪　我没说不可以,只是不要太绝对,好像只有你说的才是对的,这是家,不是医院,在医院,你是院长,可是在家里,不只是你一个人是家长。

　　　　[停顿。

李少丰　怎么说,我也是他父亲。

程米雪　父亲? 你管过他吗? 从他上幼儿园、上小学,又要上补习班,又要上辅导班,这个要学,那个要学,你管过他吗?

李少丰　管,他才多大,有什么好管的? 你又不是不知道,我那时候要评副主任医师,又要上班,又要写论文,还要伺候领导,打点评委,每天忙得焦头烂额。

程米雪　(冷笑)焦头烂额? 就你忙,难道孩子我管,管错了?

李少丰　你没错,可要是不去上辅导班,会出事吗?

程米雪　(爆发地、神经质地)这不是上辅导班的错,你知道吗? 如果那天你在家呢?

李少丰　你从来就是这么认为的,是吧?

程米雪　你不是从来就是这么认为的,是吗?

李少丰　你打心底里就认为责任在我。

程米雪　难道在我吗? 你知道那是个意外。

李少丰　可意外也是有条件的。

程米雪　李少丰,你不要只是怪我,你也是一个条件。

李少丰　好,我是一个条件,你也是一个条件。如果我在家,强子就不会去辅导班? 强子不会去辅导班,他就不会出事。可是如果我在家,强子还会去上辅导班,强子去了辅导班,你就会去接他,你去接他,他还会过马路,他过马路,就有可能还

116

会出事情。如果，没有那么多如果的。

程米雪　李少丰，你为什么这么狠？这么多年了，你一直觉得责任在我？

李少丰　米雪，对不起，责任在我，在我。

程米雪　那天你可以去接孩子的。

李少丰　那天我有个手术。

程米雪　你那天去喝酒了！

李少丰　我们主任过生日。

程米雪　你没有去参加主任的生日！你是和你的女学生在一起。

李少丰　我没有。

程米雪　(打断)中秋节的前一天，你那个女学生来找过我！

李少丰　我跟你解释过了——

程米雪　她告诉我你们在一起了。

李少丰　我都解释过了，她对我抱有不切实际的幻想！

程米雪　苍蝇不叮无缝的蛋。

李少丰　你这是什么理论，你这是不信任我。

程米雪　信任？你配吗？李少丰，不说了，我们不说了。我不想再听你说谎了，你也不要再说谎了，好吗？十二年了，我每天都在想强子，我留着他的房间，他的奖状，他的书包，他的小黄鸭，我每天都要去整理一遍，就好像明天他还会去上学。十二年了，我无数次地重复地看到那个场景——

李少丰　好了，米雪，不要说了——

程米雪　这是老天爷对我的惩罚。(想象着)那天是中秋节，他去补课，我去接他，又是加班，我晚到了，他一直站在路口等我，远远的我就看到他了，他就是这么一个小小的人，站在十字路口，他站了整整一个多小时，他看到我了，就向我冲过来……可那是红灯……强子！强子！别过来！别过来！

车！强子！别跑！车！车！

[记忆中巨大的刺耳的刹车声响起。

[程米雪跪在地上，发出哀号。

程米雪　十二年了，我不能不想，这是痛，真实的痛，就在那里，越来越深，刻在心里了，只有我自己承担，慢慢地去体会，这种痛是不会消失的，时间也解决不了，只能越来越深，别人是无能为力的。

李少丰　米雪，我会陪着你的，我会陪着你一起走出来，我们一起努力。

程米雪　我要跟真实的那个我相处。

李少丰　好啊！

程米雪　十二年了，我们俩就像是两只共生在一起的生物，我们紧紧地缠绕在一起，谁也离不开谁。别人是不会理解我们心里的痛，我们只能相互舔舐着伤口。

李少丰　这就是我们的生活嘛！

[李少丰抱住程米雪。

程米雪　一直以来，我一直很感激你，感激你一直陪着我。我妈说，清明节上坟的时候，只有一个人会跟我一样悲伤难过，那个人就是你。（推开李少丰）可就在今天，我突然明白我们之间的关系不是共生，是寄生。

李少丰　寄生？

程米雪　是的，我寄生在你的身上，离开你，我就活不下去，可现在我不愿意了。强子死了，我接受，我只能接受，我不再需要你的配合了。就像董青云的事，就像那个女学生的事，你能说得那么坦然，然后就像个没事人一样，明天又是新的一天，你可以重复性地撒谎！而我，做不到。

李少丰　我都跟你解释了，米雪，你到底想要怎么样？

程米雪　离婚吧。

李少丰　离婚？米雪,你喝多了,这种事情可不能开玩笑。

程米雪　我没有开玩笑。

李少丰　离婚？你不觉得麻烦吗？

程米雪　（看着李少丰）李少丰,你真可笑……我累了,我要去睡觉了。

　　　　〔程米雪转身下场。

　　　　〔李少丰走到餐桌前,他拿起程米雪的酒杯,一口气喝完杯中酒,他看着空空的酒杯,凄然地笑着。

　　　　〔电视画面突然亮了起来,非洲草原上,洪水泛滥,一片狼藉。

五

　　　　〔黑暗中,电视画面慢慢地变成雨季来临的草原,万物复苏,生机勃勃。

　　　　〔灯光渐起。

　　　　〔窗外,晨曦把整个城市照亮,城市的早晨开始繁忙。

　　　　〔不知不觉中,电视画面慢慢地变成新闻中的战争场面,依旧无声。

　　　　〔董青云从厨房里端出几片面包和三明治、黄油和橙汁放在桌子的一端,又端出一碗面放在桌子的另一端。

　　　　〔李小强穿着短裤和背心从房间里走出来。

　　　　〔电视画面慢慢地变成脑回路和神经元的重叠。

李小强　董叔。

董青云　强子,行李我都给你收拾好了。

李小强　谢谢。

董青云　早饭也给你做好了。

李小强　谢谢。

董青云　中秋节,放三天假,明天还有一天假呢。

李小强　是。

董青云　……你妈说你回北京要去逛颐和园?

李小强　同学约我去,估计也没啥好逛的。

董青云　不,颐和园很好玩的,可以仔仔细细地逛一整天的。

李小强　(笑)是吗?

董青云　坐。

　　　　〔两人坐下。

李小强　您又做牛肉面了?

董青云　不喜欢了?

李小强　喜欢的。好吃。

　　　　〔静场。

董青云　强子,有关选科的事情,我的建议是选外科。

李小强　我妈也是。

董青云　你自己呢?

李小强　外科。

董青云　强子,你不要受我们的影响啊,我们至多算是个建议。

李小强　我知道。

董青云　不管怎么样,以后在这方面我也许还能帮到你。

李小强　谢谢董院长,您现在可是中国脑外科的第一把刀。

董青云　(笑)以前你爸是第一把刀——你——今天几点的飞机?

李小强　我打算上午去上坟,晚上的飞机。

董青云　晚上? 坐晚班飞机很累的。

李小强　我今天想跟你们一起过个中秋节。

董青云　好。(少顷)你妈——她不让过中秋节的。

李小强　我知道。

董青云　那等你回来咱们过中秋节。先还是老样子,我陪你去给你爸上坟,八点出发吧。

李小强　不了,以前我小,您带我去,现在不用了,我都大二了。

董青云　上坟的东西我都准备好了。

李小强　谢谢。

　　　　〔李小强和董青云坐在桌子的两端,董青云把黄油抹在面包上。董青云抬头看着李小强。

董青云　橙汁?

李小强　(抬头)不,我喝苏打水。

　　　　〔强子起身去了厨房。

　　　　〔董青云若有所思地坐着,他下意识地拿起面前的黄油刀,不停地擦了擦。

　　　　〔李小强拿着苏打水从厨房里走出来,坐下吃面。董青云看着他。

董青云　……强子,你恨我吗?

李小强　什么?

董青云　我没有救活你爸爸。

李小强　董叔,您做的手术很成功,这是我们脑外科的经典案例,都进了医学院的教材了,我们每个学生都要学习和研究的。

董青云　十二年前,我是专程回来给你爸动的手术。我是有把握的。可是,那根血管离脑干太近了——

李小强　董叔,我爸死于并发症,您做的手术很成功,手术本身并没有问题。

董青云　是,我们都是学医的,医生不是上帝,只能尽力而为。十二年了,我时常还在回忆那个手术,我究竟有没有碰到那根血管?

李小强　董叔,跟那根血管没关系的。(稍停)我明白您的感受,我也一样,十二年了,我经常回忆到那个场景——那天也是中秋节,我上完辅导班,在路口等我妈,等了一个多小时,才看到我妈在马路对面喊我,我就急着冲了过去,可是突然,我看到我爸的车从对面路口开过来,我就停下来,站在马路的中央,大声地喊他,我爸听见了,他看到我,也看到了我妈,他的车就突然加速往前开,加速往前开……直接就撞到了前面的那辆水泥搅拌车。

　　　　〔记忆中,巨大的刺耳的刹车声响起来。

董青云　强子,你说过很多遍了。

李小强　是的,我只会说这些……我不该喊他,如果我没有喊他,也许就没事了。

董青云　这不能怪你,强子,在那种情况下,任何一个人都会下意识地去喊的。何况你也只有八岁,还是个孩子。

李小强　可是我不能原谅我自己。

董青云　不,强子,跟你没关系。那是——命。

李小强　(并不理会)他的车被撞扁了,我爸昏迷了,那个学生当场就死了。

董青云　我看过他的片子,我自信可以救他的。

李小强　谢谢您。

董青云　可是,我到现在也不明白,我究竟是哪里出了错。也许我不去动那条血管——

李小强　命。

董青云　是的,听天由命。你爸是我最好的同学。

李小强　是的。

董青云　如果他还在的话,他或许早就是我们医院的院长了,他肯定
　　　　会被选上院长的。我跟你爸有差距,他比我活络。

　　　　〔停顿。

李小强　您竟然就再也没有回美国。

董青云　竟然?当时你爸——你妈——她那时候——我有责任留下
　　　　来照顾你和你妈。

李小强　责任?——因为我爸的手术?

董青云　不。当然不是。

　　　　〔静场。李小强和董青云吃着早饭。

董青云　这两个月的生活费,我都打到你卡上了。

李小强　收到了,谢谢。

董青云　不够的话,就跟我说。

李小强　暂时不需要了。

　　　　〔静场。李小强和董青云吃着早饭。

董青云　你们的系主任是我在美国留学的同学。

李小强　是的。

董青云　需要帮什么忙,尽管跟我讲。

李小强　暂且没有。

　　　　〔静场。李小强和董青云吃着早饭。

董青云　在北京习惯吗?

李小强　还行。

董青云　很干燥。

李小强　是的。

董青云　我以前生活在北京,挺适应的。我受不了上海的潮湿,每次来上海都觉得浑身黏嗒嗒的。现在好了,在上海久了,也习惯了,倒是每次回北京待不了几天就会上火,嘴干,甚至出鼻血。

李小强　是。

　　　　[静场。李小强和董青云吃着早饭。

董青云　你妈发表在《柳叶刀》上的那篇论文,你看了吗?

李小强　没。

董青云　有空去读一下,关于精神分裂症,我仔细读了,真不错。

李小强　不过,现在对她也没啥用了,她已经是教授了。

董青云　你爸过世后,你妈一直很努力,不像之前,她只会相夫教子。

李小强　小时候的事情我不记得了,不过,长大后,在我眼里,她就是个工作狂。

董青云　强子,你毕业了,是打算留在北京工作,还是想回上海?

李小强　北京。

董青云　好,我可以找到人帮助你。

李小强　回上海也行。

董青云　噢,那我也能试着找找。

　　　　[静场。李小强和董青云吃着早饭。

董青云　强子,说到你爸爸让你——

李小强　没事的,董叔。

董青云　每次我一说到你爸爸,就发现你——

李小强　没,董叔。

董青云　唉,你爸要是还活着,该有多好啊,他肯定也会让你选外科的——

李小强　（站起来）董叔，我吃完了。

董青云　噢。再喝点橙汁？

李小强　董叔，我喝的是苏打水。

董青云　对，苏打水。

　　　　〔李小强离开桌子，他欲下场，走了几步又站住。

李小强　（转身，突然）爸。

　　　　〔董青云突然呆住了，他手里的三明治停在嘴边。

李小强　爸，我每次给家里打电话，都会是你接电话，然后你就立刻把电话转给我妈。其实，我是打给你的。下次，你接电话，就不要转给我妈了。我要是找她，我可以打她手机的。（晃了晃手中的苏打水）还有，我喝的苏打水，你放松点。

　　　　〔董青云呆呆地坐着，他看着李小强，李小强转身去客房，下场。

　　　　〔静场。

　　　　〔董青云突然哭了起来。稍后，他看到那把黄油刀，拿起来，又不停地擦着。

　　　　〔李少丰端着一碗面条从厨房里走出来，他坐在桌子前，有滋有味地吃着。

　　　　〔董青云转头看着李少丰。

董青云　你喜欢吃面条？

李少丰　唔，米雪做的阳春面最好吃。不过，她喜欢吃面包，做作。

董青云　我本来喜欢吃炸酱面。

李少丰　你北京人啊。

董青云　米雪不会做。

李少丰　她上海人。（笑）青云，轻松点了？

董青云　什么？

李少丰　你说了啊。

董青云　是的。

李少丰　为什么？

董青云　我不想再撒谎了。虽然我也不知道那到底算不算是谎。

李少丰　可为什么是现在？

董青云　因为我觉得什么都可以承受了。

李少丰　强子？

董青云　是。

李少丰　他叫你爸了？

董青云　是的。

李少丰　你知道，你是不可以说的。

董青云　不，我说了。

李少丰　即便你还不十分确定？

　　　　〔静场。

李少丰　你准备继续吗？

董青云　什么？

李少丰　说啊。

董青云　说什么？

李少丰　你给我动的手术。

董青云　我不知道。

李少丰　勇敢点儿。

董青云　本来也没什么可说的。

李少丰　可你把我的病历都毁了？

董青云　是手术记录，不小心，丢了。

李少丰　（笑）丢了？这么大的一家医院。其实也查不出什么的，只
　　　　是你心里不安。

董青云　是,不——是为了保险起见。

李少丰　手术是成功的,有专家们的会诊可以证明,第三天我甚至都可以进食了。再说,这是一个医学界全面关注的手术,一切都是公开的、透明的。各种检查、各项指标、各种判断,你都做得滴水不漏——我躺在冰冷的手术台上,把命交在了你的手中——你可以不碰那根血管的——可它就在那里,穿过脑干,裹在血块里,跟一堆颅骨碎屑交错在一起——可它却躲过了车祸的撞击,完好不损——手术刀就在你的手里,你把它伸进了血块,碰到了那根血管——力道刚刚好,割破了血管的外膜,组织液会一点点地渗出——神不知鬼不觉——一个星期之后,当组织液积累到一定的程度,脑干血管就会突然破裂——也就几分钟的事情——病人死于并发症!

董青云　你知道那是一个选择,我只有动那根血管,才能把你的创面清理干净,你才有治愈和康复的可能。

李少丰　但是割破了血管的外膜,我就有可能会在一周之后死于并发症。

董青云　你我都是医生,即使我已经做过了手术评估,但是存在这样的概率,就像是赌博,谁也不能保证百分之百的成功。

李少丰　是的,但是只要你动了那根血管,不管以后我是真的康复了,还是一周之后,我死于并发症,手术本身都算是成功的。

董青云　是的。

李少丰　当然,你也可以不这么选择,不去动那根血管。

董青云　那你有可能会成为植物人。

李少丰　那手术就不能算成功。如果手术不成功,你就不可能回中国,也不可能跟米雪在一起,你就不会有今天的成就,一个院长?

董青云　我没有想那么多!

李少丰　……

董青云　(盯着李少丰,少顷)那如果换作是我呢? 躺在手术台上的
　　　　是我,你来给我做手术,你会怎么选?

李少丰　我欺骗过你,我欠你的,可你不欠我的。

　　　　[静场。

李少丰　那根血管离脑干挺远的。

董青云　不远。

李少丰　对你来说,挺远。

董青云　看你怎么看了?

李少丰　是的,只有你自己知道。

董青云　知道什么?

李少丰　远,还是不远?

董青云　是的,我知道。

李少丰　是的,你知道就行。

　　　　[董青云端起桌上的碗,递给李少丰。

董青云　吃完了?

李少丰　(接过碗)是的,待会儿我还要和强子见面呢! (笑)不过,你
　　　　放心,我是告诉不了他什么的。

董青云　本来也没有什么。

　　　　[李少丰转身从厨房下场。

　　　　[董青云看到黄油刀,他拿起来,开始擦起来,然后,他高高
　　　　举起黄油刀,就像拿手术刀一样,他看着出神。

　　　　[程米雪拿着包,急急地从楼梯上走下来,她远远地看着董
　　　　青云。

程米雪　怎么了?

董青云 （掩饰着）没，没什么。

程米雪 强子跟你说什么了？

董青云 没。

程米雪 你跟强子说什么了？

董青云 没。

程米雪 那怎么——

董青云 米雪，强子叫我爸了。

程米雪 噢。

董青云 今天是老李的忌日。

程米雪 噢。

董青云 我们一起去看看他吧，陪强子一起——

程米雪 不行，我今天安排了一个论坛。接我的车都快到楼下了。

董青云 那个论坛你是可以不参加的。

程米雪 不。

董青云 我知道你和小强是从来都不过中秋节的，每年的今天你都
安排了事——米雪，也许那时候少丰他是不应该，可是总不
能一辈子——

程米雪 不是也许，是确实，中秋节的前一天，那个女学生找过我——

董青云 男人嘛，有时候难免——

程米雪 青云，你别找事儿。

董青云 只是我刚才和强子聊起来，就随便问问。

程米雪 青云，这事我们不要再提了。该做的我都做了，我把你从美
国请回来给他动的手术，当时你在美国是脑外科专家。

董青云 这个手术风险极大，我是不想回来的。

程米雪 是的，一开始你是拒绝的。他当时是中国脑外科的第一把
刀，全国的专家进行了会诊，手术风险太大了，没人敢给他

做手术的,我求你帮帮他,也是帮帮我。

董青云　是,为了帮你,我才回来的。

程米雪　我很感激。我做了那么多的努力,我在家里忙死忙活,可是他呢?他竟然跟自己的女学生——我不欠他什么,我是对得起他的,其实,什么样的结果我都接受,我尽力了——还有,他跟我撒谎,去颐和园那天回来的晚上,他说你让他来跟我说,说你要出国,让我别误会我们俩之间的关系,是他拆散了我们。他是重复性撒谎,不能原谅他——

董青云　年轻那会儿,谁能没有几件荒唐事?

程米雪　荒唐?——这不是荒唐,这是品质问题。

董青云　所以当年,就在我进手术室之前,你突然拉住我,跟我说了这件事。

程米雪　是的。(稍停)但是,这手术你还是可以选择做,或者不做。当时,我一直在犹豫要不要跟你说,我怕会影响你做手术时的情绪。但是,如果我不告诉你,我又觉得这对你不公平,就好像我也在骗你,在利用你。

董青云　不会的,那是你们内科医生的想法。我们外科医生动手术,是不应该被情感所左右的。

程米雪　是的,这你说过,所以我说了,问心无愧。

董青云　好了,这事你就不用放在心上。

　　　　〔停顿。

董青云　对了,那件事,我早就知道。

程米雪　哪件事?

董青云　你刚才说的,他撒谎的事,我早就知道。

程米雪　你……早就知道?

董青云　是的。

程米雪　……早？什么时候？

董青云　毕业那天他就跟我说了。(稍停)他说他对不起我，但是他必须这么做，因为他爱你，这是唯一的方法，只是用了不正当的手段去竞争罢了。

程米雪　等等，你早就知道了？

董青云　如果再来一次，他还会这么做的，他不后悔。那时候，我已经准备去美国了，而你们俩都分到了上海，就在我们现在这家医院。

　　　　[程米雪吃惊地看着董青云。

　　　　[静场。

程米雪　所以——你知道？

董青云　是。

程米雪　那时候你早知道了，那你为什么不来找我？

董青云　你们已经在一起了，难道我要拆散你们吗？

程米雪　那你还同意回国给他做手术？

董青云　他是我最好的朋友。再说，事情本就都过去了，无法挽回。

程米雪　无法挽回？

董青云　是的。你们早就在一起那么多年了，我还能挽回什么？

　　　　[程米雪陷入沉思，他们默默地吃着早餐。

董青云　你怎么了？

程米雪　没什么，只是意外。

董青云　是，是意外。

程米雪　(看着董青云)意外？你是说车祸，还是手术？

董青云　都是。

　　　　[静场。

程米雪　少丰以前特别喜欢讲笑话，他曾经给我说过这么一个笑话。

　　　　　　说是一只乌鸦落在了黑毛猪的身上，它竟然就迷路了。

董青云　（笑）那是，谁也看不见谁的黑，因为它们都黑。

　　　　　　〔董青云意识到了什么，他突然停下来，程米雪静静地看着他。

　　　　　　〔静场。

　　　　　　〔突然，响起了电话铃声。程米雪接听。

程米雪　（接电话）……我好了……不……算了……我刚想给你打电

　　　　　　话呢……今天的论坛我不去参加了！……我家里突然有

　　　　　　事……好，下次我一定参加，再见！

　　　　　　〔程米雪挂上电话。

程米雪　（大声地喊）强子！

　　　　　　〔李小强拖着行李箱从客房走出来。

李小强　妈？

程米雪　走吧。

李小强　走？

程米雪　我跟你一起去。

李小强　一起？去陵园？

　　　　　　〔程米雪拿出纸巾，迅速地擦掉口红。

程米雪　我想去看看你爸爸。

李小强　（意外）妈？

程米雪　你爸葬在松鹤园的什么地方？

李、董　是玫瑰园。

　　　　　　〔程米雪在手机上面快速地搜着。

　　　　　　〔李小强转头看着董青云。

　　　　　　〔董青云站起来。

董青云　我去拿一下衣服，我陪你们一起——

程米雪　不了，老董。

李小强　董叔一起吧,妈。

董青云　对,一起,我开车。

程米雪　(看了一下手机)算了,老董,我们打车去,挺方便的。

董青云　那何必呢?

程米雪　我想跟我儿子去。

董青云　那好。中午早点儿回来。老样子,还是我做饭!

程米雪　不了,中午我跟我儿子在外面吃,我想和我儿子过个中秋节。走吧!

李小强　再见,董叔。

董青云　再见。

　　　　[程米雪挽住李小强的胳膊,他们一起离开,下场。

　　　　[董青云走到餐桌前。

董青云　(喃喃地)过中秋节?

　　　　[董青云看到桌上的那把黄油刀,他拿起来,用餐布擦着。稍后,他坐下来,把黄油刀高高地举起来,抬眼怔怔地看着。

　　　　[窗外,风起云涌,日光飞逝。

　　　　[电视机画面突然亮起,非洲草原,旱季来临,几堆枯骨,无尽的苍凉。

六

　　　　[窗外,风雨大作,电闪雷鸣,风掀起窗帘,有些诡异。

　　　　[电视机的画面消失,只有没有信号的雪花屏,无声地亮闪着。

［桌上，一只酒瓶，两只酒杯。

［李少丰上场，他头疼欲裂，有些踉跄地走到沙发前，躺下。

［程米雪穿着睡衣从客房里走出来。

程米雪　电视怎么了？

李少丰　没信号。

程米雪　那你还看，不要太累，啊。

李少丰　没看。

程米雪　不是开着吗？

李少丰　忘了。

　　　　［李少丰关了电视，站起来。

李少丰　喝点儿？

程米雪　我刷过牙了。

　　　　［李少丰给自己倒了杯红酒，他怔怔地看着程米雪。

程米雪　少丰，我说过多少次了，挤牙膏不要从中间挤。

李少丰　知道。

程米雪　知道，那你为什么还从中间挤？你为什么不从后面往前挤，
　　　　这样的话，前面总是鼓鼓的，后面扁扁的，牙膏也好挤出来。

李少丰　我就是觉得哪里鼓就挤哪里，方便。

程米雪　不，其实不方便，会挤乱掉的。而且，像你这种挤法，牙膏一
　　　　会儿跑到前面，一会儿跑到后面，不好挤的，这不是在给自
　　　　己找麻烦吗？而且，我还得给你挤回来，再慢慢地往前挤。

李少丰　我没让你挤回来啊。

程米雪　可是我得从后面往前挤啊。

李少丰　不就是挤个牙膏吗？走一步看一步，车到山前必有路，何苦
　　　　把自己弄得那么累？

程米雪　不，从后往前挤，你就会知道牙膏还能用多久，大概多久就

134

可以换新牙膏了。

李少丰　心血来潮,随遇而安,不好吗?

程米雪　你看,这不光是挤牙膏的事情。

李少丰　那是什么?

程米雪　生活态度。

李少丰　喂,有这么重要吗?

程米雪　当然,说了你也不会听的。

李少丰　好,我下次听你的,行了吧!

程米雪　你看,这是什么态度?

李少丰　听你的不行吗?

程米雪　可是坚持不了几天。

李少丰　我努力过。

程米雪　(笑)努力?不就是挤个牙膏吗?有那么难吗?

李少丰　是不难,可是我并没有认为我的挤法就是错的。我只是不
　　　　想跟你吵,所以——

程米雪　你看,说实话了。

李少丰　是的啊,我为什么非得从后往前挤?我觉得哪里舒服就从
　　　　哪里挤,怎么了?(稍停)算了,我们买两支牙膏吧,你按照
　　　　你的挤法去挤,我按照我的挤法去挤,不就行了吗?

程米雪　不是这样的。

李少丰　那是哪样的?

程米雪　你的挤法是错的。

李少丰　我怎么错了?牙膏不是只有一种挤法的,可以从后面往前
　　　　挤,也可以从中间挤,哪里鼓起来从哪里挤,还可以从前面
　　　　直接挤啊。

程米雪　那能挤几回呀!

李少丰　没有了,从中间挤些回来,不就得了。

程米雪　又挤完了呢?

李少丰　从后面往前挤啊。

程米雪　那你干吗不一开始就从后面往前挤,非要等前面用完了,再从后面往前挤,你不是有病吗?

李少丰　喂,这真的不是我的问题。我,想怎么挤就怎么挤,你,想怎么挤就怎么挤,你干吗非得强迫我从后面往前挤啊?

程米雪　跟你没法谈。

李少丰　好了,我听你的,行了吗? 从后往前挤。

程米雪　你心里面没接受。

李少丰　我行动上接受了。

程米雪　这还是等于没接受。

李少丰　你欺人太甚了。

程米雪　喂,我就让你挤个牙膏而已。

李少丰　是,可你又说不光是挤个牙膏的事情。

程米雪　是的。

李少丰　是的?

程米雪　是的。

李少丰　那到底是还是不是?

程米雪　既是,又不是。

李少丰　什么意思?

程米雪　你这个人一点情趣都没有。

　　　　〔静场。

程米雪　算了,不跟你说了,我去睡了,明天是中秋节,强子不上学,下午他去上辅导班。

李少丰　明天是我们主任生日,我还有个手术——

程米雪　我知道,你忙你的。我下班后会去接他的。(少顷)你知道强子是从哪里挤牙膏的吗?(有些得意地)他跟我一样,从后往前挤。

李少丰　是吗?

程米雪　是的,千真万确。你早点睡啊,别又躺在沙发上看电视。

　　　　[程米雪沿着楼梯往卧室走去。

程米雪　少丰,牙膏,我给你挤好了。

　　　　[程米雪看了看李少丰,她走进卧室,下场。

　　　　[李少丰坐在沙发上,他喝着红酒。

　　　　[李小强从客房走出来。

李少丰　强子,出国的东西再检查一遍——

李小强　好了。

李少丰　你去美国,我应该去陪你的——

李小强　不需要。

李少丰　你第一次坐这么长时间的飞机——

李小强　我知道。

李少丰　入境的时候——

李小强　我知道。

李少丰　在美国——

李小强　没问题。

　　　　[静场。

李少丰　这次你去美国,有空去找一下我的大学同学,他叫董青云,我和他是很好的兄弟——

李小强　我不需要。

李少丰　万一有什么事情——他可以帮你——

李小强　我不需要。

李少丰　那我开车送你。

李小强　我叫好车了。

　　　　〔静场。

李少丰　强子,我——我给你做了牛肉面!

李小强　我不吃。

李少丰　为什么?

李小强　我不饿。

李少丰　你以前都是很喜欢吃的。

李小强　我不喜欢这筷子的味道。

李少丰　筷子?

李小强　一股抹布的味道。

李少丰　抹布的味道。

李小强　是,小的时候,我觉得这味道虽然很难闻,但是很亲切,以
　　　　前,妈妈总在厨房做饭,厨房里到处都是这抹布的味道……
　　　　那天早上,妈妈说,你晚上不在家,她会给我做牛肉面——

李少丰　那天我有个手术。

李小强　——不,你去喝酒了。

李少丰　我们主任过生日。

李小强　然后她出了车祸,被车撞死了。

李少丰　强子——

李小强　从那以后,我只要闻到这抹布的味道,我就想吐——
　　　　〔静场。

李少丰　强子,我希望你不要总是困在过去里,我希望,你把这碗牛
　　　　肉面吃了——

李小强　我只吃我妈做的牛肉面。

李少丰　好。

[静场。

李少丰　强子，我知道你恨我。

李小强　说这些有意义吗？

李少丰　你妈的死，不是我的错——

李小强　这没有意义。

李少丰　我和那个女学生没有关系——

李小强　你说这些有意义吗？如果那天你和那个女学生没有在一起，妈妈就不会在十字路口朝你们冲过去，如果她没有冲过去，她就不会被车撞死。（喊）这些你知道吗?!

[李少丰欲上前解释。李小强转身下身。李少丰突然觉得头疼欲裂，他跌倒在沙发里。他从口袋里掏出药瓶，倒出几粒，吞下去。

[窗外，响起了惊雷。电闪之下，城市的夜浮浮沉沉。

[少顷。

[董青云穿着睡衣从客房里走出来。

董青云　少丰。

李少丰　（判断着看着董青云，迟疑地）青云，还没睡呢？

董青云　倒时差，睡不着。你怎么还不睡呢，少丰？

李少丰　这雨下得昏天黑地的，就醒了。

董青云　你应该休息的，过两天要手术的。

李少丰　（苦笑）我没事。

[李少丰给自己倒了杯红酒。

董青云　你不能喝酒的。

李少丰　无所谓了。

董青云　少喝点儿吧。

李少丰　没事。

董青云　还疼吗？

李少丰　醉了就不知道疼了。

董青云　你呀，也许就是大学那会儿酒喝多了，那时候你经常喝醉。

李少丰　醉了，多好。

　　　　〔李少丰又倒了杯酒，递给董青云，两人碰杯，喝酒。

李少丰　青云，谢谢你专程从美国回来给我做手术。

董青云　这是什么话？

李少丰　我本来不让强子跟你说的。

董青云　强子找到我，我很意外，那么多年没有联系了。（稍停）还
　　　　有，米雪她——

李少丰　（少顷）那年中秋节，强子才八岁，刚上小学生二年级，米雪
　　　　非得让他去上辅导班，她去接他的时候，强子在马路对面看
　　　　到她，就想冲过马路跑过来，米雪想去制止他，被一辆路过
　　　　的卡车给撞了。

　　　　〔记忆中，巨大的刺耳的刹车声响起来。

董青云　强子说——你当时也在场？

李少丰　是的，那天我的手术结束得早，我就开车去接他们，车就停
　　　　在路口，我亲眼看见的。（停顿）当时我的身边还坐着一个
　　　　女学生，米雪就站在路中间，她看到了我们，她走了神。（停
　　　　顿）我再也没机会向她解释了——她就是我的一个女学生。

　　　　〔静场。

李少丰　强子恨我，高中一毕业就去了美国，就再也不回来。

董青云　是的，人们都以为距离和时间可以让我们忘掉痛苦。其实
　　　　不然。

　　　　〔静场。

董青云　这么久了，你为什么不告诉我？

〔停顿。

董青云　你——为什么要娶程米雪?

〔停顿。

李少丰　(看着远方)颅底星形细胞瘤,你看,我一个脑外科专家得了
　　　　这种病。

〔静场。

〔董青云看着李少丰,他突然有些激动,忍不住哭了起来。

李少丰　怎么了?

董青云　对不起。

李少丰　这是什么话?

董青云　我那时不该去美国的。

李少丰　多少人想去的,没机会。

董青云　那天逛完颐和园,你真的跟米雪说,让她别误会我和她之间
　　　　的关系?

李少丰　她说的?

董青云　是的。

李少丰　对,我是这么说的。

董青云　为什么?

李少丰　我不能让你们在一起。

董青云　为什么?

李少丰　那是不会有什么好结果的,只会毁了你,也会毁了她。

董青云　那你们就可以在一起了? 即便你不爱她。

李少丰　是的。

董青云　为什么?

李少丰　因为你。

〔静场。

　　　　　[窗外，风声雨声。

李少丰　你真的爱米雪。

董青云　我不知道。

李少丰　（笑）我就知道。

董青云　知道什么？

李少丰　你只是做给我看的。

董青云　你这么认为？

　　　　　[静场。

李少丰　我真的没想过二十多年后还能见到你。

董青云　我想过。（稍停，喝了口酒）经常想。

李少丰　你毕业之后去了美国，就再也没回来，真有你的。

董青云　我父母和姐姐都在纽约，国内也没什么亲人了，除了——你。

　　　　　[李少丰显然被董青云的话打动了，他想喝口酒掩饰一下情
　　　　　绪，可是手却不听话地抖了起来。

　　　　　[董青云伸过酒杯，跟他碰了一下，碰声清脆。他们各自喝
　　　　　了口酒。

李少丰　那么多年，在美国，你一个人。

董青云　是的。

李少丰　五十多岁的人了，不能一辈子一个人——

董青云　习惯了。（笑）你不也一样。

李少丰　不一样。

董青云　是，不一样。

李少丰　你——生活得怎么样？

董青云　我能怎么样，拼尽全力，换来一个普通人的生活罢了，这本
　　　　来就是社会上大多数人的真实写照。

李少丰　其实都一样。（稍停）听说你想回国发展？

董青云	回来？谈何容易。
李少丰	我可以帮你。
董青云	帮？

〔李少丰放下酒杯，拿起桌上的一份资料。

董青云	这是什么？
李少丰	这是我给自己的手术做的方案。
董青云	手术方案？
李少丰	（苦笑）颅底星形细胞瘤二期，你知道，我是中国脑外科第一把刀，全国的专家都很关注这个手术，但没人敢来给我做，因为它已经扩散了，手术的难度非常大。无论谁给我做手术，谁就能成为全国脑外科的第一把刀。
董青云	第一把刀？
李少丰	就那根血管，离脑干远还是不远，就看你的了。
董青云	你是……什么意思？
李少丰	手术刀就在你的手里，你把它伸进血块，碰到那根血管——力道刚刚好，割破血管的外膜，组织液会一点点地渗出——神不知鬼不觉——几天之后，当组织液积累到一定的程度，脑干血管就会突然破裂——也就几分钟的事情——我会死于并发症！但，你的手术会非常成功！
董青云	少丰，我当然不可以这么做。
李少丰	两全其美的事情，为什么不可以？
董青云	两全其美？你是会死的。
李少丰	死？青云，你还记不记得大学的时候，我跟你说过什么？——
董青云	（回忆着）有的时候，手术不是为了延长生命，而是为了减少痛苦。

〔静场。

李少丰　谢谢。

董青云　（苦笑）少丰，我等了二十年，我等来的就是要亲手结束你的生命？

李少丰　结束我的生命？你这是在帮我。

　　　　［李少丰拿起酒杯，他们碰杯，一饮而尽。

董青云　少丰，我不可以——

李少丰　那就算——我最后在帮你——

　　　　［一个闪电照亮了城市的夜空。

李少丰　青云，不早了，睡吧。晚安。

董青云　晚安。

　　　　［董青云往房间走去。李少丰突然叫住他。

李少丰　青云，你是怎么挤牙膏的？

董青云　什么？

李少丰　你是怎么挤牙膏的？

董青云　挤牙膏？我——（思索着）我是从后面往前挤的。怎么了？

李少丰　噢，没什么。

董青云　你呢？

李少丰　我也是。

董青云　哦。（笑）晚安。

李少丰　（笑）晚安。

　　　　［董青云从客房方向下场。

　　　　［李少丰怔怔地看着他，他像是回到了现实。

　　　　［突然，响起了电话铃响，李少丰从口袋里摸出电话接听。

李少丰　喂，我是李少丰！……什么？董医生不愿意回来给我做手术？……你们联系的医生是叫董青云吗？……什么，他早就不做医生了？……噢，我知道了。再见！

[李少丰失落地挂了电话,只留下一个孤独的背影。

[突然,电视机画面兀地亮了起来,非洲草原,生机一片。两只狮子正在快乐地相互追逐着。

七

[舞台中央的桌椅、沙发换成两张病床及病房里简易的一张桌椅。这块区域与周围程米雪家的客厅形成鲜明的对比,就像是真实客厅环境里包裹着的一方世外桃源,但它的确是医院的病房。

[李少丰穿着病号服侧身躺在一张病床上,看不到他的脸。

[董青云穿着护工服,他推着送饭用的手推车上场。董青云从车上拿出一个托盘,里面放着面包、黄油和一杯橙汁,他把它放在餐桌的一端,又端出另一个托盘,里面一大碗面,他把面放在桌子的另一端。

董青云　十五床,早饭好了。

李少丰　噢。谢谢董师傅。

董青云　老样子,面包、橙汁、两块黄油。

李少丰　(翻过身看着李小强)谢谢啊。

董青云　咖啡要吗?

李少丰　不用了,谢谢。

董青云　十六床呢?

李少丰　噢,洗漱去了。

董青云　她也是老样子,一份牛肉面。

李少丰　双份辣。

董青云　双份辣，加了。

　　　　［李少丰翻身坐起来，他看着桌上的早餐，发呆。

　　　　［程米雪穿着白大褂，脖子上挂着听诊器上场。

董青云　程医生早。

程米雪　董师傅，早。（对李少丰）早啊，十五床，感觉怎么样？

李少丰　啊，程医生，挺好的。就是有些头疼。

　　　　［程米雪坐在床沿，用听诊器听了听李少丰的胸部，又拍了
　　　　拍他的背部，然后让李少丰咳嗽了几声。

程米雪　昨天晚上睡得好吗？

李少丰　还行，迷迷糊糊的。

程米雪　过几天就可以出院了。

李少丰　在这里都习惯了……

程米雪　别担心，回家了，药按时按量吃就可以了，你的病也许还会
　　　　有反复的，要学会跟它相处，现在有这样疾患的人很多，其
　　　　实也没什么的，正视它就可以了，啊。

李少丰　谢谢程医生。

程米雪　十六床……昨天晚上有什么情况吗？

李少丰　没什么，就是半夜的时候又说梦话了。

程米雪　是吗，又说什么了？

李少丰　她大声地叫着强子什么的……

程米雪　强子是她儿子。

李少丰　知道的，这几天她……说话……总是颠三倒四的。

程米雪　电击后的正常反应，她会失去一部分的记忆，不过，没事儿
　　　　的。她……还会有幻听的，还会有一些不真实的想象。

李少丰　是的，她一直认为这里是她的家。

程米雪	（笑）还认为你是她丈夫？
李少丰	是的,她认为我是一名脑外科专家。她自己是一名脑内科医生。
程米雪	那你还得继续扮演了……
李少丰	知道的,程医生。
程米雪	难为你了。别忘了盯她吃药！
李少丰	我会的。
程米雪	（拍了拍李少丰的肩膀）再见。
李少丰	再见。

〔程米雪站起身。

〔李小强穿着白大褂上场,他盯着三个人,三人立即变得紧张起来,有些不知所措。

李小强	怎么,都在这干什么呢？
李少丰	没,没。
程米雪	李……李医生。
李小强	（指着程米雪）又扮起医生来了？ 这白大褂哪来的？
董青云	我从医生值班室拿的。
李小强	赶快脱了。
程米雪	是。

〔程米雪忙不迭地脱下白大褂递给李小强,露出里面的病号服。

李小强	（指着董青云）咦,你不是十三床吗,怎么又跑到别的病房来了？
董青云	对不起,李医生。
李小强	好了,都听好了,吃药,赶紧吃药。

〔李小强给三人分药,他们各自颤颤巍巍地吃药。

李小强	吃完药,赶紧吃饭,吃完了,再好好睡一觉！ 今天是中秋节,

晚上医院会有中秋晚会,到时候,大家一起参加,啊。

李少丰　嗯嗯。

李小强　(指着董青云)回你的病房去。

　　　　[董青云跟着李小强下场。

　　　　[静场。

　　　　[李少丰和程米雪相视而笑。他们分别坐到桌子的两边,他们各自开始吃饭。程米雪哧溜哧溜地吃着面条,她吃得有些急。

　　　　[李少丰停下来,他看着程米雪。程米雪意识到了,她停止吃面条。

李少丰　这么吃不消化。

程米雪　嗯。

李少丰　那你还吃得这么快。

程米雪　嗯。

　　　　[程米雪突然被呛着,她不停地剧烈地咳嗽起来。

李少丰　慢点。

程米雪　(咳嗽着)没——没事!

李少丰　你喝点橙汁。

　　　　[李少丰把橙汁递给程米雪,她看着,犹豫了一会儿,最终接过来,喝了一口,平复了一些。

程米雪　我给你讲一个故事。

李少丰　啊。

程米雪　有一个乌鸦,它落在黑毛猪的身上,就迷路了。它跟猪说:猪,你好黑,让我都迷路了。猪回答说:你才黑,所以才迷路了。

李少丰　啊。

程米雪　啊?

李少丰　怎么了？

程米雪　我们——我们都是乌鸦，乌鸦落在了黑毛猪身上，只看见猪的黑，没看见自己的黑。

　　　　[程米雪咳嗽起来。

李少丰　你不该放那么多辣椒的。你看，辣，呛着了。

程米雪　不是因为辣，是因为……急着要说话。

李少丰　噢，那不说了，吃饭。

程米雪　嗯。

　　　　[李少丰啃着面包。程米雪开始慢慢地吃着面条。

　　　　[静场。长久的沉默。

　　　　[李少丰突然抬起头看着程米雪。

李少丰　米雪，昨天晚上，你跟我说，董青云离婚了?!

　　　　[程米雪惊恐地抬头看着李少丰。

尾声

　　　　[舞台的一角。灯光下，那座冰雕的男孩塑像几乎消融殆尽。

　　　　[程米雪、李少丰、董青云和李小强分别坐在沙发上。他们直直地看着观众，他们说着台词，从相互的交流变为自说自话，从小声说话变为声嘶力竭的叫喊，最终，他们各自完全没有沟通，徒有叫喊。

程米雪　问题本身不是问题。

李少丰　那什么是问题？

程米雪　分析问题。

李少丰　分析问题有什么问题？

程米雪　这就成了问题本身。

李少丰　我不明白。

程米雪　想啊。

李少丰　想不出来。

程米雪　你没想。

董青云　(提高音量)你怎么知道我没想。

程米雪　因为这问题根本不用想。

董青云　那你又说是问题。

程米雪　此问题非彼问题。

李少丰　那到底是什么问题？

董青云　问题本身不是问题。分析本身才是问题。

李少丰　为什么分析本身是问题？

董青云　分析，对你来说不是问题，对我来说是问题。

李少丰　是问题当然要分析。

程米雪　所以是问题。

李少丰　什么问题？

程米雪　我们之间的问题。

董青云　我们之间有问题吗？

程米雪　我们之间没有问题吗？

　　　　〔四人各自变换姿态，言语也变得激烈起来。

李小强　我觉得没有问题。

董青云　好，那就是上帝的问题。

李少丰　上帝怎么会有问题？

董青云　上帝怎么就不会有问题？

李小强　那这问题就让上帝自己解决吧！

程米雪　如果上帝能解决自己的问题,那上帝又怎么会有问题呢?

李小强　是问题总得说清楚吧!

董青云　我已经说过了。对你来说是,对我来说不是。

四　人　(同时)什么意思?

　　　　[三个男人甚至开始走动起来。

程、董　我说话,你从来不听。

丰、强　我听了。

程、董　你觉着你在听!

丰、强　我觉着!

程、董　是的。

丰、强　你没觉着?

程、董　当然。

丰、强　当然?

程、董　是啊。

丰、强　是啊?!

程、董　你脑子怎么长的啊? 我真想把你的脑子剖开来看看里面是
　　　　什么成分。

丰、强　那是我的专业!

程、董　不可理喻。

丰、强　你一样不可理喻。

李少丰　(喊着)你跟我绕来绕去在绕什么啊?

　　　　[其他三个人也跟着喊起来。

程米雪　是我在绕吗?

董青云　难道是我?

李小强　不是吗? 我在跟你讲道理,在分析问题,在解决问题。

董青云　这是问题的关键。

李少丰　关键？

程米雪　我不需要你跟我讲道理，我也不需要你给我分析问题。

李小强　你说的我都懂。我不需要你一遍一遍地说。

李少丰　懂？

董青云　那你就说懂不就行了吗？

李小强　这需要说吗？

董青云　你不说我怎么知道你懂没懂？

程米雪　这重要吗？

李少丰　这当然重要。

李小强　不，这一点都不重要。

董青云　那什么是重要的。

程米雪　你不要再分析了。

李少丰　我又不是哑巴。

程米雪　那你就当自己是个哑巴吧？

四　人　（同时）为什么？为什么？为什么？为什么……闭嘴！

　　　　［四人叫喊的最高处突然停止。

　　　　［静场。

　　　　［灯光急暗，舞台归于黑暗。只有一束光照那渐已融化的小孩冰雕。

　　　　［黑暗中，不安的声音响起，类似高频的声音，持续而单调。

　　　　［剧终。

人人都是孤岛

话剧《不可说》剧本里有一段台词：人人都是孤岛，我们隔海相望，却渴望彼此依靠，直到有一天我们化作了尘埃，才能在彼此的孤绝中相遇，相互碰撞、倾轧、折磨、终老。

《不可说》这个剧本缘于我对于生活本真的认知与思考，尤其是生活的状态、命运的无常，以及世人的孤独。作为独立的个体，人与人本质上是无法沟通的，求同存异让生活得以继续，让人与人之间的关系得以维系，都是因为妥协、谎言和沉默。可是人与人之间又是相互关联的，因为放下、希望与爱，那种碰撞和融合所带来的喜悦、理解与热诚又是我们寻求彼此的最终目的，也正是因为如此，人与人才构筑了如此纷繁复杂的人类社会。

佛曰：不可说，不可说，一说即是错。世间万物有许多都是只可意会而不可言传的，有许多事情只可做，而不可说。真正的真理是要靠自己的心灵去感悟，那是无法用言语来表达的，所有的法门都是以一心应对万心的，不可执着于言说。《不可说》这个剧本呈现的是生活状态，它开始于一个男人与一个女人无法沟通的生活日常，男人与女人就像是不同的物种，生活中的点点滴滴都是无法相互理解的，男人与女人在一起只是一种形式而已，可以是婚姻，也可以是别的关系，生活的本质是无法沟通而荒诞的，所有人的最终状态都是孤独的，这甚至成了人的终极状态。

剧本写于疫情期间，疫情发生之后，人与人之间从物理空间到生理空间、心理空间都是隔离的、孤立的，社会也呈现出一种极端撕裂的状态，人与人之间的沟通更加困难。人们面对没有经过过滤的信息而兴奋、执着和变异，从而失去了思考和认知的能力。1623年伦敦暴发瘟疫时，英国诗人约翰·多恩也感染了瘟疫，但是他却凭着强大的信仰写下了诗篇《没有人是一座孤岛》，在这首诗里，他阐述了个人与他人命运的联系，他认为每个人的命运都是紧紧相连的，从而构成了人类的命运，别人的创伤也是自己的苦痛，别人的死亡也是自己的末日，然而，这种联系却是矛盾的，它甚至就是痛苦的本源，虽然这种联系千变万化，可其本质上却是孤绝的，独立的，寂然的。

整出戏里，只有四个人物，他们的身份（人物关系）因为事情的变化而不停地变换，他们是夫妻、同学、情人、朋友、同事，抑或是父子、母子、病患、对手，同一个故事，几个相同的核心事件，却幻化出各种各样不同的结局，相反，结局、事件与故事也在不停地交织转换。每个人都是别人想象中的自己，这与真实的自己是否更加接近？我们其实并不清楚哪个才是真正的自己，对于失去孩子的中年夫妻来说，十几年来，孩子都是他们想象中的一种存在，他们相互之间维持着这个谎言，这是他们的需要，也是他们相互支撑的东西，生活中有许多事情是经不起言说的，一说就是错，而沉默是最好的维系。如果不说，生活得以继续，也许是谎言维持着生活的状态，也许正是谎言掩盖了事实和真相。故事都是真实的日常生活状态，男女主角虽然无法沟通，但生活过得还不错，许多事情不提起，日子还是日子，可一旦被提起，日子就不是日子了，这也是当下大多数夫妻的真实状态，维持着一种夫妻关系，这种维持靠的就是沉默、谎言和不可提及。在剧中，男人与女人都小心地维持着一个双方都知道的谎言——儿子在很小的时候就已经死去——可是他们觉得他还活着，甚至还在上大学。当多年前的情人突然来拜访时，因为说到过去时的事情，一个谎言被揭穿,于是,无数个谎言就像多米诺骨牌似的倒下,一发不可收。故事还是那个故事,事件也变化不大,可是一切却都发生了根本的改变,生活没有了本来的面貌,露出了狰狞的面目。每个人都生活在别人的想象之中,生活就变成了万花筒,生出千万种的可能。

在结构上,我试着从一个生活日常开始——男人与女人之间的不理解与无法沟通——慢慢地进入,以一丁点的变化来搅动这沉寂的生活,就像是蝴蝶效应,某处的某一只蝴蝶扇动了一下翅膀,就慢慢地在另一处掀起了风暴,但是无法沟通还是其核心,就像老子所说的:一生二,二生三,三生万物。整个故事就像有一根线,挂起了一连串的风铃,每个风铃都是独立的、完整的、相似的,一阵风吹过,每个铃铛都发出了声响,铃铛之间的碰撞也能发出声音,于是就有了一连串的铃声。风中铃声悠扬,却早已不是某一只铃铛的努力,却又是每一只铃铛的力量。刚开始,这里只是一个故事,却慢慢地就变成另外一个故事(可能),故事又因为人物关系的不一样而生出来新的故事,然后,就有了许多的故事,最后,不同故事的交叉与映照就产生了更多的故事(可能),这就是生活的无常,也是生活的真实状态,其核心是人,还是不可说起,或是人们不愿意被说起,因为其结果终究还是无法沟通以及人的孤独状态,这就是生活荒诞的本真。

在故事上,同一个事件有着不同的可能,丈夫、妻子与情人的关系是一种罗生门式的悲剧关系,这是一种循环,一种难以言喻的三角关系,也预示着人生的困境,但是当这种关系被打破时,就会有更多的关系产生,从而投射到生活和情感之中,就会有更多种的可能性。道可道,非常道,能说出来的“道”不是永恒的“道”,大道无形,我希望通过这个戏来投射“道”的本质,戏、故事、情节、人物等都是外象,不可言说的部分才是内在。例如,在这里有真实的谎言,我们其实都明白生活中的这个道理,对于每个深谙这个内在道理的成年人来说,谁没有一个不会说谎的童年？学会与谎言相处是需要一个过程的，那也是用岁月换来的人生经验，可是这些却不可言说，它似乎背离了日常的原则，就像《皇帝的新装》里的那个孩子，他终究会长大的，成为与别人一样的人，每个人多大程度上能与自己和解，还是同生活一起同流合污？这同样不可言说，所以，童话永远只是童话。

从别人的角度来看待问题，就没有了问题，这是大智慧，但是真的很难。以前，井底之蛙以为天只有井口那么大。现在有了网络和微信，我们以为井底之蛙会跳出井口，原来天地如此之大。然而事实的真相是井底之蛙们通过网络相互地认识、了解，从而达成共识，天真的只有井口那么大。乌鸦落在黑毛猪身上，只看见猪的黑，没看见自己的黑。

人人都是孤岛，直到有一天我们都化作了尘埃。

The King of Opera

孟小冬

时　间　1947 年 9 月 8 日全天以及相关的时间
地　点　上海中国大戏院的台前幕后、茂名公馆以及故事发生的相关地方

主要人物①

孟小冬　女。1908 年生于上海。剧中 39 岁、28 岁和 18 岁。梅
　　　　兰芳的第三位夫人,后嫁于杜月笙。京剧演员,工老生。
　　　　人称"冬皇",京剧老生余叔岩的弟子,余派的优秀传人
　　　　之一。扮相威武、神气,唱腔端严厚重,坤生略无雌声

梅兰芳　男。1894 年生于北京。剧中为 53 岁和 32 岁。京剧名
　　　　旦。在舞台生涯中发展和提高了京剧旦角的演唱和表
　　　　演艺术,形成具有独特风格的"梅派"

杜月笙　男。1888 年生于上海。剧中 59 岁和 48 岁。上海青帮头目

余叔岩　男。1890 年生于北京。剧中 50 岁左右。京剧演员,工
　　　　老生。在全面继承谭派艺术的基础上,以丰富的演唱技
　　　　巧进行了较大的发展与创造,世称"余派"

姚玉兰　女。剧中 43 岁和 32 岁。杜月笙的四姨太。京剧演员,
　　　　工老生。孟小冬的金兰姐妹

福芝芳　女,京剧旦角演员。剧中 42 岁和 25 岁。梅先生的第二
　　　　位夫人

坤　生　女,在剧中饰演程婴、杨延昭、正德帝等老生角色②

乾　旦　男,在剧中饰演李凤姐、程妻等女性角色③

　　　　祁如山、冯更光、李实戡、王德承、沙大峰、陆亭荪、裘盛荣、赵培
　　　　新、魏莲方④、化妆师、记者们、佣人、随从等其他群众角色若干⑤

---

①　剧中人物,除孟小冬之外,其余的人在演出时都可以不出现真名,梅兰芳可以用梅
　　先生、杜月笙可以用杜先生、余叔岩可以用余先生、姚玉兰可以用姚太太、福芝芳
　　可以用梅夫人等来替代。舞台演出时,对白之中也可以不出现这些人物的真名。
②　坤生也可以由余派老生扮演。
③　乾旦也可以由梅派旦角扮演。
④　这些人物的真实姓名分别是:齐如山、冯耿光、李释戡、王克敏、沙大风、陆廷荪、
　　裘盛戎、赵培鑫、魏莲芳等,在剧中使用谐音假名姓。
⑤　群众角色都可以用三男三女(或四男四女)演员来兼饰。

題 记：

　　　　一身傲骨，半世苍凉。

序幕　凌晨

[字幕：1947年9月8日凌晨6：00。

[杜月笙茂名公馆里。

[化妆镜前，孟小冬静静地坐着，她看着镜子里自己。

孟小冬　我，孟小冬，生于上海，京剧坤生，5岁入行，9岁老生开蒙，师傅就是我的姨父，孙派老生仇月祥，他对我极其严格，视为己出。他教得好，我学得快，当年就演出了《乌盆记》。我12岁开始演营业戏，20岁那年嫁给了梅兰芳，后来跟了杜月笙，半世繁华，一世悲凉。当年，在《乌盆记》中，我饰演那个刘世昌，回乡途中被人所害，他的血肉被混在乌泥中烧制成了一只乌盆，他的魂魄不散，附在了乌盆之中，无处申冤。唉，我的一生呐，也仿佛附在那乌盆之中——

[舞台的另一侧出现梅兰芳、福芝芳、姚玉兰和杜月笙，他们静静地看着孟小冬。

梅兰芳　我，梅兰芳，字畹华，生于北京，京剧旦角，8岁学戏，11岁登台，67岁离世。50多年的舞台生涯，源于传统，又不囿于传统，风格独特，世称梅派。我在舞台上演了一辈子的女人，自认为很了解她们，却不然。16岁我娶王明华为妻，她长我两岁，为我生了两子，为了照顾我，她毅然做了绝育手术，不料一场大病，两子夭折。明华深明大义，准我再娶。

27岁时我娶了福芝芳,她是我的第二任妻子。婚后十四年,她生了九个孩子,五男四女。33岁时我娶了另一个女人,就是她——孟小冬。

福芝芳 6年后他们离婚。我是福芝芳,14岁学京剧,人称"天桥梅兰芳",因此与梅兰芳结了缘。16岁那年,经老师吴菱仙说媒,我嫁给了大我11岁的梅兰芳。那时梨园规定坤角嫁人不能再抛头露面,于是我便离开了舞台,开始了长达40年的扶植梅兰芳的生活,人们称我为"扶植芳"。梅兰芳兼祧两房,我虽是平妻,也与正房对等。1927年,他身边的人撺掇他娶了孟小冬,说是大太太同意,却单单瞒了我,可这事又怎么能瞒得了?既没正式过门,我权当那个女人是畹华在外金屋藏娇的情人罢了。

姚玉兰 我,姚玉兰,京剧老生,9岁时在汉口坐科学艺,12岁登台,19岁我认识了孟小冬,那年她来汉口演出,轰动一时,我追着她结为金兰,从此后视为亲姐妹。那年她才15岁。24岁那年我被杜月笙看上,成了他的四姨太,从此就不再登台,女人嫁了人就不能再唱戏了。

杜月笙 我是杜月笙,上海滩的青帮头目,4岁丧母,6岁丧父。14岁在十六铺水果行当学徒,后在肉铺打下手,30岁投靠黄金荣,混迹青帮,靠烟赌发迹,惠者多,害者也多。(看着孟小冬)62岁时我娶了孟小冬为妻,一年后我死在香港。我喜欢京剧,平时也哼上几句,甚至也登过台,不过也只是过过瘾而已。(看着梅兰芳)梅先生的戏独具创意,我很喜欢。(看着孟小冬)不过,台上的女人是给人看的,台下的女人却是给人疼的。如果你没有把握让一个女人幸福,反倒一直给她难过和痛苦,这就不是在爱她。

姚玉兰	女人,你得要记得她的生日,否则,有可能下一个生日她就跟别人过去了。
杜月笙	如果你爱一个人,请你温柔地呵护她,如果不爱,直说。
福芝芳	女人都是很傻的,从她爱上你的那一刻,便身心俱付了。
杜月笙	梅先生,昨晚小冬的演出很成功,你应该去看的。
梅兰芳	买不到票啊,杜先生,马连良也是和别人共坐一条凳子看的,我是在话匣里听的戏。
福芝芳	大爷,你呀,人老实,撒个谎都不会。
梅兰芳	马连良说昨晚的《搜孤救孤》不可不看,不可不听。
姚玉兰	今晚还有一场,这门外墙头,上上下下,红纸喜报都贴满了——孟令辉小姐登台志喜。
福芝芳	杜先生六十大寿赈灾义演,谁敢不来。杜先生有话,送花篮一律折价,每只五十万元,赈救灾民。
梅兰芳	有人一送就是十只,更有人送了二百八十只。这花篮摆放了几里路,整条牛庄路上都是,上海市的花都给买尽了。
姚玉兰	花篮都是送给小冬的,这街上、花楼、正厅、场子,哪哪儿都是花,哪哪儿都是人,花山人海,水泄不通……
杜月笙	昨晚的演出把梨园界都给震了,薛观澜直接称你为孟腔,他说你是"在千千万万人里是难得一见的,在女须生地界,不敢说后无来者,至少可说是前无古人了"。
梅兰芳	的确,唱功炉火纯青,句句珠玉,扣人心弦,如阳春白雪,调高响逸,视为绝唱。
福芝芳	大爷难得这么称赞人啊。
姚玉兰	小冬,他们说你的嗓音正是处于最佳状态的阶段,二黄戏能唱到六字半调,实属罕见。
杜月笙	阿冬,你的嗓音向苍凉蕴藉方面逐渐转化,悦耳动听,基本

已不受雌音影响。

姚玉兰　他们说你在台上的各种神情，做得恰到好处，大有乃师风范。

孟小冬　师父？我怎么能跟师父相比。

姚玉兰　你是余叔岩的嫡传啊！

孟小冬　嫡传？今晚，今晚将是我在舞台上演出的最后一场！

福芝芳　最后一场？你要封箱？为何？

梅兰芳　最后一场？小冬，不能啊，你和我一样，注定是属于舞台的。离开了舞台，我们是活不了的。

孟小冬　活不了？二十多年前我就离开过了，不也活过来了？

梅兰芳　那是因为我。

孟小冬　这次不是。

姚玉兰　最后一场！小冬，你在舞台上是那么的光彩照人，就不唱了？你可别学我啊。

杜月笙　最后一场！阿冬，现在全上海的人都在等着看你的戏，我可从来也没有不让你唱啊。

福芝芳　人活一口气，就是做给局中人看的。

梅兰芳　局中人？

福芝芳　你、我、他，还有她，我们都在局里，其他人并不重要，只是看客。（看着梅兰芳）大爷，昨晚，你把自己关在屋里，话匣子的声音开得很响，那声音高亢而清亮，分明就是一个男人的苍凉。你难道听不出？蛟龙困浅水，生不逢时啊。

　　〔舞台中间的纵深处，坤生静静地站立，她穿着襕衫褶衣，戴着一顶高方巾帽子，挂着髯口，背身而立，清声唱起。

　　〔四人下场。

坤　生　（唱）平生志气运未通，似蛟龙困在浅水中。有朝一日春雷

动,得会风云上九重。(祢衡《击鼓骂曹》)①

〔余叔岩上场,他长袍马褂、布鞋白袜,一把翡翠嘴的烟斗,一副眼镜,瘦骨嶙峋。

孟小冬　师父?

余叔岩　(面对观众)我乃余叔岩,京剧老生,湖北人氏,生于北京。9岁时就以艺名"小小余三胜"演于天津,18岁倒仓辞班,25岁拜谭鑫培为师。54岁过世。我跟杨小楼、梅兰芳合作过很多戏,被大伙儿尊为余派。惭愧啊,38岁时就不再演营业戏了,48岁时收了个关门弟子就是她——孟小冬。

〔孟小冬看到余叔岩,深施一礼。

孟小冬　师父。

余叔岩　小冬,还记得这四句唱吗?

孟小冬　这是您去世前在病榻上唱的。

余叔岩　人之将死,其息奄奄。我是唱给我自己的,也是唱给你的。

〔静场。场外声,一声京胡突起,撕破演出空间。

坤　生　(唱)人道妇人心肠狠,狠毒不过你妇人的心。(程婴《搜孤救孤》)②

余叔岩　(对孟小冬)昨晚的演出,这两句摇板,先慢后紧,抑扬顿挫,犹如斩钉削铁,悦耳。

孟小冬　师父过奖。

---

① 选自京剧《击鼓骂曹》,该剧是京剧老生传统剧目,取材于《三国演义》第23回"祢正平裸衣骂贼",讲述名士祢衡被孔融推荐给曹操,曹操对其轻慢,用鼓吏来羞辱他。祢衡当着满朝文武大骂曹操,并借击鼓发泄。该剧充分表现了祢衡威武不屈的高傲性格,塑造了一个洁身自好的名士形象。

② 选自京剧《搜孤救孤》,该剧又名《八义图》,老生传统戏。改编自中国古典戏剧《赵氏孤儿》,讲述了春秋时期晋国大夫赵氏因奸臣陷害而惨遭灭门后,医生程婴抚养赵氏孤儿长大并报仇雪恨的故事。

余叔岩　只是魏希云那鼓敲得劲头有些过火,反将你盖住了,可惜。

孟小冬　大家都很卖力。

余叔岩　为了你呀,你一出场,叫好声都快把戏院的顶给掀了。场子
　　　　热,是好事情。

孟小冬　他们是想听您的唱,我,只是您的影子而已。

余叔岩　小冬,你过谦了,杨六郎镇守三关,谁还记得杨令公啊。

　　　　〔坤生没有动,依旧背着身。

坤　生　(唱)手持钢刀我要你的命!（程婴《搜孤救孤》）

余叔岩　昨晚上这一句,翻高摇板,叫好声不绝。

孟小冬　谢师父夸奖。

余叔岩　可我觉得你的嗓气尚且不够。

孟小冬　师父明察。

余叔岩　私心杂念多,大忌。

孟小冬　是,师父,我的确想多了。

余叔岩　你想什么?

孟小冬　我?

余叔岩　昨晚上,你初上场时,那句"把计定",乃是摇板,虽为背躬
　　　　音,可你在强调拔高之处,几乎开花,这很危险。

孟小冬　刚上场,腿发软,嗓音闷,只能硬上。

余叔岩　所幸你嗓宽,尚能达远,惟底气不够。

孟小冬　是,老了。

余叔岩　老? 你才三十九岁。

孟小冬　我平时练得不够。

余叔岩　你历来唱功七分,做功五分,念白三分,终须苦练。

孟小冬　是。

余叔岩　不过,昨晚二场你就渐入佳境了,"娘子"这一段的二黄原板

本是最难讨好的,可你唱来却一气呵成,浑然天成。

孟小冬　都是师父的教导。

余叔岩　也是你自己的功夫,还有你的那句"三百余口命赴幽冥",口劲、韵味都好,(少顷)比我强。

孟小冬　小冬不敢,师父您这么说,真是折杀我了。

余叔岩　折杀?不,所谓青出于蓝,当年我师从谭公,有破有立,才成一脉。

孟小冬　是。

余叔岩　将来也应该有你一脉。

孟小冬　不敢,也不会,师父,世上只有余派。

余叔岩　世上的余派都在你这里了。

孟小冬　师父,您弥留之际把我叫到床前,告诉我的话,我都记着呢。

余叔岩　那就好。

余／孟　我传授你的每一腔每一字,都已千锤百炼,也都是我的心血结晶,千万不可擅自更改!

孟小冬　师父,小冬切记着。

　　　　〔静场。

余叔岩　怎么?

孟小冬　今天……晚上会是我的最后一场演出。我一定演好。

余叔岩　每一场演出都应该当作是最后一场,须尽心尽力,力求完满。

孟小冬　不,师父,我决定以后就不再登台,就此封箱。

余叔岩　封箱?

　　　　〔静场。余叔岩看着孟小冬,她有些慌乱。

余叔岩　小冬,你跟我学戏五载,我手把手一字一腔地教了你30余出戏,你是我最得意的弟子,你天赋好,肯学,又刻苦。如今,我死了,你守孝三年,静嗓四载,复出只演这两场,就要封箱?却是为何?如此,余派就断送在你这里了?在我的葬礼上,我那没眼界的姨太把我的戏本、曲谱、笔记和戏衣全都一把火给烧了，她是不想留给你啊！如今，我的心血全都在你这里，难道你就这样全部带走？你还记得你给我写的挽联吗？下联是：弱质感飘零，程门执贽，独惜薪传未了，心丧无以报师恩。难道你就是这样来报答我的吗？小冬，你没理由封箱，也没权利封箱，世人不许，我更不许，否则，你能对得起谁？

坤　生　（唱）未曾开言泪满腮。（刘世昌《乌盆记》）①

　　〔孟小冬转身看着坤生演唱。

　　〔余叔岩叹了口气，转身离开，下场。

第一幕　上午

第一场　1947 年 9 月 8 日上午 8:00

　　〔字幕：两小时后，1947 年 9 月 8 日上午 8:00。

　　〔姚玉兰急急地上场，她看着孟小冬，站住，盯着看了会儿。

　　〔孟小冬像是感觉到有人来，抬起头，从镜子里看着姚玉兰。

姚玉兰　（上前）小冬，我就知道你在这里。

孟小冬　怎么了，玉兰姐？

姚玉兰　老头子一大早醒来，说你不在，到处找不着你，急得跟什么

---

① 京剧《乌盆记》，又名《奇冤报》取材于古典名著《三侠五义》第五回"乌盆诉苦别古鸣冤"。该剧是谭鑫培和余叔岩的代表作品。该剧讲述宋时商人刘世昌回乡途中被害，其尸首被剁碎，和土为泥，放入窑内烧成乌盆。其魂魄不散，附于盆中，寻人告状，最终包公查明案情，申雪冤案。

似的,竟跑到我这里来要人了。

孟小冬　我走的时候,他还睡着呢,就没叫醒他。

姚玉兰　他身体一直不好,最近又是各种的庆生活动,在我这里总是睡不好,跟你在一起却是睡不醒,难得哟。他这个人——

孟小冬　你什么意思?

姚玉兰　(笑)我能有什么意思,开心呀。

孟小冬　玉兰姐开心是我的福。

姚玉兰　你什么意思?

孟小冬　我能有什么意思,开心呀。

姚玉兰　你啊,也是他杜月笙的人啊,要不干脆就——

孟小冬　我不属于任何人的。

姚玉兰　哟,酸,好像是我在吃什么醋似的。

孟小冬　哪里,姐,这好话歹话尽是你说的。

姚玉兰　他对你好,难道还不让我说说。

孟小冬　好不好,还不都是你说说。

姚玉兰　老头子疼你的,你是知道的。

孟小冬　哪里看得出?

姚玉兰　哪里看不出啊。他是不想让你封箱啊,你唱得这么好,就不唱了,多可惜。你看,他庆生总共安排十场戏,你的两场压轴。(稍停)虽说梅兰芳的后两场……压大轴,那也是所有人同台,是应该放在最后的。

〔静场。姚玉兰感觉到了异样。

姚玉兰　对不住了,小冬,你看我,口没遮拦的。

孟小冬　我说什么了?

姚玉兰　你还用说?

孟小冬　(笑)玉兰姐,民国十五年,那个戏迷要杀他,他吓得带着……

那个女人……躲到天津唱戏，我穿上褶衣跑到天津，跟他唱了十场的对台戏……那时候我就没有输，你觉得我现在还在意这些吗？

姚玉兰　小冬，你去天津跟他唱对台戏，就表明你是在意的，人活一口气嘛，我理解……我听说二十年前那个戏迷，是一个大学生，因为迷上了你，而你和梅兰芳结了婚就不再登台，他哪里都找寻不着你，最终他发现是梅兰芳娶了你，一怒之下他就寻着机会要去杀他？

孟小冬　姐，你也这么认为？当年事情一出，全城哗然，一个青年因为迷上了孟小冬而去刺杀梅兰芳，最终被枭首示众，各个报纸成篇累牍地报道，绘声绘色，添油加醋，各种版本到处风传，却都认为我孟小冬是导火索，是源头祸水，出了事，他梅兰芳还是那么爱惜自己的声誉，一直遮遮掩掩，我倒成了千古罪人，你说这婚姻能隐瞒下去吗？我就那么见不得人？

姚玉兰　就是，当初不是说好的"名定肩挑"，你的名分跟福芝芳一样？怎么到头来连个小妾都不如。当时我气得要命，到处为你鸣不平，在这一点上，梅兰芳就不如老头子，就像这次的安排……这上海滩谁人不知道，他杜月笙是天底下想得最周全的人。

孟小冬　这没人能跟他比。他不是说过吗，小心得天下，大意失荆州。

姚玉兰　尤其是在你的身上，这几十年，总赔着小心，哪里敢大意哟——

孟小冬　他想得到一个戏子，何等的容易？难道要费这几十年的劲吗——

姚玉兰　那是，他杜月笙要是看上哪个女人，想得到，不过是小菜一碟。我不也是个戏子么，他要了我，也不过是一句话的事情。可是他对你就不一样了,惦记了几十年。

孟小冬　末了,倒是要谢谢姐姐了。要是没有姐姐的撮合,我哪里能上得了他杜老板的床。

姚玉兰　(笑)小冬,今天你有些怪怪的。

孟小冬　怎么?

姚玉兰　要是放在平时,你是不会这么说的。

孟小冬　我会哪能说?

姚玉兰　不提。

孟小冬　不提什么?

姚玉兰　他。

孟小冬　谁?

姚玉兰　老头子呗。

孟小冬　噢。

姚玉兰　你怪我吗?

孟小冬　什么?

姚玉兰　十一年前。

孟小冬　我不知道。

姚玉兰　我说过。

孟小冬　什么?

姚玉兰　我们俩亲如姐妹,那年在汉口演出,我看到你就走不动了,一见如故。你的每场戏,我必到的。

孟小冬　都是唱老生的,不是姐姐,是兄弟,同病相怜。

姚玉兰　(笑)是病,同样是病,我比你害得深。(走过去,给孟小冬理头发)小冬,你唱得比我好,我们俩结成金兰,算是我高攀了。

孟小冬　姐,你看得上我,是我的造化。

姚玉兰　我说的是真的。你看,我现在身材都走了样,在台上怎么演啊，不像你，所有的人都在等着看你呢。

孟小冬　（冷笑）看笑话吧。姐，你也够狠的，嫁了老头子，从此就不登台了。

姚玉兰　那你不再登台，也是因为跟了老头子——

孟小冬　（打断）不是。（少顷）你这么想？

姚玉兰　我不知道，你这么认为嘛，我就顺着你说呀！

孟小冬　借口。

姚玉兰　你信吗？

孟小冬　由不得我啊，就像十一年前，我晚上跟你一起上了床，半夜里醒来，身边睡着的却是他杜月笙。你说，我能怪他吗，他杜老板回家上了自己的床有什么错？

姚玉兰　（笑）哟，你情我愿那么多年，手心手背都是肉，你说，我能怎么办？

孟小冬　想想，我顶多也就是颗棋子罢了。

姚玉兰　棋子？

孟小冬　在你跟老头子那三房太太的斗局里啊。

姚玉兰　当然，我们这样的人，谁不是棋子呢？生活里，到处都是棋局。

孟小冬　关键是谁在下这个局？

姚玉兰　我哪里会呀。我俩亲如兄弟，老头子要了你，就是我有了你，有了你在，我心里就踏实。

孟小冬　姐满意就行。

姚玉兰　我早就知道他对你有意，只是这层窗户纸，总得有人捅吧。

孟小冬　偏偏是你。

姚玉兰　你今天到底怎么了？

孟小冬　我，没怎么啊。

姚玉兰　你还是怪我的，这话里有话。

孟小冬　是吗？

姚玉兰　你以往都不是这样的。

孟小冬　那我是怎样的？

姚玉兰　你是知道的。

孟小冬　我不知道。

姚玉兰　好吧，你是知道我的。

孟小冬　是的，我知道姐姐的，所以，我没有怪你。

姚玉兰　事已如此，怪又如何，不怪又如何？就看你怎么想了。

孟小冬　我能怎么想，有你，有他，足了。

姚玉兰　你知道，我和老头子对你，都是真心的。

孟小冬　他？我不知道。男人嘛，何况是他。再说，我跟着他，这妻
　　　　不是妻，妾不是妾的。（稍停）你，我是知道的。女人嘛，更
　　　　何况你我姐妹呢！

姚玉兰　那明天就别走了，留下来，有我的，就有你的。

孟小冬　我妈身体不好，总得有个人照应。

姚玉兰　那就把老太太请到上海来吧。

孟小冬　她在北京住惯了。

姚玉兰　（笑）借口吧，你——是因为他？

孟小冬　谁？

姚玉兰　梅兰芳啊，他一家人一直都住在上海。

孟小冬　你觉着呢？

姚玉兰　那我就不知道你为什么不搬来上海了……

孟小冬　（冷笑）他，跟我有关系吗？

姚玉兰　你是个不服输的人，感情上的事情，不要太意气。

孟小冬　……

姚玉兰　反正我和老头子是个底儿,我们都在上海,你随时……

孟小冬　我得陪陪我妈。

姚玉兰　知道了,你呀!

　　　　[静场。一个女孩端着一碗燕窝上场,放在化妆台上,下场。

姚玉兰　我让人准备了些燕窝羹,滋补滋补身体,你尝尝,今天可不
　　　　能太累。

孟小冬　谢谢玉兰姐。

　　　　[姚玉兰端起碗,拿起汤勺喂了孟小冬一口,孟小冬喝了,接
　　　　过碗,放下。

姚玉兰　怎么?

孟小冬　喝不下。

姚玉兰　还担心呢?昨天晚上的演出效果多好啊,观众都疯了,碾压
　　　　梅兰芳的……多久,都没这么热闹过,听说电台可以听实
　　　　况,大新公司和永安百货的话匣子都给卖光了。

孟小冬　那是他们,可我自己知道什么地方还有问题。

姚玉兰　你呀,一直就是过于较真,为此,你吃的亏还不够吗。

孟小冬　我不后悔。

姚玉兰　我是知道跟你是说不通的。看淡些不好吗,再说,你都说要
　　　　封箱了。

孟小冬　所以更要格外地较真,不能留遗憾。

姚玉兰　你,你就不应该宣布封什么箱?你说说看,你封箱是为了什
　　　　么?累了,倦了,你是属于舞台的呀!身体不行吗?你身体
　　　　很好啊,你昨晚上唱得多好!你是——(低声地)我听
　　　　说——他也听了。

孟小冬　谁?

姚玉兰　梅兰芳呀——他听的电台直播。

172

　　　　　　　[静场。

姚玉兰　好了,我嘴碎,尽说些不该说的。你今天觉得怎么样?

孟小冬　应该比昨晚上要好。

姚玉兰　那好。快喝了这燕窝羹吧。

孟小冬　姐,我问你——

姚玉兰　什么?

孟小冬　昨晚——

姚玉兰　怎么?

孟小冬　你怪我吗?

姚玉兰　怎么会。

孟小冬　当真?

姚玉兰　有点儿。

孟小冬　什么?

姚玉兰　他是我的男人呀。

孟小冬　却让给了我。

姚玉兰　我们是姐妹。

孟小冬　一世的?

姚玉兰　那要看你了。

孟小冬　我?

姚玉兰　是啊,看你怎么看了。

孟小冬　什么意思?

姚玉兰　他是我的男人,也是你的男人,还是,他只是我们俩的男人。

　　　　　　　[姚玉兰突然大笑起来。

孟小冬　你笑什么啊?

姚玉兰　(笑)我在想,要是两个男人娶了同一个女人,他们应该怎么办?

孟小冬　什么啊?

173

姚玉兰　没,没什么,我们俩在台上不都是演男人的吗?吃燕窝,吃燕窝。

[孟小冬端起燕窝羹,小口地吃着,姚玉兰看着她,突然,她递上手帕,孟小冬没有接,姚玉兰就轻轻地给她擦了擦嘴。

[舞台的纵深处,乾旦静静伫立。

乾　旦　(唱)我只得把官人一声来唤,一声来唤,我的夫啊。(赵艳蓉《宇宙锋》)①

[孟小冬和姚玉兰看着乾旦演唱,一唱三叹,凄婉之极。

第二场　1947年9月7日晚23:00

[字幕:九小时前。1947年9月7日晚23:00。

[杜月笙出现在舞台的中央,他躺坐在一张竹椅子里,瘦弱的身躯套着一件长而大的长衫,显得更加虚弱。此时,他正打着拍子跟着乾旦唱着。

[姚玉兰和孟小冬手挽着手走过去,她们看着杜月笙。

杜月笙　这赵艳蓉的一声我的夫叫得牵肠挂肚啊!

姚玉兰　她也只能装装疯卖卖傻,对于身边的老父亲叫官人,自己的官人却是远在天边,生死未卜啊!

杜月笙　玉兰,你真叫是不会说话。算了吧!以后不会说就不要说,啊!(起身)累了吧?

孟小冬　还好。

---

① 　选自京剧《宇宙锋》,该剧是中国戏曲的传统剧目,梅派代表作,描写受封建势力压迫的女子赵艳蓉装疯抗争的故事。该剧也是梅兰芳功夫下得最深的一出戏,他吸收昆曲的身段、步法与表情,充实原本偏向唱功的这出京剧,使演出更具表现性。

杜月笙　歇歇吧，玉兰，你别折腾她。

姚玉兰　我？这跟谁说理去啊！

杜月笙　好了。

姚玉兰　久不登台，人比较兴奋，需要静一静。

杜月笙　玉兰，我看你比小冬还兴奋。

姚玉兰　那是，今天晚上的演出比前几场都热，我替她开心呀。

杜月笙　玉兰，做事要做到刀切豆腐两面光，你这话呀，就不要在外
　　　　面说了，省得给小冬添麻烦。

姚玉兰　我这不就在这儿说说吗？小冬，你知道吗，今天晚上你的演
　　　　出看得我心里直痒痒，真想也跑上台跟你唱一出。

杜月笙　（笑）你，唱一出《醉打山门》①？

姚玉兰　（气急）你！我要是演鲁智深，你就演那老和尚。

杜月笙　好啊！（韵白）智深！非是师傅无情，这是皂布、直裰、僧鞋
　　　　和一两白银。你！你拿去另投佛门，我这五台山难以容
　　　　你呀！

姚玉兰　（气急）小冬，你看他，这样地编排我。

孟小冬　（笑）我有什么办法？（韵白）师傅讲了：和尚吃酒，先打四十
　　　　竹篾，我要放你这醉僧入寺，少不得要吃十下竹篾之苦啊。

杜月笙　（拍手大笑）好，好个小和尚。

姚玉兰　小冬，好啊，好你个小秃驴，找打。

　　　　〔姚玉兰想抓住孟小冬，孟小冬躲到杜月笙身后。

杜月笙　（韵白）智深！休得无礼，快快住手！

姚玉兰　（直喘气）住手，我怎么住手，这日子没法过了。

───────────────

① 《醉打山门》是《虎囊弹》传奇中的一折，根据《水浒传》而来，讲述鲁智深为金翠
　　莲打死镇关西，为了避祸，前往五台山剃度为僧，后醉打山门，只身提禅杖去打
　　二龙山，后归梁山泊。

175

[三人大笑。一个女佣端着一碗羹上场,她看到三人大笑,有些无所适从,赶紧把汤羹放下,就急急地退下。于是,三人就笑得更厉害了。

杜月笙　好了,好了,别闹出什么事了,小冬今天刚演完,明天还有一场呢。

姚玉兰　小冬,这以后就全靠你了,你看,他现在就开始埋汰我了。

孟小冬　我听师父的。

姚玉兰　好啊,你们俩是一伙的。

杜月笙　(平复下来)好了,好了,这阵子心烦事太多,今晚真是高兴,得庆祝一下。刚才马连良跟我说,今晚他都没弄到票,整场都是跟别人合坐一条凳子看的。(拍手)好,要的就是这闹猛。玉兰啊,你给小冬——

姚玉兰　(端起羹碗)桔梗汤,我早就吩咐他们熬好了,宣肺、祛痰、利咽。

孟小冬　谢谢玉兰姐。

杜月笙　趁热喝吧。

　　　　[姚玉兰把碗端给孟小冬,两人看着孟小冬喝着。

　　　　[静场。

姚玉兰　小冬,我今晚上还有个牌局,就不陪你们了,早点歇着吧。

杜月笙　不愧是鲁智深,说走就走。

姚玉兰　(韵白)罢罢罢,长老不懂俺的心,拜别长老出山门。

杜月笙　你还没完了啊,多赢点,明天跟小冬的演出票款一起捐了,赈灾。

姚玉兰　(笑)好,方丈,听你的。(对孟小冬)你看,我就这么点儿用。

杜月笙　不要怕被别人利用,这说明你还有用。

姚玉兰　今晚,我能有什么用,还不赶快识相点,赶紧走,否则,还不知道有什么话在这儿等着我呢。小冬,今晚,这男的归你了。

　　〔姚玉兰笑着下场。

　　〔孟小冬和杜月笙笑着,慢慢地停下来,对坐着。

　　〔静场。些许尴尬。

杜月笙　(哼唱)纵然将我的头割下……

孟小冬　(接唱)落一个骂贼的名儿扬天涯!(祢衡《击鼓骂曹》)

杜月笙　那是我第一次听你唱,唱的就是这个《击鼓骂曹》,那年你才十一岁。

孟小冬　大世界。

杜月笙　我当时就觉得这个小女孩不简单。

孟小冬　你买了一个特大的花篮,戏还没结束,你就到了后台。

杜月笙　(韵白)恭喜孟小姐演出成功。

孟小冬　笑死我了,第一次见到有这么送花的。

杜月笙　是的,你一直在笑,把你的师父和父亲吓坏了,一直在告诉你要回谢。

孟小冬　我又不认识你是谁喽?

杜月笙　我知道你在笑什么?

孟小冬　什么?

杜月笙　我的这对招风耳。

孟小冬　(吃惊地)你真猜着了。(稍停)你不生气——

杜月笙　人本不该貌相,何况你才十一岁,一个孩子,又演得那么好。

孟小冬　缘分吧,那时你要是不认识我,你也不会让我去共舞台跟露兰春搭班。

杜月笙　露兰春?

孟小冬　她比我长十岁,红得发紫就唱得少了,让我来顶,有时候,我唱上部，她唱下部，她对我很好，亦师亦友。

杜月笙　谁想到几年后，她竟然接连闹出了那么大的动静。

孟小冬　（面对观众）当时，为了捧露兰春，黑帮老大黄金荣竟然跟军阀司令的公子争风吃醋，一时阴沟翻船，被捕入狱，轰动了上海滩。当时羽翼未丰的杜月笙跪求军阀司令，既救下了黄金荣，又避免了火拼，从此奠定了自己的江湖地位。

杜月笙　金荣哥为了娶露兰春，不顾一切，竟然要跟几十年结发的桂生姐离婚，桂生姐也是听我劝，离就离了。可露兰春就是不知趣，结婚没几天，又跟个小白脸私奔了，你说金荣哥能饶得了她吗。当时，要不是我暗里保着她，她早就没命了。

孟小冬　真好，你杜月笙不是他黄金荣。

　　　　〔静场。

孟小冬　那时候，你怎么知道露兰春藏在天津？

杜月笙　她哪里逃得出我的眼界。

孟小冬　黄老板让你去抓她，你却找到了北平。

杜月笙　露兰春跟你一样唱老生，也是真性情，我想放过她，更者，是为了见你。

孟小冬　当真？

杜月笙　你说呢？

孟小冬　你怎么知道我的家？是玉兰姐告诉你的。

杜月笙　你也不想想我是谁。

孟小冬　见面时，你都没有提兰春姐。

杜月笙　我是为了见你，提她作甚。

孟小冬　我们说什么了？

杜月笙　你记得？

孟小冬　你说，你都不认识我了。

杜月笙	是的,那年你十八岁,大姑娘了,吓了我一跳。
孟小冬	然后,你就这么走了,当时我就觉得你这个人挺怪的。
杜月笙	吓得。(笑)其实,是心一下地乱了——
孟小冬	哪里,我爸当时可吓坏了,杜月笙啊,他还以为出了什么事情。
杜月笙	唱戏的,吃开口饭,跑江湖,小心惯了,挺好。而你却不同。
孟小冬	我不懂事。
杜月笙	所以——好啊。

〔静场。

杜月笙	今晚唱得这么好,你还是要封箱?
孟小冬	是。
杜月笙	我知道你的,为你不舍,但不劝你,也好。(少顷)我给你在北京买了套四合院子,安排好了,你回去就可以和你妈搬过去住了。
孟小冬	你又破费。
杜月笙	算是你这次义演的回报吧。
孟小冬	真的不必的。
杜月笙	不,你不安心,我怎安心。不是为你,是为我。
孟小冬	那我就不谢你了。
杜月笙	(笑)好。

〔静场。

杜月笙	今晚的所有应酬我都给你推了,明晚还有一场。
孟小冬	谢谢。
杜月笙	越是闹猛,越是要静心,我在上海滩混了这几十年,都是如此,物极必反,逢凶化吉,自个心中的静最重要。
孟小冬	是的,晚上就跟你一起,寻常一般,刚才在剧场的那般喧闹,

179

恍如隔世了。

杜月笙　人生就是在起落之间,活了这把年纪,都淡了。

孟小冬　歇息吧。

〔杜月笙站起来,孟小冬给他脱下长衫,搭在椅背上,他里面穿的是纯白的睡衣。

〔舞台的纵深处,是一张雕花的床。孟小冬扶着杜月笙向床走去。

孟小冬　十一年前的那晚,是你的主意,还是玉兰姐的主意。

杜月笙　上天的主意。(稍停)你睡在我的床上,我凌晨回到我自己的床上,有什么错吗? 半夜里,跟自己的老婆亲热亲热,有什么错吗?

孟小冬　流氓。

杜月笙　大家都这么叫我。为你,我愿意。

孟小冬　真流氓。

杜月笙　(笑)男人嘛,真流氓总比伪君子要好。

孟小冬　(笑)你呀,果真是上海滩的大流氓。

〔杜月笙走到床前坐下,孟小冬回头看他。

〔舞台的纵深处,坤生静静伫立。

坤　　生　(唱)承谢你贤德的心喜之不尽。(王有道《御碑亭》)①

〔舞台的一侧,姚玉兰上场,她走向杜月笙。

杜月笙　1937 年 5 月 1 日,上海黄金大戏院开幕,下午四时举行开幕典礼,剧院经理金廷荪想让我发言。

---

① 选自《御碑亭》,京剧传统剧目,该剧讲述明代书生王有道进京赴考,妻孟月华归宁,虑妹淑英在家,归途遇雨,避于御碑亭。又来一秀才柳生春,立亭外,终宵未交一语,雨止而去。月华感其守礼,归告淑英。王有道试毕返家,淑英告之,有道心疑,愤而休妻。后王有道始明真相,向妻请罪,言归于好。

姚玉兰　当天活动中最引人注目的是剪彩仪式,不请社会名流,不请党政要员,金廷荪亲自从北平请来了三位名伶为开幕剪彩,轰动一时。她们是孟小冬、陆素娟和章遏云。

杜月笙　陆素娟和章遏云住在旅馆。

孟小冬　而我却住进了辣斐坊,杜月笙四姨太的公馆。

姚玉兰　杜月笙四姨太?是,我虽嫁给了杜月笙,去遭到了他前面几个太太的极力反对,所以我没有搬进华格臬路的杜公馆。

杜月笙　我给你在外面盖了间公寓,世外桃源不好么?

姚玉兰　你前面的三个太太都是苏州人,虽不见得多团结,可我一个外乡人,势单力薄,孤掌难鸣,连句上海话都不会说,怎么能斗得过她们。我当然是离得越远越好。

杜月笙　那天开幕,是小冬剪的彩,我最后发言,那天说些什么我都不记得了,我只记得她捧着彩绸站在我的身边,怔怔地看着我,目光很温暖。

孟小冬　他个头不高,瘦得很,依旧穿着件长衫,文质彬彬的样子。他站在剧院门口,下午的阳光落在他的脸上,半明半暗的,那对招风耳依旧很滑稽。他发言的语调不高,不紧不慢,却很清晰。剧院门被围得里三层外三层,挤得水泄不通,可是他一说话,就变得鸦雀无声,刚才的锣鼓喧天像是突然间都遁迹了,只有他的声音还飘在初夏的风里。一时间,这个世界上仿佛只剩下我们两个人,他慢慢地说着,我静静地听着。那么多年来的四处奔波,身心疲惫,突然之间就全都消失了,平静了。我觉得鼻子酸酸的,想哭。

姚玉兰　小冬在我这里住了几天了,今天剧院开幕典礼之后,老头子突然跟我说,今天晚上他要回来住。

杜月笙　今天晚上我回来住。

姚玉兰	噢?!（看着孟小冬）……嗯!（对观众）他平时都不说的,回来了也就回来了。
杜月笙	我晚上看戏,还要陪陪黄大哥和廷荪,毕竟是他的剧院,租给廷荪来做……兴许要晚一些才回来的。
姚玉兰	好的。（对观众）他是知道小冬住在我这里的。

〔静场。杜月笙看着姚玉兰,他转身下场。姚玉兰看着孟小冬,她们四目对望。

〔灯光暗转。

第三场　1936年8月5日,凌晨6:00

〔电闪雷鸣,狂风暴雨,像是要搅翻了天地。

〔字幕:十一年前。1936年8月5日,凌晨6:00。

〔随着风暴的停止,逐渐地能听到阵阵的鸟鸣。

〔晨曦来临。

〔孟小冬披着睡衣坐在床沿上,她呆呆地看着前方。

〔静场。杜月笙从床上坐起来。

〔孟小冬起身,她慢慢走到化妆镜前坐下。拿起梳子,理了理有些凌乱的头发,然后,她拿起毛巾擦了擦脸,仔细地看着镜子里面。稍后,她又拿起桌上的化妆品,一步一步地仔细地描眉、擦粉、抹着口红,就好像杜月笙不在似的。

〔杜月笙坐到床沿上,他撑着双臂,晃着腿,静静地看着孟小冬。

〔静场。良久。

〔杜月笙站起来,他走到孟小冬的身后,一只手抬起来,犹豫了一下,搭在孟小冬的肩上。孟小冬放下画笔,从镜子里注视着他,他也看着镜子里的她。

〔孟小冬静静地把头靠在杜月笙的身上,杜月笙抚弄着她的头发。

〔静场。孟小冬拿起桌上一只烟斗,看着,杜月笙让她叼住烟斗,给她点上烟,孟小冬幽幽地吐了一口烟。

〔舞台的纵深处,坤角扮演程婴兀自孑然独立,他背着身。

坤　　生　（唱)飞蛾投火自烧身。(程婴《搜孤救孤》)

〔杜月笙用手轻轻地拍了一下孟小冬的肩,转身,欲下场。

〔姚玉兰悄悄地上场。杜月笙对她心照不宣地看了一眼。

〔杜月笙下场。

〔坤生也跟着下场。

〔姚玉兰看着孟小冬抽烟。

姚玉兰　早。

孟小冬　……

姚玉兰　昨天晚上,真是狂风暴雨啊,电闪雷鸣的,吓死人的。

孟小冬　……

姚玉兰　北京较少有这样的台风吧?

孟小冬　没有,暴雨倒是经常有的。

〔静场。姚玉兰拉起孟小冬的手,她看着孟小冬,想从她的脸寻找着什么。孟小冬却坦然地抬起头,看着她。

姚玉兰　昨天夜里——我去打牌了——

孟小冬　手气好吗?

姚玉兰　好。月笙他回来了——

孟小冬　好,就好。

姚玉兰　月笙他回来——说——你昨天晚上唱《法门寺》的时候捉弄了金少山?

孟小冬　金三爷？啊，是，是的，他唱得好，可总是迟到。

姚玉兰　昨天是黄金大戏院的揭幕剪彩，金荣大哥的戏院，月笙很开心，又是赈灾义演，名角都来了，照理说金三爷是不该迟到的。

孟小冬　是，戏演了一半，他竟然出去溜达去了，鼓都敲了好几通了，他才回来，抢了个妆就上了台。

姚玉兰　月笙说你把他弄得汗湿衣襟了。

　　　　〔静场。

姚玉兰　你怎么捉弄他的？

孟小冬　谁？

姚玉兰　金少山呀。

孟小冬　唱"庙堂"的时候，我让琴师把调门提到了正宫调，我这两句唱完，就该是他的了，我这句只要一上去，他那句就没法降下来。

姚玉兰　（笑）那他不累死啊。

孟小冬　（笑）是的，本来他是坐着唱的，听我一提调，他就不敢坐了，一边唱还一边冲着我吹胡子瞪眼的。

姚玉兰　（笑）这表情倒也在戏里，那观众可是开心死了。

孟小冬　是的，就没听过他唱过这么高的。

姚玉兰　金三爷人不错，豪爽。

孟小冬　我演完了，就赶紧过去跟他赔了罪。

姚玉兰　他这人是不会在意的，月笙喜欢。

孟小冬　是。喜欢，怎么会在意呢！

姚玉兰　就是，喜欢，就不要在意。

　　　　〔静场。

姚玉兰　最近也真是忙，你来上海给金荣大哥捧场，看的也是月笙的

184

面,你住在我这里,咱姐妹一张床,我是该多陪陪你的,否则,月笙他会生气的……过几个月就是蒋介石的五十大寿,月笙要送他架飞机,虽然月笙是提倡禁烟的,可是他知道蒋这个人是不好对付的……还有,日本人又在闹事,你是知道的,月笙最不喜欢日本人了,咱这中国人的地方,凭什么他们日本人要在这里吆五喝六的……男人呀,也不容易……月笙他到处跑,我也只好跟着……别看他,照顾别人都挺好的,可就是不会照顾自己,男人嘛……

〔静场。

姚玉兰 昨晚上……昨晚上《法门寺》①演出还顺利吧?我没看,月笙穷说好。我今天晚上去看。

孟小冬 不用看了,《法门寺》呀,昨晚就大结局了。

姚玉兰 《法门寺》通常不是演两晚上么……一个晚上是《拾玉镯》,一个晚上是《法门寺》。

孟小冬 玉镯嘛,孙玉姣早就拾了呀。宋巧姣嘛,也只能去《法门寺》进进香、喊喊冤什么的。

姚玉兰 (少顷)月笙说你的赵廉唱得好。

孟小冬 赵廉唱得再好,也不是宋巧姣啊。

姚玉兰 噢?(笑)你说这傅朋也真是的,在《拾玉镯》里,给了孙玉姣镯子,闹得鸡飞狗跳的;在《法门寺》里,又给了宋巧姣镯子,弄得人仰马翻的。

孟小冬 傅朋人家有镯子呀,给了这个姣,也给了那个姣。

----

① 京剧《法门寺》,常与《拾玉镯》连演,总名《双姣奇缘》。系生、旦、净、丑各展所长的合作戏。剧中净角饰演刘瑾,为花脸应工有名的太监戏。丑角饰演贾桂,在念白和表演上都有极高的要求。老生饰演赵廉,唱、念俱重,青衣饰演宋巧姣也有繁重的唱段。

姚玉兰　还好最后是二姣合计,真相大白,坏人也都受到了惩罚。

孟小冬　(笑)那不是最后,最后是孙玉姣和宋巧姣都嫁给了傅朋。

姚玉兰　真是的噢,这最赚的还是那个傅朋。

孟小冬　人家有镯子呀!

姚玉兰　你呀,人家只是有镯子吗?

　　　　　〔两人笑起来,笑得前仰后合的,又逐渐停了笑。静场。

姚玉兰　今晚,真的不演了吗?

孟小冬　剪完彩,揭完幕,戏院都开张了,你说演不演?

姚玉兰　我说《法门寺》。

孟小冬　我也说《法门寺》呀!

姚玉兰　(笑)是,《法门寺》,两个女的跟了同一个男的。

孟小冬　跟都跟了,还演什么,再演就是《怜香伴》①了。

姚玉兰　《怜香伴》? 看上去赚的是那个男的,殊不知,两个女的早就
　　　　　你侬我侬了。(笑)你这张嘴哟,都说梨园行的嘴,果然
　　　　　不假。

孟小冬　你好像不是梨园行的?

姚玉兰　跟了月笙,我早就不演了呀,可以不算是梨园行的。

孟小冬　那你说,我演不演呢?

姚玉兰　这《怜香伴》你可演不了,我也演不了,两个旦角的戏呀。

　　　　　〔孟小冬笑。

姚玉兰　怎么?

孟小冬　玉兰姐,这活着又不是在戏里,你还真把自己当男人了。

　　　　　〔孟小冬站起身,离开,走到舞台的最前方。

───────────

①　《怜香伴》又名《美人香》,京昆经典作品,清代戏曲家李渔所作。讲述了崔笺云
与曹语花两名女子以诗文相会,互生倾慕,两人想方设法争取长相厮守的故事。

〔姚玉兰呆呆地看着她,然后,她在化妆镜前坐下,看着镜子里的自己。

〔舞台的纵深处,坤生肃然而立。

〔乾旦上场,她款款走到孟小冬跟前,看着她。

乾　旦　(唱)我已将巧计安排定。(崔笺云《怜香伴》)

〔孟小冬看着乾旦,又看了看姚玉兰。

〔灯光渐暗。

第二幕　中午

第一场　1947 年 9 月 8 日中午 12:00

〔字幕:当天中午,1947 年 9 月 8 日中午 12:00。

〔蝉鸣声嘶叫着,阵阵传来,令人心烦。

〔孟小冬穿着旗袍,穿着高跟鞋,半躺在美人榻上。

〔舞台的纵深处,余叔岩上场。

孟小冬　(惊坐起)师父?

余叔岩　小冬,你风华正茂,未来的日子还长着呢。

孟小冬　师父,别人演戏乃生计,我演戏却是为了命,戏,是命。

余叔岩　那你为何封箱?

孟小冬　一直以来,都是活在别人的世界里,就信以为真了。此番,我要为自己活一回。

余叔岩　别人? 杜月笙,还是梅兰芳? 杜老板六十华诞义演,兰弟也来了,所有的人都期待你们能同台。

187

孟小冬	（冷笑）所有的人？同台？不。
余叔岩	这次义演总共十场戏，你的两场压轴，他梅兰芳的前六场倒像是为你开台的，这杜先生的安排，真是绝了。
孟小冬	没……
余叔岩	杜先生为了你，可是费尽了心思。
孟小冬	他唱他的，我唱我的。
余叔岩	这么多人，都只为看一眼你孟小冬，而你却宣称要封箱，为何？
孟小冬	师父，给您一个交待吧。
余叔岩	交待？你能交待得了么？对我，对你自己，还有你跟那么多人学过戏，对他们，你交待得了吗？你的开蒙恩师仇月祥，他教你唱戏，带你走遍大江南北，唱红上海、天津和北京，一直陪在你身边，你能给他交待么？
孟小冬	仇师父？
余叔岩	当年你要嫁给梅兰芳，他极力反对无果，一气之下从北京跑回了上海。如今，他就在上海，过得并不好，这么多年，你来过上海这么多次，为什么就这么无情无义，从不去看他？
孟小冬	他是不会见我的。
余叔岩	不，是你无脸见他。
孟小冬	我知道他的为人。
余叔岩	他说你与梅兰芳在一起没有好结果，你不信，结果呢？小冬，你非无情无义，可你固执孤傲，绝不认输，不是他的为人，是你的为人，你这样的性格是要吃大亏的。这次封箱难道是为了梅兰芳？
孟小冬	不，不是。
余叔岩	你一封箱就绝对压了他，他梅兰芳再红，可这一次也红不过你呀。

［余叔岩下场,灯光转。

［舞台的一侧,几位记者静静地坐着,等待着。

［一个女佣上前,端上茶,孟小冬接过喝了一口,又递还给女佣。孟小冬抬起头,巡视着记者们。

孟小冬　各位记者好,大热天的,劳烦各位跑到这里来。这次赈灾义演也真是辛苦各位宣传了。听说杜先生只同意你们几位来访,怕又是要得罪更多的业界朋友了。今晚我还有一场演出,一会儿我还得去准备,时间有限,真是不好意思了。

记者一　孟先生……孟小姐,今天的报纸,您看了吗?

孟小冬　在准备今晚的演出,还没来得及看,您说的是哪家报纸?

记者一　所有的报纸啊,铺天盖地都是您昨晚的演出消息。

孟小冬　您这么说,我倒是紧张了,一场演出而已——

记者一　您放心,都是说好的。

孟小冬　谢谢大家的关心。

记者二　孟小姐,您有可能会和梅兰芳同台吗? 读者都很关心。

记者三　这肯定不是空穴来风,您是男人眼里的女人,女人眼里的男人。都说梅兰芳先生饰演《霸王别姬》的虞姬比女人还女人,您饰演《上天台》里的刘秀却是男人中的男人。你们俩同台是万众期待啊——

孟小冬　我只有这两场的演出,今晚还有一场。

记者四　您与梅先生二十二年前演出《游龙戏凤》时相识,现在观众还是很想看到,您觉得有可能吗?

孟小冬　我今晚还有一场,最后一场。

记者二　您当时为什么跟梅先生离婚? 都说是梅先生去美国没有带上您,还有梅先生的伯母去世,您去吊孝,结果梅夫人没让您进门……

记者三　二十年前，戏迷李志刚刺杀梅兰芳轰动一时，说是因为他喜欢你——

孟小冬　我说过了，今晚是最后一场。

记者四　梅先生这次也来参加义演，你们虽然不同台，可怎么能错得开呢？最后压大轴的《四郎探母》，梅先生演铁镜公主，李少春、周信芳、谭富英和马连良四大须生分饰杨四郎，为什么单单少了您？再问一句，你们不同台，到底是您的意思，还是梅先生的意思呢？

孟小冬　……

记者四　抑或是杜先生的意思？

　　　　[女佣端上茶，孟小冬接过，喝了一口，看着记者四。

孟小冬　我建议你去问问杜先生。

记者一　孟小姐，您刚才说今天是最后一场演出，什么意思？您要就此封箱吗？

孟小冬　（少顷）是。

记者二　封箱？

记者三　再也不演了吗？

记者四　从此离开舞台？

孟小冬　（艰难地）是。

记者一　那您为什么要封箱？您为余先生守孝，大家都很感佩，可是您在余先生那里学了这么久，好容易盼着您登台演出了，却只唱这两场，太可惜了啊。

记者二　是啊，首演即是谢幕，登台即是封箱。

记者三　风华绝代，广陵绝唱啊。

孟小冬　给余先生一个交待。

记者一　可是喜爱您的观众怎么能允许啊。

孟小冬　对不起大家了。

记者一　总归有什么原因吧？

孟小冬　从来都是别人的安排，现在我只是自己给自己做个决定。

记者一　现如今，能听到正宗的余派，也只有您了。可是您又绝少登台，吊足了戏迷们的胃口。您还年轻，难道您不考虑——

孟小冬　我又不为别人活着。

记者一　只是……

孟小冬　谢谢。

记者三　孟小姐，我是电台的记者，您这次演出有电台直播，上海的收音机都快卖光了，万人空巷啊，全上海大街小巷的人都在听。孟小姐，您会觉得紧张吗？

孟小冬　做好自己的事情，别的我不想，也不会想。

记者四　听说梅先生昨晚在家里听了电台的实况。

记者二　你也真是的，总是听说听说。

孟小冬　不必，他可以听说，这么多年，空穴来风，无中生有，哪一件不是听说的。

记者三　孟小姐大量，前几天梅兰芳先生的演出也都是盛况空前，您一场没看，是否是有意避让？

　　　　［孟小冬站起来。

孟小冬　对不起，我那时候在排练。

记者四　都说在台下，您比女人还女人，在台上，您比男人还男人。那您是爱台上的女人们，还是爱台下的男人们呢？

记者一　梅先生在台上是女人，在台下是男人，您更爱哪一个？如果您还能与梅兰芳先生同台，您会选择什么戏？还是《游龙戏凤》吗？

记者二　梅先生的《龙凤呈祥》好角儿扎堆，为什么您要演《搜孤救孤》呢……

记者三　梅先生的哪出戏是您最喜欢的?

记者四　梅先生一直在上海,而您一直在北京,为什么?

记者一　梅先生是旦角之王,您是须生之皇,你们在一起一直是珠联
　　　　璧合的,就像《游龙戏凤》……

记者二　梅先生接下来演的《四郎探母》,您会去看吗? 这是您与梅
　　　　先生唱的第一出堂会戏,听说本来请的是余叔岩先生,余先
　　　　生嫌包银太少,才叫了您,这是真的吗?

记者三　梅先生……

记者四　《四郎探母》……

记者一　梅先生……

记者二　《游龙戏凤》……

　　　　〔灯光暗转。记者们变成二十年前的记者。

记者一　著名须生坤伶孟小冬欲嫁之人,不是什么阔佬,也不是什么
　　　　督军省长,而是大名鼎鼎的梅兰芳。

记者二　前者津京各报盛传梅兰芳娶孟小冬之事,据言子虚乌有,纯
　　　　属谣言。

记者三　坤生娶乾旦,孟小冬终于修到了梅花,嫁给名旦梅兰芳。

记者四　梅兰芳金屋藏娇孟小冬,孟小冬阔别舞台。

记者五　北京东四九条冯宅案犯李志刚本意是刺杀梅兰芳。

记者五　案犯李志刚枭首示众,案犯痴心孟小冬。

记者六　梅兰芳访美成功,获得文学博士学位。

记者一　梅兰芳携妾福芝芳北戴河作海水浴,居民游客,空巷往观,
　　　　大饱眼福……

记者二　孟小冬天津春和戏园复出,连日爆满。吾皇万岁,人称冬皇。

记者二　全国观众评选四大名旦评分结果正式公布,梅兰芳总分位

居第一。

记者三　梅兰芳孟小冬劳燕分飞、各奔东西。

记者四　长篇连载传奇故事缘于名伶梅兰芳和孟小冬。

记者五　孟小冬紧要启事:是我负人,抑人负我,世间自有公论,不待冬之赘言。

　　　　〔舞台纵深的乾旦背身而立。

　　　　〔穿着白色西服的梅兰芳从她的身后闪出,孟小冬扭过头看见他。他们对视着,一眼万年。

　　　　〔孟小冬慢慢地走向梅兰芳,深深地道了个万福,轻轻地叫了声。

孟小冬　梅老板。

梅兰芳　你是?

孟小冬　孟小冬。

梅兰芳　(看着她)孟小冬? 噢,我知道你的。

　　　　〔灯光急暗,只剩下一束光照着乾旦,她缓缓地唱出。

乾　旦　(唱)昔日里梁鸿配孟光,今朝仙女会襄王。(孙尚香《龙凤呈祥》)①

　　　　〔照着乾旦的光渐暗。

第二场　1926 年 5 月 4 日晚 8:00

　　　　〔字幕:二十一年前。1926 年 5 月 4 日晚 8:00。

---

① 京剧《龙凤呈祥》,取材于《三国演义》第 54 回:吴国太佛寺看新郎,刘皇叔洞房续佳偶。讲述刘备过江迎娶孙权之妹孙尚香的故事。由梅兰芳、马连良、裘盛戎、袁世海、叶盛兰等艺术家将原有的折子戏《美人计》《甘露寺》《回荆州》《芦花荡》组合改编而成。

〔梅兰芳坐在镜前，孟小冬悄悄地上场，看着梅兰芳勾眉。

孟小冬　梅老板。

梅兰芳　不要客气，还是叫我——

孟小冬　梅大爷。

梅兰芳　大爷？

孟小冬　他们都这么叫你。

梅兰芳　他们叫得，你却叫不得。

孟小冬　那……叫什么？

梅兰芳　难道我没有名字吗？

孟小冬　（笑，韵白）哎！人生天地之间，岂有无名字的道理，叫什么？
　　　　（正德帝《游龙戏凤》①）

梅兰芳　（笑，韵白）名字倒有，说出来怕军爷你叫。（李凤姐《游龙
　　　　戏凤》）

孟小冬　（韵白）为军的不叫。（正德帝）

梅兰芳　（韵白）怎么，军爷不叫吗？（李凤姐）

孟小冬　（韵白）不叫。（正德帝）

梅兰芳　（韵白）我叫……（李凤姐）

孟小冬　（韵白）叫什么？（正德帝）

梅兰芳　（韵白）我叫……噢，我姓李哟。（李凤姐）

孟小冬　（韵白）哎！我晓得你姓李。叫什么名字？

梅兰芳　（韵白）我叫……李凤姐。（李凤姐）

　　　　〔孟小冬和梅兰芳两人大笑起来。

梅兰芳　这就入戏了。

––––––––––––

① 《游龙戏凤》，又名《梅龙镇》，京剧生、旦合作的传统剧目。讲述正德帝私游大
　同，过李龙酒店，见李龙之妹李凤姐之美，乃加调戏。后实告皇帝身份，封李凤
　姐为妃。

孟小冬　对不起,梅先生——

梅兰芳　梅先生,孟姑娘,算了,还是叫畹华吧。

孟小冬　畹华?

梅兰芳　好,还是这样的亲切。

孟小冬　畹……华,谢谢您哟,上次跟您唱《四郎探母》,多谢您的照
　　　　顾,第一次跟您搭戏,我紧张死了。

梅兰芳　挺好的啊。

孟小冬　我,我上次是不是太唐突了?

梅兰芳　为什么?

孟小冬　我后来才知道,原本王总长是想请余叔岩先生跟您搭演的。

梅兰芳　是的,余三哥说他身体欠安,(轻声地)其实他是对于王总长
　　　　给的价不满。

孟小冬　那我就这么来了,他会不会——

梅兰芳　不会的,王总长的生日宴,请的人多着呢,他不来,也应了他
　　　　的脾气,但人家的堂会也不至于不唱了吧。本来我们也都
　　　　是身不由己,戏还是要唱的。

孟小冬　哦,我真怕他会怪我。

梅兰芳　小冬,我们唱戏的都明白的,怪不了谁的,这不,我也来了。
　　　　这些人,也没必要得罪的。

孟小冬　谢谢,您倒是真的宽慰我了。

梅兰芳　是嘛,(笑)那你可要小心了,别上了我的当。

孟小冬　这样的当,上,也是愿意的。

　　　　〔静场。梅兰芳站起来。

梅兰芳　坐吧,小冬,补补妆? 今天唱《游龙戏凤》,正德皇帝可不比
　　　　杨四郎。

孟小冬　不,您坐吧。

梅兰芳　我不用化妆的,今晚上只是清唱。

　　　　〔静场。

孟小冬　梅先生……畹华,我……紧张。

梅兰芳　看不出啊。

孟小冬　真的。

梅兰芳　我也是。每次上台前我都会紧张。

孟小冬　(笑)您也会紧张?

梅兰芳　紧张,才会重视,重视,才不会出错。

孟小冬　(笑)那么我是紧张对了。

梅兰芳　也不见得适合每个人……我看过你的戏。

孟小冬　是吗? 您这么个方家,也看别人的戏?

梅兰芳　不看别人的戏,就演不好自己的戏。

孟小冬　(笑)您看,我又被您弄得紧张了。

梅兰芳　(笑)倒是怪我了。

　　　　〔孟小冬拿起眉笔描着眉,梅兰芳看着。

孟小冬　您笑什么?

梅兰芳　我在想着你演正德皇帝的样子。

孟小冬　我?

梅兰芳　没扎网子,没戴髯口,没穿行头,还真是想象不出来。

孟小冬　那我也想象不出您演李凤姐的样子啊。

　　　　〔王德承上场,他拊掌大笑。

王德承　我们也想象不出正德皇帝和李凤姐的样子,所以都要看,都
　　　　想看,不得不看呀。

梅兰芳　王总长。

孟小冬　(起身,施礼)王总长好。

王德承　梅先生,孟小姐,好了没有?

梅兰芳　稍等,小冬还要补个妆。

王德承　噢,那不急,李凤姐是要打扮打扮,不,我错了,孟小姐是正德皇帝,皇帝……皇帝要干啥当然得干啥,我们等就是了。

孟小冬　谢谢王总长。

王德承　(欲离开,又回头看着他们)……一个是须生之皇,一个是旦角之王,王皇同场,珠联璧合,万众期待啊。

　　　　［王德承笑着走到舞台的另一侧,祁如山、冯更光、李实斋等坐在那里等他入座。

孟小冬　您为什么这么说?

梅兰芳　说什么?

孟小冬　我不需要补妆的。

梅兰芳　静一静,缓一缓,也是我上台前的习惯,这样就不紧张了。

孟小冬　真的?

梅兰芳　就这么坐着,什么也不想。

孟小冬　不默戏?

梅兰芳　不。

孟小冬　您心中早有了。

梅兰芳　当然,临时抱佛脚可不行。

　　　　［孟小冬和梅兰芳静静地坐着。

　　　　［孟小冬看着梅兰芳闭着眼,突然忍不住笑了。

梅兰芳　怎么?

孟小冬　没怎么。就是觉着——

梅兰芳　觉着什么?

孟小冬　没什么。

梅兰芳　(拿起扇子)喏.

孟小冬　给我?

梅兰芳　李凤姐拿着把折扇,像什么呀!

孟小冬　(笑)噢。

梅兰芳　正德帝要是没把扇子,怎么演?

孟小冬　(接过)谢谢。

　　　　〔舞台的纵深处,乾旦扮的李凤姐和坤生扮演的正德帝
　　　　出现。

　　　　〔梅兰芳看着他们,孟小冬看着梅兰芳。

李凤姐　(韵白)看你这人进得店来,上也瞧瞧,下也看看。我们女儿
　　　　家有什么好看的?

正德帝　(韵白)不是啊。大姐你长得好看,为军的我喜看!

李凤姐　(韵白)怎么? 你喜看?

正德帝　(韵白)爱瞧。

李凤姐　(韵白)你爱瞧?

正德帝　(韵白)爱瞧。

李凤姐　(韵白)好! 如此你就请看。

正德帝　(韵白)倒要瞻仰瞻仰。好!

李凤姐　(韵白)你再看看!

正德帝　(韵白)再看看,就看看。越看越好。

李凤姐　(韵白)还要你看看!

正德帝　(韵白)我不看了。

李凤姐　(韵白)怎么不看了?

正德帝　(韵白)我看饱了哇。

　　　　〔王德承、祁如山、冯更光和李实戡齐声叫好。孟小冬用折
　　　　扇遮住梅兰芳,他的身姿曼妙,欲迎还休。

李实戡　电光石火,风起云涌,绝。

祁如山　棋逢对手,将遇良才,好。

冯更光　男演女,女扮男,颠倒阴阳,扭转乾坤。

王德承　有意思,真有意思。

冯更光　刚才还十分腼腆的姑娘,一下子判若两人,天才啊。

王德承　戏里,英俊倜傥的正德皇帝娶了楚楚动人的酒家姑娘李凤姐,妙,真妙。

祁如山　戏外,韶华正盛的孟小冬——

冯更光　嫁给了翩若惊鸿的梅兰芳。

　　　　〔王德承、祁如山、冯更光和李实戡同时大笑起来。

王德承　咦,你别说,这正应了多少人的想象啊。

李实戡　别开生面,皆大欢喜。

祁如山　真不知是戏如人生,还是人生如戏。

冯更光　要真是那样,也未尝不是好事情。可兰芳的二太太,福太太可不是好惹的。

　　　　〔舞台的一侧出现福芝芳,她静静地看着他们。

王德承　她呀,我见过几次,话不多,却是个狠角儿。不过,我倒是挺能理解她的。

冯更光　为什么?

王德承　六爷,你想想啊,梅先生是她的男人,你们却管得跟什么似的。

祁如山　王总长,什么叫管,我们做的哪一点不是为兰芳好啊。从戏本到排练,从演出到后台,一件件,一桩桩,事无巨细啊。

王德承　那是你们这么认为吧,对于福太太来说,她如果不这样做,她的男人可就丢了。

冯更光　王总长,危言耸听了。我们做的一切都是在帮兰芳,又不是在跟她抢男人。

王德承　咦,六爷,你别说,梅先生的钱可都是存在你的银行里。

冯更光　我用银行为他代管啊,兰芳不善理财。

王德承　哈,那是你这么认为吧,福太太可不这么认为。

冯更光　她是狗咬吕洞宾,不识好人心。

李实戡　就是,兰芳的大太太重病在身,在天津疗养,就是被她气的。

祁如山　这二太太把兰芳看得太紧,连我们上门都要遭白眼。

冯更光　就是,得治治她,杀杀她的威风。兰芳要真是娶了小冬,小冬在各方面也不比福太太差,过了门,就一定能打败她。

祁如山　过门,这事没那么简单,兰芳为人忠厚,二太太是绝对不会同意的。

王德承　先斩后奏,没什么大不了的,戏里戏外,不都是戏么,何必这么认真呢。

祁如山　总得要对兰芳负责。

李实戡　我觉得可以,如果真是这样的话,这京剧舞台上岂不是真正上演了一出鸳鸯戏。

王德承　台下的丈夫是台上的妻子,台上的丈夫则是台下的妻子,简直是太有趣了。

祁如山　有趣? 王总长,生活,可不是戏啊。

王德承　先生,生活,咋不是戏了?

冯更光　把生活放在舞台上,演在别人的心里,才是真正的妙啊。

祁如山　六爷,如此,生活本身也就成了戏台。

王德承　不好吗?

祁如山　那他们的死活呢?

王德承　谁?

祁如山　兰芳和小冬啊。

王德承　不是挺好的吗? 只要他们两情相悦,男人与女人,就不是如此吗?

李实戤　就是，他们在一起，挺好，以后演一些生旦戏，一定会有市场。

冯更光　我倒是觉得可以，我想兰芳也不会反对的。

祁如山　小冬呢？

冯更光　她，我来搞定，我认识她父亲。再说，兰芳的大太太病重在天津疗养，家里只有一房，婚后分居另过，也不会有矛盾的。

祁如山　大太太人好，她如果同意，这事就成了。

冯更光　只要是对兰芳好的，大太太那里没问题，这我有把握。再说，兰芳的大伯膝下无儿，他本就兼祧两房，本就是可以娶两房正妻的。

祁如山　如此来说，小冬嫁给兰芳也算是正室，并非偏房，这样，她就没什么顾虑的了。

李实戤　先瞒着二太太，别闹事，然后再说，水到渠成。

王德承　对，先在外面结婚，住着，等过阵子，生米煮成了熟饭，再端给福太太看，不就得了。

祁如山　怎么听上去像是娶尤二姐？

冯更光　兰芳可不是贾琏。

王德承　男人嘛，娶个三妻四妾，正常。（大笑）到那时，这饭，福太太吃也得吃，不吃也得吃。

祁如山　你们这些人啊，喜欢别人，也只是为了满足自己的私欲啊。

冯更光　先生，言重了。

李实戤　就是，戏嘛。

王德承　哟，又有好戏看啰。

　　　　〔王德承、祁如山、冯更光和李实戤对着梅兰芳和孟小冬拼命拍掌。

　　　　〔福芝芳下场。

　　　　〔孟小冬把扇子还给了梅兰芳。

王德承　好，真是太好了，梅先生，孟小姐，你们俩今晚的演出可是让大伙儿开了眼界了，奇妙无比。一时间，大家都恍惚了，不知道戏里戏外，台上台下了。

梅兰芳　谢谢王总长夸奖。

孟小冬　谢谢王总长。

祁如山　小冬，你的确有叔岩的风范。

孟小冬　先生过奖。

冯更光　赶明儿兰芳你介绍她跟余先生学学。

梅兰芳　小冬的嗓音少有雌声，身段、扮相、做工都毫无女子之气，真是好极了，三哥肯定喜欢。

孟小冬　（躬身）多谢梅先生。

梅兰芳　哟，这就成我的事了？

冯更光　她的事，当然是你的事了。

梅兰芳　什么意思？

王德承　你们俩真是天造的一对，地成的一双啊。

祁如山　台上，台上，没别的意思。

　　　　〔灯光暗转。舞台的纵深处，乾旦扮的李凤姐和坤生扮演的正德帝再次出现。

李凤姐　（唱）军爷做事理太差，不该调戏我们好人家。

正德帝　（唱）好人家，歹人家，不该斜插这海棠花。扭扭捏捏，十分俊雅，风流就在这朵海棠花。

李凤姐　（唱）海棠花来海棠花，反被军爷取笑咱。我这里将花丢地下，从今后不戴这朵海棠花。

正德帝　（唱）李凤姐做事差，不该将花丢在地下。为军的将花忙拾起，来来来，我与你插啊……插啊，插上这朵海棠花。

梅兰芳　（举起手中的海棠花）小冬。

202

孟小冬　（欣喜地）兰芳？回来了？

梅兰芳　喏，海棠花，我给你买的。

孟小冬　（笑）这海棠花插哪儿呀？李凤姐敢给皇帝戴花儿，你试试。

梅兰芳　我有什么不敢的。

　　　　〔孟小冬低头，梅兰芳给她戴上花。

孟小冬　好看吗？

梅兰芳　（韵白）越看越看。

孟小冬　（韵白）还要你看看！

梅兰芳　（韵白）我不看了。

孟小冬　（韵白）怎么不看了？

梅兰芳　（韵白）我看饱了哇。

孟小冬　看饱了也得看。

梅兰芳　看不饱的。

　　　　〔冯更光上场。

冯更光　梅大太太果然是了得，她不但同意梅兰芳迎娶孟小冬，还愿
　　　　意为他们做媒，不但把戴着的戒指送给他们作为订婚聘礼，
　　　　还愿意把正室让出来给孟小冬。真是奇事一桩。

　　　　〔孟小冬偎依在梅兰芳怀里。

冯更光　大喜之日，喜结连理，一切对外保密，没有花轿迎娶，没有吹
　　　　吹打打，只有梅党至亲前来贺喜。梅兰芳迎娶了孟小冬。

　　　　〔舞台的一侧出现福芝芳，她的手里拿着一叠报刊，翻看着。

　　　　〔祁如山和李实戡和冯更光拿着《北洋画报》边说边过场。

李实戡　先生，六爷，纸是包不住火的，你看，《北洋画报》头版消息：
　　　　著名须生坤伶孟小冬欲嫁之人，不是什么阔佬，也不是什么
　　　　督军省长，而是大名鼎鼎的梅兰芳。

祁如山　藏不住了，赶紧辟谣吧。

冯更光　婚都结了，还有什么好藏的。

祁如山　只是二太太要是知道了，不知道又会闹出什么事来。

　　　　〔福芝芳把一份报纸丢在地上。

冯更光　（笑）先生，你太不了解福太太了。我看啊，挺好，这样兰芳白天在小冬这里，晚上回家。

祁如山　挺好，是啊，只是符合大多数人的想象罢了。

冯更光　怎么了？不就是这样么！

祁如山　怎么了？纵是坤生第一，也只好光彩黯收。这个中辛苦与决绝也只有当事人自己知道吧。

冯更光　怎么，先生，你这是为小冬可惜吗？

祁如山　女人的命吧。

李实戡　先生，辟谣了。喏，《天津商报》头版：前者津京各报盛传梅兰芳娶孟小冬之事，据言子虚乌有，纯属谣言。孟乃梅的租客。

　　　　〔福芝芳把一份报纸丢在地上。

李实戡　还有这个消息，坤生娶乾旦，孟小冬终于修到梅花，嫁给名旦梅兰芳。

　　　　〔福芝芳把一份报纸丢在地上。

李实戡　这条就写实了，梅兰芳金屋藏娇孟小冬，孟小冬阔别舞台。

　　　　〔福芝芳把一份报纸丢在地上。

　　　　〔李实戡捡起地上的报纸交给孟小冬。

　　　　〔李实戡和冯更光、祁如山下场。

　　　　〔孟小冬拿着报纸呆呆地站着，梅兰芳用手在空中比画着。

孟小冬　我都不敢看报纸了，总会冷不丁地看到我们的消息。

福芝芳　我不敢看报纸，却又总想看，报纸上，总会冷不丁地有他们的消息。

孟小冬　金屋藏娇？难道这就是我想要的生活,找一个心仪男人过一辈子。离了喧闹的舞台,也许我还不适应,可我是知足的,兰芳每天忙着演出,看到他在台上那般的妩媚动人,不由得心生怜意,今天回来跟他说,他的对襟要窄一点,那块发片有些高了——

福芝芳　金屋藏娇？为什么要瞒着我？这分明就是针对我的,这样的事兰芳一定不会做,一定是他身的那帮人撺掇的——梅党。

孟小冬　瞒得住吗？福二姐会怎么想？将来我怎么去面对她？她是什么样的人呢？

福芝芳　不,我不能反击,现在还不是时候,否则,我会一败涂地。对,孩子,他要的是孩子,还有一个家。

孟小冬　结婚原来是这样的,就是在家里等他。兰芳找人来教我学画画,写写字,我会骑自行车了,第一次听唱片,那里面发出的声音真的是我唱的？

福芝芳　一切如常,他回家来不说,我也不问。什么都没有发生,什么都没有发生,没事的,没事的。

孟小冬　也许生活就是这样的,平平淡淡的,我不能再想舞台了,那是梦,过去了,都过去了。

福芝芳　等,焦急地等着吧。

孟小冬　等,焦急地等着吧。

　　　　〔福芝芳下场。许久,孟小冬才注意到梅兰芳。

孟小冬　你在那里做什么啊？

梅兰芳　我在这里做鹅影呢。

孟小冬　鹅影？我整天待在这里,独守空房,又上不了台,连个人影都见不着,还鹅影呢。天鹅么,成双成对的,哪有落单的？

梅兰芳　那我再做一只。

　　　　　〔孟小冬感到无趣，走开。

梅兰芳　怎么了？

孟小冬　我们做女人的，可怜，嫁了人就不能再唱戏了。

梅兰芳　我又不是养活不了你。

孟小冬　你觉得我是这个意思吗？

梅兰芳　那我俩在家里唱——

孟小冬　我想拜师学戏。

梅兰芳　拜师？

孟小冬　你跟余叔岩说说看，他现在唱得少，他愿不愿意教我？

梅兰芳　三哥？他身子不太好，很少收徒的，而且他可严了。

孟小冬　严，我不怕。

梅兰芳　你现在学戏干什么？又不上台。

孟小冬　我不能每天在家里等你回来吧？

梅兰芳　你在家里学学画，写写字，不是挺好的吗？

　　　　　〔静场。

孟小冬　是不是她就是每天在家里等着你回去！她福芝芳在嫁你之前，在天桥好歹也是个名角，自从嫁了你就不再唱了，她能不唱，我为什么就不能不唱？

梅兰芳　我不是这个意思。

孟小冬　当然，我又不是她。

梅兰芳　那我问问三哥吧。

孟小冬　他会喜欢我的，我不怕他严。（少顷）今晚，你就不回去了吧。

梅兰芳　我们都是约定好的，小冬……我答应……芝芳……她在家里带着三个孩子。

孟小冬　我知道。（叹一口气）你回吧。

梅兰芳　小冬。

孟小冬　你不要说了,你走吧。我没事儿。

梅兰芳　当真?

孟小冬　你快点噢,当心我反悔。

梅兰芳　小冬,你看,今天我早早就先赶回来见你,然后才回家……
　　　　明天……明天我早早地就过来,啊。小冬,我怎么能舍得离
　　　　开你呢,只是我也难。等过了这阵子,等事情明朗了,就好
　　　　了,啊!再等等,啊!

孟小冬　我知道,兰芳,你回吧。

梅兰芳　那……我走了。报纸上的消息,别在意,啊。

孟小冬　嗯!

　　　　〔梅兰芳小心地退下场。

　　　　〔舞台的纵深处出现乾旦和坤生,正德帝和李凤姐无声地演
　　　　绎着,一比一划,一招一式。孟小冬看着,不禁地跟着正德
　　　　帝的动作,一颦一笑,一举一动,万般的无奈。

孟小冬　(唱)李凤姐做事差,不该将花丢在地下。(拾起海棠花)为
　　　　军的将花忙拾起,来来来,我与你插啊……插啊,插上这朵
　　　　海棠花。

　　　　〔突然,孟小冬感到无比的伤心,扑倒在美人榻上痛哭起来。

　　　　〔舞台的纵深处,正德帝追着李凤姐正笑得开心。

　　　　〔良久。孟小冬渐渐地平静下来,她怔怔地坐在榻上。

　　　　〔梅兰芳上场,他走到榻前,看着孟小冬,孟小冬像是从梦中
　　　　惊醒。

梅兰芳　小冬,你怎么了?

孟小冬　你回来了。

梅兰芳　回来了。

孟小冬　今晚还要回去吗？

梅兰芳　你知道，今天跟她说好的。

孟小冬　她？（苦笑）那你回来干什么？

梅兰芳　小冬。

孟小冬　（稍停）你……你跟余叔岩说了吗？

梅兰芳　余叔岩？噢，说了，可三哥他觉得不妥。

孟小冬　他觉得不妥？

梅兰芳　他说你是我的妻子，教戏么，难免身手触碰，他怕别人说闲话。

孟小冬　妻子？有名无分的妻子。

梅兰芳　小冬。

孟小冬　我就是有名无分。

梅兰芳　小冬，你嫁过来，是明华做的媒，我又是两房兼祧，所以你和
　　　　芝芳都算是正娶的。

孟小冬　（苦笑）正娶？——

　　　　[静场。孟小冬挣扎着站起来，欲离开。

梅兰芳　你去哪儿？

孟小冬　去哪儿？我不知道。

　　　　[孟小冬离开，下场。梅兰芳急急地跟上。

　　　　[舞台的纵深处，正德帝搂着李凤姐，如胶似漆。

第三场　1947 年 9 月 8 日中午 13:00

　　　　[字幕：当天下午。1947 年 9 月 8 日中午 13:00。

　　　　[孟小冬半躺在美人榻上，蝉声嘶鸣。她的头上没了那枝海
　　　　棠花。

　　　　[杜月笙拿着把折扇，上场。

杜月笙　小冬,你也是好脾气,那帮记者,唉。

孟小冬　天下之人,谁人背后没人说,谁人背后不说人呢,我这等人,
　　　　不就是让别人说的吗。

杜月笙　也是,做人不能当刺猬,能不与人结仇就不结,谁都不跟谁
　　　　一辈子。

孟小冬　那我们呢?

杜月笙　我们?（反应过来）你说呢,早就一辈子了。我是说,人分三
　　　　六九等,头等人,有本事,没脾气;二等人,有本事,有脾气;
　　　　末等人,没本事,有脾气。小冬,你就是头等人。

孟小冬　（笑）我是什么人你最清楚,这辈子,我一直在演男人,都是
　　　　些大仁大义的男人,那个没脾气,也只有在你面前,我才算
　　　　是个女人。

杜月笙　水的清澈,不是它不含杂质,而是它懂得沉淀。

孟小冬　那你就是明矾,让我沉淀成这个样子。

杜月笙　你不恨我就是我的万幸了。

孟小冬　恨?我这样也是我愿意。在外面大风大浪的,在你这里就
　　　　是宁静的港湾了。

杜月笙　别人都怕我,你好像从来没有。

孟小冬　你这样地对我,我就怕不起来了。

杜月笙　真的?

孟小冬　你杜月笙想要什么样的女人会要不到?

杜月笙　哟,小冬,你见过我在女人身上使过什么手段吗?

孟小冬　你不需要。

杜月笙　不,需要的,看是谁?

孟小冬　那你……为什么……是我?

杜月笙　感情的事,说不清,道不明,我早就想要你,想要你心甘情愿。

孟小冬	……
杜月笙	我知道你在想什么。
孟小冬	什么？
杜月笙	梅兰芳。
孟小冬	不。
杜月笙	是，我不是指你还想着他，只是刚才你想到他了。
孟小冬	你这个人真的很可怕。
杜月笙	可是你不怕。
孟小冬	我怕了，你能猜到别人的心里。
杜月笙	人嘛。
孟小冬	是，我想到他了。那我想什么了呢？
杜月笙	你想……如果梅兰芳那时候没有跟你离婚，也就没有后来我杜某人的事了。你不使手段，我们怎么会在一起？对吧？
孟小冬	对。
杜月笙	我不相信命中注定，但是我不会看错人。人可以不识字，但不可以不识人。
孟小冬	看错人？我，还是他？
杜月笙	都是。
孟小冬	我始终觉得人应该懂仁义，要善良。
杜月笙	台上演的那些人给灌输的，可是有人感激过你的善良吗？貌似他们只会得寸进尺。
孟小冬	是。
杜月笙	我最不怕的就是君子，你看，蟊贼我是从来不惹的。
孟小冬	我和他都不会做人？
杜月笙	做人有三碗面最难吃，人面、场面和情面。可是这三碗面，你和兰芳都吃得很好。

孟小冬　那是什么？

杜月笙　这是台下，不是台上。

孟小冬　是，有时候就是错觉。

杜月笙　错觉哪里经得起生活的真实。不过，小冬，即使有人打碎了
　　　　你的心，总还会是有人愿意修补好它。

孟小冬　我很幸运。

杜月笙　不，我们每个人都有一件事会比别人做得更好，就是做好自
　　　　己。而你从来就是这样的。只不过，你长大了。可是有些
　　　　东西是不会变的。你的才情、善良，还有你的性格。

孟小冬　性格是变不了的。

杜月笙　就像今天，这个记者会，你竟然没有发火，你成熟了。人成
　　　　熟的标准就是懂得何时该沉默。

孟小冬　可我不想成熟，尤其是在你的面前。

杜月笙　唉，小冬啊，可是我老了呀，你成熟了，我才不会觉得配不上你啊。

孟小冬　你太会说话了，我——

杜月笙　吵不散，骂不走，这才是真感情，只要结局是跟你在一起，过
　　　　程怎样痛都行。

孟小冬　谢谢。

杜月笙　男人的根本有三样，老婆，老友和老本，对我来说，你都是。

　　　　〔孟小冬转过头去，忍不住哭泣起来。
　　　　〔静场。

杜月笙　唉，你看我，老了，都不会哄女人了。

孟小冬　不，你不老。

杜月笙　(掏出手帕给孟小冬擦眼泪)小冬，我知道，你是很少哭的。

孟小冬　是，可是突然，我就想哭了，在你面前——也是因为你吧。

　　　　〔杜月笙抱住孟小冬，她尽情地哭起来。

杜月笙　（笑）你就欺负我吧，有时候能被一个爱我的人欺负，也是种幸福。

孟小冬　（笑）你哪里来的这些话，一套一套的。

杜月笙　你不知道吗？我杜月笙讲情话可是一流的。

孟小冬　也不知道你跟多少女人讲过，练出来了。

杜月笙　那是。

孟小冬　（气恼）你！

　　　　〔杜月笙用扇子给孟小冬扇了扇，孟小冬笑了。

杜月笙　有的男人老了，就不敢再跟女人讲情话了。我要是再不讲，怎么能和你在一起呢。

孟小冬　我喜欢，平平淡淡的，江湖就远了，这么平静，多好。

杜月笙　这么平静？生活嘛，总不能都是血雨腥风吧。你看，我都六十岁了，什么事没经历过？就像这一次，虽说不见得非得要当个市长，可是蒋介石也不能想除掉我吧。平静，奢求了。我现在总算是看透了，原来天下最狠的人不是我姓杜的，而是他姓蒋的。我说过，上海沦陷时无正义，上海胜利后无公道。国民党真不是好东西，本来我想也做做事，现在也真是无能为力了。廉颇老矣！（稍停）刚才，我在中国大戏院碰到梅兰芳了。

孟小冬　噢。

杜月笙　他说你昨晚唱得的确好，现在是你嗓音最好的时候。

孟小冬　（冷笑）最好的时候。

杜月笙　他听了电台转播。（少顷）小冬，你闭目养神一会儿吧。

孟小冬　好。

　　　　〔孟小冬半躺下。杜月笙拿着扇子给她扇着。

　　　　〔杜月笙下场。灯光暗转。

　　　　〔一声枪响，震动剧场空间，孟小冬从榻上惊坐起。

[舞台的另一侧出现梅兰芳、冯更光、祁如山、李实戡和王德承,他们都显得惊恐万分。

[三个记者上。

[福芝芳出现在舞台的纵深处。

冯更光　畹华,好险啊,幸亏你没出去。

李实戡　那个绑匪让警察给当场击毙。

梅兰芳　汉举呢?

祁如山　汉举被他击中了,没抢救过来。

梅兰芳　(惊讶地)啊,真不该让他——

冯更光　也幸亏是汉举自告奋勇,代你去见他,否则,后果不堪设想。

梅兰芳　汉举……

王德承　后事我们会处理的,畹华,你不用担心。

梅兰芳　……他是谁?

李实戡　绑匪? 他绑架张汉举的时候就说了,他叫李志刚。小冬的一个戏迷。

梅兰芳　小冬?

祁如山　在他身搜出一封信,说他喜欢看小冬的戏,对她如醉如痴。

冯更光　一个大学生,穷得叮当响,他把所有的钱都花在看戏上了。

李实戡　最近他发现孟小冬久不登台,十分着急,打听下来,才知道是因为嫁给了你,就怒火中烧。

冯更光　所以今晚他暗中尾随你到了我家,就是意欲刺杀你。没承想阴差阳错杀了张汉举,真是万幸。

李实戡　小冬也真是的,刚嫁了你就惹出这么大的事情来。

王德承　梅先生,最近你要少抛头露面啊。

记者一　案犯李志刚暗恋孟小冬,因爱生恨,意欲刺杀梅兰芳。

记者二　案犯李志刚本是孟小冬的未婚夫,梅兰芳横刀夺爱。

记者三　冯宅血案,大学生斩首示众,众人惜之,孟小冬乃是罪魁祸首。

[福芝芳款款地走向梅党众人。

梅兰芳　大爷的命要紧,孩子们可不能没有爹。

[福芝芳看了梅兰芳一眼,梅党众人下。

[福芝芳挺着个肚子,大摇大摆地跟着下场。

记者一　李志刚和孟小冬曾后台相会,两情相悦。

记者二　梅郎虽无恙,张生枉死矣。梅兰芳无奈赠屋张汉举遗孀,以
　　　　示慰藉。

记者三　凶犯被枭首示众于九条西口时,有人见一青年女子乘汽车
　　　　而来,面披黑纱,下车瞻望凶犯首级,唏嘘泪下,有人疑惑她
　　　　就是名伶孟小冬。

[三个记者下。

[梅兰芳痴痴地走向孟小冬。

孟小冬　你有一个多月没来了,你为什么躲着我?

梅兰芳　发生了这种事情,我们还是少见面的好。

孟小冬　我们是夫妻,为什么不能见面?

梅兰芳　现在我们的关系还不能公布于众,否则,那些报纸又要捕风
　　　　捉影,添油加醋。

孟小冬　捕风捉影?添油加醋?蒙冤的是我,你怕什么?

梅兰芳　芝芳那边闹得厉害。

孟小冬　闹?所有的人都认为我是罪魁祸首,你也这么认为?

梅兰芳　流言百出必止于智者,你又何必在意……

孟小冬　在意?你不在意,你就躲在她那里,不敢来我这里?

梅兰芳　小冬,你要替我想一想,现在这个时候,谣言满天飞,我得多
　　　　跟她待在一起,平息一下。

孟小冬　那谁会为我想一想?我们究竟是什么关系?

〔杜月笙和姚玉兰出现在舞台的一侧。

杜月笙　孟小冬分明能感觉自己与梅兰芳之间的感情大大地降温了,他明白梅兰芳多跟福芝芳在一起的原因,他是想让人们忘掉还有一个孟小冬。

姚玉兰　那年夏天,梅兰芳去天津演出,随行带着福芝芳,又是下海游泳,又是骑驴游山,大报小报竞相报道,孟小冬看到后,怒火中烧。梅兰芳这么做,不就是明摆着做给全世界的人看吗?她赌气跑回娘家,父亲得知缘由,很心疼,他不愿意女儿就此沉沦,一句话点醒了孟小冬。

杜月笙　他梅兰芳可以去天津唱戏,你为什么就不能去唱?

孟小冬　我?

姚玉兰　结婚一年多,离开舞台也一年多,孟小冬像是忘掉了舞台,现在,父亲的一句话让她猛然惊醒,她立即收拾行头直奔天津,临时搭班,在春和戏院,连演十场,风风火火,场场爆满。

杜月笙　演出非常成功,《天津商报》的沙大峰在报纸上专门开个专栏介绍孟小冬,称她为冬皇,张口闭口都是"吾皇万岁"!

〔孟小冬插上那枝海棠花,她转脸看着梅兰芳。

梅兰芳　小冬,你去天津演出,怎么不跟我说一声?

孟小冬　笑话,那你带着她和孩子去天津演出,怎么不跟我说一声?

梅兰芳　她是我太太。

孟小冬　那我呢?不是吗?你们一起去海滩,一起穿着泳装,还一起骑驴游山,拍那么大的照片登在画刊上。

梅兰芳　那些记者,你又不是不知道!你这是在跟我唱对台戏。

孟小冬　你能唱,我就不能唱了?再说,唱对台戏不是正好说明我们没有关系吗!

梅兰芳　我不是这个意思,结婚了,你是答应不登台的。

孟小冬　结婚？可你这像是结婚的样子吗？

　　　　　[梅兰芳轻轻地搂过孟小冬。

梅兰芳　不吵了，行吗？

孟小冬　你欺人太甚了。

梅兰芳　我不是回来了吗？

孟小冬　那不许走了。

梅兰芳　过阵子我要去广州和香港演出，带着你，行吗？

孟小冬　谁稀罕。

姚玉兰　1928年9月梅兰芳大太太王明华去世。孟小冬随梅兰芳赶
　　　　到天津办理后事。

杜月笙　是年11月，梅兰芳瞒着福芝芳带孟小冬去广州香港演出，
　　　　为了补偿之前对孟小冬的冷落和伤害，两人出双入对，等于
　　　　将他们的关系昭告天下。

姚玉兰　三个月后，他们回到了北平。孟小冬似乎可以光明正大地
　　　　以梅夫人的名义生活，她和梅兰芳的关系也终于暴露在世
　　　　人的目光之下。

杜月笙　不久，梅兰芳准备赴美，孟小冬准备与随其前往；福芝芳为此
　　　　服用"堕胎药"亦欲陪同。梅兰芳怜惜福芝芳的爱，也不想孟
　　　　小冬不高兴，最终决定两人都不带。孟小冬仍有不甘，吵闹
　　　　不休，再次回了娘家。然而，这次，梅兰芳并没有去接她。

姚玉兰　梅兰芳访美，半年归来，还没到北京，大伯母逝世的噩耗传
　　　　来，于是匆匆回家，设灵堂，搭席棚，隆重治丧。

杜月笙　孟小冬在家里等待去吊唁，可通知的消息一直没来。

孟小冬　那天一大早，我特意剪了个短发，头戴着白花，赶到了梅宅，
　　　　我想给大伯母披麻戴孝。

　　　　[灯光暗转。孟小冬走到舞台前区。福芝芳挺着肚子站在

舞台另一侧。

孟小冬　站在梅宅的门口,看着穿着白衣孝袍的人们进进出出,我像
　　　　是一个多余的人。
　　　　〔一个仆人上场。

仆　人　请孟大小姐留步。

孟小冬　我是来吊孝的,麻烦通报一声。

仆　人　这是夫人吩咐的,大小姐,请回吧。

孟小冬　那你跟梅大爷说一声,就说我来了,让他出来说话。

仆　人　梅大爷连日哀伤过度,身体欠佳,正在休息。

孟小冬　哟,那我更得进去看看。

仆　人　大小姐不可。

孟小冬　怎么着,梅大爷生病我还不能看吗?

仆　人　大小姐,夫人吩咐,您就别为难我了。
　　　　〔梅兰芳上前。

梅兰芳　小冬?

孟小冬　我来吊孝,他们不让进,说是什么夫人吩咐的。

梅兰芳　小冬,你先回去吧。

孟小冬　回?

梅兰芳　过两三天我就回去了,这里你就不用操心了。

孟小冬　这叫什么话,就是平常亲朋好友,也可以进去磕个头的。

梅兰芳　她……就在里面。

孟小冬　她? 哪个她?

梅兰芳　小冬。

孟小冬　就这样把我堵在门口,你把我看成什么人了?

梅兰芳　小冬,你别闹了,这么多人都看着呢!

孟小冬　看着,你还知道有人都看着? 那我跟他们说说理儿,当初让

我嫁你的时候,不是说好"两头大"吗? 现在怎么都捏着鼻子不作声了!

梅兰芳　你,你等等,我去问问她。

[静场。

梅兰芳　(转头对着福芝芳)芝芳,小冬来了,你不看僧面看佛面,她都已经来了,你就让她进来磕个头吧。

福芝芳　(盯着梅兰芳,冷冷地)磕头? 梅兰芳,这个门,她就是不能进! 否则,我拿两个孩子,肚子里还有一个,就和她拼了!

梅兰芳　芝芳!

福芝芳　梅兰芳,不信,你就试试。

[梅兰芳看着福芝芳,她恶狠狠地盯着他。

[静场。

[梅兰芳悻悻地回到孟小冬跟前。

[孟小冬怒气冲冲地看着他,转身回到榻前坐下。

[静场。雨声淅沥。

[福芝芳撑起一把雨伞,静静地站立,等着,看着。

梅兰芳　(跟过来)小冬,你也要从我的角度考虑考虑吧,我夹在你们中间,两边受气,我能怎么办?

孟小冬　你应该知道怎么办啊!

梅兰芳　我不知道。

孟小冬　(盯着梅兰芳)好了,梅兰芳,整整四年,我嫁给你,就此封箱,你倒好,藏着掖着,跟做贼似的。你说是明媒正娶,我却连个妾都不如,到头来,却又都是我的不是了。你别说你不知道,话早就传到我这里了。

梅兰芳　话,什么话?

孟小冬　你的智囊团啊,你的狐朋狗友啊,为了梅郎的终身幸福,他们已经给你做了决定。

梅兰芳　决定,什么决定? 我不知道。

孟小冬　是,你从来就不知道。也无须知道,他们都给你安排好了。

梅兰芳　安排什么?

孟小冬　我孟小冬心高气傲,需要"人服侍",她福芝芳随和大方,可以"服侍人",以"人服侍"对比"服侍人",为了梅郎的终生幸福,不妨舍孟而留福。

梅兰芳　这回我不会听他们的。

孟小冬　其实他们没错,如此,就保住了一个完整的家,正房的太太,还有众多的孩子。

梅兰芳　小冬,你知道我是爱你的。

孟小冬　那福芝芳呢?

梅兰芳　……

孟小冬　没有哪个女人是愿意只得到半颗心的。

梅兰芳　小冬,不是这样的。

孟小冬　梅兰芳,我不为难你了,你走你的阳关道,我走我的独木桥,咱们还是好聚好散吧。

梅兰芳　你什么意思?

孟小冬　分开。

梅兰芳　分开? 怎么可以。

孟小冬　(喊)怎么不可以。梅兰芳,是我提出分手的,不是你,这样,你梅大师也不会落个始乱终弃的坏名声,可好?

梅兰芳　不,小冬,你是在气头上。

孟小冬　兰芳,你听好了,我不生气,分手对你我都好,你不要担心我,我没事的,今后我要么不唱戏,再唱戏一定不会比你差;今后我要么不嫁人,再嫁人也绝不会比你差!

[孟小冬爬起来,径直跑向舞台的纵深处。

梅兰芳　小冬!

[雨声更大,福芝芳在伞下静静地伫立。

梅兰芳　那天,下着大雨,我在屋外整整站了四个小时,小冬也没有让我进屋,最后,她拎着箱子冲出屋子,看也没看我一眼。我看着她的身影消失在雨夜里,那是我们的最后一次见面。

[福芝芳走到梅兰芳跟前,撑起伞,替梅兰芳遮着雨,梅兰芳回头看着她,相顾无言,他们一起下场。

[灯光暗转。

[坤生扮演程婴背身而立。孟小冬看着她。

坤　生　(唱)手持钢刀我要你的命!(程婴《搜孤救孤》)

[沙大峰上场,他看着孟小冬。

沙大峰　孟小冬伤心绝望,心如刀绞,开始绝食,想就此了结残生。亲朋好友百般劝慰、跪地哭求,父母家人照看相劝,最终,亲情挽回了她的生命。她要求家人从此不要提起曾经的那段婚姻。孟小冬拒绝所有演出的邀请,只身一人再赴天津,她住在亲戚家,焚香念经,寻求心里的平静。

[沙大峰冲着孟小冬一鞠躬。

沙大峰　吾皇万岁。

孟小冬　(回转身)沙先生。

沙大峰　冬皇,好找啊。

孟小冬　沙先生?

沙大峰　整整两年了,你去哪里了,音讯全无。

孟小冬　结善缘,做善事,诚心理佛。

沙大峰　冬皇,你跟梅先生的事闹得满城风雨,可你就这样不登台,太可惜了啊,难道你就这样一辈子青灯侍佛,一辈子背着个骂名？冬皇，你跟梅兰芳的结合众人皆知。如今分手了，也应该通过法律途径来解决吧，要不，就正式提出离婚，如果就这样的不明不白，只会给人留下话柄，让人无端猜测。

孟小冬　那先生以为怎么办？

沙大峰　你去上海，找大律师郑毓秀，她是法律专家，自然会给你一个可行的方案。

孟小冬　如何找她？

沙大峰　你找姚玉兰呀，她现在是杜月笙的四姨太，上海滩还有杜月笙找不到的人吗？

孟小冬　先生说的是。

沙大峰　那我就在天津等着吾皇复出啊！

　　　　〔沙大峰兴奋地走到一边。姚玉兰上场，她走向孟小冬，安慰着她。

姚玉兰　小冬，亏得你来找我，否则，还以为梅兰芳跟你好着呢。

孟小冬　玉兰姐，这事我不该来麻烦杜先生。

姚玉兰　我们的关系，他不帮你，帮谁？他说了，不用找律师，他出面，一句闲话，比律师管用。

孟小冬　谢谢玉兰姐。

姚玉兰　还谢，小冬，见外了不是，谁叫我们是姐妹呢？（笑）不，我们是兄弟。

　　　　〔杜月笙上场，他走向梅兰芳。孟小冬看着他们。

杜月笙　梅先生，你和孟老板这事，我作主了。

梅兰芳　听杜先生的。

杜月笙　你们都是有头有脸的人，孟老板要是请了律师，闹将起来，多不好。我说呀，这件事上你的确理亏，没有尽到一个做丈夫的责任。

梅兰芳	小冬很好强,说不通的。
杜月笙	我有个原则,就是有了矛盾,立刻解决,否则,这矛盾就有可能会成为深渊。
梅兰芳	好,我明白。
杜月笙	既然孟老板找到我,我就做个和事佬吧,郑大律师那边我去说,应该没问题的,你拿一笔钱给她,也是个补偿,以后,你们就是井水不犯河水了。
梅兰芳	好,我本来也是要给她费用的,她这些年没有演出,也没有多少收入,可是她不要。
杜月笙	梅先生,你想想,你那样给,她怎么要?
梅兰芳	我——
杜月笙	四万,如何?
梅兰芳	钱没问题的,只是我刚从美国演出回来,身边也没多少钱。(少顷)不,钱我来筹吧——
杜月笙	不用,梅先生,钱,我先垫上,你日后有了,还就是了。
梅兰芳	这——我听杜先生的。
	〔照着梅兰芳的灯光暗。
	〔孟小冬走到台口,她有些黯然神伤,沙大峰走过来。
沙大峰	吾皇万岁。
孟小冬	沙先生。
沙大峰	怎么了,冬皇,你的复出轰动了天津卫,你命中注定就是属于舞台的,怎么突然又不演了呢。
孟小冬	那篇连载的小说。
沙大峰	分明就是在说你和梅先生。
孟小冬	是的,弄得我心力交瘁。
沙大峰	我觉得你还是登个声明要紧,把事情原委说清楚,坦坦荡

222

荡,清者自清。

孟小冬　好,听先生的。

沙大峰　好。

　　　　[沙大峰看着观众。

沙大峰　1933年秋,孟小冬写了一篇《孟小冬紧要启事》,连续三日刊登在天津《大公报》的头版。

　　　　[沙大峰下场。

　　　　[孟小冬走到台前,梅兰芳看着手中的报纸。

孟小冬　经人介绍,与梅兰芳结婚。冬当时年岁幼稚,世故不熟,一切皆听介绍人主持。名定兼桃,尽人皆知。乃兰芳含糊其事,于桃母去世之日,不能实践前言,致名分顿失保障。虽经友人劝导,本人辩论,兰芳概置不理,足见毫无情义可言。冬自叹身世苦恼,复遭打击,遂毅然与兰芳脱离家庭关系。是我负人?抑人负我?世间自有公论,不待冬之赘言。勿谓冬为孤弱女子,遂自甘放弃人权也。特此声明。

　　　　[梅兰芳手中的报纸落下。

　　　　[孟小冬从头摘下那朵海棠花,扔在地上。

坤　生　(唱)李凤姐做事差,不该将花丢在地下。为军的将花忙拾起,来来来,我与你插啊……插啊,插上这朵海棠花。(正德帝《游龙戏凤》)

　　　　[舞台的纵深处,正德帝给李凤姐插上了那朵海棠花。

　　　　[众人下场。灯光暗转。

　　　　[孟小冬走到美人榻前,半躺下。杜月笙拿着扇子给她扇着。

　　　　[一个佣人端上一只火盆,上面放着一堆纸条,放在榻前,下场。

杜月笙　小冬,帮我做件事?

孟小冬　这是什么?

杜月笙	这些都是别人欠我的条子。
孟小冬	别人欠你的钱？
杜月笙	是,能跟我杜月笙开口借钱的,也不是一般人。喏,(递过火柴)你点着它,都给我烧掉。
孟小冬	烧掉？
杜月笙	烧了,所有的欠款我都一笔勾销了。现在兵荒马乱,战事愈紧,这些人也都不容易。每个人都有床头金尽的时候。我从来都是这样,锦上添花的事情让别人去做,我只做雪中送炭的事情。
孟小冬	那这里有多少钱？
杜月笙	钞票再多,也不过是金山银山,但是,人情用起来却好比天地。
孟小冬	人情？ 不是纸薄么。
杜月笙	拿不动了,就放下;伤不起了,就释然;想不通了,就看淡;要不得了,就丢掉。

[孟小冬擦着火柴,点燃纸条,火光随即烧起来,越来越旺。

[杜月笙转身面对观众。

杜月笙	当年,孟小冬并没有要梅兰芳的四万块钱,她也并不是想要什么补偿,她真正想要的只是讨回公道,还有女人的尊严。

[灯光渐暗。蝉鸣又起。

第三幕　下午

第一场　1947 年 9 月 8 日下午 16:00

[灯光渐起。

［字幕：当天下午，两小时后。1947 年 9 月 8 日中午 16:00。

［秋蝉声时隐时现，闷热的午后。

［窗外，人声鼎沸，汽车的喇叭声不断。

［中国大戏院的后台，孟小冬坐在化妆镜前，她端详着镜子里的自己。

［舞台的纵深处，出现余叔岩。

孟小冬 师父。

余叔岩 小冬，你封过三次箱，第一次封箱是因为梅党的撮合和兰弟结婚。兰弟身边的这帮人啊，号称梅党，他们喜欢他，就帮他张罗和打理演出和生活中的一切，殊不知，这感情的事又岂是能帮的。结婚是因为他们，离婚也是因为他们。他们说你心高气傲，需要人服侍。而福芝芳随和大方，可以服侍人。

孟小冬 （冷笑）人服侍，服侍人？婚姻就是服侍人吗？女人又不是仆人。

余叔岩 第二次封箱，还是因为兰弟，你以为他会回心转意，却不料是竹篮打水一场空，兰弟伯母过世，你去吊唁，二太太福芝芳连家门都不让你进。

孟小冬 师父，都已经是过去的事了，提它干嘛！我封箱是因为您过世。

余叔岩 第三次封箱。小冬，不必的。

孟小冬 您对我恩重如山，静嗓四年其实是远远不够的。您过世后，我在给您的挽联中写道：独惜薪传未了，心丧无以报恩师。哀莫大于心死啊。这是我的真实感受。师父，这次复出应该是最后一次了。

余叔岩 小冬，我不劝你，我只想说，你我命里注定都是属于这戏台的。

余叔岩　三次封箱，三次复出，小冬，这舞台，你真的放得下？你真的舍得？

孟小冬　（少顷）师父，你还记得杨六郎的那句"叹杨家"吗？

　　　　［舞台的一侧，出现坤生。

坤　生　（唱）叹杨家投宋主心血用尽。（杨延昭《洪羊洞》）①

余叔岩　当然，心血用尽？

孟小冬　小时候，为了生计，不得不入。如今，却也是为了生计，不得不出。我父亲，叔伯，还有我爷爷，全家都是唱戏的。唱戏，是我的命中注定。当年，我父亲只许我以老生开蒙，不许入旦行。就怕旦角唱不久，年轻貌美，被谁看中了，强占为妾，委身于人，凄凉一生。这样的事，比比皆是。做个坤生，台上台下，许是能自主些。可一个女人哪里能做得了主啊，十七岁那年我从上海到北京，路过济南，军阀张宗昌扣下我给他唱戏，一唱好几天，用意十分明显，就是要我做他的小老婆。

余叔岩　他就是一个混世魔王，喜欢看戏，好吃狗肉，人称狗肉将军，既好赌，又好色，妻妾几十个，多少女人都被他白白糟蹋。

孟小冬　好在直奉战争爆发，张作霖把他火速叫去，我才逃过一劫。师父，人活一世，我不想听任命运的摆布。你还记得你第一次给我把场吗？

余叔岩　北京，新新大戏院，《洪羊洞》，杨六郎。你在我这里学戏后第一次登台。

――――――――――

① 选自京剧《洪羊洞》，该剧是著名的老生传统剧目，为谭鑫培、余叔岩、杨宝森等京剧大师的代表作。讲述宋将杨延昭打听得父亲杨继业尸骨被存放于辽邦洪羊洞内，乃命孟良前往盗取尸骨，却因误杀焦赞而自尽于洞前。杨延昭病中惊闻噩耗，哀悼呕血而死。

孟小冬　上台之前,我心里慌得很,没底。

余叔岩　这是我教你的第一出戏,你学得最用功。

孟小冬　可那杨六郎就是离我很远,我找不着感觉。

余叔岩　你太年轻。

孟小冬　登台前,您走到我跟前,只丢下一句话:杨六郎快死了! 醍醐灌顶啊。

余叔岩　孟良误杀了兄弟焦赞,自刎而死,病中六郎,惊闻噩耗,三星归位,泣血而亡。叹杨家,更是叹自己啊。

孟小冬　对舞台,对戏,对人,都是。

　　　　〔余叔岩看着孟小冬,满是怜悯。

　　　　〔坤生走到化妆镜前,她脱下杨延昭的褶衣、方巾和髯口,静静地看着镜中的自己。一时间,又仿佛回到了多年以前。

余叔岩　小冬,你这妆不行。

孟小冬　是?

余叔岩　洗掉。

孟小冬　是?

　　　　〔坤生用棉球擦着脸。

余叔岩　敷一层粉,眉眼和额头用胭脂淡点儿。

孟小冬　是。

　　　　〔坤生往脸上扑上粉,用胭脂抹着。

余叔岩　再用热毛巾捂一下,好,可以了。

孟小冬　是。

余叔岩　记住,这一把热毛巾最重要!

　　　　〔坤生接过孟小冬的毛巾,捂在脸上。

孟小冬　(惊奇地)师父,果然鲜明润泽了。

余叔岩　看上去鲜明润泽,这妆是改不了的,可是,你要记住:杨六郎快死了!

孟小冬　记住了,师父。

　　　　〔坤生戴上程婴的方巾,挂上髯口,穿上褶衣,站起身,走向
　　　　舞台的纵深处,她又成了程婴。京胡又起。

孟小冬　那一回,有您在,上了场,哪哪都对了。

坤　生　(唱)背转身来笑盈盈,奸贼中了我的巧计行。(程婴《搜孤
　　　　救孤》)

余叔岩　昨儿晚上,你这压场的两句,我原来是停前启后的断句唱
　　　　法,你却改为句断气不断的连句唱法了。

孟小冬　对不起,师父,我造次了。

余叔岩　不,小冬,你这样改,动中有静,声情并茂,顺畅紧凑,好,相
　　　　当好。

孟小冬　谢谢师父。

余叔岩　今晚,是你的最后一场,我会来给你把场的。

孟小冬　(躬身施礼)谢谢师父。

　　　　〔余叔岩与坤生下场。

　　　　〔剧场经理陆亭荪带着几个工人抬着花牌上场。

陆亭荪　孟老板,这几个花牌杜先生指示着要送到这里。

孟小冬　陆经理,谁的?

陆亭荪　这个是黄老板的,这个是金先生的……

孟小冬　昨天不是送过了吗?

陆亭荪　今天又送来新的了。

孟小冬　这个呢?

陆亭荪　这个是梅先生的。

孟小冬　放外面吧。

陆亭荪　哪里还有地方可以放啊,昨晚一场就炸锅了,今天晚上更疯

狂,现在才下午三点,可是牛庄路上全是人,大厅里也挤满了人,警察局长亲自在指挥,外面全是找票的。

〔陆亭苏退了出去。化妆师上场。

化妆师　孟老板,今天的褶衣要换吗?

孟小冬　不换。

化妆师　昨天的汗湿了。

孟小冬　就穿那件。

化妆师　好,我早就晾干了。

〔化妆师拿出褶衣,给孟小冬穿上。化妆师打开化妆盒,准备给孟小冬化妆。

孟小冬　今天我自己化吧。

化妆师　自己化?

孟小冬　你把粉墨准备好就行。

化妆师　(把盒子和粉墨放好)孟老板,都准备好了,需要的话,再叫我。

孟小冬　好。

〔化妆师退了出去。

〔孟小冬看着镜子里的自己,她拿起笔轻轻地描着眉,随即又放下,站起来走了走,显得有些心神不宁。

〔姚玉兰提着一罐汤上场。

姚玉兰　小冬,怎么样?

孟小冬　玉兰姐。

姚玉兰　休息好了吗?

孟小冬　还行吧,刚才在公馆里躺了会儿,就来了剧院,想早点儿准备准备。

姚玉兰　也太早了些,(把汤放在桌上)喏,我让他们熬了点桂圆莲子羹,安神的,喝点儿。

孟小冬	好。
姚玉兰	老头子呢?
孟小冬	刚才他还在公馆。
姚玉兰	我在公馆碰到他,他说要来的呀。
孟小冬	噢。
姚玉兰	他说他碰到梅兰芳了。
孟小冬	嗯。
姚玉兰	今天晚上,你能想得到的上海滩名流,都来了。你想知道有谁吗?
孟小冬	谢谢玉兰姐,你别给我压力了,我不想知道。
姚玉兰	电台直播,我在茂名公馆的花园里放了一台收音机,家里的佣人、司机、阿姨、老妈子都要听,他们会聚在那里一起听你唱。
孟小冬	(笑)唉,真是难为他们了。
姚玉兰	知道吗? 老头子告诉我,说梅兰芳今天又买了一台大的收音机,就是要听你唱。
孟小冬	玉兰姐——
姚玉兰	好,知道了,不提梅兰芳。(少顷)我不提,大家都在提,这次,你就比他好。小冬,我说你不要太置气啊,你看你,现在多好啊,可以唱唱戏,陪陪老头子,不像我,嫁了他就死了上台的这份心了。你又何苦非要封箱呢。
孟小冬	玉兰姐,我本来就心神不宁的,你就不要再——
姚玉兰	好好好,我是怕你太较劲,反正舞台是你的,其他的都是过眼云烟。
孟小冬	这舞台何尝不是呢。
姚玉兰	好,小冬,我不劝你,你封了箱,不再登台,我是求之不得的。

　　　　　　我们俩服侍老头子,就不怕那几房太太了。(拿过画笔)来,
　　　　　　我给你画。

孟小冬　谢谢玉兰姐。

　　　　　[孟小冬扬起头,姚玉兰给她画着眉。

　　　　　[杜月笙带着一个跟从上场。

杜月笙　哟,这感情好。

姚玉兰　月笙,你去哪儿了?

杜月笙　我去南京西路拐了一下,走走。

姚玉兰　你看,我画得怎么样?

杜月笙　小冬呀,你画,怎么都好看。

姚玉兰　你看,会说话吧。真不知道是在夸我还是在夸你。月笙,你
　　　　　的汤药我熬好了,带了过来,演出前你别忘了喝。

杜月笙　好。

姚玉兰　那……我走了。

杜月笙　我一来,你就走。

姚玉兰　哟,那你别来啊!(对孟小冬)今晚桂生姐与黄老板来,我去
　　　　　迎迎他们。

杜月笙　金荣哥的意思,他们俩不要碰面。

姚玉兰　哟,他自己也知道呀,离了婚不碰面,那他还想要让小冬与
　　　　　梅兰芳同台呀。

杜月笙　你这嘴——

姚玉兰　我错了,我错了——

　　　　　[姚玉兰逃着下场。随从把手中的捧的布袋放在化妆台前,
　　　　　跟着姚玉兰下场。

　　　　　[静场。

孟小冬　这是什么?

杜月笙　旗袍。

孟小冬　旗袍?

杜月笙　我在鸿翔给你定做的,刚刚去取回来。

孟小冬　你当心自己的身体啊,还亲自跑一趟。

杜月笙　小冬,花一文钱就要有十文钱的效果,这才是真正的花钱能
　　　　手。我做这件旗袍就有这个效果。你穿绝对好看。

孟小冬　你身体不太舒服,我以为你今天晚上不过来了。

杜月笙　今天晚上,我怎么能不过来呢。

孟小冬　我担心你的身体。

杜月笙　没事的。刚才在路上碰到了谭富英,他说你昨晚把这出《搜
　　　　孤》给唱绝了,反正这出戏他是收了,以后不敢再唱了。

孟小冬　现在他们说话我都不敢听了,有这么夸张吗?

杜月笙　轰动上海滩,真的。

　　　　〔孟小冬给自己扎上网子,开始化妆。杜月笙看着她。

杜月笙　好看。

孟小冬　都这么大岁数了。

杜月笙　说你还是说我呢?

孟小冬　都是。

杜月笙　胆大了啊。

孟小冬　有你撑着啊。

杜月笙　(笑)小冬,你说,我们俩上辈子是什么关系?

孟小冬　上辈子?

杜月笙　是的。

孟小冬　你相信上辈子?

杜月笙　否则,我怎么就迷上你了呢。

孟小冬　有吗?

杜月笙	你说呢？你十一岁时我就认了你，几十年，兜兜转转，你我都是阅人无数，到末了，还是你。我一个混江湖的，你一个唱戏的——
孟小冬	谁说唱戏这行不是江湖呢？
杜月笙	人呐，混了一辈子的江湖，身不由己。
孟小冬	同病相怜。
杜月笙	我比你大二十多岁，沧桑历尽啊。
孟小冬	女人是小的好，男人是老的香。
杜月笙	老的香，都是老人味了。我这个人，有个习惯，喜欢琢磨。
孟小冬	所以你瘦呀。
杜月笙	前半夜想想自己，后半夜想想别人。我这一生基本上就是这么过的。
孟小冬	我懂。
杜月笙	就是，你，你就这么封箱了，我既想了上半夜，也想了下半夜，我不懂，替你不舍。
孟小冬	这可不像你呀！
杜月笙	那么多人都觉得你现在宣布封箱太可惜了，多少人没听够。
孟小冬	（笑）今后，我就可以为你一个人唱了。
杜月笙	好。

　　　　［静场。杜月笙看着孟小冬，他有些激动。

孟小冬	怎么了？
杜月笙	小冬，即便你跟了我杜某人，我也许你继续唱戏。
孟小冬	（感动地）我知道。
杜月笙	（少顷）小冬啊，你啊，就是个性太强了。
孟小冬	不后悔。
杜月笙	尽吃亏。

孟小冬　在你这儿呢?

杜月笙　也吃亏,跟了我这么个老头儿。我要是晚生二十年,多好。

孟小冬　那不行,要是我早生二十年——算了,那你就不要我了。

杜月笙　是啊,最合适的时候遇见了。

孟小冬　不管什么时候,有你在,心定。

杜月笙　就我这副残躯?

孟小冬　我这一生要是一出戏的话,你就是那个替我把场子的。

　　　　[静场。

　　　　[他们都在镜子里看着彼此。杜月笙亲了一下孟小冬头上的网子,指了指台子上的旗袍。

杜月笙　试试。

孟小冬　好。

　　　　[杜月笙摘下孟小冬头上的网子。

　　　　[孟小冬拿起布袋,仔细地打开,从里面取出一件精美的旗袍,她把旗袍展开,对着镜子看着。

孟小冬　好看。(把旗袍搭在身上,韵白)多谢相公。

杜月笙　(韵白)娘子请了!

孟小冬　(笑)你总是穿长衫,就让我穿旗袍。

杜月笙　中国男人最合适穿长衫了,中国女人最合适穿旗袍,这样才配。小冬,我不讨扰你了,你歇息一会儿吧,我,我去前面张罗张罗,给我的女人把场子去。再会。

孟小冬　再会。

　　　　[孟小冬目送着杜月笙下场。

　　　　[舞台的纵深处,出现坤生,他看着杜月笙离去的方向。

坤　　生　(唱)承谢你贤德的心喜之不尽。(王有道《御碑亭》)

　　　　[灯光渐暗。

第二场　1947 年 9 月 8 日下午 18:00

［字幕：两个小时后，1947 年 9 月 8 日下午 18:00。

［化妆间里点上了灯，有些朦胧的意韵。窗外人声沸腾，各种叫卖声不绝于耳，其间夹杂着高声叫卖黄牛票的声音：五百万一张，仅此一张。戏票要吧？五百万一张，仅此一张。

［孟小冬穿上那件旗袍，她放下自己的秀发，此时，她是一个非常漂亮的女人，风韵犹存。

［孟小冬拿起自己的褶衣，对着镜子看着，又戴上髯口，旋即，又摘下。她走到化妆镜旁的躺椅前，慢慢地躺下。

［突然，响起了敲门声。

［孟小冬一惊，她慢慢地坐起身，门吱呀一声开了，上场的是梅兰芳，他一身西服，手拿折扇，依旧是年轻时风流倜傥的模样。

［他们四目相视，一时无语。

［静场。舞台后方的两侧，坤生饰演的程婴与乾旦饰演的程妻，他们隔着舞台静静地看着对方。

孟小冬　（喊）陆经理，陆经理？

梅兰芳　后台没人，还没开始化妆呢。

孟小冬　你来干什么？

梅兰芳　看你。

孟小冬　（冷笑）何必呢。

梅兰芳　是啊，何必呢。

孟小冬　那你走吧。

梅兰芳　小冬，一日夫妻百日恩，何况我们一起八年。

孟小冬	五年。
梅兰芳	就算是五年，也不短。
孟小冬	是，长得跟一辈子似的。
梅兰芳	那我更可以来看你了。
孟小冬	现在想起来像是笑话。
梅兰芳	对不住你了。
孟小冬	不必。
梅兰芳	我知道你恨我。
孟小冬	恨？不，没有恨，只是没——感觉。
梅兰芳	是吧，可是我——一刻也——忘不了你。
孟小冬	不用说了。
梅兰芳	是我真实的想法。
孟小冬	想法？有用吗？
梅兰芳	有没有用，得看你，可我就是想。
孟小冬	你什么意思？
梅兰芳	我的意思——你明白的。
孟小冬	你怎么可以这样——厚颜无耻。
梅兰芳	你可以骂我，可我也是身不由己。
孟小冬	那我呢？
梅兰芳	言不由衷。
孟小冬	你真不了解我。
梅兰芳	是的，我努力过。
孟小冬	努力？
梅兰芳	你一赌气回了娘家，一赌气去了寺庙，一赌气走了三年，一赌气又提出分手。
孟小冬	谁提重要吗？

梅兰芳　我是并不想离的。

孟小冬　当然，你做就够了。

梅兰芳　我不想再解释什么了，可我还是不明白你为什么要离开我。

孟小冬　为什么？梅兰芳，我说了你也不会理解的。

梅兰芳　你的名分？我的态度？你为什么要在乎这些，做个女人，过好日子就行了，要这些有的没的做什么？在《搜孤救孤》里你演程婴，他是怎么唱的？娘子不必太烈性。

孟小冬　（大声地）你不是程婴。

梅兰芳　当然，你也不是程婴。

　　　　［静场。

　　　　［梅兰芳把孟小冬逼到镜子前。

孟小冬　你，你来干什么？

梅兰芳　你说，你今后要么不唱戏，再唱戏一定不会比我差。

孟小冬　是的。

梅兰芳　你看，今天这场面，轰动上海滩，你做到了。

孟小冬　是的。

梅兰芳　你说，你今后要么不嫁人，再嫁人也绝不会比我差！

孟小冬　是的。

梅兰芳　谁？杜老板？

孟小冬　我要嫁就嫁一个跺脚乱颤，天上掉灰的人。

梅兰芳　你们结婚了？他答应娶你了？

孟小冬　重要吗？我们不是结婚了吗，结果呢，偷偷摸摸的，搞得像是做贼似的。

梅兰芳　你不是在乎名分吗？杜老板早就三妻四妾了，你不还是偷偷摸摸的吗。我真的不明白，你们女人干吗要这么在乎一个名分呢？

孟小冬　名分,你以为我是稀罕一个名分? 你走吧,你在台上演了一
　　　　辈子女人,你还是那么不懂女人。

梅兰芳　我是关心你。

孟小冬　收起来吧,自己留着。

　　　　［静场。梅兰芳走向舞台另一边的程婴。

孟小冬　你,你去哪儿?

梅兰芳　我看看你。

孟小冬　她不是我。

梅兰芳　我以为是你。

孟小冬　分不清。

梅兰芳　是,从来就分不清。

孟小冬　错觉。

梅兰芳　也许都是错觉,人,都不愿意看到不美好的东西。

孟小冬　所以来看戏。

梅兰芳　戏里也不都是美好的。

孟小冬　即便是不美好,也都是别人的。

梅兰芳　你的呢?

孟小冬　我不是看戏的。

梅兰芳　是啊,我们都不是看戏的,却都有双看戏的眼睛。

孟小冬　久而久之,就分不清了。

梅兰芳　分不清,当真不好吗。

孟小冬　那是你,你们男人,没有什么不好的,可是我们女人呢? 也
　　　　只能剩下不好了。

梅兰芳　小冬,你不要生气,都说生气,是因为忘不了。

孟小冬　不!(少顷)是的,我忘不了,那八年,我最青春的八年,却鸡
　　　　零狗碎,一地鸡毛。对你来说,毫无损失,戏照样演,台照样

238

上,孩子照样添,老婆照样娶。可是我呢？我不能演戏,不能上台,没有孩子,更没有丈夫。我图个什么？要名分没名分,要生活没生活,要事业没事业。连进个家门都不被允许,不是我不敢进,是你不敢让我进,就这样,你还在这里跟我谈什么男人女人,谈什么过去现在,谈什么有的没的。梅兰芳,你就不能从我的角度想想？为了你,我舍了家庭,舍了舞台,舍了一切,到头来却只是一空场。这么多年过去了,好容易都忘了,我才找回了我自己,我就是要活出自己来,为自己活着。你却又来招惹我？我是我,你是你,你别以为我这次复出演戏,是因为你,避着你,不,你根本不在我眼里。梅兰芳,咱俩早就是井水不犯河水了。

〔孟小冬越说越生气,她忍不住大哭起来。

梅兰芳　好了,小冬,我并不想惹你,我只是——好,我走。

〔梅兰芳转身夺门而逃,下场。孟小冬哭着。

孟小冬　(哭)你,你要去哪里？兰芳,你要去哪里？兰芳,你不要走,不要走。(停止哭泣)我为什么要哭,我怎么能在他面前哭呢？我这是怎么了？

〔梅兰芳又上场,他站在那里看着孟小冬。

梅兰芳　你不是让我走的吗？

孟小冬　你,你给我说清楚。你为什么要那样对我？

梅兰芳　我其实是真的不知道怎么待你。

孟小冬　算了,我没问,我为什么要问？

梅兰芳　(稍停)小冬,离开我,你,你难过吗？

孟小冬　你只关心这个？

梅兰芳　我只是想知道。

孟小冬　如果没有二太太,没有孩子,你会那么对我吗？

梅兰芳　不会。

孟小冬　我为什么还要问？你有了二太太，有了孩子，你还要跟我结婚。

梅兰芳　身不由己。

孟小冬　借口。

梅兰芳　顺水推舟。

孟小冬　好个顺水推舟。

梅兰芳　根本的原因是喜欢你。

孟小冬　有那么多女人围着你。

梅兰芳　不是女人，是男人。台下，喜欢我的都是男人，却都因为台上我扮的角色。台上，我扮演的角色喜欢的又都是男人，单单是我自己活的却是台下的男人。

孟小冬　我演的角色也都是男人。

梅兰芳　你却是个女人。你，为什么会爱——喜欢上我。

孟小冬　是正德帝喜欢上了李凤姐，不是我。我也弄不清，也许是因为年幼无知吧，本以为生活就这样浑浑噩噩地过，挺好，可是日子却不允许。

梅兰芳　日子不允许？

孟小冬　日子本身看上去平平淡淡的，事实上却是凶残无比。

梅兰芳　日子嘛，都是平凡人过的。

孟小冬　曾以为你我都不是平凡之人。

梅兰芳　世间再大的繁华，到头来都只是一场虚空。

孟小冬　谁，也逃不过日子。你走吧，我不想见你。

　　　　〔梅兰芳欲离开。

孟小冬　你去哪儿？

梅兰芳　你要演出了，今晚我不上台，我来给你把场子。

孟小冬　最后一场了。

梅兰芳　是啊,为什么? 你为什么要封箱? 为了我?

孟小冬　我前两次封箱是真的为了你。

梅兰芳　为了余三哥?

孟小冬　我上一次是为了他,守孝净嗓。

梅兰芳　那这次是为了杜老板?

孟小冬　他不是你,他不需要。

梅兰芳　那是为谁? 为了观众,还是为了你自己?

孟小冬　我不知道,也许是天意,倦了,累了,无能为力了。

梅兰芳　我比不了你,我就离不开这舞台。

孟小冬　(拿起台上的折扇)拿走吧,程婴不需要扇子,你需要。

梅兰芳　(接过折扇)是啊,扇子有时候并不是用来扇风的。

孟小冬　只是用来拿的。

　　　　　［梅兰芳打开折扇,扇着,下场。

孟小冬　(喊)梅兰芳,你去哪儿? 梅兰芳——你走吧! 不,别丢下
　　　　　我。梅兰芳,你走,走吧,你走!

　　　　　［孟小冬泪流满面,她慢慢地在美人榻上躺下。

　　　　　［舞台后方的两侧,灯光亮起,程婴手指着程妻。

程　婴　(唱)人道妇人心肠狠,狠毒不过你妇人的心。

程　妻　(白)住口! (唱)虎毒不食儿的肉,你比狼虎狠十分。

程　婴　(唱)不如程婴死了罢。

程　妻　(唱)或生或死一路行。

　　　　　［程婴追赶着程妻,程妻逃也似的下场。程婴扶住腰,不停
　　　　　地喘着气。

程　婴　(白)啊! (唱)手执钢刀我要你的命。

　　　　　［孟小冬从榻上坐起身,大声地跟着程婴一起唱。

[突然,响起了敲门声。

[上场的是陆亭荪,孟小冬掩饰地擦着眼泪。

陆亭荪　孟老板,怎么了?

孟小冬　做梦了。

陆亭荪　听到你在大喊大叫。不放心,就——

孟小冬　喊什么了?

陆亭荪　梅——没什么。

孟小冬　梅兰芳?

陆亭荪　是!

孟小冬　一了百了了。

陆亭荪　是。

孟小冬　陆经理,我睡过头了吗?

陆亭荪　没,我,可以妆扮了吗?

孟小冬　可以。

陆亭荪　那你换好褶衣,我去叫师傅们给你换行头。

孟小冬　培新他们到了吗?

陆亭荪　裘盛荣、赵培新、魏莲方他们早就都勾完脸化好妆,扮好行
　　　　头了。

孟小冬　好,那我这就换。

　　　　[陆亭荪下场。

　　　　[程婴走过来,她给孟小冬脱下旗袍,绾起头发,套上网子,
　　　　戴上髯口,戴上方巾,穿上褶衣。两个程婴对面相视。孟小
　　　　冬看着坤生渐渐地消失在舞台的尽头。

　　　　[余叔岩拿着块热毛巾上场。

孟小冬　师父,你来了?

余叔岩　不是说好了吗,今晚上我来给你把场啊。

孟小冬　谢谢师父。

余叔岩　小冬,来,敷一层粉,眉眼和额头用胭脂淡点。

孟小冬　是。

　　　　〔孟小冬往脸上扑上粉。

余叔岩　再用这热毛巾捂一下。

孟小冬　是。

余叔岩　记住,这一把热毛巾最重要!

　　　　〔孟小冬接过余叔岩手中的毛巾,捂在脸上。

孟小冬　(看着镜子里的自己)师父,果然鲜明润泽了。谢谢师父。

　　　　〔孟小冬站起来,转过身,余叔岩看着她。

　　　　〔远处,突然响起了锣鼓点。

　　　　〔孟小冬向着舞台的中央走去。

　　　　〔灯光渐暗。

第四幕　晚上

第一场　1947年9月8日晚20:30

　　　　〔灯光渐起。字幕:两个小时后,1947年9月8日晚20:30。

　　　　〔中国大戏院舞台,从后面看,能看到观众席,烟雾缭绕,看不清楚,仿佛是人头攒动,拥挤不堪。

　　　　〔舞台的纵深处,能看到"祝贺杜月笙六十华诞南北名伶义演"的匾额高高地孤零零地悬着,与舞台两侧的镂空雕花的高大屏风形成鲜明的对比。

［舞台的中央,绣着金丝宝瓶的红绒幕幔默然地垂悬,台上的一桌二椅皆铺上同样绣有宝瓶的绒套。

［舞台上,灯火辉煌。坤生饰演的程婴兀一出场,便博得了满堂彩,她走到椅子前,坐下,乾旦扮演程妻怀中抱着儿子上场。

［孟小冬扮演程婴走到舞台的一侧,她看着演出,仿佛是置身事外。

程　婴　(白)娘子啊!(唱)娘子不必太烈性——

　　　　　［观众的叫好声震耳欲聋。

程　婴　(唱)卑人言来你是听:

　　　　　　　赵屠二家有仇恨,

　　　　　　　三百余口命赴幽冥。

　　　　　　　我与那公孙杵臼把计定,

　　　　　　　他舍命来你我舍亲生。

　　　　　　　舍子搭救忠良的后,

　　　　　　　老天爷不绝我的后代根。

　　　　　　　你今舍了亲生子,

　　　　　　　来年必定降麒麟。

　　　　　［观众的叫好声此起彼伏,完全掩盖了锣鼓声。接着演唱的声音逐渐地成了背景。

　　　　　［仿佛,上海滩的大街小巷,到处都是孟小冬的演唱。

　　　　　［灯光转暗。扮演程婴的孟小冬在舞台上急走,舞台的一侧,一盏孤灯微明。梅兰芳立在收音机旁,静静地听着收音机中传来并不清晰的孟小冬的演唱。

　　　　　［福芝芳端着一壶茶上场,她静静地看着梅兰芳。梅兰芳一转身,她手中的茶壶跌落在地上。福芝芳赶忙蹲下身收拾。梅兰芳默默地看着她。

福芝芳	梅爷,我这就去换一杯。

⌈场外声,孟小冬的演唱声继续:(唱)千言万语她不肯,不舍娇儿难救孤身……

⌈孟小冬坐在桌边,她看着梅兰芳。

⌈福芝芳又上场,她把茶壶放在桌上。

福芝芳	梅爷,请用茶。

⌈梅兰芳端起茶壶,喝了一口,又放下。福芝芳欲走。

梅兰芳	芝芳,一起听听?
福芝芳	她。
梅兰芳	是的。
福芝芳	从来没有听过她的唱,果然不同凡响。
梅兰芳	今天是她演最后一场。
福芝芳	最后一场?为什么?
梅兰芳	也只是演……
福芝芳	演给你看。
梅兰芳	不知道,她一向心高气傲,是不会服输的。
福芝芳	我理解她,穷苦人家的孩子,吃开口饭的,不这样,也活不成。
梅兰芳	活?
福芝芳	我也是这样的,兰芳。
梅兰芳	对不起,芝芳,长久以来,我真是忽略了。
福芝芳	不怪你,男人嘛,都这样,何况你还是个有名的男人。
梅兰芳	我从来不知道你会这样想。
福芝芳	你不需要知道。
梅兰芳	不,需要的。
福芝芳	你要是这么想,就不会让她离开了。
梅兰芳	是吗?

福芝芳　她的事,我知道你恨我。

梅兰芳　没有。

福芝芳　我不那样做的话,我就失去你了。

梅兰芳　不会的。

福芝芳　会的。

梅兰芳　你怎么这么肯定。

福芝芳　肯定? 我斗的又不是她一个人,是一群人,围在你身边的一群人,甚至是无数人,那些在台下看你戏的人。

　　　　[场外声,程妻:(唱)一句话儿错出唇,把娇儿送进枉死城……

梅兰芳　我要是演程妻的话,我也不知道会不会原谅程婴。

福芝芳　你会的。

梅兰芳　是吗?

福芝芳　那是戏,要是戏外的话,是没有一个女人会原谅他的。

梅兰芳　女人?

福芝芳　是的。

梅兰芳　我演了那么多女人,却没有真正地了解女人。杜月笙跟我说,女人是需要疼的,女人是需要爱的,他还说,女人都是很傻的,从她爱上你的那一刻,便身心俱付了。

福芝芳　杜月笙倒是很懂女人的。男人对女人,除了爱,还有义,还有利,还有许多许多。女人对男人,除了爱,却只有恨了。

梅兰芳　你呢?

福芝芳　爱吧,我不恨你,要恨,也是恨那些要夺了你的人。

梅兰芳　她呢?

福芝芳　她对你　一爱恨交加吧?

梅兰芳　为什么?

福芝芳　所以才这么做啊,又是擂台,又是男人,爱不得,恨不得,所

以就这么着,演了一出大戏,看得明白的,唏嘘。看不明白
的,热闹。殊不知,有几个人不是看热闹的。

梅兰芳　芝芳,你难道就——

福芝芳　梅爷,你是个随遇而安的人,我有什么好担心的。

梅兰芳　我?

福芝芳　对我,对她,皆是如此。

梅兰芳　你怎么能看得这么通透?

福芝芳　生活本来就是这么无奈,除了接受,其余的皆为奢想。

梅兰芳　我,选你就对了。

福芝芳　梅爷,你不是选,你是正好有了,也就有了。

梅兰芳　正好有了,也就有了?

福芝芳　梅爷,我不打扰你听戏了,最后一场,她的戏,你要仔细听,
也许,就是唱给你听的。

〔福芝芳转身离开。梅兰芳看着她离去,若有所思。

〔灯光转暗。又是刚才的舞台,坤生演的程婴踱步走到台
前,她走到梅兰芳的身边,围着他看了又看。

坤　　生　(唱)飞蛾投火自烧身。

〔梅兰芳不禁泪流满面。孟小冬转身决然离去。

〔灯光渐暗。

第二场　1947年9月8日晚22:00

〔随着场外声响起,字幕:一个小时后,1947年9月8日晚22:00。

〔场外声:

程　　婴:(唱)怀抱孤儿法场进,日后长大要杀仇人。

屠岸贾:(笑)哈哈哈!(白)程婴!

程　婴：(白)有。

屠岸贾：(白)打道回府！

[灯光渐起，舞台上，孟小冬扮演的程婴迈着方步下场。鼓乐齐奏，大幕慢慢地合上。

[观众的叫好声突起，像是要掀翻舞台空间。

[化妆间，孟小冬饰演的程婴匆匆地走进来。她坐到化妆镜前，看着镜中的自己。

[观众的欢呼声不停地传过来。

[孟小冬摘下自己的方巾、网子、髯口，仔细地把它们放好。她拿起手帕，想要擦去脸上的妆容，却又突然间停住了。

[孟小冬竟不住流下热泪，她用手帕擦了擦眼泪，又看了一眼手中的手帕，却是杜月笙的那块。

[笃笃地响起了敲门声。陆亭荪上场。

陆亭荪　孟老板。

孟小冬　怎么？

陆亭荪　观众不肯走，他们叫着让你出去谢幕。

孟小冬　陆经理，我不谢幕的，我不去，谢谢。

陆亭荪　孟老板——

孟小冬　我是不会去的，陆经理，麻烦你了。

陆亭荪　好。

孟小冬　谢谢。

[陆亭荪下场。

[观众的叫嚷声不断地传过来，掌声欢呼声不断。

[余叔岩上场，他递给孟小冬一条毛巾，孟小冬用毛巾擦着脸。

余叔岩　我们上台，不就是为了这欢呼声吗？

孟小冬　以前是，师父，现在不是。

余叔岩　那为了什么?

孟小冬　我自己。

余叔岩　自己?

孟小冬　今晚我是唱给我自己的,也给您一个交代。

余叔岩　一辈子,这戏都是唱给别人的。

孟小冬　在他们的眼里,我们就是戏子。

余叔岩　舞台上的真善仁义怎能敌得过生活中的虚情假意。我挺羡慕你的,小冬。

孟小冬　我?

余叔岩　真性情,也活回了自己。

孟小冬　我现在还不老,一辈子,为了个名分,我就是个女人,这才是我的名分。

余叔岩　好。再见了,小冬,这条毛巾,我带走了。

孟小冬　再见,师父。

　　　　[余叔岩下场。

　　　　[笃笃地又响起了敲门声。陆亭荪上场。

陆亭荪　孟老板。

孟小冬　我说过了。

陆亭荪　我知道,可观众就是不肯走。

孟小冬　如果我把戏唱砸了,当然得出去向观众谢幕,赔不是,但我并没有唱砸呀,我为什么要出去谢幕呢?

陆亭荪　您说的是,可是观众不是喜欢您吗。

孟小冬　那是他们的事。

陆亭荪　我……唉!

孟小冬　对不住了,陆经理,我跟您赔不是了。

陆亭荪　唉。

〔陆亭苏又下场。

〔观众的叫嚷声越来越大,远远地传过来,掌声欢呼声愈来愈高。

〔孟小冬摘下方巾,认真地叠好。

〔笃笃地又响起了敲门声。

孟小冬 陆经理,我说过了——

〔上场的却是裘盛荣和赵培新,他们都穿着行头,后面跟着陆亭苏。

裘盛荣 小冬,你看,这样下去可不行。

赵培新 太热情了。

陆亭苏 今天来的都是些有头有脸的人,各界赠送的花篮,折合现金三亿三千八百余元,亦悉数移充善举。孟老板,再这样下去,我这中国大戏院可就保不住了啊。

裘盛荣 小冬,你不上台,我们也不好出去啊。

赵培新 是啊。

孟小冬 好吧。

陆亭苏 谢天谢地,孟老板,谢谢了。

孟小冬 我想有个条件。

陆亭苏 啊? 条件?

孟小冬 不是杜先生庆生的生日义演吗? 要我谢幕可以,但不能白谢,希望台下的有钱人得拿出钱来救济灾民。我为灾民来谢谢他们。

裘盛荣 这主意好。

赵培新 也是正理。

陆亭苏 好,好,好。

〔陆亭苏跑着下场。

250

[场外声,传来陆亭荪的讲话声,并不清晰。

[陆亭荪:各位观众,孟小冬女士倡议,凡是希望她出来谢幕的宾客,可在捐款簿上签名及写下您的捐款数……演出结束后到大厅认捐……孟小冬女士将要出来答谢大家。

[观众的欢呼声和掌声,不断地传来。

[孟小冬戴上方巾和髯口,赵培新帮她整理着衣服。陆亭荪跑着上场。

陆亭荪　(兴奋地)天啊,太多人签字了,太多人捐款了,孟老板,大家是真的喜欢您啊。

孟小冬　劳烦陆经理了。

陆亭荪　不烦,不烦。

[大幕重新打开,孟小冬和裘盛荣、赵培新和魏莲方款款地上台,他们躬身谢幕。

[观众沸腾了,大幕随即又拉上,孟小冬走到化妆间,她坐在化妆镜前,观众的叫好声让她有些不安。

[观众的叫好声不断,越来越强。

[笃笃地又响起了敲门声。陆亭荪上场。

孟小冬　陆经理,我谢过了。

陆亭荪　可是观众还赖着不走哇。

孟小冬　总有离散结束的时候吧?

[陆亭荪还欲说什么,杜月笙上场,他挥了挥手,陆亭荪知趣地离开,下场。

杜月笙　小冬。

孟小冬　你也不用劝了,我刚才谢过了。

杜月笙　是的,这舞台,不决然,谁能离得开? 你是怕再上台,就封不了箱了?

251

孟小冬 我不知道。

杜月笙 那脱下这戏服,穿上这旗袍呢? 就是你自己,也算是为了我。

孟小冬 (稍停)好。

杜月笙 谢谢。

孟小冬 你——

杜月笙 我来,可以吗?

　　[杜月笙给孟小冬摘去方巾,拿下髯口,脱去长衫和官靴。

杜月笙 (放下靴子)果然是挂靴了。

孟小冬 今后挂在哪儿?

杜月笙 心里向。

孟小冬 (笑)你说的。

杜月笙 闲话一句,我杜月笙什么时候失过信、爽过约?

孟小冬 我信。

　　[杜月笙拿过那件旗袍,孟小冬轻轻地穿上,杜月笙给她一
粒一粒地系上扣。孟小冬又成了女人,他的女人。

　　[观众的叫喊声,震天动地。

杜月笙 好了?

孟小冬 好了。

杜月笙 走。

孟小冬 嗯。

　　[杜月笙挽着孟小冬,打开化妆间的门,他们一起走向舞台。

　　[在观众如痴如醉的叫喊声中,杜月笙松开了孟小冬的胳膊,
看着她穿着旗袍和高跟鞋,款款地走上了舞台,走向了观众。

　　[孟小冬躬身向观众鞠躬。她,终于,作为一个女人,跟喜爱
她的观众和这个世界做最后的深情的告别。

　　[灯光渐暗。观众的欢呼声越来越远。

尾声　午夜

[字幕:两小时后,1947年9月8日午夜12:00。

[中国大戏院空空的舞台。

[孟小冬穿着旗袍坐在椅子上,椅背上放着程婴的长衫和方巾。

[梅兰芳、余叔岩、姚玉兰、福芝芳、裘盛荣、赵培新、祁如山、冯更光等一个个地走过她的身边,向着舞台的纵深走去……

[余叔岩走上前。

余叔岩　你是我最得意的弟子,学艺五载,心血相授,却只演出这两场! 小冬,我为你可惜,也为我自己可惜。殊不知,世人以为是戏,我们却以为是命。(韵白)惜哉! 惜哉!

[梅兰芳,那个如陌生人般的男人又来到了跟前,他们相视无言,繁华褪尽。

梅兰芳　世间再大的繁华,到头来都是一场虚空。你以辉煌开始,又以辉煌结束,好生让人羡慕,在这方舞台上,能有几人像你般如此决然。我们俩在一起,缘自别人的撮合,本都是真心付出,怎抵得人心不古。别人把它当戏看,伤的却是你我。

[孟小冬转过头,看着梅兰芳。

孟小冬　只是……一切都过去了。

[孟小冬转回头。

[福芝芳上场,她静静走过孟小冬,平淡如水,她看着梅兰芳

的背影。

福芝芳 为了他，我什么都可以做，不管不顾，离了舞台，那年他要赴美巡演，为了陪他，我甚至打掉了肚子里的孩子，后来因为资金不足我没跟去，可我也毫无怨言。我得不到，你也休想得到。我前后为他生了九个孩子，如此，他才是我的。（看着孟小冬）而你，虽然努力过，但最终却做不到。你呀，在台上演惯了男人，所以也把自己当成男人了。殊不知，女人就是女人。

〔裘盛荣、赵培新、祁如山、冯更光等陆续上场。

冯更光 兰芳娶了你，是我的主意，多少人都想看到，我只是帮着他们实现了而已。可是，戏是戏，生活是生活。

祁如山 兰芳娶了你，我以为也是两情相悦，可你何苦在乎那个虚无缥缈的名分呢？到头来，一拍两散，伤害了彼此，你呀，就是性子太强了。

裘盛荣 一个演员能有这么好的嗓子，就不唱了，太可惜了。

赵培新 学了那么多戏，演得那么好，又有这么多的观众，就封箱了，我真的不理解。

〔姚玉兰上场，她冷若冰霜，转脸，看着孟小冬，却又笑脸相迎。

姚玉兰 小冬，我们俩打小就是结拜的金兰姐妹，在台上也都是演着男人，最终，我们都跟了同一个男人。只是，他娶了我，耍的是手段，要了你，揣的却是真情。一直以来，我想活成你，可又不能，我没你有傲骨，可这傲骨偏偏是害了你。两年前，老头子跟你在 起待了大半年，不理我了，我赶紧回到上海来跟你抢，我一度怀疑让你们在一起是我一生犯的大错。好在你知趣地走了。这次义演还是我找的你，你就来了，我

254

懂你，你也是懂我的。

[众人走过孟小冬，就像是她生命中的过客。舞台就是如此，人生如戏，所有的喧闹总会隐去，只留下一方净台，令人唏嘘。

[杜月笙悄悄地走上来，他看着众人离去，又静静地看着孟小冬。孟小冬看着他，浅笑着。

[静场。

孟小冬 我跟了你，算丫头，还是算女朋友？

杜月笙 小冬，我明白的，闲话一句①。

孟小冬 （笑）一句话的事。我跟了你杜月笙，其实并不算跟了一个最好的人。

杜月笙 人与人在一起，没有最好的，只有最合适的，在爱情里，最好的人其实并不是那个英俊潇洒、腰缠万贯、事业有成、才华横溢的人，而是那个尊重你、在乎你、舍不得让你受委屈的人，就像是一个温暖的港湾。

孟小冬 是，没有风浪，平静而安全。在你这里，我终于是一个自主的人了。

杜月笙 小冬，我缺你一个婚礼，找个机会我乃伊做特②。

孟小冬 （拿起椅背上的褶衣，巡视着整个舞台）结束了。

杜月笙 其他都不带走了？

孟小冬 不了，它们本就是属于舞台的，只是这程婴的褶衣，跟了我这么多年，我带走，留个纪念。它证明这个舞台，我来过。

[杜月笙向孟小冬伸出手，她握住，慢慢地站起来，跟着杜月

---

① 上海方言：一句话的事儿。

② 上海方言：做了他。

255

笙,静静地走向舞台中央。

[杜月笙从舞台的纵深处下场。那里灯光下,坤生和乾旦面对面地站着,一眼千年,照着他们的灯光渐暗。

[逆光里,孟小冬曼妙的背影渐渐地消逝在舞台的纵深处……

[场外声,隐约地飘来孟小冬在《击鼓骂曹》里祢衡的唱腔(西皮快三眼):

> 平生志气运未通,
>
> 似蛟龙困在浅水中。
>
> 有朝一日春雷动,
>
> 得会风云上九重。

[孟小冬的音色苍劲高远,不卑不亢,像是从历史的深处传到现在。

[舞台上,只留下一张空椅,孤零零地立在那里,像是在诉说着过往。

[灯光渐暗。

[舞台提示:1950 年,孟小冬和杜月笙在香港补行结婚。

　　　　　　一年后,杜月笙在香港去世。

　　　　　　1961 年 8 月 8 日,梅兰芳在北京去世,享年 67 岁。

　　　　　　1977 年 5 月 26 日,孟小冬在台北去世,享年 70 岁。

[幕落。剧终。

THE EIGHT DAY OF THE WEEK

星期八

献给我的父亲母亲

时　间　1959—1961 年
地　点　安徽,倪村

人　物①　倪　叉　男,三十岁左右。安徽南方倪村农民。哑巴

---

①　这可以是一个独角戏,所有的角色都由同一个演员来扮演。也可以由不同的演员或是其他形式(如木偶)来扮演同一个角色和不同的角色。

题 记:

历史,是为活着的人们而写的有关死去人们的生活。

〔黑暗中,渐渐地响起淅淅沥沥的雨声。

〔雨声越来越大,像是落在铁桶里,有些单调,孤独感油然而生。

〔几次电闪过后,一声响雷,突然,由远及近地滚过来。

〔随即,雨声陡然变得急促起来,失去了原有的节奏,满满的敲得人心颤。

〔急雨过后,雨声又变得淅淅沥沥起来。

〔无尽的黑暗,无尽的夜。只有一两声水滴滴落的声音,越发清脆。

〔黑暗在继续,突然,响起清脆而刺耳的敲击铁块的声音:当、当、当! 当、当、当!

〔声响过后,突然的宁静。黑暗之中,哑巴倪叉的声音响起来,有气无力。

倪　叉　(场外声)敲,敲,别敲了,我听得见,我听得见,烦,烦死了。(叹息)死了,就好了。

〔灯光渐起。

〔舞台中央,哑巴倪叉蹲坐板凳上。他戴着顶草帽,穿着一件破旧的大棉袄,腰上用稻草绳扎着,下身却只穿了件破烂的短裤衩,高高地吊着。他赤着脚,有些摇晃,像是随时就要晕倒的样子。

〔倪叉抬起眼,无神地看着前方。

倪　叉　(试着咽了下口水)咽口口水都是好的。(啧吧着嘴)可是……连口水都没有了。(抬头看了看,眯起眼)阳光真暖和,全村就这里最暖和了,没有风,只有阳光,大家都到这里来晒太阳,阳光照得人晕乎乎的……这么静,怎么都不说话了? 懒得说了,谁还有力气说啊? 昨天晚上打雷了,咔嚓一声,吓死人的,天就像被打漏了,下了一夜的雨,总以为早上起来地上能有点儿什么! 地衣? 蘑菇? 什么也没有。肚子一直在响,咕隆咕隆的,也像在打雷……那可不是昨天晚上的雷,没来由的,那是六月里晌午后起的雷,远远的,滚过来……(摸了摸肚子)停,别响了,响也没用。

[静场。

倪　叉　冬天就算是过去了。

[静场。

倪　叉　那六颗楝树果……放进嘴里就没了,除了苦,还是苦。不,不只是苦,还有一股被泡过的发酵的酸臭味……就像是苹果烂掉的味道……(嗒了嗒嘴)苹果烂掉的味道……那苹果没烂掉是个什么味道? 咦? 想不起来了。苹果没烂掉……苹果……甜……应该是甜的。甜,是什么味道?

[倪叉用舌头舔了舔自己的嘴唇。他晃着身体,无精打采的。阳光鲜亮。

倪　叉　六颗? 不,应该是八颗,八颗楝树果,我早就注意到它们了,夏天刚过,楝树叶刚黄,秋风还没刮的时候,我就注意它们了。那时候,我怎么晃树,它们都不掉下来。冬天的时候,树叶都掉光了,就它们还挂在树尖上,一眼就能看得见。我每天早晨醒来的第一件事就是去看它们,一共有八颗,每次我都要数一遍,八颗,有两颗是长在一起的,其余的六颗分别长在六个枝头上,它们挂在树尖,总是摆来摆去的,可就是掉不下来。怎么晃,都掉不下来,谁还有力气去晃树呀! 楝树果,小小的,以前鸟都不吃的,喜鹊们好奇,总是把楝树果衔在嘴里，翻来覆去地啄着玩，等玩得腻味了，就又吐掉了，它们从来不吃。小时候，我很好奇，曾咬开过舔过一次，一下子舌头就卷起来了，嘴都张不开了，苦极了，涩极了。现在，那两颗剩下来的楝树果，就挂在树尖上，阳光照在上面，黄黄的，晃得人睁不开眼……天，那么的蓝，云，那么的白，楝树果就越来越大了，越看越大，得有黄杏那么大，在树尖上都挂不住了，挂不住就掉下来，掉下来就正好掉在我手里，我捧着它，擦也不擦，就张开嘴，死命地咬一口，甜极了，两只黄杏啊！

［倪叉像真是捧着两只黄杏在手里，他狠命地咬了一口，空嚼着嘴，眯着眼，享受着。随即，他又咬了一口，却咬了自己的手，他疼得一咧嘴，把手直甩。

倪　叉　　雪下得那么大，北风像刀子一样，楝树果还是八颗，它们晃来晃去的，就是掉不下来。楝树的树皮都被剥光了，刚剥开的时候，树皮是青绿色的，树干是新鲜的黄白色，就像是红薯熬的糖稀拉成的脆糖条，黄里透着白，白里透着黄，可很快就暗下去了，最后就黑了……楝树皮真难吃，嚼半天都没一点汁，苦死了，整张嘴都纠在一起了……那八颗楝树果，刚开始的时候是蚕豆绿，不是老蚕豆的那种绿，是嫩蚕豆的那种绿，绿得能拧出水来的那种绿，后来，就变成小麦绿，小麦抽穗时的那种绿，浓得很，再后来绿就越来越淡了，就变成了鹅黄色，小鹅刚出壳时的那种黄，很快树叶就落光了，它们也就由鹅黄色变成了橘黄色，树皮被剥光的时候，楝树果一下就变成了屎黄色，再后来屎黄色就变成了红烧肉色……红烧肉……多亏昨天下午的风，把它们刮下来了，它们落在泥地里，好不容易才找出来……不是红烧肉，是的

261

话,也是烧煳了的红烧肉,黑黑的,它们都烂了,硬硬的,只剩下核……八颗,掉下来六颗,还有两颗。一整夜,我都在做梦,在找那两颗楝树果,它们肯定没烂,否则也会掉下来的。它们应该是蚕豆绿的,嫩蚕豆的那种绿……

〔倪叉向往地看着远方,出了神。他仿佛看到了远处田野里满满的蚕豆丛。

〔一滴清脆的水声响起来!倪叉像是回到了现实。

倪　叉　早晨,我从草屋里走出来,屋檐还在漏水,那水跟酱油似的,我伸出脖子,仰着头,张着嘴,让几滴水滴在嘴里面,吧嗒吧嗒几下,咸咸的,好喝。真亏,昨晚上,下了一夜的雨,我怎么就没有爬起来,喝个够呢? 真的跟酱油一样,还有些粽子的味道? 粽子,对,粽子就是这个味道,很香,是芦苇叶和着糯米的清香。家里很少用酱油,酱油贵,也没有自家做的酱来得鲜,我最喜欢妈妈做的酱了,先把黄豆煮熟了,一大锅的黄豆,真香,闻一下,嘴里就满是口水了,用锅铲铲一把,放在大碗里,用手抓着吃,酥酥的、甜甜的。这个甜可不是黄杏的那种甜,也不是甘蔗的那种甜,更不是红薯甜条子的那种甜,是那种你要嚼上很久,从牙缝里自然而然生成的那种甜……要是妈妈现在还做黄豆酱的话,我站在灶台边就能吃上一整锅的……天啊,我怎么刚才就忘了看那两颗楝树果了呢! 它们一定还挂在树尖上,嫩蚕豆绿一般的楝树果……

〔突然,响起敲铁块的声音:当、当、当! 当、当、当!

倪　叉　敲,敲,别敲了,烦死了。又要开会。都什么时候了,还开什么会啊?

〔场外声:(女声)等小盆子到了,就开始。谁也别问,省省力

262

气,多活两天,啊。

倪　叉　小盆子? 好久没看到她了。昨天晚上我不应该把六颗楝树
　　　　果全都吃掉的,应该留给小盆子一颗的,不,留两颗,应该留
　　　　两颗给她的……两颗……她当初如果不是嫁给了小锹把
　　　　子,我就会给她留四颗……小盆子长得好看,真好看的那种
　　　　好看,就像是刚从泥里拔出来的嫩藕头,裹着泥你都想咬一
　　　　口,甜甜的,凉丝丝的,一下子就能甜到心里去的。小盆子
　　　　比我小四岁,我妈说男的比女的大四岁,正好。以前,不知
　　　　道正好的意思,后来才知道正好是小盆子要嫁给我的意思。
　　　　小盆子长高了,比冬青树还要高,可她还是喜欢跟我玩,我
　　　　不欺负她,反正她是要嫁给我的。我要是在田里找到什么
　　　　好吃的,我总会省一点儿给她吃。小盆子妈都说了,小盆子
　　　　要是跟了哑巴,是她一辈子的福。因为哑巴对小盆子好,是
　　　　真的好的那种好。小盆子家的后门正对着我家的大门,每
　　　　天早晨她一起来就会跑过来找我,看到她,我的一天才算是
　　　　正式开始了。春天里,村子的泥墙里有着许多蜜蜂洞,蜜蜂
　　　　采完花粉就喜欢藏在洞里面,我就用从大扫帚上拗断下来
　　　　的一段细竹丝,去那些小洞里掏蜜蜂,把细竹丝悄悄地伸进
　　　　洞里面,轻轻地一拨弄,蜜蜂就乖乖爬了出来,洞口早就有
　　　　个瓶口在等着了,蜜蜂一飞出洞就进了瓶子。每次我一掏
　　　　就是一大瓶,然后,我会找来小盆子,从瓶里面抓出一只蜜
　　　　蜂,把它的身体拉开来,就能看到一滴透明的蜂蜜,放在嘴
　　　　里,一丝丝的甜,真是一丝丝的甜,我不能张开嘴,否则甜味
　　　　就跑掉了。我就给小盆子吃,小盆子很爱吃,能吃一大瓶。
　　　　吃完了,看着地上满满的都是分开的蜂头和蜂尾,小盆子就
　　　　哭,说自己不应该,菩萨要生气的。于是,我就带着小盆子

在红花草田里疯,红花草绿绿的、厚厚的、软软的,我们倒在草田里,我抱着她,她抱着我,我们就在草丛里打着滚,天旋地转的,突然,我的手就压在她的胸口了,软软的,比红花草还软,可又不是一直软的那种,再按下去,又给弹回来了,真舒服,我把小盆子压在身子下面,她的眼睛瞪得大大的,看着我,笑着,突然,她的脸就红了,白里透红的,就像是她们家后院里那些开着的桃花花叶子⋯⋯然后,她就爬了起来,一下子跑了,她跑的时候,辫子一甩一甩的,屁股晃来晃去的,就那么挤进了油菜花丛里,好看死了⋯⋯

　　〔倪又向往着看着远方,满是幸福,幸福却稍纵即逝。

倪　又　打那以后,小盆子就再也不跟我玩了,我读书读到高小,就没法再读了,一个哑巴读到高小,也算是奇迹了。我爹还想让我读,学校不同意,哑巴读书有什么用?还不如回家劳动挣工分。小盆子早就在队里干活了,我也想在队里干活,不管是什么活,我都喜欢跟在小盆子的后面。春天插秧,她弯着腰撅着屁股的样子真好看,两条腿插在黑泥里面,白花花的,就像是两根插在泥里的嫩藕头,让人总想去咬一口。夏天割稻,我还跟在小盆子的后面,还是两根藕插在泥里面,只不过嫩藕头变成了上了锈的老藕根了,可是没关系,没多久,经过一个冬天捂下来,小盆子的两条腿又会白起来⋯⋯春天一到,裤腿一卷,又是白花花的两根嫩藕头了。真是便宜了小锹把子那个蠢货,一个冬天都有嫩藕头啃了。还有那胸口,比红花草还要软,又比红花草还要硬⋯⋯

　　〔倪又跳下板凳,来回地走着。

倪　又　又是春天,红花草长得特别茂盛,人躺在上面,就像是躺在被子上面,软软的,真舒服。要是躺在小盆子的胸口上,软不软,硬不硬,又软又硬的,那是什么样的滋味啊!我坐在凉床上端着碗边吃饭边想着,小盆子突然间就来了。

"哥,我有事找你。"

当着我爹我妈的面,小盆子扔下一句话,就走了。我爹一口干饭卡在喉咙里瞪着我。

"小盆子找你有什么事啊?"

我妈嚼着那一嘴永远都嚼不烂的老芹菜,劈头盖脸地问着。我摇着头,把一根嚼烂掉的芹菜渣从嘴里拖出来。我爹用筷子一敲我的碗。

"你干什么了?"

我摇着头,把最后一口饭咽了下去,从屋里追出来。远远地,隔着一池清水和几棵柳树,小盆子站在油菜花丛里,她静静地盯着村口,等着我。

夕阳火烧似的占了西边的天,远处的山,黑黑地横成一片,倒是比以前高了许多似的。一颗星挂在天边的晚霞里,似有似无。小盆子等我走到跟前,就转过身往田野里走,她走在前面,我跟在后面,油菜花不停地从她的胸口滑过,滑过她的肋下,敲着她的背与屁股,她渐渐地慢下来,我也就跟上她了。又是那片红花草地,小盆子走到草地中间,躺下来,全身就没在草丛里。我走过去,站在她身边,一阵风吹过来,满是油菜花的花香。

"哥,你躺下。"

我就听话地躺下去了,小盆子就躺在我身边。我们不说话,能听见青蛙的叫声,不多,就一两声,在黄昏的田野里传得很远。三爷说那是公青蛙在叫,它在等母青蛙上钩呢,上钩以后干什么,三爷没说,却笑得很诡异。

"哥,我要嫁人了,小锹把子。我爹不让我嫁给你,说你不会说话。以后跟别人吵个架都不行……小锹把子的姨父是大队书记。"

是的,小锹把子的姨父是大队书记,就是那个满脸横肉的家伙,一走路,浑身的肉都在抖。尤其是那肚子,我们家的那头母猪翻过来,跟他一个样。

"哥,你抱抱我。以后你就别找我了。"

小盆子的手伸过来,抓着我的手,一把就把我拉到她的身上。她把我的手塞进她的胸口,软软的,不是太软的那种,红花草太软了,不一样的软的,热热的,我浑身就冒汗了,一股我讲不出来的东西就在身体里乱蹿着,我的手握得满满的,我就想放着在那里不缩回来了……

"哥,我给你的。"

小盆子把我的手往下塞,却被衣服扣子挡住了,小盆子就松开手,开始解扣子……我突然好紧张,一下子爬起来。我站在夕阳里,小盆子躺在草丛里,像是浮在绿色水面上的浮萍,轻轻地摇晃着。

"哥,真的,我想好了,给你的。"

太阳血红的,突然间就掉到山那边去了,天,一下地就暗了下来。风掠过水面,从油菜花上吹过来,吹在脸上,凉凉的。一只野兔突然从田埂边蹿出来,在草丛里跑着,一头撞进油菜花丛里,一只斑鸠扑棱一声从花丛里飞出来,直蹿到昏暗的天空里,丢下一路的啾鸣声。

我突然转身没命地跑开了,红花草、油菜花、蚕豆秧、黄豆苗在我的脚下倒了一片,一大片,它们不停地撕扯着我的腿。等到了池塘边,我一头就扎了进去,浑身泡在冰冷里的水里面,身体里的什么东西才慢慢地消失掉了。

我浮在池塘里。

小盆子浮在红花草丛里。

一只仙鹤孤零零地飞过天空,无声无息……

那天夜里,我躺在床上,却感觉自己一直都是浮在红花草丛里,小盆子飘浮着,笑着,于是我就躺在她的身上了。她的胸口暖暖的、湿湿的、软软的……早晨的时候,我就爬不起来了,浑身跟散了架子似的,晕乎乎的,用手一摸穿着的短裤,精湿精湿的,冷冷的,滑滑的,黏黏的,吓得我一身汗,我就待在床上不敢动,一直待到下午,短裤才被我焐干。

自以后,小盆子再也没有理过我。虽然在村子里,我们总能碰得着,可是在她眼里,我就像是空气一样。

那两节插在泥里面白嫩白嫩的藕尖子,上了锈,烂了。

[倪叉踩上板凳,蹲下来。

倪　叉　小盆子,小盆子怎么还不到呢?前两天我还看到她的,她一大早就来了我家,叫我爹去看看小锹把子,是不是没了?小盆子说她早晨醒来,推了推小锹把子,可他就是不动弹,摸摸心门口还是热的。我爹去看了,回来说小锹把子没事,那小子瘦得跟干芝麻秆似的,一点汁水都没有了,这样就还能饿上一阵子。倒是小盆子……小盆子浮肿了,就像是吹了气,跟洋娃娃似的,比以前更加漂亮了……

[场外声:(女声)不等了,不等了,今天开会,也没什么事儿,就选个村长,到公社里去开会。

倪　叉　选村长?村长?村长不是小公鸡他爷爷么?村长死了,小公鸡他爷爷死了。选?什么时候听说还有选村长的?小锹把子的姨父说是谁,就是谁,不就得了?闲得没事啊?事,现在能有什么事？快点结束吧。起都起不来了，还不知道能不能走得动呢？中午，村里食堂还能喝到米汤吗？都几个月没见过米粒了，食堂早就没米了，村长死了，没人管了，食堂要关了。关了，怎么办啊？……那两颗楝树果还在么？风这么大，不会掉下来吧！真后悔，早知道，刚才来的时候就应该去看一下的。

［倪叉从板凳上站起来，然后爬下来，他的动作很缓慢，像是一只濒死的知了。

［场外声：(女声)哑巴，又干什么呢？

［倪叉转过头，动了动，又缩了回去。

［场外声：(女声)省省吧。动得快，死得快。啊。

［倪叉停了下来，他想再爬上板凳，可是爬不动，他就势慢慢地蹲了下来，蜷缩着，像是一只死老鼠。

倪　叉　会，等开完会，我就到西边的水塘边去，昨天，大兰子她奶奶在那里捞过虾，不知道会不会还剩下几只水蛭虫子，那嚼起来味道一定不错的，鲜美得很，要是能有酱油蘸一下，就好吃到天上去了。(竖起耳朵，听着什么)是有谁在说话吗？说完算了，我要去拣些水蛭虫吃的。得快一点了，再晚的话，水蛭虫干了，就不好吃了。不，干了也好吃的，跟虾一个样，就是没肉，一点儿肉也没有，没肉也没关系，跟虾壳一个样。大兰子她奶奶很心细的，她一定会把所有虾都拣完了。其实，也不会有几只的。池塘里很干净，连水草都被吃光了，没有几个活物了……也许，还有一两只虾丢下了，在淤泥的下面，虾肉硬硬的，很有劲道，嚼一嚼，就舍不得咽下去。一下，两下，三下，四下，五下……嚼，嚼，嚼，虾肉真鲜，把两排牙之间都塞满了，真有弹性啊。嚼，嚼，嚼，我就不咽,再嚼,就有甜味了……不,我得煮熟了吃,虾肉是白白的,撕开来能看到一丝丝的,很结实的,拉都拉不断。先吃虾壳,再吃虾头,虾头里的黄要最后吃,现在,该吃虾肉了,一丝一丝地撕开了吃,不,一下子放在嘴里才有味道,然后嚼,一下,两下,三下,四下,五下……

[倪叉眯着眼,他不停地嚼着嘴,非常享受的样子。

[石子砸在铁盆里,哐当一声。

[场外声:(女声)每个人身后都有一个铁盆,每个人手里都有一颗石子,你想选哪个,就把石粒扔在哪个身后的盆里。哪个盆里的石子最多,谁就是村长。

倪　叉　(睁开眼)干什么呀? 我的虾,虾肉,虾黄,没了。扔什么石子啊,我的虾啊。(他闭上眼,尽力地想把想象找回来,可是又睁开了眼)我,我的虾……

[倪叉不情愿地站起来,看了看四周。倪叉突然想大声地说,可是他却只能发出咿咿呀呀的声音。

倪　叉　(大声地)啊呀,呀呀,呀! 啊呀!

[场外声:(男声)哑巴,你干什么啊,疯了啊。

倪　叉　(大声地)三爷,我的虾,他们拿走了我的虾……

[场外声:(男声)哑巴,哑巴,倪叉! 这哑巴,疯了,哪里来的力气……

[倪叉来回地走着,可是他只能发出声音,却成不了话语。他的叫喊与场外声形成鲜明的对比。

[场外声:(女声)报纸上说了——伟大领袖毛主席教导我们,要节约闹革命。闲时吃稀,忙时吃干,平时半稀半干杂以番薯青菜之类。不吃肉,不吃蛋,吃粮不超定量,要勒紧裤腰带,共同渡难关……

〔场外声有些变形,不真实。

〔倪叉慢慢地平静下来,他开始不发声了,只是默默地走到板凳前,他蹲下来,从板凳底下掏出铁盆和一颗石子。他把铁盆放在板凳后方,自己又蹲上板凳,他手里玩着那颗石子。

倪　叉　报纸上说,那张报纸从来都不换的……我的虾,我的虾,你们把我的虾肉还给我,我不要听你们说,这跟我有什么关系?我的肚子好饿,我刚刚开始吃到虾肉,连酱油都没蘸上,就没有了,还有虾黄,虾籽,虾皮,虾壳,虾爪,虾须……大兰子她奶奶好不容易留下来的两只虾,却让你们给搞没了。不行,绝对不行! 虾,虾是我的呀,我的虾,我的虾啊。

〔倪叉咂了咂嘴,他一直在幻想着。

〔场外声又起:(女声)人民公社就是好,有了人民公社,村村都办起了公共食堂,吃饭不花钱,努力搞生产,跑步进入共产主义。

〔场外声有些变形,不真实。

倪　叉　食堂? 食堂好啊,公共食堂真好。

〔突然,远远地,响起了"大跃进"的歌声,歌声不清楚,却很雄壮。

〔倪叉扔掉破草帽,他从板凳上一下地跳下来,像是变了一个人。他戴上一顶旧的安全头盔,在脖子上搭上一条旧的毛巾,穿上一条破棉裤,显得神采飞扬。

倪　叉　(朗诵着)你是英雄咱好汉,高炉旁边比比看,你能炼一吨,咱炼一吨半。

(兴奋地)"妈,妈,除了农具,村里所有铁的东西都得上缴,锅碗瓢盆都要被砸掉,大炼钢铁。妈,妈,别人家都缴了,小公鸡家的锅第一个被砸的,全村的人都去看了,小公鸡爷爷用钉锤砸的,那锅咣当一声就碎了……"

"哑巴,闭嘴,你叫什么叫,吵死了,什么当、当、当,都缴,都缴!"

我跟着我妈去了灶间,她就开始拆锅。锅有两口,一口是烧饭用的,一口是炒菜用的。我妈用两块抹布包住锅沿,两手握住了,慢慢地旋着,可是锅还是不动。

"当初让你爸不要弄得这么牢,非得用水泥砌,粘住了,就拆不下来了。你爸就是个死脑筋,跟他说什么都不信,当初要是用稀泥和和不就行了,非不听。这下倒好了,拆不下来了。一口锅你非得弄得这么牢干什么? 死脑筋,就是一头驴,犟得能把屋檐给掀了。"

妈妈拆不下来那两口锅,嘴里尽骂着我爸。我爸就进来了,他手里拿着一把钉锤,沉着脸站在一边。我妈抬眼看了他一下,就哭了。她还努力地使着劲,想把锅拆下来,可锅就是不动弹,最终,我妈放弃了。

"要拆你拆,弄得这么牢,我不拆了,要拆,就让他们来拆吧,拆不下来,又不是我们不想缴,我不拆了。"

咣当一声,我爸手起锤落,就把锅给砸了。

"你疯啦,你这是干什么呀,好好的锅,你把它砸了干什么呀!"

我妈尖叫着扑到我爸身上,她推搡着他,像是抖筛子一样。后来,我妈哭累了,停下来,抱住我爸,又哭。

"我都舍不得拆,你砸它干什么呀?"

我爸推开我妈,他两只手轻轻一旋,把那口破锅就端了下来。其实,锅是很好拆的,只是我妈舍不得。

我爸把两口锅、锅铲、铁脸盆都搬了出来，一下子全都扔到地上，他扔得特别响。

"死人啊，你干什么呀，锅能这样砸吗？"

"干什么？不是炼铁么？早晚都要砸的。小公鸡家不是砸了吗？"

"小公鸡他爷爷是村长，他不带头谁带头？"

"哑巴，你提着锅去缴，一定要让村长看到，我们家缴了，全都缴了。"

我突然想起来，我们平时喝汤用的铁勺，就冲到灶间，找出来了。我妈一把夺过去。

"死哑巴，你不吃饭了啊？这铁勺，你奶奶留下来的，不能缴，缴了，你拿什么吃饭，喝汤？死哑巴，真是缺心眼，人家要什么，你就给什么。"

不是人家，是政府。

"死哑巴，看你还叫！"

我妈用铁勺打在我后背上，生疼。

"我们家那锁呢？那可是纯铜的啊！现在家里也没什么值钱的东西了，也没什么好偷的了，都缴了吧。"

我觉得我爸真是大公无私，对，我们家还有一把铜锁。

"你站住，你什么意思？锁？那只铜锁，不能缴。"

"全村的人都知道我们家有一把铜锁，还有那把铜钥匙。"

"铜的也要？好吧，缴吧。那可是纯铜的哟。我都舍不得用……早知道，我就说丢了……多好的铜锁啊，亮光光的……"

我爸从房间里找出那把铜锁，铜锁是用一块红绸子包着的，我爸解开红绸子，把铜锁扔进锅里。哐当一声，锅被砸了个洞。

"死人啊,你轻点儿,吓死人的。"

我爸蹲下来,从铜锁上把钥匙给拔下来。然后,用红绸子仔细地包好,揣在口袋里,一言不发地走了。

我和我妈站在这堆破锅前面,妈妈哭得很伤心,眼泪落下来,滴在脸盆上,当当直响。我弯下腰抱起锅。

"走吧,走吧。等等,我跟你一起去,缴东西要当着全村人的面,别他们又不承认。说我们藏了这个藏了那个。别提钥匙的事情,别人问你,你就说丢了,啊。"

妈,以后我们就吃食堂了。

"知道,知道,吃饭,吃食堂,看把你乐得。你爸又不管事,以后吃饭可不像在家里,能多吃就多吃,别只盯着饭吃,要吃肉,吃菜,多吃肉,全吃肉。啊。饭吃多了,就吃不下肉了。"

全村的人在一起吃,多热闹。

"你就喜欢起哄,热闹? 可不能吃亏。吃不着,就叫,叫,懂吗? 笑,笑,你就知道笑。记着啊,不要跟任何人提那只铁勺子,啊,不要跟任何人提。知道了?"

知道了,妈。

我抱着锅走在前面,锅底的灰弄得满手都是,我一抹脸,脸就全黑了。

"死哑巴,看把你脸弄得,全是锅灰。你走慢点儿,我跟不上了。倪丈,你慢点儿。是在食堂门前缴,当着大家的面缴,你慢点了。这死哑巴。"

我妈在我后面跟着,嚷着,然后又哭了。

〔倪丈像是抱着锅,急急地走着。

倪　丈　食堂门口全是人,土窑架起来有一丈多高,土窑的前面全是村里缴来的锅碗瓢盆,堆了满满的一地。倪老师站在破锅

前面,手里拿着报纸,他是小公鸡的爹,村里小学唯一的老师,我们都叫他倪老师,他对着报纸大声地念着:

月宫装上电话机,

嫦娥悄声问织女:

听说人间大跃进,

你可有心下凡去?

织女含笑把话提:

我和牛郎早商议,

我进纱厂,

他去学开拖拉机。

听倪老师念报纸是全村每天晚饭后的必备节目。如今改在食堂前面念,听起来更显得光明正大,挺别来劲。

村长笑盈盈地看着倪老师念报纸,他对他儿子的话很满意,然后,他接着他儿子的话,大声地说着:"大家听明白没有?月宫,就是月亮,嫦娥,就是仙女,仙女都用上电话了,牛郎也要学会开拖拉机了,那以后七月初七鹊桥会,牛郎就用不着再辛苦挑着两个孩子了,他只要开着拖拉机拉着两个娃去会织女就行了。鹊桥哪有铁桥好,鹊桥每年都要建,铁桥建一次就能用上好多年,再说,再多的喜鹊也搭不起一座铁桥来,为什么? 玉皇大帝也没有铁,太上老君那炉子是炼丹用的,孙猴子的金箍棒还是从东海龙王那里抢来的,所以,这铁桥还得我们人间来建——"

"爸——"倪老师听着有些不对劲。

"村长! 叫村长!"

"村长,那是迷信。"

"迷信? 你懂个屁,这不是报上说的吗? 建铁桥要什么? 钢铁啊,所以国家要我们大炼钢铁,不是说,要倾家荡产大搞钢铁吗？一天等于二十年,共产主义在眼前吗？蚂蚁啃骨头,茶壶能煮牛,没有机器也造出火车头。我们要相信自己,这些都是科学,不是迷信。从明天早上起,我们村就开始吃公共大食堂了,共产主义是什么？共产主义就是吃大锅饭。中央要求我们农业以粮为纲、工业以钢为纲。我们农民要以实际行动去支持广大的工人兄弟,不但可以多打粮,还可以多炼钢。那首诗怎么念的来着：人有多大胆,地有多大产……"

村长就僵在那里了,他说不出下面的两句来。今世庄稼汉,赛过活神仙。这几句我都知道,三爷他家的墙上写着呢,我每天都要去读几遍。

村长盯着儿子,倪老师很自然地就接上了。

"人有多大胆,地有多大产。今世庄稼汉,赛过活神仙。"

"好,就是嘛,就是种田汉,比过活神仙。我们有了食堂,吃饭不愁,当然比活神仙还要好,神仙不是迷信,是科学,我们要相信科学。"

小筛子妈用脚一踢两只破盆子：村长,明天早上开始吃公共大食堂,那今天晚上怎么办？都缴了啊,家里没锅做饭了。

"今晚？今晚炼钢。"

那天晚上,小土窑就烧起来了,全村黑灯瞎火的,就小土窑那里特别的红,特别的亮。报上怎么说的来着：天上繁星点点,地上红光闪闪,王母惊呼玉帝打颤,感叹天上不如人间。

[倪叉摘下安全头盔,狠狠地把它扔了出去。

倪　叉　家里的粮食全都上缴了,没有锅,也没办法做饭了,缴了就缴了。村长说了,如果有谁不缴,被发现了,他可不客气了。

刚开始,靠的是觉悟,接下来就要靠毅力了。大兰子爷爷在床头柜里藏了一柜子的黄豆,他是村长的弟弟,亲弟弟,怎么就这样没觉悟?那天吃食堂的时候,大兰子伸筷子夹鱼,被她爷爷发现了,把她的筷子一打,让她少吃点儿。一桌子的人,都被大兰子爷爷大义灭亲的举动给感动了。村长就说了,社会主义的农民就应该这样来教育自己的孩子,要搞清楚集体与个人的关系。大兰子想吃鱼,她爷爷不让,其实她爷爷想让她多吃肉,吃肉划算。鱼,什么时候吃不着,池塘里有的是,吃肉的时候毕竟不多。大兰子把碗一推就哭了,哭得死去活来,她不喜欢吃肉,她就喜欢吃鱼。哭着哭着她就恨起爷爷来,就在食堂里大嚷大叫起来,说她爷爷的床头柜里藏了一柜子的黄豆……于是,全村的人都听到了。大家都不吃饭了,都抬着头看着村长。食堂里一下子很安静,什么声音也没有了,连大兰子也不敢哭了。村长的脸就沉了下来,一下子阴了天似的,就差下雨了。他放下饭碗,就要去大兰子爷爷家。大兰子爷爷挡在食堂门口,说小孩子的话不可信的。村长用手一推,大兰子爷爷就栽倒在门口装满剩菜的水缸里了。村长带着村干部们从大兰子爷爷的床头柜里搜出了那柜子黄豆。他们把全村的人都叫到村西边,当着大家的面,把黄豆全都倒进了池塘里。他们把大兰子爷爷绑起来,吊在食堂门口的楝树上,饿了他一天。全村的人吃饭,他只能看,吃完晚饭的时候,才把他放下来,胳膊都断了。从那以后,大兰子就再也不吃鱼了,她想到鱼就要吐,是真的吐,吃啥吐啥,准得很。

那天晚上,妈妈让我把家里的那把铁勺子偷偷地拿出来,叫我扔到池塘里去。

晚上没有月亮,到处都是漆黑的,我拿着铁勺,绕了一大圈,偷偷地把铁勺扔进了灶膛里,然后用稻草灰盖住了,谁也发现不了。

[倪叉来回地用手翻转着铁盆,他惊奇地看着铁盆,用手敲了敲,当当直响,最终,他用铁盆盖住了石子。

倪　叉　那阵子,不管是白天,还是黑夜,大家都看着土窑,从上面往窑里扔缴来的东西,下面一直在烧,火从来不停,火光映给了整个村,大家都喜欢聚在那里看,等着。那时候,闲得很,除了吃饭,就是烧窑,日子过得飞快,半个月过去了,终天烧出一块铁疙瘩,好大的一块。铁疙瘩就放在食堂门口,我特地去看了,我们家的铜锁就镶嵌里面,看得清清楚楚的。清明节那天,村长用红绸子把铁疙瘩给系上,几个壮劳力一起抬,敲锣打鼓地送到公社去了。

[隐约的,远远的,锣鼓声。

倪　叉　后来,我去过公社,在公社门前的打谷场上堆了好几堆,一直就堆在那儿,也不见谁去搬走,一直在那儿,几场雨过后,就埋进土里了。

[锣鼓声慢慢地隐去。

倪　叉　吃食堂就是好,别人烧好了饭菜等着,你只要带张嘴就行了。六月份的时候,饭还吃不完,菜剩了很多。桌上的碟子和碗都架了好几层,十个菜一个汤,荤菜有红烧肉烧百叶,这道菜真不应该让小筛子他妈来烧,她烧菜不好吃,咸得很,吃一筷子就不想吃了,隔壁的小三子吃一口就吐掉了。还是大兰子她妈烧的鱼好吃,嫩嫩的,很香,大家都要吃鲢鱼,鲫鱼的刺太多,没人动,一整条就扔了,连二狗子家的猫都不吃。我最不喜欢吃鸭子,谁烧都不行,一股骚味。鸡汤

277

还行，小公鸡他爷爷喜欢用鸡汤泡锅巴吃，锅巴放进去就要吃，很脆，否则就烂掉了，烂掉了，就不好吃，又得倒掉。他是村长，他带头倒，说是都共产主义了，倒点菜怕啥。不倒，怎么体现是共产主义呢？就是！……我妈烧的鹅大家都爱吃，可是她不经常烧，全村就那么几只鹅，吃掉了也就没有了。鹅应该用来炖汤的，红烧，可惜了。可是有鸡汤，所以，鹅还是红烧算了……应该有几个蔬菜的，六月份，茄子辣椒刀豆都上市了，炒好了，端上来，又都原封不动地给端了出去，倒掉。小玲子家的狗就躺在公共食堂的后面，连它都懒得闻上一回。小玲子说，她家的狗喜欢吃红烧肉，尤其是小筛子他妈烧的红烧肉，吃完了，就一头扎进池塘里，死命地喝水，它那是给咸的。

[突然响起了一颗石子掉进盆子的声音。声音很大。倪又吓了一跳，他从板凳上站了起来。

倪　又　谁啊？谁这么缺德，把石子往我盆里扔。妈妈的，把我的红烧肉给扔没了。再怎么咸，也是红烧肉啊。（四周看了看）谁啊？扔错了？

[场外声：（女声）哑巴，你干什么啊，把你的盆子放放好。

[倪又不情愿地把铁盆翻过来，他扔掉脖子上的毛巾，看了看四周，又在板凳上蹲了下来。

倪　又　（回忆着，朗诵）社东有条清水河，

河岸是个小山坡；

社员坡上挖红薯，

闹闹嚷嚷笑呵呵。

忽听河里一声响，

河水溅起一丈多，

278

> 吓得我忙大声喊：
>
> 谁不小心掉下河？
>
> 大家一听笑呵呵，
>
> 一个姑娘回答我：
>
> 不是有人掉下河，
>
> 是个红薯滚下坡！

倪老师又开始念报纸了。那么大的红薯啊，一个红薯可以吃一顿，不是一个人吃，是全村的人可以吃一顿。小公鸡这样说，二狗子就不相信，于是他们就吵了起来，最后还得去问倪老师，谁输了谁吃小筛子他妈烧的那盆红烧肉。倪老师很公正，即便小公鸡是他儿子，可是他还是照报纸上说的，说一不二，该怎样就怎样，大伙儿信他。倪老师没有直接回答他们，他拿起报纸念了起来：一个萝卜千斤重，两头毛驴拉不动。你想想，才一个萝卜。肥猪赛大象，只是鼻子短，全村宰一头，足够吃半年。所以，一只红薯全村人吃一顿，也没啥。于是，那天晚饭的时候，二狗子一个人吃了一大盆红烧肉，吃完之后，二狗子就坐在食堂门口的门槛上，两眼发直，不说话，坐到半夜，我爸说这孩子是吃肉吃孬了。二狗子妈慌了神，走过去，一个大嘴巴子摔过去，二狗子哇的一声哭开了。我爸说行了，能哭就没事。从那以来，二狗子就见不得红烧肉了，即便是现在，二狗子都瘦成小狗子了，他还是不能听人提红烧肉，饿了大半年，一听到红烧肉，二狗子还能吐出一大堆馊水来。

〔又响起一颗石子掉进盆子的声音。

倪　又　那天夜里，小玲子家的狗叫了一整夜，它的红烧肉全被二狗子给吃了。（安静下来）八月不到，食堂就改成三菜一汤了，

279

全是蔬菜,都见不到荤了。很快,小玲子她家的那条狗又连屎都吃了。三菜?茄子、辣椒、刀豆?鸡蛋汤?连鸡都没了,哪里来的蛋汤?后来,就喝米汤了……鸡呢?一家养鸡,一村人吃,就没人养了。再说,养鸡,鸡吃什么啊?

[场外声:(女声)《人民日报》说了,没有万斤的思想,就没有万斤的收获……

倪　叉　塘边的那块地,以前总是种红花草的,小盆子和我在那里打过滚,一亩不到,肥得很。三月的时候,我们把池塘里的春泥捞上来倒在田里面,泥里还能看见去年烂熟的菱角,捞出来还可以吃,就是臭得很,可那泥真肥。今年这块地不种早稻,一年只种一季,六月底插的秧苗,扑扑地往上蹿,九月刚过,稻子就熟了,金黄的一片。那天早晨,天还没有亮,小公鸡他爷爷就让全村的男人去了那块地。把它四周十来亩地里的稻子连根都拨起来,插到那块地里。稻把子挤着稻把子,厚实得不得了,十几亩田里的稻子挤到一亩田里,就像是打谷场上堆的稻堆。下午的时候,县里来了好多人,还有专门照相的,全村的人都跑去看。小公鸡他爷爷把小公鸡抱起来,让他坐在稻堆上,村干部都围了上去,大家都开心地笑了,哈哈地笑了,大家一起照了相——亩产上万斤,稻子厚得小孩子都可以坐在上面。没几天,我就看到那张报纸了,它一直贴在食堂的门口,小公鸡他爷爷笑得最开心,嘴张得大大的,合都合不拢,胡须没几根,门牙掉了一颗,黑洞洞的。

那天晚饭前,在食堂门口,倪老师拿着喇叭又开始读报纸了:广西环江县红旗公社中稻亩产——个、十、百、千、万、十万,是十三万零四百三十四斤十两四钱。开展小麦双千斤县、三千斤社、五千斤大面积丰产田、万斤高额丰产田运动。你们看,我们也只能算是高额丰产田,差得很远。

"差是差些,可我们才刚开始,明年就能有十万斤了,狗剩儿。"

"爸! 不,村长,叫倪老师。"

"倪老师,你把那首诗念念。"

"稻堆堆得圆又圆,社员堆稻上了天。撕片白云揩揩汗,凑上太阳吸袋烟。"

倪老师念得很有气势,听完之后,大伙儿就更加饿了。

倪老师的小名叫狗剩儿。

〔又响起一颗石子掉进盆子的声音。倪又站起来,他又着腰,四下里看了看,很生气。

倪　又　入了冬,食堂里就只剩下米汤了。那么大的一张桶,本来是喂猪用的,现在猪没了,就用这桶来盛米汤了。米汤? 哪来的米,哪来的汤? 只有水,全是水,木勺子伸下去,翻儿翻,才看见几粒米,转眼,又都看不见了。各家都开始自己烧了,每家都藏着点米啊,菜啊。没有锅,就把碗放在灶里烧,可是初冬一过,各家都不能烧了,还得吃食堂。所有的粮食都得上缴,不能私藏。种子也不让留,饲料也不让留,统统上缴,由上面统一分配。小筛子妈留了一包稻作种子,想着春天的时候育秧苗,她家后门口有一小块水田,是她去年夏天时自己填出来的,可以种的。她把稻种藏在床头柜里,被小三子他妈去她家撒尿时发现了,向队里举报了。稻种搜走了,他们还把小筛子他妈吊在食堂门口打,小筛子妈真硬气,就是一声也不吭……家家都空了,只能喝米汤了。一大早,虽然只有米汤喝,我还是最早就赶到了食堂,我到的时候,二狗子早就到了,他站在食堂门口踮着脚尖往里面看。门被关得死死的,可还是能看到小蛮子他妈在那只大木桶里死命地搅着。小公鸡他爷爷和几个村干部就站在一边,静静地看着。我看着二狗子踮起的脚,他的脚后跟从那双破烂掉的布鞋里脱出来,白花花的一片,一道很深的裂口刻在上面,露出里面红红的肉,就像冬天切开的鲜腊肉……我的脚后跟也跟着痒了起来。我赶紧移开目光,突然,我发现墙边放着的大洗衣木盆上,像是有一颗白白的饭粒,它就在洗衣盆的边上,白生生的,竟然发出了光。我想走过去看看。就听见噢唔一声,二狗子没命地冲了过去,他扑在洗衣盆上,洗衣盆哐当一声就倒在了地上,砸在他身上,可是二狗子顾不上疼痛,他把那颗饭粒放进了嘴里。二狗子边嚼着边咧着嘴冲着我笑着。突然,他的脸慢慢地变了形,渐渐地扭曲起来,他干呕着,想咽又想吐,最终,他噗的一声把那颗饭粒给吐了出来。

"妈的,一颗肥皂粒。"

〔远远地,传来狗叫声,越叫越凶,随着一声敲击声,叫声变成了惨叫声,然后就没了。

〔静场。

倪　叉　那天晚上,小玲子家的狗找不到了,小玲子哭了一夜。第二天一大早,小玲子妈就骂开了:哪个杀千刀的,吃了我们家的狗,不得好死,死了也没人收尸……后来,骂累了,她就开始骂小玲子:小贱人,早就跟你说了,这人都快饿死了,还养狗!小婊子,早就让你把狗杀了吃,你哭着闹着非不让,现在好了,被别人吃了,我们连根骨头都啃不着。哪个杀千刀的……小公鸡后来跟我说,狗是他爷爷吃的,那天夜里,村里开会,半夜了,又没什么吃的,大家就想起了小玲子家的那条狗,既然都要上缴,这条狗也不能例外,可是狗上面又不要,所以大家还是杀了吃了。冬天,吃狗肉,热气。小公鸡说他睡得迷迷瞪瞪的,被他爷爷揪起来去喝了碗狗肉汤,他说,那是他这一辈子喝的最好喝的肉汤了。

〔又一颗石子掉进盆子的声音。倪叉跳起来,他咿咿呀呀地叫着。

〔场外声(倪叉):我知道是你们吃了小玲子家的狗,是小公鸡他爷爷干的,还有你,你,你们。

〔场外声(男声):倪叉,你叫什么啊,别叫了,开会呢。

〔场外声(女声):今天上面要求要讨论粮食多了怎么办的问题?我们得讨论出一个结果来,然后,由新当选的村长去公社报告。粮食多了怎么办? 大家要认真地想一想,选谁就往谁的盆里丢石子⋯⋯

〔倪叉看了看手中的石子,他停止了喊叫,安静下来,来回地走着。他蹲下来,感觉很冷。

倪　叉　这雪下个没完了,村子里除了那口井是黑的,全是白茫茫的一片。脚踩在雪里面,一会儿裤子就湿透了,凉气从腿肚子一直往上蹿,冷。跳起来,再跳起来,跳起来浑身就热了,可是跳不动。前面,就是水塘了,全结了冰,走在上面结实得很。我妈站住了,哧的一声,她把手中的铁锹一下地插在雪地里。

"就是这儿了?"

〔倪叉咿咿呀呀地叫起来。

〔场外声(倪叉):对的,妈,是这儿。

倪　叉　我抓住我妈的手跟她比画着。

是这儿,妈,夏天我在这里游泳,这一块的荷叶长得特别的好,又大又圆。

"挖。"

我妈用铁锹把冰上的浮雪铲掉,我用铁钎碎冰,很快,冰就碎了,哗哗地碎了一大块。能看见水了,清澈的水,冰块浮在上面,来回地挤着。

我跟我妈拍着胸脯,让她放心。

妈,我来。

我脱下衣服,跳下去了。一下子,全身就麻了,像是没有了知觉。一个猛子扎下去,碰到泥了,泥软软的,脚踩下去,全是鼓鼓的气泡,一下、两下、三下……脚在泥里面没命地踩着,慢慢地没有了知觉。

碰到什么东西了,硬硬的,一下地就滑过脚底,脚底疼得要命,像是又有知觉了。我想弯下腰,却憋不住了,脚一蹬,就浮了起来,脑袋一出水,顶开碎冰,冷得要命,还是水底下暖和些。

"哑巴,快上来,没有,就算了。"

我又扎进水里,没刚才那么冷了。我的手在泥里划拨着,抓住了,是藕,我的两只手死死地抓住藕,拼命地拨,我的两只脚蹬在泥里面。啪的一声。那是藕断掉的声音,在水底下清脆得很。我一下子就蹿出水面,好几节的藕,白花花的,像小盆子的腿。

"哑巴,够了。上来,啊!"

刚才断的地方肯定还有藕,我又扎了下去,手在泥里摸索着,突然,我的手抓住了一根硬的东西,它竟然是活的。鱼?鱼,我竟然抓住了一条鱼。我的手死命地抓住那条鱼,一起浮上来。

那不是鱼，是二狗子的手。

"哑……巴，你抓我……的手干什么？我就知道这里有……藕，没想到你哑巴就是……精，倒是……先……来了。"

二狗子话都说不全，打着颤，全是牙齿打着牙齿的声音。笃笃笃……笃笃笃……

不大的水洞里，好多人在里面来回地扑通着。

我妈拽住我的手，死命地把我拉出了冰窟窿。冷，刺骨的冷。我妈不让我穿衣服，抓起雪就往我的身上搓。我们一路跑回家。灶膛里全是火，我就贴在灶膛边，浑身不停地哆嗦着。一会儿，就闻到藕香了，那几节藕，我们吃了好几天。

［静场。

倪　　叉　二狗子死了，冻死了，硬邦邦的，跟他没拔上来的那节藕一样。没有人捞他，也没力气捞了……

［静场。

［一阵鞭炮的声响。

倪　　叉　以前春节的时候，总是嫌鞭炮太吵，从早晨炸到晚上。今年春节的时候，静悄悄的。没得放了。二丫头的娘从北京回来了，她带回来几斤挂面。据说，她在北京的一个大官家里帮工，每天都能吃到面条。三十的晚上，二丫头的娘要下挂面吃，全村的人都跑到食堂里看。小蛮子妈烧了一锅开水，二丫头她娘把两斤面条都放了进去，水开了，面条在里面就滚起来，真香。二丫头她娘把面条捞起来，分了八大碗，二丫头一碗，二丫头她娘一碗，二丫头她爸一碗，二丫头她奶奶一碗，二丫头她爷爷一碗，二丫头她姐姐大丫头一碗，二丫头她妹妹三丫头一碗，还有一碗，给了小公鸡的爷爷，他是村长。七个人围着桌子,桌子上有七碗面条,二丫头她奶奶用筷子挑起一根面条,面条长长地挂在筷子上,她仔细地看着,看出了神,许久,面条一下子就滑落到碗里面。二丫头她奶奶又挑起一根面条,轻轻地放进嘴里,哧溜一声,那根面条就被她吸进嘴里面,她眯着眼,轻轻地嚼着,越嚼越大,越嚼越响……整个食堂安静得很,只有二丫头她奶奶嚼面条的声音……咕咚,二丫头她奶奶终于把那根面条咽了下去。二丫头她奶奶仰起脸,灯光照着她的脸,她眯着眼,哑巴着嘴,看上去就跟二丫头似的……二丫头她爸看着二丫头她奶奶,他拿起筷子从碗里捞起一大堆面,哧溜一大口,天崩地裂的……二丫头开始吃了,二丫头她姐姐大丫头开始吃了,二丫头她妹妹三丫头开始吃了,二丫头她娘也开始吃了……二丫头一家七个人围着桌子吃面条,全是呼啦啦的声响,全村一百多号人挤在旁边看,口水咽得呼啦啦的……我妈说她这一辈子恐怕再也吃不上面条了……面条吃完了,小蛮子妈在锅里加满水,烧开,用碗开始盛面汤,让全村人喝……真香。

小公鸡的爷爷舍不得吃那碗面,他让小公鸡把它端回家,全家人过年吃。大家都看着小公鸡端着那碗面条走出了门……

三十的晚上,外面黑漆漆的,什么也看不见,那碗面条端在手里,热热的,小公鸡觉得暖和了许多。他紧紧地捧紧了碗,生怕碗会掉了……

风,吹在脸上,刺骨的冷,很疼。

小公鸡吸了一下鼻涕,真香,是面条的香味,多久都没有吃到面了。小公鸡又用力地闻了闻,全是冷风,什么东西落在脸上,凉凉的,下雪了。小公鸡把碗端得离自己的脸近了一些,都能看见碗里的面条了。要不,我喝口汤,反正爷爷也不知道。于是,他真的喝了口面汤。天啊,面汤热热的、甜甜的、香香的,太好喝了。小公鸡站住了,他又喝了口面汤,真是太幸福了,也不冷了。于是,他又喝了口,再喝一口,最后一口……(倪又吸了一下口水)面汤没了,爷爷要知道?小公鸡的嘴碰到了面条,是的,是面条,软软的,碰着他的嘴唇了,小公鸡一张口,面条就滑进了他的嘴里,小公鸡用舌头舔了舔,就再也不愿意放开了,他的嘴张得更大,于是,一碗面条全都滑进了他的喉咙,噎死了,噎死了。

小公鸡坐在地上,他很后悔,不该把面条吞掉,他应该像二丫头奶奶那样慢慢地吃,一根一根地吃,嗖的一声,面条嘶进嘴里应该很响,再慢慢地嚼,一下、两下、三下、四下,再嚼一下,然后再咽下去,让面条慢慢地通过喉咙,滑到肚子里。

小公鸡坐着,雪越下越大,落在他的身上,他觉得很冷,他把碗拿起来,把脑袋伸进碗里面,来回地舔了舔……

小公鸡说,他爷爷没有打他,他以为小公鸡是在路上摔倒了,面条也倒了,让猫给吃了……

大年初一一大早,二丫头她娘就带着二丫头和大丫头走了,她说北京那边有的是吃的。

全村的人都站在村口,看着她们仨消失在黑漆漆的田野里……

[又一颗石子掉进盆子的声音。倪又像是没有听见。

倪　又　二月了,村里的树都死了,天气都开始转暖了,可是它们发不了芽,一个冬天,村皮全都给扒了,吃了。塘埂上的几棵柳树,去年冬天的时候还有几个叶子,后来就没了。最早死

287

的是小筛子的娘，她浑身都肿起来，亮亮的，连棉袄都穿不进了。埋她的那天，村里的男人都去了，我也去了，挖了那么深的一个坑，那时候，我还有力气。再后来，人就一个接着一个死了，一个晚上就死了好几个。二狗子的爹也死了，他家的猫叫了一夜，小公鸡爷爷带头去找猫，可是没找到。

〔突然，响起猫的叫声，叫声越来越凄惨……突然间惨叫一声，就归于寂静了。

倪　叉　他们说没找到。小公鸡的娘说找到了。小公鸡娘说，她亲眼看见小公鸡他爷爷抓到那只猫，皮都没扒，就用罐子放在灶膛里煨着，他爷爷一直坐在那里看着，一会儿，就能闻着香味了，然后他爷爷就把猫从罐里掏出来，一会儿就把整只猫都吃了。第二天一早，小公鸡爷爷就死了。小公鸡的娘说他爷爷是给撑死的。小公鸡的爹倪老师真的发怒了，他为人师表，从来不打人的，那次却把小公鸡他娘打了个半死。那只猫那么瘦，怎么可能把个人给撑死了？再说，小公鸡的爷爷，作为村长，是不可能偷二狗子家的猫的，他带人去抓猫，是因为那猫叫得烦。那猫，是叫得惨，死了那么多人，都是那猫把人的魂给叫走的。真没想到，倪老师也这么迷信。我妈说，小公鸡的爷爷不是吃猫给撑死的，是因为那猫肉没有煨熟，他就吃了，给毒死的。小公鸡的爷爷死了，村长死了，他就躺在他们家的屋后面，放在门板上，放了三天，那天晚上我去守灵，我看到他，他的嘴张得大大的，合都合不拢，胡须没几根，门牙掉了一颗，黑洞洞的。跟食堂门口的照片一样一样的。他在哈哈地笑……第四天的早上，小公鸡他爹用了一床凉席，把村长一裹，几个人抬着，就扔到河里去了。没有人挖坑了，也挖不动了。

〔倪叉走到盆前，把手中的石子丢进盆里。

倪　叉　听说小三子死了，他妈鬼哭狼嚎了好一阵子，就哭不动了。可谁也没见过小三子，他妈说，小三子爹把儿子裹了裹，趁着夜黑，就给扔了。可是小公鸡不信，他说，那天，他经过小三子家的时候，闻到了肉香……
〔静场。
〔倪叉又踩回板凳上，他蹲下来，直勾勾地看着前方。

倪　叉　从那天起，只要能看见人，我就能闻到肉香。我躺在家里，哪里也不去，不动，也许就不饿了。晚上，我把手指放进嘴里，吮了吮，这手指要是熟的那该多好啊。灶膛就在那儿，我要是把手埋在火堆里，就有肉吃了。我真的爬了起来，爬到灶膛前，火都点起来了，红红的，旺旺的，可我不敢……
〔又一颗石子掉进盆子的声音。

倪　叉　肚子空了，家里空了，村里空了，田里也空了。人懒得动，一点儿力气都没有。三月，县里来人了，我不记得他叫什么名字，只知道大家叫他张队长，他在村口支了个小草棚，平时就在坐在草棚里，任何人经过，他都要问一声。县里分配来了一些种子———一袋稻种，一盆蚕豆。稻种来了，就立即泡在池塘里，等着发芽。蚕豆，去年冬天没有种，现在却要种下去。就那么一盆，村干部商量下来，就种在村口的塘埂上，离张队长近，也顺便可以看着。等蚕豆长出来，隔着池塘，全村人都可以看到。村干部们开了会，最终选定我妈与大兰子妈两个去种蚕豆。选大兰子妈，因为她是村妇女主任，选我妈，是因为她胆小，她们都不会偷着吃的。蚕豆种子是拌了六六六粉的，杀虫用的，刺鼻的很。张队长说六六六粉有剧毒，是我们的科学家们实验了六百六十六次，用了六百六十六种农药合成的剧毒农药,吃一点就会死人。

种蚕豆的时间是安排在那天下午,阳光照在人的身上暖暖的,让人想睡去,可又不敢,睡去了,就没得醒了。

隔着一个池塘,全村的人都来看我妈与大兰子妈种蚕豆。相比较一个月前,大年三十的晚上,全村人看二丫头一家吃面条,人数少了近一半。张队长隔着池塘喊了一嗓子,我没听明白他喊的是什么……种蚕豆就开始了,我妈用锹在地上锄一条缝,大兰子妈就在里面放一颗蚕豆,我妈再锄一条缝,大兰子妈就弯腰再放一颗。

大兰子妈在起身的时候,拿了两颗蚕豆,放一颗,她就自己吃一颗,蚕豆上全是六六六粉,她擦也不擦,就吃了。

我妈说:大兰子妈,你擦擦再吃,有毒,全村人都看着呢。

可大兰子妈像是没听见似的,一颗,两颗,三颗……吃不了几颗,她的嘴角就全是沫了。

我妈就不敢再锄缝了,就说:兰子妈,擦擦吧。

大兰子妈站住了,她直直地看着我妈,说:哑巴妈,我头昏。

她就一头栽在地上了,盆里的蚕豆撒了一地……

[静场。

倪　叉　大兰子妈再也没有醒过来。阳光照在她的身上,还是暖暖的……她死的时候,嘴里一直吐着白沫,吐了一地。晚上,妈妈回来,她从怀里掏出一把蚕豆,用水洗了好多遍,我们就吃了,生吃的,嚼着有股清香,就是舍不得咽下去,嚼着嚼着,就快嚼出豆浆来了……

[倪叉嚼着嘴,不停地嚼着嘴。

[又一颗石子掉进盆子的声音。

倪　叉　田,其实很肥,虽然是过了季节,可种下去的蚕豆还是长得很快,阳光照不了几回,就开花了。稻种撒在水田里,很快就又长出秧苗来。田野里被染上了一层绿,哪哪儿都长出草来,嫩草还没出芽,就让人们给拨了,捣碎了,做成糊,是可以吃的,就是吃完拉不出屎来。小蛮子她爸就是蹲在田埂下拉屎时死掉的。我爸去看的,回来说他连裤子都没拉上。肚子饿得很,却胀得难受。站在村口,就能看见塘埂上的那排蚕豆秧。豆秧长得能有半人高,开着紫色的花。再过几天,就该有嫩蚕豆吃了。

〔又一颗石子掉进盆子的声音。

〔倪又戴上自己的破草帽。

倪 又　今天的阳光真好,瑞雪兆丰年,好个风调雨顺的年啊。我爸躺在竹凉床上,哑着嗓子说着。现在全村的人都喜欢躺在村口晒太阳,大家都不动,晒晒就饱了。

阳光照在小公鸡的脸上,泛着油光。

小公鸡突然说:"现在如果能给我头牛,我都能吃下去。"

"不可能。"小筛子动了动嘴。

"那你牵一头来试试。"

"不用试,你肯定能吃不下。一头牛啊。"

"我先把牛杀了,然后再做成酱牛肉,一口一口地吃,肯定吃得下。"

"吹牛。"小筛子咂了咂嘴,口水流了一地。

风,吹过树梢,发出尖叫。所有的人都咽着口水,我能听见咕咚、咕咚的声响。

小公鸡突然站起来:"蚕豆花开了,我闻到花香了。"

没有人理他,只有风声。嘎啪一声,小筛子睡着的破竹椅折了,小筛子摔倒在地上。

"小筛子,你咋这么不当心呢。摔坏了吧?"

我爸头也没抬,问了一声。二丫头的爸哆哆嗦嗦地爬起来,他走过去看了看了躺在地上的小筛子。

"死了。"

［静场。

倪　叉　我爬起来,看了看小筛子,他的口水挂得很长,在阳光下亮晶晶的。

［风呜呜地刮着,像是人在哭。

倪　叉　怎么还不结束啊,屋前的那棵树上还挂着的两颗楝树果呢!村西池塘边的那堆烂泥里还有几只虾,我家的屋檐里还能挤出一些酱油的,对,我怎么忘了啊,还有那些被他们倒在水塘里大兰子爷爷的黄豆啊?待会儿,我应该去捞的,不,现在不能去,得半夜里悄悄地起来,我一个人去捞,泡了一年了,应该泡得很大了,肯定吃不完的,那就给我妈两碗,给我爸一碗,给小盆子半碗,如果她不是嫁给小锹把子,我就给她两碗了。小锹把子?小锹把子怎么来了?他不是躺着不能动了吗?小盆子呢?

"小盆子死了。哑巴他爸,你快去看看吧。"

"小盆子?我们还等着她来开会呢!"

"她起来了,走了两步,就倒了。没气了,没气了。"

"没气了还有啥看的,走不动了。死了的好。"

［场外声(女声):快点儿,别磨蹭了。小锹把子,小盆子死了,你们家你来投。

［静场。

［石子一颗一颗从舞台上方掉进倪叉面前的盆里。

［一颗,二颗,三颗……

〔倪叉看着石子掉下来,他慢慢地站起来,显得有些惊慌。

〔石子一颗一颗地掉着……铁盆被慢慢地堆满石子。

〔声音越来越大,越来越不真实,震得人心颤。

〔随着一声巨响,一切归于寂静。

〔倪叉惊恐地看着面前的盆里,满满的全是石子。

〔场外声(**女声**):倪叉,既然大家都选你,你就是村长了,你也就不要推让了,你准备一下,明天一早,去公社开会汇报。

〔场外声(**男声**):二狗子妈,他一个哑巴,你让他汇报啥?

〔场外声(**女声**):他三爷,又不是我让他汇报,是大家。

〔场外声(**男声**):那汇报啥?

〔场外声(**女声**):粮食多了吃不完,怎么办?哑巴,你好好想想。

〔倪叉跳下板凳,他弯腰想搬起铁盆,可是搬不动,最终,他推翻铁盆,盆里的石子全被倒了出来。他摘下草帽,把铁盆倒扣在自己的脑袋上。

〔(**倪叉**)场外声:粮食多了怎么办?我该说什么呢?多了,就吃呗,吃,就有希望了,蚕豆都长出来了,就饿不死了。只要饿不死,粮食多了怎么办都行的!

〔倪叉头顶着铁盆,踉踉跄跄地走着。

倪　叉　阳光鲜亮亮的,照在人身上真的暖洋洋的。走过塘埂,风吹在脸上,一点儿都不冷。柳絮都飘起来了,到处都是。这些柳树真厉害,冬天里被扒了皮,现在都还活过来了。田野里,到处都是黄金色的稻穗,穗子长长的,沉甸甸的,随风摇摆着。哪里来的稻子啊?光秃秃的田野,什么也没有。没关系,会有的,那块秧苗不都长起来了吗?用不了多久,田野里就又满是稻谷了。还有,还有塘埂上那一大排蚕豆丛,它们长得多好啊!蚕豆花果然开了,紫色的,白色的,在一片片绿色当中像蝴蝶一样迎风飞舞着。

[静场。

[倪叉把他头上的铁盆拿下来,扔在地上,咣唧唧地响得很。

倪　叉　我走向蚕豆丛,在蚕豆丛中坐下来,蚕豆梗底下的豆花早就谢了,饱绷绷的豆荚翠绿翠绿的,我伸手就能摘下来。剥开豆荚,是两颗温润的豆粒,豆荚的里层毛茸茸的,柔软得很,我把鼻子挤在两颗豆粒之间,再把豆荚轻轻地合上……(长长地吸了一口气)我长长地吸了一口气,啊,满是清香。

[倪叉突然惊慌地站了起来,他看着远方。

[场外声(男声,大声地吼着):哑巴,让你去公社汇报,你竟敢跑到这里来偷蚕豆,你不想活了啊。

倪　叉　不远处,我看见张队长拿着鱼叉跑过来,他边跑着边嚷着,狠狠地把鱼叉扔了过来。我远远地看见那杆鱼叉向我飞过来……

[静场。

[倪叉像是看着鱼叉飞过来。

[倪叉突然倒在地上,他的身子砸在铁盆上,咣当作响。

[倪叉挣扎着,慢慢地停了下来,他的一只手高高地举着。

倪　叉　天,很蓝……云,很白……风,很轻……几片蚕豆花瓣飘了下来,落在了我的脸上,痒痒的……我闭上眼,睡去了,香甜香甜的。

[倪叉举起的手臂突然放了下来,他的眼睛大大地睁着。

[灯光急暗。

How Could You Slap a Girl

你们怎么能打一个小女孩的脸

时　间　当代。深夜

地　点　城市。街道

人　物

女　孩　二十多岁

男　孩　二十多岁

男　人　五十岁左右

序幕

[黑暗中,高跟鞋踩在石板上的声音。从声音上可以听得出主人的随意与无聊,甚至有些犹豫和懒散。

[突然,高跟鞋的声音停了下来。静场。

[高跟鞋的声音又响起来,有些迟疑,随即就突然快了起来,而且越来越慌乱,甚至奔跑起来。凌乱的脚步砸在石板上,满是惊恐。

[突然,高跟鞋的声音又停了下来。静场。

[一记清脆的耳光响起。接着是女人的尖叫和撕扯的声音。

女　孩　(歇斯底里地)你们怎么能打一个小女孩的脸!——

[女声凄厉。灯光随即渐起。

[女孩捂着脸,她瘫坐在地上,一只高跟鞋落在不远处。

[女孩不停地哭诉着。

女　孩　(歇斯底里地)你们怎么能打一个小女孩的脸——

[女孩把脸埋在双手里,她不停地哭着。

女　孩　(大声地哭着)你们怎么能打一个小女孩的脸? 你们怎么能打一个小女孩的脸! 你们怎么能打一个小女孩的脸!!!——

[许久,女孩坐起来,她屈着膝,把脸埋在双膝之间。她哭着,不停地抖动着肩,只是不断地重复着那句话。

女　孩　(小声地哭着)你们怎么能打一个小女孩的脸呢? 你们怎么能打一个小女孩的脸噢! 你们怎么能打一个小女孩的

脸啊！！！——

[女孩不停地哭着。灯光渐暗。

一

[灯光渐起。女孩还坐在地上哭着。

[不远处，男孩悄悄地上。他手里拿着一个女式的包，他看着女孩子，慢慢地走到女孩子的面前。

[女孩子像是意识到了，她停止哭泣。慢慢地抬起头，突然她看到男孩，她惊吓地连滚带爬地往后退着。

[男孩也往后退着，他试着与女孩保持着距离。他们都停了下来，看着对方。静场。

[女孩稍微地安静了一些，她继续哭着。

男　孩　（试探着）你——没事吧？

女　孩　（歇斯底里地）你们怎么能打一个小女孩的脸？——

男　孩　你别这么大声？

女　孩　（歇斯底里地）你们怎么能打一个小女孩的脸！——

男　孩　你——要是再这么大声，我……走了？

女　孩　（声音立即低了许多）你们怎么能打一个小女孩的脸？你们怎么能打一个小女孩的脸！——

男　孩　打疼了，是吗？……他从来不打人的，所以，不知道轻重。

女　孩　（委屈地）你们怎么能打一个小女孩子的脸！你们怎么能打一个小女孩子的脸！——

男　孩　你别这样，好不好？

[男孩试着往前一步，女孩警惕地缩了缩身体。

女　孩　你……要干吗？

男　孩　不干吗。

女　孩　那你干吗？

男　孩　我没干吗！

女　孩　那你……要干吗？

男　孩　我说过了，我不要干吗！

女　孩　你走开。

男　孩　好。再见。

[男孩欲走，女孩又嘤嘤地哭起来。男孩回转身。

男　孩　你能不哭吗？

女　孩　你们打我……

男　孩　对不起……是他。

女　孩　你们打我。

男　孩　是他，不是我。

女　孩　（哭）你们怎么能打一个小女孩子的脸呢？

男　孩　不是我。

女　孩　（哭）你们怎么能打一个小女孩子的脸呢？

男　孩　（发火）我说过了，是他，不是我。是他，是他打你，我没有打你。我不会打人的，更不会打人家的脸……他也不会。

女　孩　（抽泣着）他打了。你们怎么能打一个小女孩子的脸呢？……

男　孩　我说过了，我没有打你的脸，是他打的，所以，你只能说是他怎么可以打你的脸？不是你们，不包括我。我只是……我只是抢了你的包。

[男孩把包扔给女孩。

男　孩　喏，你的包。

女　孩　（哭）你们怎么能打一个小女孩子的脸呢？……

男　孩　好了,包都给你了。

女　孩　（哭）你们怎么能打一个小女孩子的脸呢？……

男　孩　（火了）有完没完？打了,怎么样吧？

女　孩　（停下）你!

男　孩　不是我。

女　孩　你们怎么能打一个小女孩子的脸呢？……

男　孩　是的,他打了……我们打了,又怎么样吧!

　　　　〔静场。

男　孩　你不会说点别的吗？你只关心你的脸,你不关心你的包？你的钱？脸,打了,又拿不回来。包,你的包,有什么重要的东西吗？没丢吧？……我们只是借点钱,其他的应该都在。

女　孩　谢谢。

男　孩　（笑）谢谢？

女　孩　你……把包还我了。

男　孩　是我抢的。

女　孩　那你想……干吗？

男　孩　不干吗,就是把包还给你。

女　孩　谢谢。

男　孩　你不谢不行吗？

女　孩　谢谢。

男　孩　好吧。包里的钱我们先借了。

　　　　〔男孩欲走。

女　孩　（哭）你们怎么能打一个小女孩子的脸呢？

　　　　〔男孩又走了回来。

男　孩　（大声地）我们就打你的脸了,怎么了!

［静场。男孩从口袋里掏出一本学生证。

男　孩　(翻看了一下学生证)学生证,你的,是吧?(冷笑)照片都给撕了,你咋连脸都不要了呢!还小女孩子的脸?你是小女孩子吗?(又看了看学生证,冷笑着)……大学生?

女　孩　……

男　孩　说呀!

女　孩　……毕业了。

男　孩　做什么?

女　孩　……银行。

男　孩　在银行做什么?

女　孩　出纳。

男　孩　……出纳?

女　孩　五千三百四十六块钱。

男　孩　什么?

女　孩　我包里的钱。

男　孩　噢,是吗?一百的我们全拿了。

女　孩　还剩下二百四十六块。

男　孩　你都记得住?

女　孩　职业习惯。五十一张一百的,四张五十的,一张二十,二张十块,一张五块,一张一块。

男　孩　(翻看着学生证)金融专业?

女　孩　是的。

男　孩　银行?好工作啊。

女　孩　我不想做。

男　孩　不想?

女　孩　没劲。

男　孩	银行啊。	

男　孩　银行啊。

女　孩　是的。

男　孩　你家里培养你四年,读了大学,毕业了,好不容易能在银行找份工作,你现在竟然不想做?

女　孩　……

男　孩　问你话呢!

女　孩　那是他们逼的。

男　孩　他们?

女　孩　我爸我妈,他们逼着我选的这个专业。

男　孩　为你好。

女　孩　为他们自己。

男　孩　他们自己?

女　孩　他们想成功。

男　孩　是让你成功。

女　孩　我就是他们要的成功,所以……我就是现在这样子了……很成功。

男　孩　不是吗?

女　孩　我今天辞职了。那五千块是补偿我的这个月的工资。

男　孩　那么好的工作,你是不是脑子进水了啊?

女　孩　我不喜欢。

男　孩　可你不能就辞了啊。

女　孩　(欲说还停)……

男　孩　你想说什么?

女　孩　关……关你什么事?

男　孩　关我什么事?(笑着,突然冲上前抓住女孩的衣领)是啊,关我什么事?你学的是金融,上了四年大学,国家与家里培养

302

你容易吗？你竟然不在银行做！你竟然不在银行做！谁允许你的啊？你有什么权利啊？

女　孩　（一下地挣脱开）你有什么权利啊？我辞职关你什么事啊？神经病！你滚，你滚。要不，我要喊人了！

男　孩　好，你喊啊。又不是我打的你。

女　孩　你们抢了我的包。

男　孩　还你了呀。

女　孩　你们抢了我的钱。

男　孩　借的。

女　孩　哪有这样借钱的？

男　孩　这不有了。

女　孩　你……你们！……

　　　　［静场。女孩平静下来。

女　孩　为什么？

男　孩　什么为什么？

女　孩　你为什么不走？我想一个人待会儿。

男　孩　除非你不哭？

女　孩　那是我的事。

男　孩　现在是我的事了。你……父母知道你辞职了？

女　孩　会知道的。

男　孩　他们会伤心的。

女　孩　是吗？

男　孩　他们那么辛苦地供你读书，好不容易找到一份工作，你竟然不喜欢。

女　孩　是的。

男　孩　那你喜欢什么？

女　孩　诗歌。

男　孩　诗歌？什么玩意儿？

女　孩　我喜欢。

男　孩　诗歌又不能当饭吃。

女　孩　精神食粮。

男　孩　狗屁。

女　孩　你不懂。

男　孩　（冷笑）是的，我要是懂了就饿死了。

女　孩　你不懂，所以来抢劫。

男　孩　为什么？

女　孩　一个诗人是不可能去抢劫的。

男　孩　狗屁……妈的，那么好的工作！

女　孩　对你来说，也许是吧。对我来说，不是。每天都没完没了地
　　　　数钱，却都是别人的钱。

男　孩　你肯定有不错的收入啊。

女　孩　然后呢？

男　孩　就有好的生活了啊。

女　孩　是吗？那也顶多是穿着 ZARA 还是 PRADA 去数钱的区别。

男　孩　什么？

女　孩　衣服的牌子。知道和不知道又没什么区别。

男　孩　你这么悲观？

女　孩　生活本身很悲观。

男　孩　你打算告诉他们？

女　孩　谁？

男　孩　你的父母，告诉他们你辞职了。

女　孩　是的，回去我就告诉他们。

男　孩　你不想想他们的感受?!

女　孩　管他呢!

男　孩　为什么?

女　孩　他们正吵着要离婚。这是给他们最好的礼物……而明天我
　　　　就不用上班了。睡到自然醒。他们想怎么样就怎么样! 我
　　　　想怎么样就怎么样! 我要拥有自己的生活。

男　孩　自己的生活?那么多年,难道你都是在为别人生活……

女　孩　是啊,为他们,还有你们。

男　孩　我们?

女　孩　那五千一百块钱啊。

男　孩　(盯着女孩)……你,刚才我们抢了你,你为什么不追?

女　孩　我为什么要追? 追也追不上,反正都被抢了……也许,是
　　　　好事。

男　孩　好事?

女　孩　我想让他们担心,让他们来找我,他们要看到我被抢了,被
　　　　打了,也许……他们就不离婚了。

　　　　[静场。

女　孩　(瞅了一眼男孩)你为什么回来?

男　孩　还你包。

女　孩　你可以扔掉。

男　孩　我不是那种人。

女　孩　啊! 你还有脸说。

男　孩　是的。我没有扔。

女　孩　你都抢了我,打了我。

男　孩　不是我打的。

女　孩　你的同伙。

男　孩　好吧。

女　孩　为什么？

男　孩　什么？

女　孩　为什么回来？

　　　　〔静场。男孩看了看学生证，把它扔给女孩。

男　孩　我以前有个高中同学，她大学也是读的金融专业。

女　孩　女朋友？

男　孩　我们一起考上大学的。

女　孩　你没去上？

男　孩　学费太高。她是镇上的，我是农村的。

女　孩　分开了？

男　孩　是的。

女　孩　那她……

男　孩　估计也和你一样，现在在银行工作吧。

女　孩　估计？你没去找她。

男　孩　我这样！

女　孩　又怎样？

男　孩　你以为呢？

女　孩　大学其实也学不到什么？混口饭吃而已。

男　孩　都是吃，你是饱汉子不知饿汉子饥。

女　孩　你也是。

男　孩　我？

女　孩　你抢劫。

男　孩　这算吗？

女　孩　当然。

男　孩　第一次。

女　孩　你自己信吗？（稍停）……为什么？

男　孩　缺钱。

女　孩　缺钱？

男　孩　没钱回家过春节。

女　孩　就干这个。

男　孩　来钱快啊。

女　孩　危险。

男　孩　（冷笑）危险？人活着本来就是一种偶然，旦夕祸福，就是充满着危险。

女　孩　这话不像你说的。

男　孩　他说的。

女　孩　谁？

男　孩　打你的那个人。

女　孩　他能说出这种话？

男　孩　他说话像诗人。

女　孩　诗人是不会打人的！……如果他打了，就会有他的道理。

男　孩　所以他不是诗人。

女　孩　他只是像诗人。

男　孩　诗人是不危险的，那现在你觉得我危险吗？

女　孩　那得看你有什么想法？

男　孩　需要我送你回家吗？

女　孩　我不是你的女朋友。

男　孩　你有男朋友吗？

女　孩　有啊，怎么了？

男　孩　那这么晚了，他不送你回家？

女　孩　……我们早就分了。

男　孩　为什么？

女　孩　他从不送我回家。

男　孩　你真的没事？

女　孩　你这个样子真的很假，知道吗？

男　孩　105 弄 7 号 908 室？

女　孩　什么……？

男　孩　你家的地址。

女　孩　……你怎么知道？

男　孩　你学生证上的名字啊，我是送快递的。这一带我经常跑，哪家哪户我都熟。至于你，你经常在淘宝上购物，你喜欢吃减肥药，你以前穿中号的内裤，现在改穿大号的，不过你买的是假货，你不知道，还总买……你喜欢买那家韩国店的衣服，却总是不合身，你退过好几次货……你妈喜欢在网上购物，你们家喜欢吃鲁花花生油和李锦记酱油，生抽一个月两瓶，老抽两个月一瓶，醋是镇江的，大米是五常的……你妈是不是短头发，是不是不管春夏秋冬她都系着条围巾？她颈椎肯定有问题，这你不知道吧！……你父母关系不好，问题应该在你爸这里，他买过许多壮阳用品，从印度神油到英国磁疗内裤，从阿拉伯血钻野燕麦到南美玛卡胶囊，都是些在外包装上看不到发货内容的包裹，他一直在换……

女　孩　(吃惊地看着男孩)够了。

男　孩　我敢说我比你男朋友了解你。他肯定不知道你穿大码内裤！

女　孩　(看着男孩)我们见过？

男　孩　我这种人，你见过也当是没见过。

女　孩　你是哪家快递公司的？

男　孩　哪家快递公司我都做过。

女　孩　那打我的那个人也是个送快递的？

男　孩　他是我老板。

　　　　［静场。

女　孩　你老板？

男　孩　这样的老板不错，是吧！到年底了，公司的欠账收不回来，没钱发工资了，所以……他出的主意。

女　孩　为你？

男　孩　他得发我工资。

女　孩　那算是为他，为他抢？

男　孩　是的。

女　孩　五千一百块，够吗？

男　孩　不够，抢一点是一点，够回家过个春节的就行。

女　孩　你倒是不贪心啊。

男　孩　你是不是还想多资助一些？（看着女孩）要不，打个电话给你爸，让他再送点过来！也没必要总把那些钱花在壮阳药上，岁数大了，没用。

女　孩　我才不会要他钱呢！

男　孩　你真以为他会送来？

女　孩　操……

　　　　［女孩愤愤地看着男孩，她从包里翻出手机，摁了一下。

女　孩　手机没电。

男　孩　是吗？用我的。

　　　　［男孩掏出自己的手机递给女孩。女孩迟疑了一会儿，接过去，她走开几步，拨号。

女　孩　（接听）喂，别挂，是我，爸！……爸，你听我说……我用的是别人的电话……我现在需要钱……（听着电话）爸……你听我把话说完……爸……（女孩来回地走着，不耐烦地听着电话）爸……我……爸……爸……（挂上电话，冲着电话，大声地）我被别人抢了！

男　孩　我说的吧！

女　孩　他让我回家。

男　孩　他很生气？

女　孩　他根本不在听我说，他一直都在指责我。

男　孩　他是关心你。

女　孩　他是关心我，他一直在问，我在哪里？为什么现在还不回家？我妈很担心我？现在接近春节了，一个人在外面危险……

男　孩　他是对的。

女　孩　可我不需要。

男　孩　可怜天人父母心！他会打回来吗？

女　孩　不会。

男　孩　他那么关心你。

女　孩　他只是关心他自己。

　　　　〔静场。静静地等待。女孩看着电话，最终，她把电话还给男孩。

男　孩　对不起。

女　孩　你没有权利说。

男　孩　是的。（稍等）都说……两个人相见是缘分，你说呢？

女　孩　狗屁，我这是倒霉。

男　孩　那也算是一种缘分。

女　孩　你相信？

男　孩　我相信。还有一件事我忘了跟你说了，如果你想要报警，那你可以试试。

女　孩　（看着男孩）你……威胁我？

男　孩　提醒你。

女　孩　你们抢了我，还不让我报警。

男　孩　不是抢，是借。五千一百块，等我有钱了，就还你。

女　孩　这不是借。

男　孩　就算是借。

女　孩　借？借！你们怎么能打一个小女孩的脸呢？

男　孩　不打，怎么能借得到？

　　　　〔女孩看着男孩。她突然蹲下来，把头埋在双手里。

女　孩　你们太过分了。（哭）你们怎么能打一个小女孩的脸呢？

男　孩　好了，好了。

女　孩　（哭）你们怎么能打一个小女孩的脸呢？

男　孩　（发火）好了，好了，就打了，怎么了？你呀，活该，贱。

　　　　〔男孩转身下。

女　孩　（哭）你们怎么能打一个小女孩的脸呢？

　　　　〔女孩又不停地开始抽泣起来。灯光渐暗。

二

　　　　〔灯光渐起。

　　　　〔男人从男孩下场的另外一个方向上。他脖子上系着一条崭新的围巾，他看着男孩下场的方向，又转过头远远地看着女孩。

女　孩　（自言自语地哭着）你们怎么能打一个小女孩的脸呢！你们
　　　　怎么能打一个小女孩的脸呢！……

［女孩哭了会儿,她抬起头看到男人,吃惊地站了起来退了几步,她停止了哭泣。静场。

男　人　他人呢?

女　孩　……

男　人　喂,问你话呢!

女　孩　……

男　人　你哑巴了,还是傻了啊? 喂,你正常吗?

女　孩　是你打的我?

男　人　你觉着呢?

女　孩　(大声地)为什么?

男　人　哟,这么大声干吗? 当然是为了你的钱。

女　孩　……

男　人　因为要抢你的钱,所以我打了你。

女　孩　为什么打我的脸。

男　人　方便。

女　孩　(抽泣着)打人不打脸的。

男　人　错了,打人就要打脸。

女　孩　……

男　人　他人呢?

女　孩　(脱口而出)让警察抓走了。

男　人　(有些慌乱,迅速地安静下来)你是不是还想挨打?

女　孩　(倔强地)你敢。

男　人　我为什么不敢?

　　　　［男人冲上前,高高地举起手,女孩扬起脸,看着他。男人的手慢慢地放下。静场。

女　孩　你咋不打了?

男　人　这有意思吗!?

女　孩　你不敢。

男　人　你脑子有问题吧！你别以为我真的不敢。刚才我就打了。

女　孩　那是刚才。

男　人　你要干吗?

女　孩　你是男人吗?

男　人　什么意思?

女　孩　你是男人,咋不敢打了? 有种你打呀!

男　人　你别找打。

女　孩　找了又怎么样?

男　人　你神经病啊!

女　孩　你才神经病呢,你们怎么能打一个小女孩的脸呢?

　　　　〔男人看着女孩一会儿,女孩倔强地看着他。

女　孩　他什么都告诉我了。

男　人　(转身)什么?

女　孩　他什么都告诉我了。

男　人　他?

女　孩　是的。你的同伙。

男　人　(盯着女孩)你想干什么?

女　孩　他说你喜欢打人。

男　人　他?

女　孩　他说你就喜欢打人家的脸。

男　人　是吗?

女　孩　你是为了他。

男　人　关你屁事。

女　孩　你是他老板?

男　人　关你屁事!

女　孩　你是为了他! 你发不出工资? 这么好的老板……要是我的
　　　　老板也这样有情有义就好了。

男　人　他送……他送外卖很辛苦的。

女　孩　外卖?

男　人　是的,一年忙到头,想换个手机的钱也没有。

女　孩　(想了一会儿)你也辛苦,发不出工资也不是你的错。

男　人　你倒是挺善解人意的。

女　孩　小公司不容易,还要交那么多的税。不像机关单位,怎么着
　　　　也倒不掉。好坏也不是谁的责任,真不明白凭什么他们就
　　　　一年好几十万地拿,可我们累死累活地也挣不着几个钱。

男　人　你好像挺不喜欢你的工作。

女　孩　是的,我辞了。你们抢的是我的派遣费。

男　人　对不起。我们会还你的。他说,他会来问你住哪儿。

女　孩　不怕我报警?

男　人　我不让,可他坚持。他说我们只是抢钱,但不要给人家带来
　　　　其他麻烦。

女　孩　真有脸说。

男　人　(看着女孩)他担心你。

女　孩　(盯着男人)你呢?

男　人　什么?

女　孩　你为什么回来?

男　人　还你钱。

女　孩　还我钱? 你们这是抢劫吗?

男　人　抢劫只是形式上的需要。(从口袋里掏出钱)喏,这是六千
　　　　块,还你。

女　孩　六千？刚才你们只抢了五千一百块。

男　人　都多还你了，就不算抢了……

女　孩　即便你还了，还是抢，改变不了性质。再说，这也这不是我的钱。

男　人　重要吗？

女　孩　不是我的钱我就不要！你可不可以说你回来是……是因为你也担心我？

男　人　我为什么要担心你。

女　孩　你担心他？

男　人　关你屁事！

女　孩　关我的事！

男　人　关你什么事？

女　孩　你打了我。

男　人　是的。

女　孩　一个大男人竟然动手打个小女人？你打你老婆吗？

男　人　（收起钱，揣在兜里）你怎么知道我有老婆？

女　孩　你这么大的年纪，而且又是老板。

男　人　我有那么老吗？

女　孩　男的二十二岁就可以结婚了。

男　人　你呢？

女　孩　我过了结婚的年龄，可我不见得非得结婚。

男　人　得趁早，这里那么多女孩子都嫁不出去。

女　孩　是因为没遇到心动的。

男　人　年轻男人那么多，你们是挑花了眼。

女　孩　可没有像你这样的。

男　人　我？（笑）我都可以做你爸了。

女　孩　你没那资格。

男　人　你爸又不是什么了不起的人物……

女　孩　是的……（思忖着）……但……你……你没看到我冷吗？

男　人　（意外地）什么？（看着女孩，判断着）噢，你冷吗？

女　孩　冷。

男　人　然后呢？

女　孩　你能把你的围巾给我吗？

男　人　五千一百块？好啊！

　　　　〔男人把自己脖子上的围巾解下来，递给女孩。女孩没有接。

女　孩　你给我系上。

男　人　（迟疑了会儿）为什么？

女　孩　一个父亲是非常乐意为他的女儿系上的。

　　　　〔男人给女孩系上围巾。在系的过程中，女孩一直看着男
　　　　人。男人的眼神一直在逃避。

男　人　怎么样？

女　孩　暖和多了。

男　人　他人呢？

女　孩　你问过很多遍了。

男　人　你还没有告诉我。

女　孩　我不想。

男　人　不想？

女　孩　你只关心他。

男　人　他是我的同事。

女　孩　同伙。

男　人　可以这么说。

女　孩　你是一个好老板，一个好父亲。

男　人　你怎么知道我是一个好父亲？

女　孩　你不否认你是一个好老板？

男　人　是的。

女　孩　你刚才给我系上围巾，感觉……很体贴，所以你应该是个好父亲。

男　人　是吗？那……你父亲呢？

女　孩　他在我很小的时候就过世了。

男　人　噢……那你母亲呢？

女　孩　那不一样。

男　人　什么不一样？

女　孩　感觉。

男　人　什么感觉？

女　孩　男人与女人。

男　人　男人与女人？他跟你说什么了？

女　孩　他什么都说了。

男　人　说我什么？

女　孩　说你这个人挺……挺狠的……

男　人　他说的？（一指舞台的后方）……他是从这条跑走的，是吧？

女　孩　我不知道。

　　　　〔男人转身，欲离开。

女　孩　你别走。

男　人　……

女　孩　我怕。

男　人　怕？怎么，需要我送你回家？

女　孩　你又不是我的男朋友。

男　人　那你有男朋友？

女　孩　你说呢？

男　人　你说你没结婚……我以为……

女　孩　以为我连男朋友都没有？

男　人　噢……那这么晚了，他应该送你回家的。

女　孩　我以前没有。

男　人　现在呢？

女　孩　你陪陪我。

男　人　我？在这儿？

女　孩　是的。

男　人　你不是在等警察吧！

女　孩　你不相信我。

男　人　我为什么要相信你？

女　孩　那随你的便。

男　人　你真的很奇怪。

女　孩　如果你是我的父亲，你就不这么说了。三更半夜，一个女孩
　　　　被劫匪抢了，她还要劫匪陪她……

男　人　斯德哥尔摩综合征！

女　孩　那是什么？

男　人　人质喜欢上了绑匪。

女　孩　是吗？

男　人　……你父亲死了。

女　孩　在我心里没有。

男　人　你母亲呢？

女　孩　我妈离了男人是没法活的。

男　人　你怎么可以这样说你的母亲。

女　孩　这是事实。

男　人　那也不能这么说。

女　孩　如果你是我的父亲,你就会允许我这么说了。

男　人　可我不是你的父亲。

女　孩　那也不能表示你有这个权利。

男　人　权利?你说话像个律师。那么你呢?你离了男人可以活吗?

女　孩　你诱惑我?我还只是个小女孩。我还没有男人呢。

男　人　你没男朋友?

女　孩　有。可他只是个男孩,不是男人。

男　人　男孩与男人有什么区别呢?

女　孩　你和他啊!

男　人　你喜欢男人?

女　孩　当然,我又不是同性恋。

男　人　我是说……不是男孩。

女　孩　你知道我为什么辞职吗?

男　人　因为男人?

女　孩　是的。我跟我们副局长上床了。

男　人　男人?

女　孩　不,老男人,他比你还大,都快退休了。

男　人　为什么?

女　孩　我就是喜欢。

男　人　父亲的感觉。

女　孩　我爸爸可不像他那么猥琐。

男　人　猥琐?

女　孩　那个老男人他喜欢诗歌,酸了巴叽,一股酸腐气……他总是
　　　　很关心我的样子,照顾这个,问问那个……上了床,闭上眼,
　　　　男人而已。

男　人　闭上眼?想着谁?……你父亲?

女 孩	你变态啊。
男 人	你喜欢就好。
女 孩	今天他老婆闹到我们单位了。
男 人	她发现了?
女 孩	其实她早知道的。他说的。
男 人	你竟然会相信一个喜欢诗歌的男人! 你认识他老婆?
女 孩	不认识。不过,今天算是见识了,那么丑,肥得跟头猪似的,穿着一点品位也没有,那么肥的身体还非得裹在紧身的一步裙里,肉都快迸出来了……她脸上那妆画的,整个就是一个猪八戒的母亲。
男 人	猪八戒的妈戴南瓜花。
女 孩	什么意思?
男 人	小时候,我们那里的人要是说一个女人长得丑,就说她是猪八戒的妈戴南瓜花,丑到外国去了。
女 孩	(笑)她让我觉得恶心,一想到我跟她的男人上床,我就更加恶心。
男 人	闭上眼,男人而已……所以你辞了。
女 孩	没法待了。
男 人	不值得。
女 孩	我再在那里耗着才不值得呢。
男 人	你要想清楚。
女 孩	你说话像我爸。
男 人	他死了。
女 孩	可如果他活着,他也会这么说的。
男 人	你妈会怎么想。
女 孩	她? 她会去找那个副局长,狠狠地敲他一笔。
男 人	她会怎么敲呢?

女　孩　诱惑他上床,然后人财两得。

男　人　（笑）然后就什么也不欠了。

女　孩　他说别人欠你的账不还……那些人为什么会欠你账?

男　人　他们不讲信用。

女　孩　需要的话,我帮你查他们的账,是哪些人不还你的钱?……我……我在税务局工作。

男　人　你辞了工作了。

女　孩　我就是受不了别人不守信用,偷税漏税。

男　人　我就是太相信信用了,所以很多人不还钱。

女　孩　这世道,他妈的!

男　人　是的,这世道。（看了看女孩）回去吧,今天真的很抱歉。太晚了。喏,钱,我还你。

女　孩　你陪我会儿,钱,我不要。

男　人　为什么?

女　孩　孤单。

男　人　回家就好了。

女　孩　他们不需要我。这么晚了,他们也不打个电话问问我在哪儿。

男　人　你是大人了。

女　孩　我还是一个小女孩。

男　人　是的。

女　孩　你要是我父亲……就好了。

男　人　父亲怎么可能打女儿的脸。

女　孩　你……没结婚,是不是?

男　人　什么意思?

女　孩　你说父亲怎么可能打女儿的脸。

男　人　是的。

女　孩　父亲会打的。

男　人　不可能。

女　孩　所以你没做过父亲。

男　人　为什么？

女　孩　你为什么打我？

男　人　说过了。

女　孩　你能再打一次吗？

男　人　现在？你又无钱可抢。

女　孩　那是我上小学一年级的时候，有一天，我逃课回家，我喜欢
　　　　吃爸爸做的红烧肉，那天早上爸爸送我到学校，他跟我说，
　　　　妈妈出差了，中午他会给我做我最喜欢吃的红烧肉，晚上我
　　　　一放学回家就可以吃着红烧肉了……

男　人　我做的红烧肉也很好吃。

女　孩　于是，一上午我都惦记着那碗红烧肉，中午在学校吃完饭，
　　　　大家就开始午休，我却逃回了家。我想吃爸爸烧的红烧
　　　　肉……我一进家门，就发现桌上果然有一盘红烧肉……我
　　　　一口气吃了大半碗，真好吃。

男　人　肉吃多了头会昏的。

女　孩　这时候，我听到房间里有动静，我就推开了房门。床上，我
　　　　爸爸正和一个女人……他们什么都没穿……

男　人　那女人是谁？

女　孩　我知道你会这么问。她是我妈最好的朋友，我一直叫她阿
　　　　姨。阿姨穿上衣服走了，我爸说阿姨来找他有事，说我肯定
　　　　什么也没看到……我说我看到了，我看到他们没穿衣服在
　　　　一起，爸爸趴在阿姨身上……爸爸说我撒谎，我坚持说我看
　　　　到了……于是，我爸就打了我，他狠狠地打了我一巴掌，我

印象很深,当时……我的头就大了起来,我被打懵了,吃的
红烧肉全都吐出来了……我坐在房门槛上,半天都说不出
话,我爸抱着我,他哭了,他说我不能跟妈妈说,说了,爸爸
妈妈就不能在一起了。

男　人　后来呢?

女　孩　后来我爸总给我烧红烧肉,可我从来都不吃,我一想到红烧
肉就要吐。可他总是烧……

男　人　噢。

女　孩　我上小学五年级的时候,我把这件事告诉了妈妈。

男　人　为什么?

女　孩　我长大了。

男　人　你爸你妈离婚了?

女　孩　是的,因为我。

男　人　跟你没关系。

女　孩　我爸后来到死都不见我……我爸死后,我对他印象最深的
就是那个巴掌,很温暖,很有力。

男　人　奇怪。

女　孩　你打了我。

男　人　你恨我?

女　孩　这是我爸之后,第二个打我的男人。

男　人　抱歉。我是不是应该觉得荣幸?

　　　　〔女孩突然走到男人面前,她看着男人,抓住男人的手。

女　孩　我看见了,我看见了,我看见你赤身裸体地骑在阿姨身上,
你拼命地干她,你们叫得很响,我把嘴里那块红烧肉吐了出
来,吐在了床上!(大声地尖声地叫着)爸——

　　　　〔男人看着女孩,他高高地举起了手。女孩扬着脸看着他,

她眯着眼睛。

［男人的手慢慢地放下。女孩跌倒在地上。

女　孩　（质问地）你们怎么能打一个小女孩的脸！你们怎么能打一个小女孩的脸！

［灯光渐暗。

三

［灯光渐起。男孩悄悄地上。他远远地看着女孩和男人。

［男人双臂环抱着，看着女孩。

男　人　（冷冷地）好了。

女　孩　为什么？

［男人抬头看到男孩。

男　人　（问男孩）你去哪儿了？

［女孩看到男孩，她又开始嘤嘤地哭泣起来。

男　孩　我没找到你。

男　人　我等了你很久。

男　孩　我怎么在路上没碰到你？

男　人　我从另一条路上绕过来的。

男　孩　另一条路？

男　人　我怕被人撞见。

男　孩　怕被人撞见？（看着男人，稍停）你们在说什么？

男　人　没什么，她小的时候她的父亲打了她。

男　孩　……你怎么她了？

男　人　我没怎么她？

女　孩　他打了我。

男　人　是我们抢她的时候。

女　孩　不，是刚才。

男　孩　刚才？

女　孩　是的。

男　人　她一直幻想来着，她有狂想症。我来找你，我没有打她。

女　孩　你有。

男　人　（走到女孩面前）噢，是吗？（盯着女孩）我打了你又怎样？

女　孩　（哭）你们怎么能打一个小女孩子的脸！

男孩(人)　（大声地）够了。

男　人　我们走吧，我们没有必要为了她……

　　　　〔男孩没有动，他看着男人。

男　人　她会叫警察的。

男　孩　是吗？

女　孩　我不会。

男　人　她精神有问题，我还她钱，她不要。

男　孩　你还给她钱？

男　人　（迟疑地）是的，我想把钱还给她。

男　孩　（盯着男人）可……那是我的钱。

男　人　是的。

男　孩　（对女孩）你起来吧！

女　孩　我为什么要起来？

男　孩　那随你便，腿长在你身上。

女　孩　（对男人）你扶我一下。

　　　　〔男孩欲上前。

325

女　孩　不用。(对男人)你扶我一下。

　　　　〔男人看了一眼男孩,他走过去,把女孩扶起来。

男　人　好了。(对男孩)走吧!

　　　　〔男人离开女孩。男孩没有动。

女　孩　那学生证不是我的。

男　孩　什么?

女　孩　那个学生证不是我的。

男　孩　(看着女孩,判断着)谁的?

女　孩　我偷的。

男　孩　你偷的?

女　孩　今天上班的时候我顺手拿的。

男　孩　你在银行上班。

男　人　她在税务局上班。

女　孩　我在夜总会上班。几个女大学生毕业了找不到工作,也来
　　　　这里打工,我顺手捎的。你看,考上考不上大学其实没什么
　　　　区别? 如果非说有,那区别在于我比她们多几年工作经验。

男　人　你睡的男人多一些。

女　孩　何止一些。

男　孩　够了。你不是在银行工作!?

女　孩　男人们就是我的银行。

男　人　你骗我?

女　孩　(看着男人)我没有骗你。

男　人　你满嘴胡说……

女　孩　(看着男孩)我说我是个警察,你信吗? 你干吗相信别人的
　　　　故事! 那和你有什么关系? 谁又会关心你的故事! 这个城
　　　　市里面,那么多人,每个人都有自己的故事,你关心吗?

男　人　那个猥琐的男人？

女　孩　如果我在银行工作，他顶多算个副行长，因为他的钱还不够多。这样的男人在夜总会，我每天都会遇到几个。

男　人　还有那个很丑的女人。

女　孩　我觉得他们的老婆都是丑女人，否则他们干吗来找我们？她们那么肥，还穿一步裙。有机会我就是故意让她们发现他们道貌岸然的丈夫们在外面偷腥，他们内裤上的香水味、衣领上的口红或是衬衫上的长头发……

男　孩　够了。

女　孩　为什么你总说够了？

男　孩　你辞了职？

女　孩　我没有骗你们，我跟他也是这么说的。我是辞了职，老娘我赚一票就不干了。（看着男人）你什么都可以指望，就是别指望男人。过年了，我也要回家。

男　人　回家？

女　孩　我又不是本地人。这地方没法待。

男　孩　你真在夜总会上班？

女　孩　怎么？不像吗？难道我应该在银行上班吗？我应该在税务局上班吗？我他妈倒是想啊，可我上不起大学？上了又怎么样？你以为你高中的那个女朋友会挣得比我多？那几个女大学生不一样来夜总会？你这样的多情种我见得多了，想泡吧，又不敢。你为什么回来？你是不是想泡我啊，早说啊！对于你这样的小鲜肉，我是不会手软的，老娘调教的费用还得算呢。

男　人　我们走吧。

男　孩　她没一句实话。

男　人　这重要吗？

女　孩　重要的。

男　孩　她给她爸爸打了电话。

男　人　她爸死了。

女　孩　干爸，行吗？我有十几个干爸，行吗？（看着男人）这么晚了，一个父亲怎么可能不来接她的女儿？

男　人　你爸死了？

女　孩　我就当他死了。

男　人　他活着？

女　孩　活着！每次我看到他，我就想杀了他。

男　人　你怎么信口雌黄？

女　孩　男人真他妈不是好东西，他整天什么事都不干，就知道喝酒，一喝就醉，一醉就打我妈，还打我。没完没了。妈的，每次在床上遇到这帮臭男人，我就拼命地折磨他们，把你们欠我的全都要回来，折磨完了，你们还得说好，还得付钱。

男　孩　够了。

女　孩　怎么？你怕你的高中女朋友也会像我一样？

男　孩　我高中没有女朋友。

女　孩　你撒谎。

男　人　你也好意思用撒谎这个词？

女　孩　她像不像我？

男　孩　她比你好多了。

女　孩　未必吧。

男　孩　不可能。

女　孩　可能的。你们又不在一起。

男　孩　世上怎么会有你这样的女人。

女　孩　（大笑）世上怎么会有我这样的女人？问得好，我还想问呢！
　　　　我们都是田里长的狗尾巴草，城里的花圃里是从来不种的，
　　　　即便我们碰巧长在那里，也只能是长在犄角旮旯里，不能让
　　　　人注意到，否则是要被拔掉的。你瞧，我都快能写诗了。

男　人　你讨厌诗歌。

男　孩　她喜欢诗歌。

女　孩　诗歌从来不会因为人们的讨厌或是喜欢而存在的。我就像
　　　　是一首诗，飘在午夜的风里，你的手掌打在我的脸上，我就
　　　　消散在风里，就像是飘落的每个字符，印在我的心底……
　　　　〔静场。男孩看着女孩，男人走到男孩面前。

男　人　她毕业了？

男　孩　是的。

男　人　你说还有一年？

男　孩　是的。

男　人　是的？

男　孩　她没找到工作。

男　人　还要你的钱？

男　孩　是我想给。你知道的，她从来不知道是谁给的。

男　人　我知道。

男　孩　你是不是觉得被骗了？

男　人　我不在乎。你又没要我的钱。

男　孩　我在乎。

男　人　我知道。

男　孩　谢谢。

男　人　我哪里需要你谢。

男　孩　你陪我来——

男　人　我愿意。其实我不在意你是否有高中的女朋友。

男　孩　有的。

男　人　我知道。我只是说我不在意她。

男　孩　（盯着男人）如果是男朋友呢？

　　　　［静场。男人盯着男孩。

女　孩　你们在说什么啊？

男　孩　（对女孩）你不会想听明白的。

男　人　（对女孩，大声地）我不是你的父亲，你给我闭嘴。

女　孩　那是你的幻想，不是我的。

男　人　那就好。

女　孩　可我……喜欢你。

男　孩　（对女孩）你以为我是空气？

女　孩　午夜的风。

男　人　那是你的幻想。

女　孩　你同意了，就不是幻想了。

男　人　同意什么？

女　孩　同意让我喜欢你。

男　人　这不需要同意，那是你自己的事情。

女　孩　你同意了？

男　孩　（对女孩）你有病啊。

男　人　你别这么说她。

女　孩　是的。你怎么可以这么说我？我喜欢他，不可以吗？是的，
　　　　自从他打我那巴掌起，我就喜欢上他了。他有力、强壮、迅
　　　　速，不拖泥带水，也很温柔体贴，他把我放倒在地上的时候，
　　　　他的手轻轻地托住了我的脖子，他把我轻轻地放在了地上。
　　　　不像你，抢我包的时候，差点儿把我的脖子都扯断了。他抱

住我的时候,我喜欢闻他身上的味道,是白色舒肤佳的清香,不像你,你身上的香水味很刺鼻。他的白衬衫,他那粗壮的手臂,他那温暖的手掌……你看,他现在开始护着我了。

男　孩　他结婚了。

男　人　好了,都别说了。(对女孩)你花痴啊。

女　孩　结了婚又怎样? 跟我上床的有几个没结婚?

男　孩　他喜欢——

女　孩　(看着男人,回过头看着男孩)你是说他喜欢男人? 那又怎样?

男　孩　他喜欢——

男　人　好了。

　　　　〔女孩看着男孩,又看了看男人。

女　孩　他喜欢你?

男　孩　这下你满意了?

女　孩　(看着男人)你知道他高中有女朋友的?

男　人　知道,她上大学的费用全是我出的。

女　孩　你是干什么的?

男　人　这重要吗?

女　孩　你在包养他?

男　人　女人的思维。

女　孩　你真爱他? 一个男的! (对男孩)你的高中女朋友呢?

男　孩　关你什么事?

男　人　关你屁事。

女　孩　(笑)你们这一唱一和真的很搞笑。我都快笑抽了。(看着男人)难道你们俩搭档来抢劫是为了给他高中的女朋友缴学费? 不,他女朋友都已经毕业了。(对男孩)不用啊,你让她来找我,我介绍她到夜总会来干就行了。大学读了四年,也别太对不起自己了。(对男人)你不是老板吗？发不出工资？

男　孩　他有的是钱！

女　孩　那为什么来抢劫？

男　孩　他是为了帮我。

女　孩　帮你？那么有钱,给你钱不就得了。

男　人　他不要。

男　孩　我不会要任何人的钱。

女　孩　哟,高尚？尊严？你跟他上床吗？那会不会让你觉得更有
　　　　尊严了？

男　孩　你真的很龌龊。

男　人　即便你和再多的男人上床,可你永远不了解男人。

女　孩　我是不了解,一个男人怎么会喜欢另一个男人！

男　人　是的,这的确超出你的知识范畴和智商所及。

女　孩　(笑)因为天黑,是吧？你们真是什么都敢说。

男　孩　你不懂。

女　孩　我是不懂,我要是懂了,我就不在这里跟你们瞎扯了。也许
　　　　现在我就正躺在哪个女人怀里睡觉呢！

男　孩　自以为是。

女　孩　在这座城市里,你要是不自以为是,你就没法活。
　　　　〔静场。

女　孩　(冲着男人)把钱还我。

男　孩　钱又不是他抢的。

男　人　我给过你了,你不要。

男　孩　为什么？

男　人　我想帮你。

男　孩　你已经帮我了。

男　人　我不想让你犯罪。

男　孩　那你就不该陪我出来抢劫。

男　人　你喜欢。

　　　　〔男孩看着男人，突然，他跑到女孩面前，他用手一下子勒住女孩的脖子。

女　孩　你……你……你要干吗？

男　孩　(对男人)我要你和我一起杀了她，你愿意么？

男　人　只要你喜欢。

男　孩　不管对错？

男　人　(笑着)是的。

女　孩　(尖叫着)你神经病啊！

男　人　闭嘴。

男　孩　那你来掐死她！来啊。

　　　　〔男人走上前，女孩突然停止了挣扎。男人的双手掐住女孩的脖子。

男　孩　(大声地)掐死她。

　　　　〔男人开始用力，女孩并不挣扎。

男　孩　(看着他们)好了。

　　　　〔男人松手，女孩瘫倒在地上。

男　孩　我要你现在就跟老板说，你和我的关系，你愿意吗？

男　人　(盯着男孩)只要你喜欢。

男　孩　好，那说吧。

　　　　〔男孩掏出手机，他看了看手机屏幕，迟疑了会儿，拨号，接听。男人盯着男孩。

男　孩　喂，老板，是我……

　　　　〔男孩接听着电话，回头看着男人，然后把电话递给男人，男人盯着他。男人迟疑地接过电话,把电话放在耳边。男孩突然从男人手里抢过电话,接听。

男　孩　是我……老板……没事……我……文件我都写好了,放在你台子上了……我没事,挺好的。晚安。

　　　　〔男孩挂上电话。静场。女孩看着男人与男孩。

男　人　他知道的。

男　孩　老板他知道?!

男　人　他知道我对你好。

男　孩　……(走到男人面前)对不起。

男　人　不是你的错。

男　孩　我有时候……只是不知道……该怎么办才好。

男　人　我理解。

女　孩　我不理解。(看着男孩)他不是你的老板?那你老板是谁?你老板跟他什么关系?

男　孩　(看着男人)我老板?我老板是他的……爱人。

女　孩　(吃惊地)爱人?什么?你老板是他的爱人,他现在和你在一起!

男　孩　(看着女孩)你别装得跟个雏似的,在你的世界里这太正常不过了!

女　孩　喂,你们当我不存在吗?

男　人　你要是喜欢,我会跟他分手。

男　孩　我不需要。

男　人　需要?这不是需要,这是……爱。

男　孩　你敢?

男　人　只要你喜欢,我现在就……可我不想让你受伤害。(看着男孩)跟着你的感觉走,就行。如果什么时候你觉得……我会选择离开。

〔静场。

男　人　怎么了？

女　孩　（对男人）你刚才要是掐死我就好了。

男　孩　（对女孩）你为什么对生活那么悲观？

女　孩　（对男人）你喜欢他，你竟然愿意陪他来抢劫？

男　人　他要自己给女朋友挣学费。

女　孩　你都不知道他的那个朋友到底是个女的还是个男的？

男　孩　那是我自己的一个梦，我实现不了，她在帮着我实现。

女　孩　她都不是你的女朋友了！（对男孩）说实话，你挺男人的。

男　人　我欣赏他这一点。

女　孩　我看得出，否则，你也不会陪他去抢劫。（稍停）我要是你老
　　　　婆，我也会不在乎的。这么讲义气的人。

男　孩　（吃惊地）他老婆？！（看着男人，笑）你还有老婆？

男　人　（转过头看着女孩）他身上有一种单纯，那是我们身上早已
　　　　失去的东西。

女　孩　可你夺走了他的单纯。

男　孩　不，他给了我更为单纯的东西。

女　孩　那是什么？

　　　　〔女孩转头看着男人。男人盯着男孩。男孩看着女孩。
　　　　〔静场。良久。

男　人　你喜欢她？

男　孩　是的。

男　人　你在跟我说话？

男　孩　是的。

女　孩　你在伤他。

男　孩　他自己愿意。

335

男　人　只要你喜欢。

女　孩　你真的愿意？

男　人　是的。

女　孩　是的？那我呢!?

男　孩　你在伤我。

女　孩　（冷笑）倒是我的不是了！你们在我面前那样肆无忌惮地谈
　　　　情说爱。

男　孩　你知道我为什么回来吗？

女　孩　把包还我。

男　孩　上大学之前，我跟她大吵了一架，我狠狠地打了她一个耳光。

男　人　为了跟她分手，让她死心？

男　孩　不，是为了让我死心。

女　孩　你怎么能打一个小女孩子的脸!?

男　孩　你回家吗？

女　孩　（苦笑）回家？

男　孩　这么晚你住哪儿？

女　孩　哪儿？找个街角站一会儿，等个男人，然后去旅馆。

男　孩　你何苦这样作践自己？

女　孩　作践？

男　人　那是她的生活。

女　孩　是的，这是我的生活。

男　孩　就为了几个钱？

女　孩　你救不了我，小鲜肉。（冷笑）几个钱？五千一百块。

男　孩　什么意思？

女　孩　你看你们，真的很可怜，不就是为了五千一百块钱，你们打
　　　　我抢我，吵着闹着，还来还去，又是爱情，又是情义，你们知

道五千一百块是多少钱吗？那个猥琐老男人打一炮的钱。你们别纠结了，不用还了。

男　孩　你闭嘴。

女　孩　我有说话的权利。

男　人　你怎么不知道羞耻？

女　孩　我为什么要羞耻？你们抢劫了，你们才应该感到羞耻。你一个大男人，喜欢什么不好，非得喜欢一个男人！再说，羞耻有什么用？可以当钱花吗？你们也不看看，这社会谁不是为了钱？人为财死，鸟为食亡。你们瞪大眼瞧瞧，谁不是这样？

男　人　你！

女　孩　怎么着？你们还想打我，是吗？（一下子冲到男人面前）你来啊，你刚才不是打了吗？你有种，你来啊！打啊，打啊！

　　　　〔男人看着女孩，他的手举起来，又突然放下。他从口袋里掏出钱，厚厚的一叠钱。他愤怒地把钱砸在女孩的脸上。

　　　　〔男人转身离开。男孩看着男人离开，他转身看着女孩。女孩根本没有看他，她看着男人离开的方向。

　　　　〔男孩子跑到女孩面前，他看着她，他突然举起手，狠狠地抽了女孩子一个耳光。

女　孩　（捂着脸，歇斯底里地）你，为什么是你！为什么是你！

　　　　〔男孩转身跑下。

女　孩　（歇斯底里地大喊）你们怎么能打一个小女孩子的脸！（大哭）你们怎么能打一个小女孩子的脸！

　　　　〔女孩双手捂着脸蹲在地上。

女　孩　（哭）你们怎么能打一个小女孩子的脸！？你们怎么能打一个小女孩子的脸！……

　　　　〔灯光渐暗。

尾声

〔灯光渐起。

〔女孩站起来,她把包从地上捡起来,从脖子上解下围巾,仔细地叠好,然后放进包里。

〔女孩从包里拿出手机翻看着。

〔女孩开始拨打电话,接听。

女　孩　(撒娇地)妈,是我……我和他吃完饭去逛了会儿街……妈,你别担心,我马上就回来……担心我被抢劫?(笑)我抢别人还差不多!……妈,今天逛街我给你买了条围巾,挺暖和的。好的,待会儿见。

〔女孩停下来,又看了看手机,酝酿了一会儿,拨号,边走边接听。

女　孩　(惊慌地)喂……我要报警,刚才我被人抢了……是的……一个男的……是的,就一个人……岁数不大,大概二十多岁,瘦瘦的,说话像是外地的……他……他穿着黑色的衣服,裤子好像也是黑色的……我有他的手机号码……我借他手机打了我的电话……他的电话号码是……

〔灯光急暗。黑暗中,高跟鞋踩在石板上的声音,声音越来越远。

〔场外声:你拨的号码是空号,请查证后再拨! 你拨的号码是空号,请查证后再拨!……

〔剧场里响起夸大的电话的空号音。剧终。

The Greatest Truth

大道

时　间　当代

地　点　深圳、广州、新疆、甘肃、上海、北京、美国西雅图等地

人　物①

尤道生　男,十七岁至七十四岁。国讯技术有限公司 CEO

李子建　男,二十四岁至五十岁。国讯公司前任副总经理

郁德和　男,四十岁至七十岁。国讯公司的合伙人

梁自芳　女,三十五岁至六十五岁。国讯公司的合伙人

尤天然　男,尤道生的父亲,广东山区乡村小学教师

宁红霞　女,尤道生的母亲,广东山区农村妇女

另有尤道生的家人(前妻、弟弟、妹妹)、门卫、集团领导、财务经
理、工程师、全运会商人、国讯公司的员工们、美国高科公司副总
裁、高科的员工们、电信公司的员工们及秘书等

角色分配②

男人一　尤道生

男人二　尤天然、国讯员工、高科副总裁、叙述者

男人三　李子建、尤道生弟弟、国讯员工、叙述者

男人四　郁德和、尤道生弟弟、国讯员工、叙述者

男人五　工程师、门卫、尤道生弟弟、国讯员工、叙述者

男人六　财务经理、李子建秘书、高科员工、叙述者

男人七　集团领导、电信职员、国讯员工、叙述者

男人八　全运会商人、国讯员工、新员工、叙述者

男人九　快递员、高科员工、国讯员工、叙述者

男人十　高科员工、国讯员工、叙述者

---

① 角色是流动着的,年龄的跨度较大,取中性阶段体现,可以通过造型和灯光的处
理解决。

② 每个演员都可以是叙述者,表演方法可以跳进跳出,可以从不同的角度与人物
发生联系。

女人一　宁红霞、国讯员工、叙述者

女人二　尤道生前妻、国讯员工、叙述者

女人三　梁自芳、尤道生妹妹、国讯员工、叙述者

女人四　集团领导、尤道生妹妹、国讯员工、叙述者

女人五　国讯员工、高科员工、叙述者

女人六　国讯员工、高科员工、叙述者

关于形式

　　本剧采用集体演出的方法，除了饰演尤道生的演员之外，其他的每个演员都饰演多个角色，他们在角色之间快速地转换。演员们有时候就像是歌队，也可以是演员个体，他们可以叙述、饰演和评判，他们可以扮演一个角色，也可以扮演一件物品或是一种意象。间离不是必须的，但可以成为一种手段。时间的流动感是在不知不觉中进行着的，它止不住地往前，形成一种暗流涌动，把所有的人都裹挟着往前走，有着一种历史的视角。

关于舞台

　　舞台总体写意，局部写实，通过装置与道具来体现具体的环境。舞台的总体意象是抽象的，但是能感觉它与不同时期的电话的发展过程有关联，如：传统电话交换箱整齐排布的电线和插件；庞杂的电话内部线路走向模块；新型手机内部的集成电路；抑或是智能手机屏幕里炫酷的显示。整体是工业的、现代的、科技的，由宏观逐渐地走向微观，甚至到了电子显微的阶段，而电子显微的阶段又与银河宇宙的行星运行很相似，最后融为一体。

题　记：

　　商业没有国界，但是商人都有祖国。

序幕

　　〔黑暗中，雨声由小渐大，慢慢地，竟然哗哗地下着，不安在舞台空间里恣意地漫延。

　　〔灯光渐渐地亮起，舞台的中央，大雨倾盆。透过雨线，天幕处依旧是黑沉沉的。

　　〔雨线与天幕之间，一排黑漆的椅子，演员们穿着印有各类现代著名商标的衣服（如华为、苹果、三星、微软、谷歌、中兴、爱立信、摩托罗拉、诺基亚、阿尔卡特、NEC、联想、索尼、东芝等），他们静静地坐在椅子上面。

　　〔尤道生站起来，他走到舞台前方的中央，看着雨线垂直地落下。良久。雨线消失。静场。

男人一　明月挂在天边，把冰冷的光辉洒向青山大漠。毛茸茸的小狼崽蹲在地上，它仰着头盯着尤道生。尤道生端着枪，也盯着小狼崽。午夜的戈壁滩上，双方就这样相互盯着，看了很久。一阵风吹过，沙子扬了起来，窸窸窣窣，像是远古的战鼓和呐喊从沙地里传来。小狼崽眯起眼，像是要飞起来。这里曾是古时的战场，废墟斑驳。远处，传来一阵狼嗥，小狼崽突然前爪扑地，躬缩着身子，龇着牙齿，低声地吼着。尤道生慢慢地放下枪，他像是看到趴在地上的是他自己。小狼崽转身跑开，旋即，就消失在茫茫的沙漠里。

〔静场。

尤道生 第二天一早，我就复员去了深圳。

〔静场。像是能听到战鼓远远地传过来。灯光暗转。

一

〔黑暗中，突然，一阵清脆的电话铃声响起来，有些意外。

〔尤道生回过头，他看到一只手机在大雨的冲刷下闪亮着……铃声、灯光和雨线交织在一起，繁杂、绚烂、肆意，光怪陆离。

〔随着铃声的渐渐消失，灯光渐暗。

〔舞台上，只有那只手机屏还无端地闪亮着，雨滴落在上面，晶莹四溅……

〔尤道生走回到众人中间。众人默默地注视着那只手机屏……一切归于寂静，一切归于黑暗。静默。

男人二 任何创造发明都是因为人的极端需要。因为吃，我们学会狩猎。因为穿，我们学会做衣。

男人三 需要是因为人的欲望，商业的本质是人，不是物。

男人四 生意是研究人的，把人研究透了，生意就通了。

男人五 人？几万年前，人们通过漂流瓶传递信息。我在树叶上戳几只孔来表达爱意，然后把树叶放在椰壳里，扔到海里。

男人六 几十年过去了，有人在沙滩上捡到一只椰壳，那是另外一只椰壳。

男人七 先前那只椰壳早就烂了，这是最早的漂流瓶子。

宁红霞	瓶子,我把那仅有的一点酱油从瓶子里倒出来,于是,野菜便有了一点咸咸的味道。
男人八	几千年前,人们通过驿站传递信息,马跑得比人快。跑死一匹换一匹。
男人二	信息?1844年5月24日,美国人莫尔斯在国会大厦向巴尔的摩发出信息,这是人类历史上的第一份电报,内容是:上帝创造了奇迹。
女人二	奇迹?没有奇迹。家里的桌上只有一大碗野菜,然后就是一大锅的糊糊,草绿色的糊糊,都是野菜熬成的。
男人六	后来人们发现,声音比马跑得快,于是便有了号角。
男人三	1876年3月10日,英国人贝尔通过送话机喊道:沃森先生,快来帮我。这是人类历史上第一句通过电话传送的语音。
男人四	帮?没有人帮他们,一共七个孩子,还有男人和女人,孩子们的脸色似乎也是绿绿的菜色。桌子上有九只碗,一溜地排开,女人娴熟地分着野菜糊糊,哪个应该多一勺,哪个应该少一勺,她心里都有数。孩子们的眼睛都看着她。
男人五	人们发现眼睛看得比声音快,于是便有了烽火台。周幽王烽火戏诸侯,博得美人一笑。你看,长城其实是最早的电话线。
女人三	1901年,马可尼实现了隔着大西洋的无线电通信。
男人六	隔着长长的桌子,女人把碗一个一个地递给了孩子们,孩子们接过碗,看着碗里绿色的糊糊,就埋头喝了起来。
女人四	屋子里全是哧溜哧溜的声音,像大雁越过长空。史书上记载,中国古代有竹信,就是用竹子扎成大雁的形状,在里面塞上书信,通过船或是马送出去。
男人七	这是快递,不是通信。

女人五	1900 年,中国第一部市内电话在上海问世,当时只有 16 部电话。
男人八	女人把碗递给男人,男人接过来,他看着女人面前的碗,那里只有半碗糊糊,于是,男人想把自己碗里的糊糊匀些给女人,女人一抬手制止了。
宁红霞	(一抬手)天然,我够了,你吃吧。
男人四	男人没有争,他只是低头喝着糊糊,味溜味溜的声音让他想起自己小时候在浙江过春节的情景,那时候家里过年时还能杀头猪,肉汤很香,也是这么喝的。
尤道生	每餐都实行严格分饭制,控制所有人欲望的配给制,保证人人都能活下来,如果不是这样,就会有一两个弟妹活不到今天。
男人四	男人出了神,他抬起头看了看孩子们,他想不明白,自己为什么要千里迢迢来广东。
男人三	千里迢迢,1954 年,美国利用月球表面反射无线电波,在华盛顿与夏威夷之间建立通信业务。
女人三	女人看着男人和孩子们,她不禁流下了眼泪。

〔宁红霞擦了擦眼睛。

尤天然	红霞,怎么了?
宁红霞	没什么,刚才眼睛被烟熏了。
尤道生	妈,我瞧瞧。
宁红霞	道生,没事,吃饭。你在学校要学习一整天的,会饿的,抓紧吃。
尤道生	我不饿,妈。
宁红霞	道生,家里就你一个人读书,可不能放弃啊,现在弟弟和妹妹们都长大了,在生产队干点活,能挣些工分的。

〔一家人围坐在餐桌边。男人四和女人三是弟弟和妹妹。

弟　弟	哥,田里其实挺好玩的。
妹　妹	是的,哥,还能吃到荸荠——
尤天然	不可以吃队里的东西。
妹　妹	野生的。
尤天然	那也不可以,公就是公,私就是私。
妹　妹	知道了,爸。
男人八	孩子们又都低着头喝着糊糊,只是听不到哧溜哧溜的声音了。
女人三	男人看着大儿子,他沉默着,不说话,就像是山里的岩石。
男人四	尤道生站起来,他拿起书包走出门。
宁红霞	道生,再吃点菜。
尤道生	妈,我吃饱了。
宁红霞	怎么会呢,才这么一点儿糊糊。
男人四	尤道生走出门,他长长地吸了一口气,外面的山,连绵起伏,可他的心却沉甸甸的。天蓝得吓人,没有一丝云,他的心一下地又轻盈起来,飞到山外面去了,那里有广州,他知道,他一定要去那里。 〔尤道生走到舞台的前方,他看着远方,宁红霞跟着走过来。她递给尤道生一块玉米饼。
宁红霞	道生,路上带着。
尤道生	妈,不用。我不饿。 〔宁红霞把玉米饼塞给尤道生,转身下场。尤道生看着手中的玉米饼。
尤道生	我知道,这块小小的玉米饼,是从爸妈和弟妹的嘴里抠出来的。我没有权利不吃。
女人三	尤道生觉得无以回报,他只能拼命地读书。19岁那年,他考上了大学,去了广州。

尤道生　广州,我做梦都想去的地方。

　　　　　〔尤天然、宁红霞和兄弟姐妹们一起把尤道生抬了起来。

尤道生　我不是一个人在读书,我感觉坐在全家人的身上在读书。几
　　　　个月下来,我不敢有任何偷懒,甚至不敢给家里写信。读书,
　　　　只有拼了命地读书。我知道,只有知识才能改变我的命运。

　　　　　〔众人把尤道生放下。

尤道生　直到那天,我收到高中老师的来信,在信中他提了一句,我
　　　　父亲被抓了。

　　　　　〔众人下,尤天然走到舞台的中央,他静静地站立着。

　　　　　〔尤道生在舞台奔跑起来,最终他停了下来。尤天然脱下脚
　　　　上的一双皮鞋,端端正正地放在尤道生的面前。

尤天然　道生,你怎么回来了?

尤道生　爸,我听说你被抓了,就扒火车跑回来看看。

尤天然　这脸上的伤——

尤道生　不小心划的。

尤天然　傻孩子,我没事的。

男人四　哥,他们给爸戴高帽,满脸涂黑,双手反扳着,动不动就拳打
　　　　脚踢,然后去游街。

尤天然　没事的。人,难免有被冤枉的时候,要——要相信国家。

尤道生　嗯,爸。几十年之后,每当我遇到困难的时候,父亲的这句
　　　　话就总在我的脑海里回旋着。

尤天然　这双鞋,你穿吧,到广州,用得着的,啊。

尤道生　爸,我不用。

尤天然　听话,道生,你是大哥,要懂事,啊,这鞋还是我二十年前从
　　　　浙江带过来的,很结实,我在山里也用不着。

　　　　　〔尤天然蹲下来,帮着尤道生穿上皮鞋。

347

[尤天然站起来，他赤着脚走到舞台的中央。

尤道生　父亲的那双皮鞋，大学我穿了四年。可我一直很后悔，我觉得自己太自私了，父亲被打被批斗，他被拉到街上去游街，都是赤着脚的。

男人四　爸爸一直是做苦工的，泥里水里冰冷潮湿的，他的脚都泡烂了。

男人五　这让尤道生从此以后学会了不再自私，不管是对家人，朋友，还是陌生人。

男人六　这是他从父母身上学来的。

尤道生　这是我从父母身上学来的。人，不应该自私。

　　　　[宁红霞拎着尼龙网兜上场，里面都是瓶装的咸菜或是黄豆酱。

宁红霞　道生？

尤道生　妈？

宁红霞　你这一来一回地要耽搁多少天的课。

尤道生　我听说我爸——

宁红霞　谁叫你回来的？

尤道生　我只是听说。

宁红霞　有什么事，我们会跟你说的，别听风就是雨。

尤道生　我不放心。

宁红霞　你应该把心思放在你的学业上。

尤道生　是，妈。

宁红霞　跟妈说说看，这一年来你都学了什么？

尤道生　妈，我学的课你也——数字技术、自动控制、高等数学，还有机械原理、建筑学、逻辑学，哲学……

宁红霞　（享受地听着）妈就是想听听，这些我也都听不懂。

尤道生	我自学了三门外语。
宁红霞	外国话？
尤道生	是的,能看外语书了。
宁红霞	有用就好。
尤道生	我们早晨六点起床,晚上十点熄灯。
宁红霞	不要太累,能吃就多吃。
尤道生	都是定量的。另外,我们政治理论学习也挺多的,我读完了"毛选"四卷……
宁红霞	好。道生,你要记住,没有几个人能有你这样的机会,啊!
尤道生	知道了,妈。

〔宁红霞把网兜递给了尤道生。

宁红霞	都是你喜欢吃的咸菜! 你快点回学校吧,别影响了学业,啊。记住,知识就是力量,别人不学,你要学,不要随大流,等以后有能力了,要帮助弟弟妹妹。

〔宁红霞转身下场。

〔尤道生拎着网兜站在舞台上。

尤道生	那个年代对于我们国家来说是一场灾难,对于很多人来说都是坎坷的经历,可是对于我来说是一种动力,而对于母亲来说是希望。

〔突然,响起了电话铃声。

〔舞台的中央,一只黑色的老式电话放在那里,显得很突兀。女人四是妹妹。男人五是门卫。

男人六	1958 年,中国第一台国产十二载波电话设备在上海研制成功。
女人三	六十年代,美国已经有了可视电话。
妹　妹	爸,是哥哥的电话,明天中午十二点,在公社的传达室等他电话。

尤天然	知道了。
男人五	那一夜尤天然失眠了,他不知道儿子出了什么事,竟然要打长途电话,很贵的。
男人六	第二天一大早,尤天然就出发了。
宁红霞	不管发生什么事情,早点回来,啊。
尤天然	哎。我走了二十里的山路,终于到了公社。电话室空荡荡的,只有一张桌子,桌子上面放着一只黑漆漆的电话。等待。
男人三	时间过得很慢。
男人五	可外面的世界正在飞速地前进。早在 1941 年,美国摩托罗拉公司就研发出了第一款移动通信设备 SCR-300。
男人三	它重达 16 公斤,需要一个通信兵专门来背负。
男人四	它使用了 FM 调频技术,使通话距离达到了前所未有的 12.9 公里,这足以让炮兵观察员联系到炮兵阵地,也能让地面部队跟航空兵通信。
尤天然	等待。
男人三	时间过得很慢。
男人六	尤天然怔怔地看着电话机,仿佛那是他儿子的脸。
门　卫	(大声地)尤老师,等你儿子的电话?
尤天然	是的。
门　卫	他在广州?
尤天然	是的。
门　卫	真有出息。
尤天然	谢谢。
门　卫	十二点?
尤天然	是,十二点。

门　卫　　要到了。

尤天然　　是,要到了。

男人六　　电话铃突然响了起来。

　　　　　〔尤天然犹豫地看着电话,他不敢接,电话铃声继续。

门　卫　　咦,尤老师,电话,你儿子的电话,接电话呀。

　　　　　〔尤天然深吸了一口气,他拿起电话。

尤天然　　(大声地喊着)喂,是道生吗? 是我,爸,我很好。你怎么了?
　　　　　批斗——没,没有批斗。你怎么了? 什么? 分配? 军队?
　　　　　好,好,我知道了。(哭腔)好,好,好,再见,再见。

　　　　　〔尤天然默然地挂上电话。

男人六　　尤天然一直站在那里,他不敢相信,自己的儿子竟然能当
　　　　　上兵。

门　卫　　尤老师,怎么了,你怎么了?

尤天然　　(哭)我儿子,我儿子他当兵了。

门　卫　　(责备地)尤老师,你这个人真是的,儿子当上了兵,吃上皇
　　　　　粮了,你该高兴的啊,怎么就哭起来了呢。

尤天然　　(茫然地走着,哭诉)我儿子当上兵了,我儿子当上兵了。

　　　　　〔突然,尤天然一头栽倒在地上。门卫冲过去扶他。

门　卫　　尤老师,尤老师,你怎么了?

　　　　　〔灯光急暗。

二

　　　　　〔灯光渐起。舞台的中央,尤道生穿着旧式的军装独自站着。

［演员们立在尤道生的身后，他们看着他，成为角色的时候，他们走向前，跟尤道生交流。

［少顷，尤道生抬起头看着前方。

男人八　1976年，粉碎了"四人帮"，国家有了希望。

男人九　1976年，美国摩托罗拉公司的工程师马丁·库珀首先将无线电应用于移动电话。

女人五　1978年底，党的十一届三中全会召开，改革开放，重新启航，一切都充满着生机。

女人六　1978年底，美国贝尔试验室成功研制了全球第一个移动蜂窝电话系统。

［女人六和男人十捧着西装和皮鞋走到尤道生面前，他们边帮着尤道生脱去军装，边换上西装和皮鞋。

女人六　深圳。

男人十　深圳。

女人五　1980年8月26日，全国人大常委会批准在深圳设置经济特区，以前的小渔村，如今有了翻天覆地的变化。

男人八　全国各地、各行各业里怀才不遇的人们，不管是不是人才，都向这里聚集，这里已成为全国人民下海的首选之地。

女人六　人们的脸上都洋溢着喜悦，一切都充满着希望，人们从四面八方汹涌而来，摩拳擦掌，跃跃欲试。

男人九　然而，希望和失望只一字之差，尤其是在生意场上。

［男人五和男人六走上前。他们是工程师和财务经理。

［男人七和女人四走上前。他们是集团的领导。

［女人二走上前，她是尤道生前妻，她手里拿着文件，远远地看着尤道生。

工程师　尤总，商场犹如战场。

领导乙	道生,商人不是军人。
尤道生	军人的性格是直爽正义,诚恳待人,不搞歪门邪道,不能尔虞我诈。
领导乙	道生,这是生意。
尤道生	我知道,领导,可是商人难道不应该也是这样的吗?生意最讲究的是诚信,人要诚实。
经　理	诚实?诚实的人从来讨厌虚伪的人。
领导乙	可虚伪的人却常常以诚实的面目出现。
工程师	商场处处都是陷阱。
尤道生	陷阱?刘工,可人应该相信人。人,是生意的本质。
领导甲	相信?
领导乙	不,道生,你是被骗了,是被人骗了。
领导甲	你呀,就是没有经验。
尤道生	(对工程师)刘工,货,对方觉得有问题吗?
工程师	应该没问题,尤总。
尤道生	应该?
工程师	是的,没有问题,我们的工人回来说,安装的过程很顺利,有些小问题也都及时解决了。
经　理	对方很满意。
尤道生	很满意?可是为什么他们还不打货款?
领导甲	这么大的一个单子,你怎么能如此地轻信别人呢?
尤道生	对不起,领导,这可能是我的问题。
领导甲	可能?不,这是你的问题,你的大问题。
经　理	尤总,他们一点钱都没有汇过来,这肯定有大问题。
尤道生	(思忖着)大问题。刘工,我打了电话,他们也不接了。

〔尤妻走到尤道生的面前,把几份文件递给他。

尤　妻　你——签字吧，我已经签了。

尤道生　（接过）对不起，都是我的过错，让你在公司——

尤　妻　也没有谁对不起谁，只不过，我似乎不应该在这个时候跟你
　　　　离婚——你知道，离婚跟你这次被骗没有关系——我们俩
　　　　也没有谁骗谁的问题——只是——

尤道生　谢谢。

尤　妻　不用。

尤道生　孩子们——

尤　妻　他们都知道了，我跟他们都谈过。

尤道生　我是说这对他们——

尤　妻　你放心。

　　　　［尤道生接过协议，他在协议书上签完字。他手里拿着协
　　　　议，抬起头看着工程师。

尤道生　刘工，我们是签了合同的。

工程师　（笑）合同？

尤道生　你笑什么？

工程师　合同是给诚信的人准备的。

经　理　合同里并没有规定账期。你看，合同也是给不诚信的人准
　　　　备的。

尤道生　多年之后，我才意识到那应该是法律，而不只是合同。（稍
　　　　停）二百万？

经　理　是的。全部的货款加在一起二百万。

工程师　二百万！

领导甲　二百万，这可不是小数目啊。

领导乙　集团党委决定要免除你经理的职务。

尤道生　我接受，这些债务我认。

领导甲	你认？二百万，你认得了吗？你拿什么来还？
工程师	我们被骗了，尤总，二百万，太多了。
经 理	尤总，你被骗了，这么多钱啊，怎么还啊？
尤道生	我变卖家产也得还。
尤 妻	房子归我，本来也是我买的。女儿……改了姓，跟我。
尤道生	哦。
尤 妻	儿子挺好的，他愿意跟着爷爷奶奶回老家。
尤道生	好。
尤 妻	爸妈还好吧？
尤道生	爸妈？噢，他们住在我那里，就是挤了些，还好。（稍停）对不起。（转头对领导甲乙）对不起，我让公司蒙受如此巨大的损失，我赔。
领导甲	二百万，道生，你把你自己卖了，也赔不起。
尤道生	这需要时间，如果集团能再给我一次机会，我会打翻身仗的。
领导甲	翻身仗？来深圳，每个人都想着要打翻身仗的。
经 理	可只能成功，不能失败。
工程师	机会只有一次。
尤道生	你们要相信我，人不能栽一个跟头就爬不起来。
经 理	没几个能爬起来的，就是爬起来，也是为了能爬去跳楼。
尤道生	不行的话，我可以立下军令状，如果明年年底我还还不上这些债——
领导甲	明年？行了，集团已经决定了，你得离开。
工程师	离开？一无所有？
经 理	是的，一无所有。
工程师	二百万，早就一无所有。

经　理	二百万,早该一无所有。
领导乙	尤总,这不是还不还债的问题,你使公司遭受重大的损失,任何人都要为自己犯下的错负责。
领导甲	而且——并不是每个人都有爬起来的机会。
尤　妻	什么时候——你有空的话,我们一起去民政局办一下手续。
尤道生	我现在——都有空了。
尤　妻	那——明天上午九点?
尤道生	嗯。
尤　妻	地址协议上有。
尤道生	嗯。
尤　妻	我们各拿一份吧。
尤道生	好。

　　〔尤妻拿起协议书,转身,欲下,站住,回头看着尤道生。

尤　妻	你为什么总是那么相信别人?
尤道生	(笑)改不了了。
尤　妻	再见。
领导甲	道生,好自为之吧。再见。
领导乙	再见,尤总。
经　理	尤总,真没办法,再见。

　　〔众人回到演员中间。尤道生呆呆地站着,工程师一直看着他。少顷,他走到尤道生面前。

| 工程师 | 尤总,你没事吧。 |

　　〔静场。

| 工程师 | 尤总,离开就离开,你别想不开啊,跌倒了,爬起来,可不是为了爬去跳楼啊。再说了,爬不起来,咱就趴着,怎么活还不都是一辈子,干吗非得要怎么样,你说呢? |

　　　　　　［尤道生转过头怔怔地看着工程师,凄然地笑了笑。

尤道生　　死?(冷笑一声)我,我现在哪有权利死啊。

工程师　　噢,那就好,保重,再见。

尤道生　　再见。

　　　　　　［尤道生看着工程师回到演员们中间。

　　　　　　［尤道生看着手中的那份协议,不禁潸然泪下。

　　　　　　［尤天然提着那双翻毛皮鞋和宁红霞上场。

宁红霞　　道生,昨天又熬夜了?

尤道生　　对不起,妈,我今天起床晚了。

宁红霞　　吵到你了——

尤道生　　没有,妈。房子太小,让您和爸受苦了。

宁红霞　　没,道生,难为你了。

尤道生　　(摇头)没,妈。

尤天然　　道生,你的事,我们知道了——没什么,啊,人嘛。

尤道生　　爸,我——(叹了一口气)我上大学、进部队、结婚、生子、换
　　　　　　工作,现在亏了那么多钱,又离婚、又被炒鱿鱼,现在更没有
　　　　　　人敢用我了——爸,我都四十三岁了。我就是觉得对不住
　　　　　　你们,还有弟弟妹妹们,这么多年,全家的资源全都用在我
　　　　　　的身上,我小的时候你们舍不得吃,舍不得喝,舍不得穿,全
　　　　　　家人供我一个人读书。我们全家的希望,到头来,我竟一事
　　　　　　无成,一无所有——我对不起你们,也对不起弟弟妹妹们。

　　　　　　［尤道生突然跪倒在地,他忍不住哭起来。

宁红霞　　道生,你起来,别多想。

尤天然　　红霞,你让他哭。哭过了就好了,在爸妈面前,没什么的。

　　　　　　［尤道生双手捂着脸,无声地哭着。尤天然与宁红霞看着儿
　　　　　　子哭,他们静静地站着。静场。

尤天然　道生，那时候我被关进牛棚，你妈总是怕我想不开。

宁红霞　你平时心高气傲的，又那样不明不白地被关进去，我当然怕。

尤天然　道生，你那时从部队每次给家里写信，总会夹上几张传单。

宁红霞　有些传单上的话说得很好，我在给你爸送饭的时候，就在饭底里放上一两张。

尤天然　有次吃完饭，饭底里有张传单。我现在还记得上面的那句话：干部要实事求是，事情总会搞清楚的。周—恩—来。

　　　　〔尤道生看着父亲。

尤天然　（抬头）这句话像一束光照亮了黑暗中的我。是的，即便是为了你妈，为了孩子们，我也不能自绝于人民。

宁红霞　那时候，许多人都自杀了。

尤天然　人，只有在经历过苦难之后，才会懂得平静。

宁红霞　好了，道生，起来。

　　　　〔尤道生点点头，他站起身。静场。

尤道生　爸，妈，我没事的。

尤天然　如果深圳真的待不下去了，我们就回老家。

尤道生　出来了，就很难再回去了。爸，这几天我一直在想，我没有错，我是因为太信任别人才吃了大亏，不过，我认为这是过程，只是时间问题，未来做生意，还得要靠信任。任何时候，时代再怎么变化，可做人的底线不能没有。失败不是坏事，看我们在失败里收获什么？人生的光荣不在于永不言败，而在于在哪里跌倒就从哪里爬起来。爸，妈，我想成立公司。

宁红霞　成立公司？

尤道生　是的，几个人合伙，慢慢做，深圳有的是机会，我看好这个地方。

宁红霞　可我真没看出这里有什么好。

尤道生　还有一点，就是这个地方在广东。广东人看重钱，更看重赚钱，最最看重的是如何赚钱。

宁红霞　就是胆子大。

尤道生　要发财，忙起来，这里的人做生意敢闯敢干，抢得先机，我现在也没有什么可以再失去的了，可以甩开膀子加油干。

宁红霞　那就不要讲什么面子，面子都让狗给吃了，啊。

尤道生　知道了，妈。

　　　　〔尤天然把手中的翻毛皮鞋提起来。

尤天然　二十多年了，你还留着它。

尤道生　这是您当年送给我的。

尤天然　我知道。破了，我想还是扔了吧，深圳也用不着——

尤道生　爸，它对我意义特别。

宁红霞　还好，我没让你爸扔，给你洗了洗，晒晒还能穿。

尤道生　谢谢妈。

尤天然　做生意，旧的不去，新的不来。

尤道生　明白，爸，可是，有些东西是不能丢的。

　　　　〔尤天然把手中的翻毛皮鞋递给尤道生。

尤天然　我们刚从菜场回来，买了些你爱吃的鱼。

宁红霞　正烧着呢。

尤道生　辛苦你们了。

宁红霞　不辛苦，我们就是怕你身体垮了。

尤天然　身体是革命的本钱。

尤道生　我知道，爸。

尤天然　(稍停)我和你妈决定明天回老家，不在这里打扰你。

尤道生　明天？爸，你们在这里怎么是打扰呢？

尤天然　你就放开手脚好好干吧。

宁红霞　我就怕你吃不好。

尤道生　我只是怕你们在这里住不惯,本想请你们来深圳跟我一起享享清福,却让你们一直为我担心——

尤天然　看到你的决心,我们也就放心了。

宁红霞　你爸还怕你垮了。

尤道生　爸,这次被骗让我认识到了我的软弱和无奈,在时代的面前,人是渺小的,也正因为如此,我才懂得放下,我才需要努力。爸,虽然前程充满着不确定性,但是时代已经没时间和机会让我再犹豫了,我得赶紧学习、重新开始。(闻着)什么味道,真香。

宁红霞　糟了,别是鱼给烧煳了。

　　　　[尤天然和宁德照匆匆地下场。

尤道生　(看着前方,自言自语地)我知道爸妈为什么总是到中午的时候才去菜市场,鲜鱼活虾通常价格很高,而剩下来的死鱼烂虾就是白菜价了。难道我尤道生已经是死鱼烂虾了吗? 不。

　　　　[尤道生穿上那双翻毛皮鞋。灯光渐暗。

三

　　　　[黑暗之中,响起了第六届全运会的会歌。

　　　　[灯光渐起,歌声渐弱。

　　　　[场外声:1987 年 11 月 20 日至 12 月 5 日,第六届全运会在广州举行。

　　　　[尤道生和郁德和、梁自芳站在舞台的后方。

〔男人八上场，他是全运会的商人，他穿着不合身的西装，拿着一只大哥大拼命地叫喊着，走到舞台的前方。

商　人　（广东普通话）喂，是我，你大声点儿，我用的是大哥大，信号不太好，刚开通……大哥大，大哥大是电话……就是能一边走一边打电话的电话……不是黑社会老大……我不是大哥大，是，是，我比你大，我是大哥……大哥大……好，是我，我是大哥大……是大哥大，什么事，你说呀，我听不清楚……我用的是大哥大……大哥大……大哥，我叫你大哥行了吧！我不是大哥大，你才是大哥大，你说，大哥！你说！

郁德和　1987 年 11 月 18 日，中国第一代模拟移动通信系统在广东第六届全运会上开通，并且正式商用。

商　人　（大声地）好，大哥，你说……噢，那是当然啦，我们广东的货质量最好的啦，我们广东人最讲信用的啦，跟我们广东人做生意，放心的啦！什么，全运会的徽章？……你大声一点，我听不见……喂，喂，喂！大哥，大哥？

梁自芳　第六届全运会是中国体育史上第一次大型运动会，它不但首次引进市场化办赛，还第一次有了吉祥物，第一次有了会歌。

商　人　（大声地）大哥，你说，我听说啦……全运会的徽章……没有货的啦，全抢完了啦！……在广州买都要排队啦……不过，大哥我一定给你搞到的啦，大哥放心……

郁德和　第一次发行体育彩票筹集到三千万元，仅衍生产品的利润就高达一千八百万元。

商　人　（大声地）咱们广东人做生意，一言九鼎，驷马难追，讲的就是信用，好，大哥，拜拜啦！（挂上电话，摇了摇头）大哥，到底谁才是大哥啊！

〔商人摇晃着身体下场。

［尤道生和郁德和、梁自芳看着商人下场的方向，他们相视而笑。

郁德和　大哥大？

梁自芳　大哥大，移动电话。

尤道生　移动电话？真方便。

郁德和　这就是传说中的大哥大，开眼界了。

［尤道生怔怔地看着男人下场的方向。

梁自芳　尤总？

尤道生　（回过神来）电话都可以走着打了？

梁自芳　尤总，你别看见什么新鲜就想搞什么？你知道这玩意儿多贵吗？一部电话比我们注册公司的钱还要多。

尤道生　贵，才是生意。

梁自芳　尤总，说正经的，你真的觉得交换机可以做？

尤道生　总比卖墓碑好。

郁德和　你肯定会比卖墓碑有赚头？

尤道生　不会。

梁自芳　不会？

郁德和　当然不会，一块墓碑的坯料百八十元，刻上字，一转手，就是三五百块，几倍地赚。

尤道生　这是做死人的生意。

梁自芳　人哪有不死的，所以这生意永远会有。

尤道生　（笑）我给你俩说个故事，说有一个老和尚，他指着街上熙熙攘攘奔波的人群，问小沙弥：这是几个人？小沙弥茫然。老和尚笑言：不过两个，一为名来，一为利往。

郁德和　什么意思？

尤道生　做生意要做活人的生意。

362

梁自芳	活人总会死的。
尤道生	可就是没意思了，我们是科技公司。
梁自芳	做生意只要赚钱就可以了，你管它有没有意思。
尤道生	做生意首要是赚钱，但重要的是有意思。我们又不是养不活自己。
梁自芳	尤总，你还真以为我们国讯真是高科技公司。
尤道生	当然是高科技，就是这么注册的。
郁德和	（笑）道生，你较真了。
尤道生	不，德和，现在装一部电话要五六千元，而且还要排队，大城市要排上半年、一年，我觉得这个领域才是科技的领域。墓碑，能有什么科技含量？
梁自芳	管它什么科技含量，能赚钱就行。交换机太贵。
郁德和	贵，才有赚头，你说的。
尤道生	不，是人们有需求，才有赚头。
	［尤道生走到桌前，从桌上拿起一只军绿色的旧书包，背上。
尤道生	怎么样？
郁德和	（看着尤道生）就是个销售员，不像个总经理。
	［尤道生换了一件西装，用手理了理头发。
尤道生	现在呢？
梁自芳	（笑）挺好，一个穿了西装的销售员，还是不像总经理。
郁德和	关键是这只旧书包。
梁自芳	这书包亲切，销售可不能高高在上，要亲切。
尤道生	这是军用书包，代表信任。客户都是势利的，我们得把他们研究透。
郁德和	深圳，就在那间四处透风的小房间，尤道生开始代理交换机业务。

梁自芳	代理就是二道贩子。
尤道生	不,是销售。
郁德和	就是一台台地推销。三个人,五个人,十个人,二十个人……
梁自芳	就是一台,三台,五台,十台,二十台……
尤道生	客户就是我们的衣食父母。天底下唯一会给我们钱的,只有客户。客户在哪里,我就去哪里。客户是我们生存的唯一理由。
梁自芳	那些年,尤道生把全国都给跑遍了,从新疆到黑龙江,从辽宁的铁矿到山西的煤矿。
郁德和	许多年之后,国讯的业务已经遍及全国。有一次,一个新疆电信局的局长对我们的业务员说,十多年前,你们国讯就有人千里迢迢地来过这里,他背着军绿色的旧书包,敲开门问我们买不买交换机。
梁自芳	那就是尤总。
郁德和	尤道生。
尤道生	是,是我。
梁自芳	那时候,大城市的邮局都朝南坐,它们是不会要我们的货。
尤道生	我们就去小城市。
郁德和	小城市也被占有了。
尤道生	我们就去县城。
郁德和	是,县城没人去。
尤道生	那县城就是我们的主战场,农村包围城市,毛主席说的,我们要学会野战。
郁德和	一个四十多岁的副团级军官整天往偏远的邮电局跑。
梁自芳	还要点头哈腰
尤道生	那是礼貌。

梁自芳	还得说尽好话,拍马屁。
尤道生	那是沟通。只要有百分之一的可能,就要有百分之百的努力。世界留给我们的财富就是努力,不努力我们将一无所有。
郁德和	首先,我们要活下来。寸土必争,去围猎。
梁自芳	就像狼群围捕猎物,往往要追逐很久。
尤道生	在头狼的带领下,进则同进,退则同退,协同作战,无往不利。
郁德和	你就是那只头狼。
尤道生	我是一只土狼。狼群活下来靠的是什么?
郁德和	团队作战。
尤道生	还有速度和激情,不论采取什么方法,快速达到目的是关键。
	〔六个男人走上前,他们是新入职的员工,每个人都穿着西装、皮鞋,打着领带。其中有一个员工没有打领带。梁自芳走到他面前。
梁自芳	公司有一条铁的纪律,皮鞋、西裤、衬衫、领带,一样也不能少。商场是战场,这些就是你的铠甲、战袍。
新员工	对不起,梁总,我不会打领带,所以忘了戴。
梁自芳	这不是理由。打仗不带枪,怎么会赢?披挂上阵,你没有披挂,匆匆上阵,就证明你准备得不够充分,仓促上阵又怎么能不输?等会儿开完会,你自己回去取,否则,走人。
新员工	知道了,梁总,对不起。
梁自芳	这里没有对不起,只有对不对。
新员工	明白。
梁自芳	现在请尤总给大家讲话。
	〔众人鼓掌。
尤道生	欢迎加入狼群。

[众人惊讶。

尤道生　对,狼群,我们讲的是团体作战。

梁自芳　培养人才,就是要培养一群在饥饿中依然能够顽强战斗的狼群。

郁德和　企业发展要培养一批狼。

尤道生　狼有三大特性:一是敏锐的嗅觉,二是奋不顾身的进攻,三是群体奋斗的意识。狼性的精髓就是进攻。有勇无谋,是莽撞;有谋无勇,是懦弱;有勇有谋,才能战无不胜。

郁德和　接下来你们要进行大量的培训,理线、接线、扎线、绑线,要去生产一线。

梁自芳　还要去街头卖日用品,售价只能比公司规定的高,不能自行降价。

[众人笑。

梁自芳　大家不要笑,这不是开玩笑。售价低,走人。卖不出去,还是走人。

[众人安静。

尤道生　只有组织有了生命力,个人才有活的机会。

[众人退回到座位上。

尤道生　梁总,谢谢你,没有你如此精心有效地培养销售人员,我们是不可能去进行围猎的。

[尤道生来回地走动着。

尤道生　爱立信在黑龙江是几个人?

梁自芳　四人。

尤道生　我们呢?

梁自芳　两百人,聚集完毕。

尤道生　好,现在该出击了,围猎。(看着远方)一头狼肯定不是一头狮子的对手,但是一群狼就肯定能赢。我仿佛能听到厮杀的声音。(稍停)德和,我有一个问题问你。刚开始,你为什么会跟我合伙?

郁德和　你是军人。

尤道生　自芳,你呢?

梁自芳　因为你被骗了二百万。

尤道生　因为这个? 别人都不敢聘用我。

梁自芳　生意讲的是诚信。

尤道生　(笑)你是觉得我好骗?

梁自芳　这是底线。

尤道生　是的,做生意没有底线就做不长的。那些几百年的老品牌都是因为守住了这道底线才活下来的。过一时,更要过一世啊。

　　〔静场。越来越多的演员上场,他们走到梁自芳和郁德和身后。尤道生静静地看着众人,他走到舞台的前方。

　　〔梁自芳看了看郁德和。

梁自芳　尤总,今年我们的业绩不错,这是大家努力的结果。

尤道生　的确,大家齐心协力公司才有奔头。

梁自芳　我的意思是大家对于奖金还是挺期待的?

郁德和　尤总,我们采购的资金是充足的,所以奖金能发的话,就给大伙儿多发一些。

尤道生　现在公司壮大了,有规模了,也赚钱了,但是那些赚来的钱,我不想分。今年的工资、奖金我不想多发,原来说好的,我一分不少,但是多出的部分,我一分也不想分。

梁自芳　尤总,为什么? 现在整个公司拧成一股绳,所有的人都积极向前,不顾一切地抢占市场。你知道,八国联军是不会轻易地丢掉自己已经到口的肥肉,现在,我们只有拼命地跟他们抢回来。

尤道生　抢,靠什么?

梁自芳　激励。

尤道生　激励?能维持多长时间?

梁自芳　中国的市场那么大,够我们去争取的。

尤道生　我们真不能只把自己当作狼,更不能把自己当成待宰的羔羊。你们想想,现在技术是人家的,产品是人家的,如果哪一天人家不给我们产品了呢?人家掐住了我们的脖子,我们该怎么办?代理销售总是受制于人,未来我们如何能立于不败之地?

　　　　〔静场。众人看着尤道生。

尤道生　郁总、梁总,你们可知道我有七个兄弟姐妹?

郁德和　知道。

梁自芳　听您说过。

尤道生　在我很小的时候,我们全家人都是勒紧裤腰带供我一个人上学,我就是全家的希望。那时候,没得吃,每天只有很少的食物,我妈就在家里实行严格的分餐制,每一口粮食都是算着吃的,那是绝对的计划经济,也正是因为严格的分餐制,我们都活了下来。现在,我们的日子好了,人员的规模也有了,也都赚钱了。大家就要分钱,这我非常理解,公司本来就是追求利润,这是生意。可是我在想,除了销售,我们还能做什么?

郁德和　研发?

尤道生　是的,自主研发。时代的变迁超越了我们的想象。做代理不如做组装,做组装不如做研发。

郁德和	可所有的人都知道研发是一条自讨苦吃的不归路。
梁自芳	研发？我们哪里来的技术？您看看搞研发的都是些什么企业啊！
尤道生	就是跟我们抢市场的"八国联军"，它们全都是全世界知名的通信巨头。它们在全球有几十万员工，年销售额有数百亿美元。
梁自芳	可我们有什么？总共才十几个人七八条枪。
尤道生	就像你说的，我们有市场，中国有世界上最大的市场。有市场，做代理引进，他们把底都交给我们，转让他们的技术手段，就是希望引进，引进，再引进，这样下去，最终还是不能自立。以市场换技术，市场是要丢光了，那哪一样技术能真正会掌握？所以，未来只有研发，现在这样毫无知识产权的拼拼装装，绝非百年大计。
郁德和	可研发就是个无底洞。
尤道生	总得有个开始，研发对于任何一家公司来说都是无底洞，每家公司都在爬，只是我们开始得慢了些。研发，用我们的利润研发。
	〔众人行动起来，他们组成不同的阵形。
男人五	说干就干，在国讯公司简陋的办公空间里有着一排排的铁柜。
男人六	每个铁柜里都卷放着一张床垫。
男人七	午休，席地而卧。研发。
男人八	加班，席地而卧。研发。
男人九	累了，席地而卧。研发。
男人十	一张床垫半个家。还是研发。
男人五	那天，一个员工累了，倒下便睡。

男人六	我醒来的时候,却发现我身边多了一个人,仔细一瞧。
梁自芳	竟然是你,尤总。
尤道生	大家搞研发太辛苦,谢谢你,郁总。
郁德和	拿纯利润来搞研发虽然心疼,但是我支持你。
尤道生	未来要占有国内市场,打败这七国八制的洪水猛兽,就得靠自主的技术。而技术就来自研发,如果研发成功,我们都会有发展,如果研发失败,我只有从这楼上跳下去了,而你们俩还可以另谋出路。
郁德和	跳吧,没关系的。
尤道生	没关系?
梁自芳	反正有床垫子接着。

〔郁德和、梁自芳和尤道生都大笑起来。

〔众人下场。舞台上只留下尤道生,他脱下自己的西装外套,脱了鞋。

〔李子建上场,他戴着眼镜,穿着朴素,胆怯地走到尤道生面前。尤道生看到他,停止脱衣服。

尤道生	(打量着)李子建?
李子建	是的。我是李子建。
尤道生	(打量着)噢。
李子建	你叫我来的。
尤道生	嗯,我听说你想去美国读博士。
李子建	签证被拒了。
尤道生	好。
李子建	……?
尤道生	难道不好吗?这样你就可以来我们这里工作了。你在我们这里会有发展的。

[静场。尤道生还是饶有兴趣地看着李子建。

尤道生　我去冲个凉。

李子建　什么？

尤道生　我就去冲个凉。

李子建　噢！好。

　　　　[尤道生径直地下场。李子建看了看四周。

　　　　[几个演员走到李子建身边。

李子建　一张桌子，几把椅子，一张简易的行军床，这难道就是总经理办公室？

男人五　李子建觉得这里太寒酸了。

李子建　没有空调，闷热得很，只有一顶吊扇嗡嗡地转着。

男人六　李子建觉得喘不过来气，他开始浑身冒汗。

李子建　我为什么要来这里？去不了美国，中国那么大。

男人七　在这里，只有材料、焊接、组装、调试、质检、包装……

李子建　窗外，风起云涌，岁月如梭。这座城市每天都在变化。

男人八　在这里，焊接的火花映着闪烁的信号灯，吱吱的焊接声混着高频电流的声音。这让人有些恍惚，有些疯狂……

李子建　也许这就叫创业。

演员九　李子建有些后悔，他转身准备离开。

　　　　[尤道生穿着短裤，光着膀子上场。

尤道生　看什么呢？

　　　　[李子建站住。

　　　　[尤道生边走边用毛巾擦拭着身体，然后，他换上背心。

　　　　[李子建看了看尤道生，他转过头看着远方。

李子建　对面的那栋大楼叫什么？

尤道生　怎么？

371

李子建　国讯什么时候能有这样的一栋大楼就好了。

尤道生　是问句,还是陈述句?

李子建　看您怎么看了。搭个草窝,引来的只会是麻雀。

演员们　麻雀。

李子建　只有搭个金窝才能引来凤凰。

尤道生　这话不对,能孵化出凤凰的窝,也不是用金子做成的。不出十年,国讯就会有比这更高、更宽敞的写字楼。

李子建　靠什么?

尤道生　(举起双手)喏,双手,我的,还有你的。

李子建　……(看着尤道生)

尤道生　(看着李子建)不开玩笑。我只有栽下梧桐树,才能引来金凤凰。

　　　　〔李子建打量着尤道生,他脸上的表情很严肃,不像是开玩笑。

尤道生　你为什么来国讯?

李子建　你说的一句话。

尤道生　我?

李子建　是的,你说:国讯鼓励人人当雷锋,但决不让雷锋吃亏。

尤道生　就为这句话?

李子建　是的。

尤道生　(看着李子建)好,你下午来上班吧。

李子建　老板,面试完了?

尤道生　完了。

李子建　那——我去哪个部门上班?

尤道生　研发组,就等你了。

李子建　尤总——

尤道生　我看准你。

　　　　［郁德和匆匆地上场。

郁德和　尤总,你找我?

尤道生　是的,郁总,你带他去办手续吧。

郁德和　子建?! 面试通过了?

尤道生　不用,你推荐的人我不用面试。

郁德和　尤总,还是你定吧。

尤道生　子建,你知道吗,郁总是一千年才会出现一个的天才。我们
　　　　需要上千个郁总,天才推荐的人一定是天才。

郁德和　天才,不,我们只不过是对于事业的热爱罢了。

尤道生　那就够了。郁总,你以为现在有多少人开公司做科技是因
　　　　为热爱吗? 不,他们都是因为利益,可以赚钱,这就是为什
　　　　么你郁总一千年才出一个的原因。

郁德和　做生意,当然是为了利益。

尤道生　但,不仅仅是为了利益。你们两个都是。子建,进了国讯就
　　　　等于进了坟墓,你就会在这里一直到烂掉。

李子建　跑不了了。

尤道生　你想跑?

李子建　没想过。

郁德和　我们这里不唯资历,不排辈分,更不用拍领导的马屁,一切
　　　　唯才是用。

李子建　所以我想来。

尤道生　我给你们讲个故事,美国福特公司的一台机器坏了,没人能
　　　　修理好,只好另请高明,几经寻找,他们找到一个德国的工
　　　　程师,他在机器旁听了一会儿,说道:线圈多绕了 16 圈。

郁德和　然后呢?

尤道生　工人们把多余的线圈剪掉，机器果然好了。

郁德和　牛。

李子建　尤总不只是这个意思吧？

尤道生　福特很想请这位工程师来公司，他却说：我现在的公司对我
　　　　很好，我不能忘恩负义。

郁德和　员工应该对公司忠诚。

李子建　尤总说的不是这个。

郁德和　什么意思？

尤道生　福特马上说：那好，我把你供职的公司买下来，你就可以来
　　　　工作了。福特为了一个人才买下了一个公司。

郁德和　喏，尤总是这个意思，为了你，他也会愿意的。

李子建　我只是个被拒签的学生。

　　　　［尤道生笑着。

尤道生　不，那只是指过去。现在，你可是国讯的员工了。

郁德和　李子建看着眼前的这个男人，就这一刻，他们相互都认定对
　　　　方绝非池中之物，有朝一日，他们都会一飞冲天的。

李子建　大凡成功之人，必有过人之处，他的热情与执着感染了我。

郁德和　求才若渴，尤道生对李子建一见钟情。

演员们　才两天。

郁德和　他就被升任为公司的正式工程师。

演员们　两个星期之后。

李子建　我解决了国讯 C&C08 难题。

郁德和　他被破格聘为高级工程师。

演员们　半年后——

李子建　我工作出色。

郁德和　他被升为研究部的经理。

演员们	两年后。
李子建	我贡献突出。
郁德和	他被提为研究部总裁。
演员们	四年后——
郁德和	他成为国讯最年轻的副总裁,主管研发。
尤道生	那年他只有 27 岁。
李子建	那年我已经 27 岁。
郁德和	那年他好像 27 岁。
演员们	那年李子建 27 岁。

〔尤道生走到台前,他看着前方,踌躇满志。

尤道生 今天,我才可以说国讯终于活过来了。我要把社会上最好的技术人才都聘到国讯来。

郁德和 尤总,问你一个问题,如果邓小平来国讯应聘,你会录用他吗?

尤道生 邓小平?

郁德和 是的,我们深圳改革开放的总设计师。

尤道生 人才入职要匹配,但是,邓小平如果来应聘国讯,不是不能用,而是要先考虑让他来干什么?

〔《春天的故事》旋律悠然地响起来。灯光渐暗。

四

〔灯光渐起。尤道生的办公室。装饰显然比以前好了许多。

〔一群男青年来回地走动着,他们西装革履,行色匆匆,都是国讯的销售员和工程师。

[尤道生坐在办公桌前看着一份刊物。郁德和匆匆地上场。

郁德和　尤总,好消息,在国内交换机的市场上,今天阿尔卡特也宣布退出了,最后一头狮子也被我们给捕杀了。

尤道生　(笑)是吗? 现在我们可以抬起头环顾四野了。

郁德和　独孤求败,再也没有狮子了。

尤道生　只有潮水退去的时候,才知道谁一直在裸泳。

郁德和　什么意思?

尤道生　狮子都没了,荒原上全是土狼,土狼的对手,也是土狼,狼群之间的厮杀终于要开始了。

郁德和　您是说市场上的这些我们国内品牌吗? 这些对手早就存在的啊。

[尤道生笑着,把手中的刊物扔给郁德和,郁德和看着。

尤道生　郁总,过去我们其实是没有对手的,国内的巨头和霸主是不屑于把我们当成对手的。

郁德和　那是因为我们不如它们。(读着)五朵金花?

尤道生　可现在我们是国内通信企业中的五朵金花,它们不把我们当作对手都不行了。

郁德和　好事啊,它们终于关注我们了。

尤道生　以前我们对付的是外敌——八国联军,我们协同作战,现在,我们遭遇的是本土的强大对手,怎么办?

郁德和　农村包围城市,尤道生说的。

尤道生　毛主席说的。

郁德和　这里既然是它们的地盘,同室操戈就是必然的。

尤道生　以前我们打的是游击战,现在估计要进行巷战了。

郁德和　打仗的方式变了。

尤道生　国讯是青纱帐里出来的土八路,还习惯于埋个地雷,端个炮楼,不习惯于职业化、表格化、模板化、规范化的管理,因而效率不高。现在我们要尽快去掉身上的土味,从游击队转变为正规军。只是,关键点在哪里?

郁德和　技术。

尤道生　技术?

郁德和　我们有研发,有核心技术,就可以以技术超前来制胜。

尤道生　对,就是创新。德和,技术上我其实不担心,你一直带领着技术研发往前走。

郁德和　那您担心的是什么?

　　　　〔梁自芳上场。

尤道生　(一指梁自芳)喏,她。

郁德和　梁总?

梁自芳　尤总,你找我?

尤道生　正说你呢。

梁自芳　我?

郁德和　夸你。我说你们市场部很成功,正是因为你们的土狼战术,公司才有了今天的局面。

梁自芳　不,围猎狮子跟厮杀土狼可不一样。

尤道生　(笑)梁总,我们想到一起去了。

郁德和　居安思危?

梁自芳　不,是制作和理念上的变革。

尤道生　从领导到员工都需要创新与变革。

梁自芳　对,尤其是销售。以前我们的产品,价格低、型号旧,功能单一,其采购权是掌握在县级电信局科长和处长的手里。群狼围攻,总有一个人能搞定。现在产品升级了,总体价格上去了,决策权就跑到更高一级的领导手里。但是这些人,目前我们各办事处的主任和管理干部是搞不定的。

郁德和　这样啊——

尤道生　方案呢?

梁自芳　这些人必须全部退出。

尤道生　全部?

郁德和　怎么退?

梁自芳　全部退出,包括我在内。在中国,我们有一个思维定式,就是官只能越做越大,钱只能越拿越多,否则,就是失败。而我,不这么认为。

　　　　〔静场。

尤道生　嗯,梁总,有意思。

梁自芳　时间长了,在销售团队中,老员工的收益不错,地位稳固,就会逐渐沉淀下去,成为一团不再运动的固体,他们拿着高工资却不干活。

郁德和　他们曾经对企业有过贡献,这一点不能忘。

尤道生　所以要打破固有,寻找到一种激励,保持团队的鲜活很重要。

梁自芳　过去的那些高管业绩好,现在都不再有冲劲了。

尤道生　这是非常危险的信号,干事的拿钱少,不干事的拿钱多。

郁德和　可是市场部要是全部辞掉,公司的销售怎么办?

梁自芳　重新考评,根据需要新返聘。

尤道生　好,那明天一早就开会,宣布召开市场部员工集体辞职大会,公司全员参加。

梁自芳　是。

　　　　〔灯光暗转。众员工和梁自芳站成一排,他们面色沉重。尤道生站在他们面前，看着他们。

梁自芳　去年是国内市场大决战的一年，发展态势不可阻挡，但是居安思危，我们发现了很大的问题。我们已经不能适应新的产品和市场，经过深刻的反思，我决定，带领市场部全体人员集体辞职。

〔静场。

梁自芳　这不是作秀，是为了国讯的将来，这是经过我深思熟虑之后的决定。公司是大家的，我必须站在公司发展的角度。一个机体的健康成长，需要的是新鲜的血液。谢谢各位，谢谢。

〔梁自芳深深地鞠了一躬。静场。

男人五　会场里很安静，就像是空无一人。

男人六　只能听到人们的呼吸声。

男人七　梁自芳默默地站着，任凭眼泪在她的脸上肆虐着。

男人八　梁自芳看着这些和她一起打拼过来的同事，她知道他们的心里肯定满是委屈与不解。

〔尤道生鼓掌，孤掌难鸣。

尤道生　感谢梁总。首先，我代表公司接受你们大伙儿的辞职。其次，我要感谢你们所有人的付出，没有你们，也就没有今天的国讯。但是国讯不发展，我更对不起大家，大家都是有股份的，辞职，股份还在，只是有些人得离开，做一家企业最怕的就是对不起员工，忘恩负义，这种事是绝不能出现在国讯的。对于员工，我一直秉承的原则是：败，则拼死相救，胜，则举杯相庆。

〔尤道生深深地对众人鞠躬。静场。

梁自芳　大家有什么要说的吗？

[静场。最终，一个员工走出来。

男人六 梁总，尤总，为了公司的整体利益，牺牲个人，我毫无怨言。

尤道生 （鞠躬）谢谢。

[又一个员工走出来。

男人七 三年了，我都没有回家过过年，这次聘不上的话，终于可以回家了。

尤道生 （鞠躬）谢谢。

[又有两个员工走出来。

男人八 为了公司的发展，我愿意做一块铺路石。

男人九 我可能算不上是新鲜血液了，那个西北小县城都快成了我的第二故乡，如此的话，我终于不用再去了。

尤道生 （鞠躬）谢谢。

男人十 身为国讯人，我很自豪，我无愧于国讯，我等待着新的挑战。

男人五 对于国讯的每一个产品，我都如数家珍，就像了解自己的孩子。我会再努力。

男人六 我的羽毛被烧掉了，但它发出的光芒能照亮后来的人。

尤道生 （鞠躬）谢谢。凤凰涅槃，是为了重生，为了明天，就必须要修正今天，你们集体辞职，接受评审，毫无自私自利之心，表现出了大无畏的精神，这必将光照我们的历史，是全公司所有员工学习的楷模。辞职，并不是退却，是重生。记住，烧不死的才是真凤凰。

[灯光暗转。

男人五 这次辞职，市场部有三分之一的人离开了国讯。

男人六 那一年的年终考核，全国所有的办事处主任都同时向公司递交了两份报告。

男人七 一份述职报告。一份辞职报告。

男人八	人力部门将决定接受哪一份报告。
尤道生	而我只会在一份报告上签字。
男人五	没有新陈代谢,生命就会停止。
男人六	一个组织如此,甚至一个民族也如此。
尤道生	不拼,就活不下去!雄鹰只有忍着剧痛在岩石上敲碎自己的老喙,才能长出新喙,从而才能再活下去。
梁自芳	每周工作四十个小时,只能产生普通的劳动者,国讯需要的是六十个小时,八十个小时,一百个小时……国讯更需要科学家、工程师,只有这样,才能完成产业升级。
尤道生	二十年后,全球通信产业三分天下,国讯必占其一。
郁德和	尤总真的这么认为?
尤道生	不开玩笑,大家以后买房子,一定要选阳台大的、朝南的房子,可以用来晒分到的钱,不然就是发霉的。
	〔众人笑。郁德和和梁自芳下场。
	〔李子建上场,尤道生看着他。静场。
尤道生	子建? 找我有事?
李子建	是的。
尤道生	什么事?
李子建	你知道的。
尤道生	噢,如果你是指那件事。
李子建	那你打算怎么处理我?
尤道生	处理? 我没打算。
李子建	因为我,公司亏了 160 万。
尤道生	用了你的想法而已。
李子建	半年之前,我认为那是最好的方法,也能最快地研制出万门机。

尤道生	是的,那时候我也认可你的方案。
李子建	现在方向变了,但是设备我们都已经买了。
尤道生	郁总跟我说了,他不怕收拾烂摊子,设备他可以处理,从而将原来的损失降到了 20 万元。
李子建	真多亏了他。
尤道生	收获是什么?
李子建	什么?
尤道生	160 万的学费,我们的收获是什么?
李子建	不能全面进攻,要积极防御。
尤道生	值。我是做生意的,有收获就不算亏。
李子建	我之前的方案算是创新,但是过于冒险。
尤道生	我们企业文化的精髓不在百战百胜,而是在于战局不利的状况下要培养出抗拒风险的能力。你知道,我为什么要创建国讯?无路可走,无处可去,因为我,公司被骗去了 200 万。
李子建	但是你被公司开了。
尤道生	所以你不能被开。
男人七	未雨绸缪,居安思危。
男人八	发展最红火的时刻,一定要时刻保持清醒。
男人九	不要对未来盲目乐观,盲目自信。
男人十	泰坦尼克号也是在一片欢呼声中出海的。
尤道生	失败这一天是一定会到来的,大家要准备迎接,这是我从不动摇的想法,这是历史的规律。任何时候,都不要以一时的成败论英雄。
李子建	谢谢。
尤道生	不,应该谢谢你,愿意为公司承担责任。这次我跟团去日本松下电工公司访问,他们的大厅里挂了一幅照片,是冰海里

的一条船,上面写着:能挽救这条船的,只有你。

男人五 李子建看着尤道生,他的脸上满是皱纹,那上面闪着慈祥的光芒。

男人六 这个瘦弱的身躯里,怎么会有如此仁厚的心。

尤道生 原谅是需要勇气的。

李子建 理解与信任,万岁。

〔李子建欲下场,被尤道生叫住。

尤道生 子建。

李子建 尤总?

尤道生 多吃点儿,你看上去太单薄了。

李子建 谢谢尤总。您的身体也不好,注意休息。

〔李子建看着尤道生,他有些感动,然后转身下场。

男人七 看着李子建离开,尤道生仿佛看到了自己年轻时的模样。

男人八 他希望能帮到这个年轻人。

男人九 公司正是因为这一帮年轻人才能够发展至今。

男人十 国内的那些土狼被一只只地捕杀,他不能犯它们那样的错误。

男人五 技术不更新。

众　人 捕杀。

男人六 销售跟不上。

众　人 捕杀。

男人七 服务不到位。

众　人 捕杀。

男人八 产品太单一。

众　人 捕杀。

〔宁红霞上场。电话铃声。

男人九	自从父母回了老家,尤道生最怕晚上接到家里的电话。
男人十	每次电话铃响起,都让他心惊肉跳。
男人五	他怕父母会出什么事情。
男人六	又总是满怀着愧疚。
尤道生	妈,是我。
宁红霞	道生——你爸没了。

[长久的沉默。

尤道生	什么时候?
宁红霞	今天晚上,很突然。
尤道生	为……为什么?
宁红霞	他下午在街上买了一包塑料袋装的饮料,喝了,肚子就一直不舒服,送到医院就——
尤道生	饮料?
宁红霞	变质了。
尤道生	为什么?
宁红霞	便宜,一块五一包。
尤道生	一块五一包。
宁红霞	你妹不敢给你打电话。
尤道生	(哭)怎么会啊?
宁红霞	你忙,就不要回来了。
尤道生	妈,我没有不忙的时候。
宁红霞	你不要太累。
尤道生	妈,我不能不累的。
宁红霞	道生,我——
尤道生	妈,我对不起您,还有爸。
宁红霞	不怪你的。

尤道生　是我不孝。

宁红霞　道生,你不要这么想。

尤道生　我要回去的。

宁红霞　好,等你。道生,如果你忙——

尤道生　我不忙,妈。

宁红霞　好。

尤道生　妈——我不忙,不忙,我不忙,不忙,不忙——

宁红霞　道生!

尤道生　妈。

〔宁红霞下场。

〔男人六拿着那双皮鞋,递给尤道生,他把皮鞋穿上。尤道生走到舞台最前方,他看着远方,默默地流着泪。

男人五　站在国讯大厦的最高层,远处,深圳的夜色灯火辉煌。

男人六　到处都是工地,一派生机勃勃的景象。

男人七　尤道生仿佛看见父亲走在大街上。

男人八　他佝偻着背,手里着那包一块五的塑料袋装的饮料。

男人九　尤道生默默地看着前方。

男人十　自己仿佛就在半空之中。

男人五　他不知道自己身在何处。

男人六　只有父亲的脸在夜色中飘浮着,越来越模糊。

男人七　泪水从他的眼里流出来,在他的脸上聚集,滚落。

男人八　落在了尘埃里。

男人九　空气闷热得很,一丝风也没有。

男人十　夜深了。

〔灯光渐暗。

五

[灯光渐起。一张巨大的长条桌,人们在桌前坐着,各自忙
碌着。电脑、文件、电话,步履匆匆,忙忙碌碌。

[尤道生、李子建、郁德和、梁自芳都坐在长条桌不同的地
方,他们翻看着手中的文件。

[员工们像沙丁鱼般地游走着,在他们的周围聚集或散开。

[几个员工都小心翼翼地站在李子建的身边。

[李子建啪的一拍桌子,所有的人都看着他。

李子建　我带回来材料呢?

男人六　李总,对不起,我以为是您不要的材料,整理的时候就给扔了。

李子建　你以为?

男人六　您放在茶几上,我以为是一堆废纸。

李子建　你怎么不把我也给扔了? 把你自己也给扔了?

男人六　本来您从美国带回了许多材料都扔了。

李子建　是你知道还是我知道? (突然把手中的纸扔向天空)你扔,
扔啊!

男人七　李总,他也不是故意的。

李子建　不是故意的? 就可以了。借口,这是失职,要是故意的就是
犯罪了。(突然又拍了一下桌子)妈的,怎么办? 急着要用
呢? 我真想一把火把这楼给烧了。

男人七　李总,别急,是什么方面的材料,我让他们重新找。

李子建　找,哪里找? 在美国呢。

男人八　我们想办法。

李子建　想办法,就你那水平。

男人九　我跟美国那边再联系,看能否再要一份。

李子建　要,谁会给你。(对着男人六)找,找啊。

男人六　垃圾都倒了,找不回来了。

李子建　找不回来也得找,找,去找。

男人六　(为难地)李总,找,找,找过了。

李子建　你什么意思?

男人六　我们早就找过了,垃圾都被处理了。

李子建　那你还站在这里干什么? 消失,赶紧从我面前消失啊。

男人七　李总,他就犯这么一次——

李子建　一次? 怎么着,我处理错了?

男人七　我不是这个意思。

李子建　那就不要说了。

男人八　李总,打住吧。

男人九　是的,我们去解决。

男人八　那么多人,也要给他面子。

李子建　面子? 我凭什么给他面子。(冲着男人六)你有面子吗?
　　　　(冲着众人,一个个地叫着)你,你有面子吗? 你,你,你,你
　　　　们有面子吗?

男人八　李总,别的领导要是知道——

李子建　别人是别人,我是我。

男人九　李总——

李子建　好了,你不要说了,否则,别怪我不给你面子啊。
　　　　〔李子建愤愤地从桌上拿起一份材料,扔掉,然后坐下。
　　　　〔员工们赶紧从地上把材料和纸捡起来,收拾干净,离开李子健。

男人六	在交换机的市场上,如今只剩下华兴和国讯。
女人二	一山难容二虎。
男人七	华兴与国讯之间的战争不是偶然的擦枪走火。
女人四	而是全面的战争。
郁德和	尤总,这是华兴的发展计划,我对比了一下,跟我们的几乎一样。
梁自芳	战,就是你死我活,战,就是鱼死网破,而战胜,就是要做到知己知彼。

　　〔梁自芳把一盒录音带放在尤道生的面前。

尤道生	录音带?
梁自芳	这是我们大厅的一个保安提供的电话监听录音,是从服务中心大厅里的公用电话打出去的,受话方是华兴一个部门。
尤道生	什么内容?
梁自芳	向对方提供 A8910 接入服务器源代码的交易。
尤道生	在我们眼皮底下给对方打电话,这也太猖狂了吧。
梁自芳	灯下黑。
尤道生	防不胜防啊,他们落后我们多少?

　　〔李子建站起来。

李子建	他们刚开始做,而我们去年十月份就已经推出了产品,质量不比国外同类产品差。
梁自芳	我们有价格优势,是国外同类产品的十分之一还不到。
郁德和	目前市场占有率 70% 以上。
尤道生	严查。
郁德和	公司接触源代码的人并不多。
梁自芳	已经查出了。
尤道生	严肃处理。

梁自芳	已经处理了。
尤道生	（站起来）赶快补发通知，以后各部门招人，要注意应聘者的工作背景，防止间谍。
梁自芳	我们也有人在那边工作。
尤道生	噢，那做好防范。噢，别忘了奖励那个保安。
梁自芳	升职了。
尤道生	好。
	〔静场。尤道生转头看着李子建。
尤道生	怎么了？
李子建	没什么。
	〔静场。
	〔尤道生看着郁德和。
尤道生	怎么了？
郁德和	没什么，尤总。
女人四	在很长的一段时间里，最让尤道生头痛的就是他面前的这两位——郁德和和李子建。
男人八	一个是共同创业的元老。
女人五	一个是攻城略地的战将。
男人九	放在一个部门总是互不买账，天才都有自己的个性。
女人六	于是，尤道生把研发部门拆成两个部门。
尤道生	一个负责战略规划，一个负责产品研发。
男人六	一老一新，相得益彰，一个务实，一个务虚，这是尤道生的如意算盘。
女人四	然而，愿望是美好的，现实却往往不尽如人意。
尤道生	子建，你是德和介绍到国讯来的。
李子建	是的，我实习就在郁总手下，没有郁总，也就没有我的今天。

郁德和　哪里，你全是靠着自己的努力，国讯现有几十项领先世界的技术，都是子建你的功劳。

李子建　没有郁总推向市场，也不会产生经济效益。

尤道生　（笑）我请你们过来，不是为了相互吹捧的。

　　　　［静场。

郁德和　好，不绕弯子了。尤总，去北京开研讨会，三个名额，研发部两名，规划部一名，为什么要把规划部的这一名给去掉？

李子建　本就是技术研讨会。

郁德和　我们不了解技术，如何规划？

李子建　这不是战略会议，要什么规划？

郁德和　你们一直说规划部是一个空架子。

李子建　你们负责务虚，我们负责务实，这是尤总定的，没错。

尤道生　我只是说工作的方向，明显这都很需要。

李子建　郁总，你又不是不知道，本来战略就是空对空。

郁德和　战略怎么是空对空呢？怪不得有人说我们规划部是鬼话部，只说空话鬼话，没有实权。

李子建　我说的空又不是真的空。

郁德和　那是什么空？空，可不就是空。

尤道生　郁总，我理解子建的意思，他不是这个意思。

李子建　是的，我不是这个意思。

郁德和　那你是什么意思。

李子建　我的意思，我们要盯着一个领域，不能总换方向。不能 GSM 好，就搞 GSM，CDMA 好，就搞 CDMA。

郁德和　当然是 GSM 好，就搞 GSM，CDMA 好，就搞 CDMA。

尤道生　到底谁好，这得讨论，要有市场调研。

李子建　不能狗熊掰棒子，掰一个扔一个。

郁德和	技术过硬当然就不会扔。
李子建	没有市场,再过硬也没用。
郁德和	所以要有战略,否则就是盲目研发。
李子建	研发怎么会是盲目的呢?
尤道生	这是先有鸡还是先有蛋的问题。
郁德和	不,是要不要生蛋的问题。
尤道生	技术方向不正确,会影响到公司的决策。
李子建	不,是如何生蛋的问题。
尤道生	技术研发不到位,就不会有产品和市场。
李子建	是的。
尤道生	不管怎么样,反正有三个名额,规划部派一名参会,可以全方位了解技术的发展情况,对于未来的规划是有好处的。

〔静场。尤道生看了看李子建和郁德和。

尤道生	好,就这么定了,这次北京会议,研发部两名,规划部一名。子建?
李子建	我没意见。
郁德和	好。
尤道生	你们两个,一个是比尔,一个是盖茨,只有两个人合在一起才是国讯的比尔·盖茨。

〔李子建走回到自己的座位上。尤道生走到郁德和身边。

尤道生	德和,最近,我想了想,我想让你去搞资本运作,怎么样?

〔郁德和看着尤道生,他没有说话,他站起来离开,走到自己的座位上。尤道生看着他,也坐到自己的座位上。

〔静场。

男人七	郁德和离开研发部,李子建独掌研发大权,成绩斐然。
女人四	可就在他朝下一个目标冲锋陷阵的时候,尤道生却把他调

离了研发部。

[李子建走到尤道生面前，他们静静地看着对方。

男人八 尤道生看着李子建，这是一张朝气蓬勃的脸，他眯起眼睛，像是要飞起来。尤道生突然想起来，那个冷月的夜晚，在荒漠戈壁滩的废墟里，他盯着那头小狼崽，也是这样眯着眼，也是这样要飞起来的样子。尤道生不禁打了一个冷战。

尤道生 技术要卖出去才有价值。

李子建 我明白。

尤道生 开发人员只有经过市场体验，才能懂得客户的需求。

李子建 我知道。

尤道生 只有这样，技术才能更上一层楼。

李子建 我清楚。

男人八 尤道生对于李子建的喜爱和信任是明显的。

女人五 甚至有些偏袒。

男人九 他希望年轻人能够尽快成长。

女人六 可是他的良苦用心李子建并不关心。

尤道生 国讯的冬天就要来临了，我们得集中精力在核心竞争力上。

李子建 是的。

尤道生 深圳是没有冬天的，可我仿佛能看到大雪纷飞的景象。

男人七 尤道生明白，公司是一条供应链，将来的竞争就是供应链的竞争。

女人四 国讯的供应链上有数百个厂家，这是一个庞大的体系。

尤道生 子建，电气业是未来我们的主打，我希望你去分管。

李子建 好。

尤道生 对美国技术的研究是我们的方向，我希望你去分管。

李子建 好的，尤总。

尤道生　冬天是客观的规律,是不随人的意志而转移的。

李子建　所以要有技术。

尤道生　我们不能与规律对抗,不能逆流而上,要顺势而为,减少风险。

李子建　是不是因为成功,所以就不敢冒险?

尤道生　成功是一件靠不住的事,依靠过去的成功可能就走向失败了。

李子建　我们发展得很顺利。

尤道生　不,是太顺利,这就不是真正的成功。

李子建　成功难道不是发展好吗? 那什么才是成功?

尤道生　成功就是像日本的那些企业一样,历经九死一生还能好好地活着,这才是真正的成功。

李子建　非得要九死一生吗?

尤道生　国讯没有成功,只有成长。

李子建　我们已是世界 500 强企业,不是刚起步的小公司。

尤道生　永远不要提 500 强,你知道历史上有多少公司曾经进入过 500 强,然后就没了。供应链体系是国讯的同盟军,只有一件件的小棉袄都送来了,我们才有足够的过冬棉袄。

李子建　是的。

尤道生　那我们就不怕冬天来临了。

　　　　〔静场。

　　　　〔李子建站起来,他拿着辞职书走到尤道生面前。

尤道生　子建?

李子建　(把辞职书递给尤道生)这是我的辞职报告。

尤道生　辞职?

李子建　是的。

尤道生　辞职?

李子建　尤总,您对我就像父亲一样,我对国讯也充满感情,我是不会去华兴或是其他对手那里的。

尤道生　那你自己做？

李子建　是。自己开公司，叫港天。

尤道生　港天？这里你做得不错。

李子建　但我想创业。

尤道生　这里没空间？

李子建　不，是我需要自己的空间。

尤道生　这里不自由？

李子建　不，我需要的自由是自己的，不是别人给的。

尤道生　别人？你不把国讯当自己的？你有股份。

李子建　是的，但不一样。您说过国讯像狼族，狼都是需要自己的空间。

尤道生　小狼崽长大了。

李子建　不是被父母踢出去，也得选择主动离开。

尤道生　需要自己的领地？

李子建　不是。

尤道生　又是那些国外的资金？

李子建　只是想试试。

尤道生　钱，都是有目的的。你再想想。

李子建　我想得很透了。

尤道生　我们再谈谈。

李子建　工作上你放心，我会安排好的。

尤道生　你是不是对我有意见？

李子建　没有。狼崽怎么会对狼族有意见。

尤道生　我想劝你。

李子建　是的，我知道。

尤道生　我舍不得。

李子建　是的,我知道。

尤道生　难道你对国讯——

李子建　这不是感情的事情。

尤道生　也许我们不是一代人吧,对于事业的认知不一样。

李子建　我永远感激您,但感激不应该成为我待下来的理由。

尤道生　我把你从研发部调到市场部——

李子建　我知道,您是为了锻炼我。

尤道生　现在我们要迎来冬天。

李子建　不,国讯的业绩蒸蒸日上。

尤道生　危机四伏啊——而你要离开,更加重了这危机——就像冬
　　　　天的第一阵霜冻。

李子建　对不起。

男人六　意外。

女人四　震惊。

男人七　愤怒。

女人五　埋怨。

众　人　失望、伤心、焦虑、不舍。

男人六　尤道生心里五味杂陈。

女人四　尤道生半夜会突然惊醒。

男人七　尤道生感到束手无策。

女人五　如果换成了别人,尤道生也许会无动于衷。

男人六　离职的人那么多,他并不在意,来来回回,进进出出,这是企
　　　　业充满活力的表现。

女人四　如果是换一个人把辞职信递到他的面前,他可能会骂上三
　　　　天三夜。

男人七	可是，他是李子建。
女人五	他心爱的李子建。
男人六	他寄予厚望的李子建。
女人四	他把他作为接班人的李子建。
众　人	李子建。
男人七	尤道生觉得太不可思议了。
女人五	就像自己身上的一根肋骨被人生生地拔去了。

　　〔郁德和看着尤道生。

郁德和	尤总，子建要辞职？
尤道生	你怎么看？
郁德和	谢谢您这两年让我做资本运作。
尤道生	你什么意思？
郁德和	挺有收获的。
尤道生	你做得不错，给公司赚了不少利润。
郁德和	公司嘛，利润最重要。
尤道生	郁总，你话里有话。
郁德和	没有，我只是觉得挺理解子建的。
尤道生	理解？
郁德和	研发真的是太难了，而且技术还受制于人，真不如单纯一些，赚钱的渠道多着呢，何必非得在研发上耗到底。我以前就曾说过，研发是一条不归路。
尤道生	（突然发火）不归路，郁德和，你什么意思？都什么时候了，你还想让国讯回到老路上去？放弃追求。没错，公司是要利润，但公司绝不只是赚钱。我们还只能看现在吗？前阵子我去美国考察，人家有那么好的技术，那么好的资源，回来再看看我们国家，要让十几亿国民活好，仅仅是看着口袋

里的那几个钱吗？我们必须放眼未来，未来中国的发展靠什么，靠的就是科学技术，未来的中国市场就是中国国企与国外巨头的殊死搏斗，没有技术，我们只能永远被别人牵着鼻子走，我们就没法突出重围，我们在西方第一次工业革命之时就落后了，现在我们只有拼命地追赶，只争朝夕，否则，我们就会被绞杀，看看世界强国，哪一个不虎视眈眈，再看看美国的公司，他们的布局和安排，他们的技术与战略，又岂止是为了赚几个钱而已？郁德和，你要是再这么想，就别怪我尤道生翻脸不认人了。

〔郁德和看着尤道生。静场。

郁德和　尤总，我只是看着你为子建的辞职而焦虑，所以才这么说的。

尤道生　不错，我是焦虑，但是绝不会因此而放弃。

郁德和　好，我再去劝劝子建。

男人六　半年的劝说，李子建不为所动，他去意已决。

女人四　尤道生表现出了非凡的大度，他给李子建开了一个盛大的欢送会。

〔众人聚集起来，他们看着李子建和尤道生。

〔李子建站起来。

李子建　谢谢尤总充分尊重我的个人选择，尤其要感激的是他以宽大的胸襟对我并不成熟的创业想法给予了极大的鼓励，就像一股暖流涌进了我的心中。以后，无论我在哪里，我永远会感激国讯，感激尤总。

〔众人鼓掌。灯光暗转，舞台只剩下尤道生和李子建、郁德和。

〔尤道生走到李子建的面前。

尤道生　子建，你是不该走的，什么时候你想回国讯了，就回来，国讯的大门永远为你敞开,这里是你的家。

李子建　谢谢尤总。

　　　　〔尤道生和李子建握手,李子建下场。

郁德和　这是叛逃,李子建带了很不好的头,忘恩负义。

尤道生　不,子建这不是反叛,他只是受了西方基金的怂恿和诱惑,这些基金在美国的 IT 泡沫破灭中惨败,就开始转向了中国。钱,是好东西,但,钱多了,就不是个好东西。

郁德和　如果大家都去创业了,国讯就散了。

尤道生　的确,现在有这种想法的人不少,我得写个有关他创业的声明,公司没有亏待他,他的离开是经过公司允许的。

郁德和　现在,研发和市场的骨干们都心态浮躁的,他们如果走了,还会带走国讯的技术和商业秘密。

尤道生　该走的没走,不该走的却跑了。

郁德和　尤总,什么意思?

尤道生　没什么意思。

郁德和　谁该走,谁不该走?

尤道生　德和,我没有特指——这次,我们的收获又是什么?

郁德和　收获?

尤道生　是的,李子建带着他一千多万的股权和分红离开,我们的收获是什么? 以前,我说过国讯唯一可以依存的是人,可是人在任何时候都是靠不住的。

郁德和　那要看是谁? 人和人不一样。

　　　　〔尤道生看着郁德和。

郁德和　怎么了,尤总。

尤道生　人和人是一样的。

郁德和　是的,在任何时候,人都必须对很多东西说再见。

尤道生	子建？
郁德和	您指的是？
尤道生	不，我们不能依赖于人制。
郁德和	人制？
尤道生	现在我们就得有补救措施，调整组织结构，均衡发展，促优势，补短板——让企业从必然王国走向自由王国。
郁德和	自由王国？
尤道生	是的，自由王国。

〔灯光渐暗，舞台上只剩下尤道生。

〔舞台的一角，母亲宁红霞坐在那里，尤道生走过去。

宁红霞	道生，你怎么起来了？
尤道生	妈，睡不着。
宁红霞	怎么总睡不着？
尤道生	不知道，也许想的事情太多了。
宁红霞	既然回到家里，就忘掉公司的事吧，反正事情是忙不完的。
尤道生	都有人管的。
宁红霞	那你还不放心？
尤道生	习惯了。
宁红霞	多呼吸这里的新鲜空气，这对于你的病有好处。
尤道生	是，空气是免费的，再多的钱都买不到。
宁红霞	庄稼在地里，我们除草、施肥、浇水，然后就都交给老天爷了。（稍停）道生，我给你做饭去，想吃什么？
尤道生	妈，我想吃小时候喝的野菜糊糊。
宁红霞	（意外）野菜糊糊？那哪里能喝，那时候没得吃，没办法。
尤道生	也许，现在也喝不下了。
宁红霞	就是，哪里去找野菜去？我给你做浆米线。

尤道生　谢谢妈。

　　　　　[宁红霞转身下场。尤道生在母亲坐的座位上坐了下来。

男人五　尤道生坐在门口的石凳上，四周很静谧。群山连绵不绝，却
　　　　都无声地立着。

女人四　树木郁郁葱葱，仿佛都在静静地看着他。

男人六　远处，田野里，雾气笼罩着，烟白一片。

女人五　天空中，朝霞红了半边天。

男人七　尤道生深深地吸了一口气，深圳仿佛是在另一个世界里，离
　　　　他好远，好远。

男人八　放下自己，得到了世界。

女人六　一天跟一万年有什么区别，一秒跟一百年又有什么不同？
　　　　人终是要死的。

男人九　人不努力就可以天天晒太阳，何必努力奋斗以后再去晒太
　　　　阳呢？

男人十　疾病缠身，两次癌症手术，尤道生一直在做化疗。

尤道生　每天都仿佛在太阳底下烤，我觉得自己幼稚可笑。

男人五　突然之间，尤道生仿佛明白了什么？

尤道生　在时代的面前，我越来越不懂技术，越来越不懂财务，也半懂
　　　　不懂管理，如果我不能民主地善待团队，充分发挥各路英雄
　　　　的作用，那么我将一事无成。所以，我希望能做一个无事之人。

女人五　无事之人，从老家回到深圳，尤道生做了一个让所有高管都
　　　　目瞪口呆的事情——他放弃了签字权。

男人六　同时，公司上层也实行轮值制度。

男人七　他决定放权。

女人四　放弃签字权的第一天，尤道生在办公室干坐了一整天，没有
　　　　一个高管来找他签字，他觉得落寞得很。

男人八	可是,无事也会生事,对于尤道生来说,无事找事,为无为,事无事,是一件大事。
女人五	去领导化,去科层,一切数据驱动,一切都在阳光下。
男人九	尤道生突然找到了管理公司的另一种方法——制度化,而不再只是人。

〔灯光渐暗。

六

〔随着不安的音乐响起。灯光渐起。

〔尤道生站在舞台的中央,国讯的销售员们上场,他们都穿着西装、衬衫、皮鞋,拖着行李箱,他们匆匆地走过舞台。在尤道生的身边聚集或是散开。

男人六	2001 年 12 月 11 日,中国正式加入世界贸易组织 WTO。
女人三	企业的国际化发展是一个与时俱进的标志。
男人七	只有拥有世界一流的客户,才能成为世界一流的企业。
女人四	国讯的市场与发展绝不仅仅只在国内,而是要向海外挺进。
男人八	当众多国际电信巨头在中国市场激战的时候,国讯早已将目光投向了海外,开始了突围。
尤道生	心有多高,就能飞多远。境界有多高,企业才能做多大。如果三五年内建立不起来一支国际化的队伍,那么国内市场一旦饱和,我们将坐以待毙。过去,世界在中国,现在中国在世界。
女人五	国讯境外拓展的第一站便是香港。

男人九 别人需要至少六个月完成的项目,国讯给出的时间是一个半月。

男人六 第二站便是俄罗斯,政局动荡,经济萧条,但是市场的潜力巨大。

男人七 可是整整两年,没谈成一笔生意,俄罗斯人根本不相信中国的电信产品。

女人四 土狼变成了北极熊,而且学会了冬眠。

男人八 两年之后,终于谈成第一笔生意,合同金额只有三十八美元。

女人五 冬天总会过去,春回大地,又将是土狼的天地,金融海啸过后,经济逐渐恢复,国讯在俄罗斯的业务终于迎来快速发展的春天。

男人六 依旧是老战略,农村包围城市。

男人七 只不过,农村已经变成中国人民的老朋友——亚、非、拉第三世界的兄弟们。

男人八 一切从零开始,一切从无到有,津巴布韦,博茨瓦纳。

女人五 重重的困难,无数的白眼,毛里求斯,尼日利亚。

男人十 哪里有客户,哪里就有国讯。

尤道生 要倒下几拨人,才能起来一片市场。

男人六 兵贵神速,征战法国。

女人三 精诚合作,进入英国。

男人七 稳扎稳打,步步为营,在荷兰成就传奇。

女人四 随机应变,开拓进取,在德国铸就辉煌。

尤道生 这个世界前进得太快,如果我们自满自足,只要停留三个月,就会注定被从历史上彻底地抹掉。

男人八 世界上第一科技强国,是美国。

女人五	通信技术和设备在全球占据绝对优势的国家,是美国。
男人九	电信市场最成熟的国家,还是美国。
男人十	多少公司乘兴而来,败兴而归,这是美国。
尤道生	为了不让狮子吃掉,羚羊必须跑得比狮子快;为了不饿肚子,狮子又必须比羚羊跑得快。我们必须要明确两种身份,在国内市场做狮子,在国际市场做羚羊。
	〔销售员们聚集在尤道生的周围,他们成为国讯与高科案中的角色。
尤道生	多年来,我们迈进的每一步,隔着浩瀚的太平洋,一只狮子早已看在眼里,伺机行动,那只狮子就是高科。
	〔郁德和、梁自芳上场,他们坐在桌前,远远地看着尤道生,场面有些凝重。
尤道生	体检报告如何?
郁德和	我们的产品没有问题,完全是自主研制,自主开发,完全没有侵权和抄袭行为。
尤道生	好。胜利一定是给有准备的人准备的。我估计高科出击依旧会是老套路——知识产权。
梁自芳	他们以前就是这样干掉日本对手的。
	〔高科公司的副总裁上场,他走到尤道生面前,坐下。
尤道生	欢迎。高科的副总裁光临国讯,我们不胜荣幸。
副总裁	尤总,我们就不要客套了。你们国讯侵犯我们高科的知识产权,对高科造成了极大的侵害。
尤道生	噢,下这样的结论得有证据。
副总裁	我们有对比结果。
尤道生	我们也做了对比。
副总裁	你们得承认自己的侵权行为,给予高科巨额赔偿,并保证不

再继续销售类似的产品。

尤道生 （笑）我欣赏您的直爽。为了体现我们的善意与诚意，对于有争议的路由器类产品，我们可以停止在美国本土销售，但软件侵权并不存在。

副总裁 侵权是事实。

尤道生 没有证据。

副总裁 既然你们不承认，那你们将所有产品的代码公开，以证明自己的清白。

尤道生 （笑）公开？不，我们不是上市公司，无须公示社会。再说，我也没必要用自杀来证明自己的清白。

副总裁 你们不认错。

尤道生 不，我们没有错。

　　［副总裁腾地站起来，甩手离开。

男人六 尤道生本想低调处理，息事宁人。

女人三 可是高科却认为国讯没有诚意，是懦弱和心虚。

郁德和 （拿着一份报纸）喏，尤总，国讯从美国撤回路由器产品。

梁自芳 （拿着一份报纸）尤总，国讯侵犯高科的知识产权。

郁德和 是可忍，孰不可忍。

梁自芳 我们的忍让被当成胆小和害怕。

郁德和 他们认为这是此地无银三百两。

尤道生 美国的市场我们还没有站稳脚跟，我本想化解危机，和为贵。

男人七 但是对手并不这么想，他们想要的是赶尽杀绝。在美国的文化里，他们并能不理解"和"的深刻内涵。

尤道生 打。

　　［鞭炮声响起来，传来"中央电视台春节联欢晚会"的声音。

女人四 春节，大年三十，中国人阖家团圆的日子。

| 男人八 | 高科成立了史上最强大的诉讼团队，正式向美国当地法院递交了长达七十多页的诉状。 |

男人八 高科成立了史上最强大的诉讼团队，正式向美国当地法院递交了长达七十多页的诉状。

男人九 状告国讯侵权。

〔所有的人都聚集在尤道生的周围。

郁德和 诉状过来了。

梁自芳 这么快。

尤道生 这是高科给我们精心准备的春节礼物。

郁德和 跨国知识产权官司最难打。

梁自芳 关键是还要在美国本土打。

尤道生 他们知道打蛇要打七寸。

郁德和 我们研究了诉状，一共有四个方面，我们在任何一个方面都不能输，否则，巨额赔款不说，在今后很长的一段时间里，我们都无法再进入美国市场。

尤道生 多米诺骨牌，倒下第一张，就会无法收拾。

梁自芳 全球的合作伙伴和对手都在看着我们。

尤道生 只能赢，不能输。我们有多大的把握？

〔静场。

梁自芳 我们有那么多发明专利，这是本钱。

郁德和 我们不怕应诉，国讯也不再是以前的国讯了。

尤道生 敢打才能"和"，小输即是赢。立即成立应诉小组，知识产权、法律法规、数据产品、市场销售，各个部门都由各个副总带队。

梁自芳 好。

郁德和 好。

尤道生 这场官司考验的是我们的智慧和勇气，要维护的是我们的利益与尊严，我们就是要撕掉中国制造的标签，打上中国创造的烙印。

〔舞台的两侧分放着两张桌子,高科与国讯的人员各在一边,尤道生站在舞台的中央。

男人十 赶到美国,国讯团队的年夜饭只有快餐。

〔快递员提着几大盒快餐,匆匆地上场,他把快餐放在桌上。

快递员 Oh, Happy Chinese new year, all the Chinese food is here... 中国人?

国讯甲 春节快乐。

快递员 春节快乐,年夜饭吃快餐? 辛苦。

国讯乙 你也辛苦,大过年的还给我们送餐。

快递员 这里的老美不过咱中国人的节。

国讯丙 可咱中国人得过。

快递员 是,那你们好好吃——(看到桌上的文件)你们这是要干吗? 大过年的也不歇息?

国讯甲 打官司,老美不让歇。

快递员 打官司? 跟美国人打?

国讯甲 是。

快递员 那你们可要当心了,老美就爱打官司,最后谁有钱谁赢。

国讯乙 难道不应该是谁有理谁赢吗?

快递员 是,有钱就有理。真好,现在都可以跟美国人在美国打官司了。

国讯乙 怎么了?

快递员 说明我们现在富了,有钱了。

国讯乙 不是有钱,是有理。

快递员 中国现在强大了,我们这些海外游子也有些底气了。你们哪里的啊?

国讯乙 深圳。

快递员 （兴奋地）太好了，见到老乡了，我是从广州来的，以前我在中国唱歌的……

国讯丙 我一听就是，怪不得声音这么好。

快递员 美声，男高音。现在想想，还真有些后悔，要是不来的话，在国内也挺好的。

国讯丁 那给我们唱一个呗，就当我们看春晚了。

快递员 真的，那你们吃，我来唱，以前我喜欢唱的全是西方的曲子，可是现在我最爱唱的却是这首歌，也是来自我们广州的——《我爱你，中国》。

国讯乙 好，这个好。

〔众人鼓掌。

快递员 （唱）我爱你，中国！我爱你，中国。我爱你春天蓬勃的秧苗，我爱你秋日金黄的硕果……

〔《我爱你中国》的旋律从远处飘过来，众人看着快递员，心胸激荡。

〔灯光暗转，快递下场。

国讯甲 经过讨论，我们要从三方面入手。一是以毒攻毒，用法律应对的方法。

国讯乙 二是以攻为守，用美国人惯用的方法。

国讯丙 三是以图存，占领舆论的制高点。

国讯丁 我们只是动了他们的奶酪。

男人九 狮子口下的食物怎么能动？显然国讯是低估了对手，高科律师团精于技术产权官司，本来边界模糊的专利问题经过他们的上纲上线，就成了侵权的证据。

男人十 法庭还没开庭，舆论战早已开战，高科在全球投入了 1.5 亿的广告，高调宣传。

男人九	美国媒体不相信一家中国公司能不通过盗版就可以崛起。
高科甲	是的,他们的价格那么低,就是因为技术上的短板与局限。
高科乙	如果用了他们的产品,未来一定会付出昂贵的代价。
男人九	首次开庭,国讯全面落败。
尤道生	我们不能再低调了,要变被动为主动,不能再被牵着鼻子走。(来回地走着)换公关公司。
郁德和	我们找了美国最擅长危机公关的事务所。
梁自芳	他们拒绝了我们的请求。
尤道生	为什么?
郁德和	他们不相信我们,认同对手的说辞。
尤道生	那再换一家。
郁德和	他们也拒绝了。

　　〔静场。

| 尤道生 | 为什么不请他们到国讯来,眼见为实。 |

　　〔郁德和和梁自芳退到一边。

　　〔李子建上场,他走到尤道生面前。

尤道生	好久不见,子建。
李子建	尤总。
尤道生	港天怎么样?
李子建	不错。
尤道生	资金很充足啊。
李子建	想投资的人很多。
尤道生	都是国外的资金。
李子建	是的,钱,没有国界。
尤道生	但都有目的。
李子建	我知道。

尤道生　不能不当心。

李子建　谢谢。您找我——

尤道生　你知道我们在跟高科打官司。

李子建　是的,全球都知道了。他们不好对付,尤其是知识产权官司,本来就说不清楚。

尤道生　是的。他们有经验。

李子建　也有技术。我们输了?

尤道生　暂时的,也不叫输,只是第一轮。

李子建　我们准备得不充分?

尤道生　没找到对方的七寸。

李子建　不是每种动物都有七寸的。

尤道生　你愿意跟我们联合吗?

李子建　联合? 做什么? 跟高科打官司? 您知道我们要上市,可千万不能有——而且,高科也没找上我们。

尤道生　这我明白,我只是觉得如果我们联合——

李子建　技术?

尤道生　不,资金。

李子建　资金? 国讯不缺钱。

尤道生　是的,但没有国外的钱。

李子建　你是说国外的资本,你不是看不上国外的资本吗,你总说资本都是有目的。

尤道生　是的。

李子建　那你?

尤道生　如果国讯不只是一家中国的公司——

李子建　您是想成熟了,还只是——

尤道生　我只是想想,并不成熟。

李子建 不行,实话实说,港天未来的发展,不能跟国讯有更多的瓜葛,我想切割还来不及呢,另外,这不只是我的想法,而且是那些资本的想法,就像您说的那样,资本都是有目的的。

尤道生 (看着李子建)谢谢提醒。

李子建 您还有别的事吗?

尤道生 没。

李子建 那——再见了!

尤道生 再见。

〔李子建转身下场。

〔尤道生走到舞台的前方,他看着远方。郁德和、梁自芳走过来。

郁德和 我们邀请了两家美国事务所来国讯考察。

梁自芳 我们详细地向他们讲述和介绍了国讯,还带领他们参观了研发基地,体验了产品和服务。

郁德和 百闻不如一见,他们相信了国讯。

尤道生 那他们有什么建议?

郁德和 不能直接反驳。

尤道生 怎么应诉?

郁德和 高科的诉讼中有私有协议。

尤道生 私有协议?

郁德和 是的,私有协议。高科正在运用私有协议搞垄断,我们可以向美国政府提出申诉。

国讯甲 垄断是重罪。

国讯乙 这是他们的七寸。

国讯丙 这是我们的反击。

高科甲 他们的老总是军人出身,中国的这家企业有着军方背景。

国讯甲	不,我们只是推进国际战略,与军事无关。
国讯乙	欢迎你们了解国讯,而不是道听途说。
男人九	国讯请来斯坦福大学的教授对比分析两家公司的软件。
国讯丙	国讯平台有 1.9％的源代码与高科的私有协议有关。
国讯丁	这就是底气,国讯完全是自主创新。
国讯甲	他们的行为,除了遏制竞争之外,别无他图。
国讯乙	这就是垄断。
国讯丙	现在我们转守为攻。
尤道生	敌人的敌人就是朋友,毛主席说的。
男人十	在第一次听证会期间,国讯突然宣布与高科在美国的老对手 3Com 合资成立了新公司。
男人九	这无疑是一颗重磅深水炸弹。
男人十	炸得高科措手不及。
国讯甲	第二次听证会,我们提供了一系列的反诉材料。
国讯乙	正是因为他们的指控令我们遭受重挫。
国讯丙	我们要求赔偿。
国讯丁	3Com 公司的 CEO 在法庭上担保:国讯的技术和实力是完全值得信赖的。
男人九	最终,法庭宣布拒绝高科的请求。
男人十	但是也要求国讯停止使用有争议的源代码。
男人九	双方算是相当于打了个平手。
高科甲	不,是我们赢了,法庭明显偏袒中国人。
国讯甲	美国的法律、美国的法庭、美国的法官。
高科乙	这是高科的重大胜利。
国讯乙	你们的请求都被拒绝了。
高科丙	我们期待审查他们源代码。

国讯丙　这是无理的要求。

高科丁　这一场官司打下来，现在所有的人都知道了他们。

高科甲　他们并没有抄袭。

高科乙　而且价格是我们的一半。

高科丙　这是个大广告。

高科丁　结局完全出乎意料。

国讯甲　我们的反击越来越强。

高科甲　我们觉得疲于应对。

高科乙　再打下去只能两败俱伤。

国讯乙　这也不是我们的希望，和为贵。

高科丙　和解。

国讯丙　和解。

高科丁　后会有期。

国讯丁　来日方长。

男人九　对于这样的结果，尤道生很满意，但是他依旧很低调，他拒绝了所有媒体的采访要求。

男人十　管理要淡化突出个人，即使需要一个人去接受鲜花，他也仅仅是代表。

男人九　高科的总裁钱伯斯却接受了《华尔街日报》的采访，他被问道，在全球的公司当中，哪一家最让他担心？

男人十　钱伯斯回答：这个问题他二十五年前就知道，这家公司一定会来自中国，现在来说，它就是国讯。

男人九　这场官司本想阻止国讯来美国，却给他们做了一次免费的大广告。

男人十　现在，所有的美国人都知道：国讯来了！

　　　　　〔灯光暗转。

〔李子建走到尤道生面前。

〔尤道生一直看着他。

李子建　祝贺尤总,这场诉讼让全球的电信巨头都知道了国讯的厉害。

尤道生　竞争是常态。

李子建　就像你们对港天的阻击。

尤道生　是的,我们是竞争对手,你们港天正在蚕食我们的市场。

李子建　市场是大家的。

尤道生　是的,市场是大家的,但是你用国讯的做法对付国讯,人是从国讯挖的,客户也是从国讯抢来的,公司内部的组织形式和企业文化都是照国讯搬过来的,连作息时间都和国讯没有两样。

李子建　是的,国讯是我们学习的榜样,我们都被叫作"小国讯"。

尤道生　小,也许你并不满意。

李子建　是的,我们有风险投资。

尤道生　有钱,并不是好事。

李子建　缺钱的时候我也是这么认为的,现在我们不缺钱。

尤道生　听说你收购了舜天?

李子建　是的。

尤道生　不可以。

李子建　不可以?

尤道生　是的,他们是从国讯出走的。

李子建　我也是。

尤道生　不一样。

李子建　他们用了国讯的技术? 这是你的奶酪。

尤道生　不,奶酪本是大家的,关键的是他们动的方法。你看,红一方面军和红四方面军胜利会师了。

李子建　会师？是的。

尤道生　也好，可以一起打。(稍停)我们在公司内部成立了打港办。

李子建　我听说了，就是打击我们港天公司。

尤道生　是的。跟高科学的，他们内部有个打击国讯小组。

李子建　那也没赢你们。

尤道生　我们这么做，是为了跟你们抢市场。

李子建　抢？你们占大头。

尤道生　不抢，大头就是你们的了。

李子建　土狼战术？

尤道生　不，不是杀死你们，而是让你们失去生存的空间。让你们永
　　　　远没法与国讯为敌。

李子建　生存空间？

尤道生　你们一直被资本推着往前走，这不健康，也不主动。

郁德和　凡是销售人员丢单给港天，就要受到重罚或是开除。

尤道生　是的。

郁德和　那丢给高科或是华兴呢？

尤道生　我不管。

郁德和　对于港天的大客户，我们全部收购。

尤道生　再给他们最大的优惠，全面封锁港天的品牌。

郁德和　不惜一切代价，从港天挖人、挖人、挖人。

李子建　没有了客户，没有了市场，没有了技术人员。

尤道生　是的，这就是我要做的。

李子建　为什么？

尤道生　生意场即丛林，适者生存。

郁德和　子建，这么做下去，你是耗不起的，不如你服一下软，我替你
　　　　向尤总去求求情？

李子建　不。我还有一条路。

郁德和　上市？

李子建　是的，只要一上市，就会圈回大量的股金，投资人们的钱也
　　　　都回来了。

尤道生　我绝不允许，如果你们上市复活，必定会抢占我们的市场。

李子建　是的。

郁德和　律师函已经寄到你们法务部了。

李子建　律师函？

郁德和　要求你们解释港天产品对国讯知识产权侵权的问题。

尤道生　这也是我从高科案中学到的。

李子建　不，我们是去美国上市。

尤道生　那你们的申请也过不了。

郁德和　一封匿名信就彻底阻断了港天在美国纳斯达克上市的道路。

李子建　匿名信？

郁德和　是的，匿名信。

尤道生　所有的路都堵死了。

李子建　不，我可以忍痛卖掉公司。

尤道生　卖给谁？

李子建　西门子。

尤道生　西门子？

郁德和　他们最看重你们的是语音开发部门。

李子建　是的。

郁德和　可他们已经集体逃亡到了国讯。

李子建　你从我们这里挖人？

郁德和　你不是一直从我们这里挖的吗？技术团队看重的不仅仅是
　　　　利益，还有未来。

尤道生	现在,你只有一条路可以走。
李子建	破产。
尤道生	不。(微笑着)卖给我,让国讯收购港天。
李子建	不。
	[李子建离开尤道生,他走到舞台的前方。静场。
男人九	李总,不能卖,卖给谁都可以,就是不能卖给国讯,否则,我们的面子往哪儿搁?
李子建	面子? 我记得尤总跟我说过,忘掉面子,面子都让狗给吃了。
尤道生	那是我妈说的。
李子建	国讯以前的技术都是我带领开发的,这也是国讯立于不败之地的根本,那么多年,我们兢兢业业,从无到有,都是一步一步闯过来的,没有兄弟们没日没夜地奋战,是不可能会有后来的那片天地,现在看来,没有功劳,也有苦劳。
尤道生	对于国讯你当然是有功之臣,否则,在你离开的时候也不会有那么多的分红。在这个问题上你要明白,是先有鸡才有蛋,不是先有蛋才有鸡,国讯没有亏待你。
李子建	您不念旧情?
尤道生	不,如果是不念旧情的话,我也不会想收购港天。
男人九	李总,千万不要被国讯收购,我们辛辛苦苦闯出的天地,不能就这么拱手让给国讯了。
男人十	好马不吃回头草。
李子建	我不是马。
男人九	如果被收购了,我们就再也没有翻盘的机会了。
男人十	国讯是容不下我们的。
尤道生	不,国讯要是容不下你们,何以容天下? 识时务者为俊杰。
李子建	我不是什么俊杰,我只是个曾被美国拒签的学生。

〔尤道生走到李子建面前，向他伸出手，李子建看着，迟疑着，最终他们握手。

尤道生　子建，你的回归对于中国科技史来说，是一个贡献，不一定说是你们输了，我们赢了，其实，我们双方都赢了。

李子建　是。（稍停）为什么？

尤道生　什么为什么？

李子建　你对港天。

尤道生　因为你的背后都是外国人的钱。

李子建　钱，你管他来自何方？

尤道生　这是咱中国的市场。

李子建　就是为了这个？

尤道生　对，就是为了这个。

〔李子建离开，郁德和跟上来。

李子建　郁总，你要是我的话，你会回国讯吗？

郁德和　我？我不会离开。

李子建　不会离开。

郁德和　是的，我一开始就不会离开国讯，所以，根本就不存在回来。

李子建　我是说你要是我的话。

郁德和　（笑）尤总也不会找我。

李子建　真的？

郁德和　真的。

〔郁德和下场，李子建跟着下场。

男人九　这次收购彰显了国讯在国内电信界老大的地位。

男人十　敲山震虎是为了警告来者，国讯的霸主地位不许任何人觊觎和挑战。

男人九　诉讼案不久，高科总裁钱伯斯访问中国。

男人十 他第一个要拜访的人便是尤道生。

男人九 没有永远的朋友,只有永远的利益。

男人十 商场尊重强者。

尤道生 我跟钱伯斯说,走向世界,国讯还很年轻,没有必要非得硬碰硬,正所谓杀敌一千,自损八百,毕竟条条大路通罗马,兼容并蓄,联手合作,共谋发展才是王道。

男人十 钱伯斯怎么回答?

尤道生 我们相视而笑,他没有回答。

〔尤道生大笑着。灯光急暗。

七

〔灯光渐起。

〔飞机的轰鸣声,尤道生拖着行李箱匆匆地上场。

〔机场播报的声音。尤道生看了一下手表,他掏出电话。

〔舞台的另一侧,宁红霞上场,接听电话。

尤道生 妈,是我。

宁红霞 道生,你又出差了?

尤道生 嗯,妈。

宁红霞 你又在机场?

尤道生 是的,妈。

宁红霞 又坐飞机啊。

尤道生 妈,没事。谈完事我就回去。

宁红霞 道生,你要当心身体啊,你现在身体还没我好呢。

尤道生 妈,我知道了,今年春节我一定回家,哪里也不去了,我就想好好陪您聊聊天。

宁红霞 忙,就不要回来了。

尤道生 妈,又来了,事情是忙不完的。

宁红霞 你开那么大的公司,累,你看你现在皱纹比我还多呢。

尤道生 妈,皱纹多,那是笑的。

宁红霞 笑,我都很少听到你笑了。

〔尤道生大笑着。

尤道生 妈,是吗?

宁红霞 道生,我给你腌了咸菜,过两天给你寄过去。

尤道生 妈,我回来拿吧。

宁红霞 春节还有一阵子呢。

尤道生 妈——

宁红霞 怎么了?

尤道生 没——没什么,妈,挺好。

宁红霞 这孩子,怎么了。

尤道生 再见,妈。

宁红霞 嗯,道生。

〔宁红霞下场。尤道生看着手中的电话,他想去摁,却又停了下来,他把电话放进兜里。

尤道生 也只有在母亲面前,我才会这么开心地大笑。父亲过世之后,这是我和母亲电话聊天的方式,几乎每次都是同样的内容。每次出国,我都会在机场给母亲打个电话,可这次出差我却忍住了,因为出完差,我就回家,机票都已经买好了,我不想让母亲知道,想给她一个惊喜。人,再忙,心底里的那份亲情是最柔软的。母亲在,兄弟姐妹还是家人,母亲要是没了,就只是亲戚了。

[一群人上场,他们是国讯的员工,他们同样拖着行李箱,匆匆忙忙,很快,他们便迅速地淹没了尤道生。

女人二 国讯一直很低调,可是他们的业绩却让他们低调不起来。

男人五 国讯的手机销量一跃成为全球第三,可他们不只是做手机。

女人二 国讯不仅是一家中国公司,它在全球十几个国家都有研发中心。

男人五 我们拥有一百多名化学家、七百多名数学家、近九百名物理学家。

女人四 我们拥有八千多名基础研究专家及近七万名工程师和高级工程师。

男人五 国讯虽然是一家员工持股的公司,但他们始终坚持客户第一。

女人六 皮之不存,毛将焉附。

男人七 利他才能利己。

男人八 越是能够利他,才越是能够利己。

男人九 利己谁都明白,但要通过利他来达到利己的目的,就不是人人都能做到的。

[李子建上场,员工们拿走尤道生的行李箱。尤道生与李子建在舞台的中央相遇。静场。

尤道生 你是来辞职的?

李子建 是的。

尤道生 好。

李子建 你知道?

尤道生 我知道。

李子建 但你不知道我的办公室是透明的,经常会有员工跑过来,他们隔着玻璃看着我,就像是在动物园里看一只动物,指指点点。

尤道生 他们说什么?

李子建 喏,那个人就是李子建,曾经搞过国讯的人,现在又回来了。

尤道生 面子?面子让狗吃了。

李子建 不是吃,是啃,早就血肉模糊了。

尤道生 现在你是我们的首席科学家。

李子建 没人在乎。

尤道生 可是你在乎。

李子建 是的。

尤道生 所以——你选择离开。

李子建 是的。

尤道生 海阔凭鱼跃,天高任鸟飞。也许对你来说,国讯还不够阔,不够高。

李子建 再阔,再高,也没有外面的世界阔,外面的天空高。我还年轻,我想去外面闯闯。

尤道生 闯?真好,我创业的时候比你大多了。

李子建 是的,您会祝福我吗?

尤道生 不,不会。(稍停)你不需要。

李子建 您还记得我来应聘的那天吗?

尤道生 我去冲凉,天热。

李子建 您说不出十年,国讯就会有比窗外那幢更高、更宽敞的写字楼。

尤道生 你看,我兑现了诺言。

李子建 岂止。您三年就做到了。我记得我当时问您——靠什么?

尤道生 我是怎么回答的?(举起双手)

421

李子建　是的,您说靠双手。

尤道生　手长在你的身上。

李子建　(稍停)如果……如果我失败了,我还能回国讯吗?

尤道生　不,不能。

李子建　(压抑着情绪)这里曾是我的家。

尤道生　土狼还没学会捕猎,它总是可以随时回家的。

李子建　可一旦它学会了捕猎,就永远不能再回家了。

尤道生　是的,因为他有了自己的草原。

李子建　谢谢。

　　〔李子建转身离开。

女人二　李子建走得很快,他希望尤道生能叫住他,哪怕只是叮嘱一句:多吃点,你太单薄了。

男人五　可是,没有。

　　〔尤道生看着李子建的背影,不禁老泪纵横。

男人四　尤道生看着李子建走出办公室,他觉得自己身体的一部分也从此消失掉了。

　　〔员工们走过来,把行李箱递给尤道生,他又拖着行李箱匆匆地走着。

男人五　1G 时代,中国连个像样的大哥大套子都做不出。2G 时代,欧盟超越美国,制定了全球标准。3G 时代,美国与欧洲都想拉拢中国,群雄逐鹿,三分天下。4G 时代,中国与全球同步。5G 时代,中国绝对领先,制定标准。

男人六　国讯在美国的电信市场上也越来越受瞩目。卧榻之侧,岂容他人鼾睡。

男人七　2019 年。某国总统发表电视讲话,他的讲话如此直白。

男人八　这是一个重大声明,因为我知道,有人已经走在我们前面了，我们不能停下脚步，比赛没有结束，美国公司必须引领世界蜂窝网络技术，5G网络我们必须安全，必须强大，我们是有敌人的，不能被敌人掌握。

女人四 而这个敌人就是国讯。这样的话竟然出自一国总统之口。

男人五 世界上还从来没有过任何一家公司像国讯这样，逼着这个国家不顾大国形象，没了底线。

男人六 禁运、拘留、抹黑。

女人二 罚款、瓜分、切割。

男人七 满嘴胡言，颠倒黑白。

女人四 任意妄为，肆无忌惮。

男人八 打压。

女人五 绞杀。

尤道生 这是一个国家与一个公司之间的战争。

〔静场。随着飞机起落的呼啸声，灯光暗转。

〔又是机场。尤道生拖着行李箱走到舞台的中央。舞台的一侧，郁德和上。

尤道生 郁总，怎么你来机场接我？今天我从这里回家看望母亲，我不回公司的。

郁德和 尤总。

尤道生 公司发生什么事情了？

郁德和 您母亲——

尤道生 我妈？她怎么了？

郁德和 您母亲去世了。秘书不敢给你打电话，就告诉我了，所以——昨天，伯母去菜场买菜，过马路的时候被一辆卡车撞了。您在国外，您弟弟妹妹们也不敢跟您说……

〔尤道生呆呆地站在舞台的中央，手中的大衣掉在了地上。

［郁德和弯腰把大衣捡起来。静场。

［舞台的后方出现宁红霞，她怔怔地看着尤道生。尤道生抬起头看着她。良久。

郁德和　我陪您回家。

尤道生　（转头看着郁德和）家？母亲不在了，家就没了。

［尤天然上场，他走到尤道生身边，站着。

男人五　尤道生沉默了一路，不说一句话，就像是山里的岩石。

男人六　一路上，尤道生总是不时地想起父亲，他沉默的样子就像是山里的岩石。

男人七　尤道生觉得自己就站在父亲的身边，他看着父亲。

［尤道生扭过头看着尤天然。

尤道生　爸。

尤天然　道生，回家啊，其实，家，不在我和你妈这里，家在你心里。

尤道生　心里？

尤天然　是，一直都在的，家就是脚下的这片土地。

［尤天然转身走向宁红霞，尤道生看着他们一起手挽着手，下场。

尤道生　郁总，我想让你——带着手机业务部门分出去。

郁德和　把荣爵分出去？尤总，不谈了，等办完伯母的丧事，再说。

尤道生　美国对我们的制裁终于使我明白，他们的一些政客不是为了纠正我们，而是要打死我们。

郁德和　短期有困难，但我们有能力克服。

尤道生　可是分布在全球 170 个国家的代理商、分销商，会因渠道没水而干枯，这会导致几百万人失业。郁总，渠道干久了，小草枯了，就难以恢复生命了。

郁德和　尤总，我们在一起三十多年了，有没有别的路？

尤道生　我想过，没有。只有分开，生离死别是我们生活的常态，就像今天我妈离开我了——现在，把你们从国讯剥离开，就是要让你们使干枯的渠道重新流出水来。

郁德和　分开也是一条路，未来荣爵和国讯还可以再合作。

尤道生　不，分开就是真正的离婚，一旦"离婚"就不要再藕断丝连，不能缠缠绵绵，划不清界限。

郁德和　可这对国讯很是伤害。

尤道生　我知道，但必然承受。不过，真的分开了，你也不要心疼国讯，未来我们就是竞争对手。

郁德和　可是很多员工会受不了。

尤道生　那也得受。曾经相处数十年，心中难免不舍。我们处在一个伟大的时代，也处在一个最艰难的时期，我们本来是一棵小草，这两年的狂风暴雨没有把我们打垮，未来我们会变成一棵棵小铁树，铁树终究会开花的。

郁德和　尤总，可你知道，我不是李子建，我们俩一起创业，都大半辈子了。

尤道生　分开就是重生，就得要生生地割开，这肯定会痛，痛到骨子里，但就像是那次梁总带着大伙儿辞职，其意义重大。

郁德和　我明白，尤总。

尤道生　欲戴皇冠，必承其重。美国不代表全世界，美国只是世界的一部分。德和，长久以来，你是最了解我的，我们牺牲一切都是为了一个理想，在最高点上，我们和美国虽然有冲突，但最终还是要一起为人类做贡献的。未来国际竞争的主体不是政府，而是企业。只有国家强盛了，才不会受人欺侮。

〔众人走上前，围着尤道生和郁德和，他们接过尤道生的行李，这里成为国讯与荣爵告别会的现场。

〔灯光暗转。

尾声

[尤道生和郁德和、梁自芳坐在演员们中间。

[郁德和站起来,他看着众人,又看着尤道生。

郁德和 今天,是我们荣爵和国讯分开的日子。尤总一直跟我们说,我们要活下去,以前这是最低纲领,现在这是最高纲领。过去我们是为了赚点小钱,现在是只有胜利别无选择。全球各地有那么多人还指望着我们活下去呢,我们从来都是在危机与忧患之中一步步地走向强大的。

[梁自芳站起来。

梁自芳 下面,我们欢迎尤总给我们讲话。

[尤道生站起来,他走过去握郁德和的手,他们相视无言,最后,他们分开,尤道生走到舞台前方的中央。良久。

尤道生 多年之前,还是风轻云淡的日子,国讯就做出了极限生存的假设,假如有一天,所有美国的先进芯片和技术都不可获得,国讯仍能持续为客户服务吗?为了这个以为永远不会发生的假设,数千国讯员工走上了科技史上最为悲壮的长征,在数千个日日夜夜默默打造"备胎计划"。我们星夜兼程,艰苦前行,但我们也担心许多芯片永远不会被启用,今天,是历史的选择,所有我们曾经打造的备胎,一夜转正,多年的心血,一夜兑现。今天,这个至暗的日子,是每一个国讯儿女成为时代英雄的日子。今后的路,只有科技自立。没有缓冲区,前路艰辛,我们将以勇气、智慧和毅力,在极限之下,挺直脊梁,奋力前行。滔天巨浪方显英雄本色,艰难困苦铸就未来辉煌。今天,你们要走了,几十年在一起的亲人要分开,这份痛只有我们自己知道,自己品尝。临别之时,我没有什么要送给你们的,相处时难别亦难,秋风送寒杏叶黄,你们走好,我们战场上见。

〔尤天然和宁红霞上场,尤天然的手里拿着那双翻毛皮鞋,他把皮鞋放在尤道生面前的地上,他们下场。尤道生穿上皮鞋。

尤道生　以前,家里没得吃,实行分餐制,计划经济养活了一大家子人,改革开放,让一部分人先富起来,我就是个例子,全家人节衣缩食供我一个人读书,如今,我们富裕了,就不能忘了这个家,更不能忘了这个国家。军人以报国为己任,一个企业家在创造财富的时候,不要忘了自己肩头的责任,这是一种自觉的使命,商人要有良心地赚取利润,更要有报国担当的壮志雄心。我们所做的事业,就是为了祖国的利益、人民的利益、民族的利益,相信我们的事业一定会胜利,一定能胜利。一切都是为了让更多的人更好地活下去,当然,一切也都是为了国家与民族的振兴。没有国家的富强,就没有商家的兴旺。我们无须后退,我们别无选择,因为我们的背后是我的祖国。商业没有国界,但是商人有祖国。

〔令人振奋的音乐声响起,灯光渐暗。

〔幕落。剧终。

商业没有国界，但是商人有祖国

——话剧《大道》创作后记

虽然话剧《大道》是一部委约作品,但是其创作过程却是慢慢地聚焦的,从讨论、采风到创作、工作坊,广州市文化管理部门和广州话剧艺术中心都给了我相当大的创作空间与自由,最初也只是给了我一个以粤商为题材的想法,并没有其他的限制,什么都可以写,写谁都可以。广东可以写的题材实在太多,尤其是改革开放这几十年,广东作为前沿阵地有着太多的人和事可以进行挖掘和创作,既然是写粤商,那就必须得了解广东商人,相比较其他地方的商人,广东商人的特点与优势在什么地方? 实地采风和采访之前,我先从粤商的历史及人文角度去寻找资料,粤商,又称为广东商帮,是由广东本地的三大民系及其他民系组成,这其中有名的如广府帮、潮汕帮、客家帮等。曾几何时,粤商与徽商、晋商一起并称为中国历史的"三大商帮"。

几千年来,中国商人的形象并不好,商人好像天然具有奸诈和贪婪的特征。但是广东人对于商业却情有独钟,广东人言必称商,人人皆商,全民皆商。粤商有着悠久的历史和传统,是中国经济尤其是近现代商贸流通中最主要的企业群体之一,也是对中国改革开放影响力最大的一个"商帮"。从地域维度来看,粤商还应该包含"粤地"和"粤籍"两个方面。所谓粤地,即在广东省境内经营的群体,这其中当然就包括非广东人;所谓粤籍,即广东籍贯的商人在外地经营。这两方面其实都有许多传奇的人物和故事,例如,在 20 世纪二三十年代的上海,粤籍商人曾是名噪一时的大商帮,如今南京路上的许多大百货公司都曾是粤籍商人传奇的见证,他们创办了现代中国百货业的先驱——先施公司、永安公司、新新公司和大新公司等。要写粤商,这些商业先驱们的传奇绝对可以书写,但是如今要写粤商,还是应该写写现代的商人们,尤其是改革开放以来,开时代之风气的当代粤商们,他们可能不是粤籍,但正是广东的这片热土滋养了他们,让他们可以大展宏图,一飞冲天,影响了世界。

背靠群岭,依挟珠江,面向大海,自西汉开始,广州就成为南部中国的集散之地,到了宋代,广州已是著名的对外贸易港。明清时期,粤商的足迹遍布全国,他们所建立的广东会馆、岭南会馆、潮州会馆等在全国各地分布相当广泛。明清以降,粤商更是漂洋过海,他们的足迹遍及世界各地。粤商崛起于明清,在 1850 年世界城市经济十强排名中,广州就名列四强。清代广州十三行商人与两淮盐商、山陕商人一起被称为清代的三大商人集团。尤其是近代,广东更是出现了一批对中国近代工商业发展举足轻重的民族企业家先驱。

粤商文化的历史源远流长,传统的粤商们具有敏感、勤劳、刻苦、务实、低调的特点,这让他们既能开风气之先,又能与时代共呼吸,而改革开放更使粤商们获得了新生,新粤商们敢为人先、务实创新的创业史,就是广东改革开放发展的历史。新粤商,不仅仅是地域的概念,更是文化的概念、创新的概念。在当今经济全球化的大环境下,新粤商昂首阔步地走向全世界。新粤商在继承传统粤商文化的同时,又融合了现代商业文明的特征,他们凭借着特殊的地域和政策优势,又占了经济发展的天时和地利,加上他们的聪明才智和勤奋刻苦,迅速地成为全国经济领域中的领跑者。新粤商视野开阔,更具有自由、开放、冒险、开拓、务实、创新的商业精神,这成了新时代广东商人的灵魂。广东商人敢为天下先,襟山带海的地理环境培育了岭南人强悍坚韧、敢于冒险、大胆革新和追求创新的精神特质。

话剧《大道》就是在对粤商历史、文化与精神的研究的基础上,深入广东当代许多大型的企业公司,对当代的粤商群体做了大量的采访,从中找到当代粤商的群体特征和精神内核。当今世界正处于前所未有的大变局之中,粤商群体正发挥着积极的作用,从线上到线下,从科技到贸易,他们迸发出无限的生机和活力,这其中又是以华为、联想、长城、柔宇、大疆、腾讯等高科技公司为代表。为此,我开始有计划地阅读和了解更多的当代企业家们,从任正非、董明珠到苏志刚、侯为贵,他们的创业史给了我许多的启发,他们不再是传统意义上的商人,在他们的商业帝国背后,其实都是他们品格和情怀的体现,慢慢地我的兴趣聚焦到电信领域,也因为它更加科技和现代。

现代人的生活离不开移动通信,从信息的生成、传输到接收,网络通信的背后蕴含着数不清的闪光智慧。从1G到5G的演进,时代的转换一幕接一幕,其背后关于通信标准的江湖纷争也是波诡云谲、激烈异常,最终汇成了一部波澜壮阔的移动通信史,同时,这也是中国商界从无知到懵懂、从跟随到领跑,不断地迈进、不断地突围的奋斗史。这其间有科技的发展、商业的竞争、法律的较量,更有综合国力的角力,还有科学、经济、政治和文化的融合与博弈。

回顾中国移动通信的历史,它很有意义,它不仅只是移动通信的发展,更是人们在不断地追求科技进步过程中的抗争,任何发明创造都是因为人的极端需要,科技的发展更是不断地证明了这一点。一部通信史,体现了人们对于沟通的需求,这其中有人的需求和追求,更是社会的不断进步与发展。正是个人的情怀开创了历史,创造了历史,这其中的关键词是竞争与淘汰。

1987年11月18日,中国第一代模拟移动通信系统于在广东第六届全运会上开通并正式商用,到2001年12月底中国移动关闭模拟移动通信网,1G系统在中国的应用长达14年,用户数最高达到了

660万。但是1G的主导者是美国,他们的品牌是摩托罗拉,它们有技术上的优势,更有策略上的成功,从而获得绝对的利润。2G时代,欧洲人联合起来,他们野心勃勃地重新制定标准,在技术上寻求突破,他们想要超越美国称霸世界,而此时的摩托罗拉却躺在模拟技术上不愿前进,最终被淘汰,从而成就了爱立信和诺基亚。3G时代,美国人痛定思痛,高通公司改变策略,整合模块,从专利、法律、技术、标准、运用等方面全位进行反击。中国公司在前两个时代跟随的时代终于结束,这时进入了欧洲、美国和中国三雄逐鹿的时代,三大3G通信标准横空出世,中国充分利用自己的市场优势,建立了自己的标准和体系,而苹果公司划时代的服务和技术成功地灭掉了不思进取的诺基亚。4G时代,在标准和话语权上群雄纷争,加上网络公司的搅局,形势混乱,线下基站建设成为关键的战场,中国移动等三家通信公司与手机生产厂家充分合作,坚定地推出了自己的标准,并得到许多国家的认同,以华为为代表的品牌在世界范围内得到了追捧。进入5G时代,万物互联,华为推出的标准在华人公司的大力合作和支持之下,率先得到国际方面承认并进行了使用,但是以美国为首的西方力量开始介入竞争之中,各种政治力量轮番登场,对华为进行抹黑和绞杀,企图阻止中国力量的发展。

这些都是话剧《大道》的背景,可以反映出时代的变迁及科技的发展,这其中都是人的作用。商业不再只是赚钱那么简单,尤其是利用高科技来做生意,其战场已经不只是在中国国内,而是要面对全世界。话剧《大道》就是在国际通信发展与竞争的大背景下,在国与国、公司与公司、科技与科技、文化与文化之间竞争的情况下,以国讯技术公司从无到有、从跟随到领跑的过程,挖掘尤道生等人物的精神内涵,从而能真正反映当代粤商敢为天下先的进取精神,注重实际、实实在在的现实精神,吸取传统精髓融合时代因素的群体精神和诚信为本愈挫愈勇的不屈精神等。

话剧《大道》不是一般意义上传统的话剧结构，而是以1987年至2021年这几十年的历史作为主线，把人物放在历史的变革之中，结合实际发生的故事与实例，从而形成一种对话与张力。全剧采取虚构的人物在历史现场的方法，在这里，任正非、董明珠、柳传志、马化腾的故事都是素材，而关键的、重要的历史节点才是戏剧发生的场合。全剧以快节奏的对话与交锋作为基本面，着重从当下现实的角度去进行评判和打量。全剧采用叙述体的方式，所有的演员都行走在舞台上，他们会以不同人物和角色的身份随时介入演出之中。他们既是演员、角色，也是旁观者、评判者，他们有着演员的视角，有着观众的视角，更有角色本身的视角。在这个没有硝烟的战场上，他们是商人，是企业家，是职员或是大老板，但他们都是现代的粤商，是中国商人的代表者，也是中国文化走向世界的传播者，其行为的最终根源都是源自中国传统的哲学、文化。就像本剧曾经使用的剧名《灰度》一样，这是中国走向世界的根本，也是对中国传统的当代诠释，同时，这些人也是一群普普通通的人，只是他们的背后都有两个字——祖国。

商业没有国界，但是商人有祖国。

The Beautiful Thing

美好的事情

时　间　20 世纪 20 年代初至 21 世纪初
地　点　陈家村(上海远郊的一个村子)、朱家角镇及上海

人　物①

　　　　鲁水儿　女,十六岁到八十岁。小名水儿
　　　　林　山　男,三十四岁到九十岁。陈子良的战友,共产党员
　　　　陈子良　男,二十二至二十九岁。鲁水儿的丈夫。共产党员

　　　　魏全英　女,二十六岁。鲁水儿的母亲。共产党员
　　　　陈贞年　男,四十二岁至七十二岁。陈子良的父亲
　　　　曹月静　女,四十岁至五十七岁。陈子良的母亲

　　　　陈亮明　男,二十三岁。鲁水儿的小儿子。共产党员
　　　　赵冬平　男,二十五岁到五十九岁。鲁水儿的干儿子。共产党员
　　　　张丽芳　女,三十四岁到七十七岁。赵冬平的妻子

　　　　二狗子　男,二十岁至五十岁。村民

　　　　童年水儿　女,六岁
　　　　童年光明　男,六岁
　　　　童年亮明　男,九岁②

　　　　村民、日本兵、邮递员、舞龙灯者、秧歌队等群众若干

关于舞台

　　简约、写意。一条道路从舞台的后方伸向极远处,成为舞台不可缺少的部分。道路的变化——崎岖的山路、泥泞的小道、窄僻的田埂、宽阔的河埠、碎石子铺的马路——由光及景的变幻来完成。舞台不同的区域以灯光的变化来切割。道具成为最重要的组成部分,特别强调服装,不但细致考究,而且能突显出人物的身份、特定的环境及不同的年代。

关于象征

　　母亲魏全英牵着童年水儿的手,她们一直走在路上——走过母亲牺牲前的心境——走过一辈子对于父亲的期盼——走过鲁水儿坎坷而希望不灭的一生——也走过一个国家历经磨难的光辉岁月。

----

①　陈子良、陈光明(场外声)和陈亮明可由同一个演员扮演。
②　童年光明、童年亮明可由同一个小演员扮演。

题　记：

世上本没有路，走的人多了，也便成了路。

——鲁迅

序幕

（1927 年）

[黑暗中，空旷的舞台，一曲《江河水》悠然响起，意犹未尽，凝重而深远。

[场外声，隐约的童谣①传来：

一只鸡，二会飞，

三个铜板买来滴，四川带来滴，

五颜六色滴，骆驼背来滴，

七高八低滴，爸爸买来滴，

酒里浸过滴，实在没有滴，骗骗伢儿滴。

[字幕：1927 年，上海郊区。

[天真的童年鲁水儿欢快地上场，她跑着、跳着、闹着、欢呼着。

[魏全英手里拿着一件有着几个补丁的碎花小袄，急急地追上场。

魏全英　　水儿，别疯了，来，把衣服穿上。

童年水儿　妈，我热着呢！

———————————

① 江浙地区的童谣。

魏全英	穿上,要不又凉着了。水儿,等会儿妈带你去赶集！集上有舞龙灯。
童年水儿	(站住)舞龙灯？
魏全英	集上全是人,他们都穿着花衣裳,扎着红头巾。
童年水儿	真的？(转念)不,妈,我不想看舞龙灯,我想跟你去上海看爸爸。
魏全英	听话,啊。
童年水儿	妈,你真的要去上海？
	〔魏全英不理,童年的水儿懂事地穿上花袄。
	〔舞台的另一边,光束之下,一身大红色新娘装的鲁水儿端庄地坐着,一如春塘止水,令人屏息,却又暗流涌动。她看着魏全英给童年的自己穿上衣服。
童年水儿	妈,那⋯⋯那你们什么时候回来呀？
鲁水儿	(试探着,既像是问母亲,又像是在问自己)妈⋯⋯那你们什么时候回来呀？
	〔远处,天幕下,阴霾之中,一条小路隐约可见。
童年水儿	(指着远处)妈,你看——
鲁水儿	这河里的水多清呀！
魏全英	水深,看不见底,就显得清。
鲁水儿	妈,我不想去陈子良他们家。
魏全英	(站住)陈子良你认识的啊⋯⋯他欺负过你？
童年水儿	没。
魏全英	那你说什么呀？子良的爸爸妈妈都喜欢你的。
童年水儿	(支支吾吾地)妈⋯⋯
鲁水儿	妈,我就是想跟你⋯⋯跟你去上海。
魏全英	水儿,以后不许再这么说了,啊！

鲁水儿　　妈,知道了……

魏全英　　子良家就是你的家,啊!

童年水儿　妈,知道了……

鲁水儿　　妈,那你还接我回家么?

魏全英　　等我和你爸从上海回来……就接你回家。

　　　　　〔魏全英在前面急急地走着。童年水儿急忙地跟了上去。

　　　　　〔鲁水儿站了起来。

鲁水儿　　妈,那你和爸爸什么时候回来呀?

魏全英　　(看着远方)水里的菱角花开的时候。

鲁水儿　　水里的菱角花开的时候——

童年水儿　那是什么时候呀? 妈,你看呀,现在这水里什么也没有呀?

魏全英　　那清水的下面,菱角已经发芽了。

童年水儿　我看不见,妈。

鲁水儿　　我看不见,妈。

魏全英　　我看得见的,菱角已经发芽了。

童年水儿　妈,那菱角很快就会开花了,是吗?

魏全英　　是的。很快。

鲁水儿　　妈,你真的不能带我去上海?

童年水儿　妈?

　　　　　〔魏全英不理,她牵着童年水儿的手,踏上她们面前的一
　　　　　条崎岖的小路,那样的坚定。

　　　　　〔远处,乌云密布。

　　　　　〔照着她们的灯光渐暗。

第一幕

第一场

（1937 年）

[黑暗中，欢庆的锣鼓声喧闹非凡。

[渐起的光束，红彤彤的背景衬着欢快的人群。人们扭着、跳着、舞动着，尽情地宣泄着快乐的心情。花轿颠过，高马骑过，迎亲的队伍走过……舞台空间里洋溢着欢乐，热情在人们的血脉里膨胀着……好一派欢快热闹的场面。

[字幕：1937 年。

[人们叫好声不断，能听到席间的猜拳声。

[新房里，鲁水儿依旧一身新装，头上盖着红头盖，独坐在床边。

[突然，犬吠声大作。惊恐的嘈杂声四起，锣声嗵嗵地在黑夜里响起。传来凄恐的哭喊声：日本人来了——

[鲁水儿兀地站起，她扯下头盖，倾听着——

[远处，枪炮声大作。

[突然之间，一切声音都遁迹了，只剩下红烛对照。鲁水儿走回床前，慢慢地坐下，重新戴上头盖。

[此时，陈子良——鲁水儿的新婚丈夫，一身新郎官装，悄悄地上场，他走到鲁水儿面前，站住。

[陈子良静静地站着，鲁水儿静静地坐着。沉寂的空间里仿

438

佛只有他俩的心在跳动着。

〔陈子良的手伸向头盖,轻轻地碰着,却又倏地缩回手。

〔陈子良静静地站在她的面前,沉默。

陈子良　水儿,累了吧?

〔鲁水儿摇了摇头,她的手欲拉去红头盖。

陈子良　(阻止)别——

〔陈子良慢慢地伸手过去揭开鲁水儿的头盖。鲁水儿羞怯
地低着头。

鲁水儿　外面怎么了?

陈子良　日本人来了!人,都跑了!都回家准备逃难去了!想逃到
山里去。二狗子第一个跳起来就跑,手里还拿着只鸡腿。

〔陈子良慢慢地走到桌前坐下。

鲁水儿　山里?

陈子良　远得很,在浙江。

鲁水儿　那么远,逃得了吗?

陈子良　(捶了一下桌子)妈的,日本鬼子在上海那里杀了那么多人。

鲁水儿　(吃惊地)上海?

陈子良　(转过头看着鲁水儿)没事的,水儿。

鲁水儿　上海,很近的。

〔静场。能听到蜡烛燃烧的声音。鲁水儿缩了缩肩。

陈子良　冷吗?

〔鲁水儿摇了摇头。

陈子良　——水儿,让你一个人坐在这儿——本来大家都要来闹新
房的,这枪一响,人都散了。

鲁水儿　爸、妈呢?

陈子良　爸累得够呛,被他们灌了不少酒,妈在收拾,准备逃难。

鲁水儿　什么时候走？

陈子良　明天一早……说不定,也许没那么快! 水儿,没事的,有
　　　　我呢!

鲁水儿　(笑)嗯。

　　　　[鲁水儿欲站起来。

陈子良　别动,让我看看——

　　　　[鲁水儿羞怯的目光想逃避,却被男人的目光抓住。

陈子良　真好看。

　　　　[他们对视着,像是要把对方看进眼里去。

　　　　[鲁水儿兀地就哭了起来。

陈子良　怎么了?

鲁水儿　没,没什么……我只是突然想起我妈来了……我爸我妈就
　　　　在上海……我妈说,菱角花开的时候她和我爸就回来,可
　　　　是,菱角花开了又谢,谢了又开,都十年了,他们还没回来。

陈子良　委屈你了,水儿。

鲁水儿　(摇了摇头)都说做童养媳苦,可我来你们陈家都十年了,不
　　　　委屈的。爸妈把我当作亲女儿的。

陈子良　水儿,从现在起,我也一辈子不让你委屈。信我,跟着我,啊。

鲁水儿　嗯。

　　　　[鲁水儿有些胆怯,陈子良轻轻地揽过她,让她偎依在怀里。

鲁水儿　(看着陈子良)子良,我爸我妈要是在的话,肯定会开心的?
　　　　(叹了一口气)可他们不在了——

陈子良　水儿。

鲁水儿　二狗子他爹去过上海,他说我爸和我妈十年前就死了,在上
　　　　海龙华那里,死了好多人——

陈子良　别听他胡说——

440

鲁水儿　要不，我妈是不会不回来的，她是不会不要我的。

陈子良　水儿，别胡思乱想了——

鲁水儿　他还说我爸和我妈是手牵着手去死的……他们是共产党！

陈子良　水儿，他又没亲眼看到，道听途说的，他的话信不得。

鲁水儿　我在想，到底是什么比活着更重要？……比我更重要，让他们能丢下我。

陈子良　水儿，不要瞎想了，啊，即便……也许，有些东西我们现在还不知道。

　　　　〔鲁水儿站起来，轻轻地解下红头绳。

　　　　〔远远地，传来急急的狗叫声，还有人跑过的声音。

鲁水儿　（惊恐地）日本人？

陈子良　不会，（听了听）不会这么快！水儿，我们也收拾收拾。

　　　　〔狗叫声越来越急，越来越近。

　　　　〔陈子良一下地吹灭灯烛。

　　　　〔突然，响起了几下轻微的敲门声，鲁水儿惊恐地看着陈子良。

陈子良　水儿，不要怕。

　　　　〔门外传来呻吟声。陈子良让鲁水儿躲到床后，他悄悄地拿起一根木棒，突然打开门，一下子栽倒进来一个人，他是林山——此时，他穿着一件长衫，浑身上下全是血。

林　山　（艰难地）救我……

陈子良　（惊恐地）你……谁？

　　　　〔鲁水儿点上蜡烛，悄悄地走过来。

鲁水儿　天啊……全是血？

林　山　（艰难地）救我……我……

　　　　〔林山痛苦地晕了过去。

441

陈子良　水儿,去,倒点热水过来。

　　　　　[鲁水儿急急地下场。灯光急暗。

第二场

（1937 年）

　　　　　[随着几声鸟鸣,灯光渐起。

　　　　　[字幕:第二天早晨。

　　　　　[远处,晨曦渐显,却被厚厚的乌云遮盖。

　　　　　[鲁水儿立在窗前,她看着云边的一抹亮色,有些出神。

　　　　　[林山躺在床上,陈子良坐在桌边。

陈子良　应该没事,他没受太重的伤,只是脚上的伤口里有弹片,等
　　　　会儿得取出来。

鲁水儿　那么多的血,挺吓人的……

陈子良　我妈很生气,说都什么时候了,还救人。

鲁水儿　总不能见死不救吧。

陈子良　等给他取出弹片了,我们就走。

　　　　　[静场。

鲁水儿　（看着窗外）好静啊。

陈子良　村里的人昨天夜里就跑得差不多了。

鲁水儿　（看着远方）早晨这么厚的云,少见。

陈子良　秋天一过,就冬天了。

　　　　　[昏迷中,林山似乎有些动静,鲁水儿与陈子良立即凑了过去。

林　山　（挣扎着）……谢谢……我……

陈子良　别说话,歇会儿,你脚上有伤口……日本人打的?

林　山　是。

442

陈子良　上海那边怎么样了？

林　　山　部队都散了……没子弹，就拼。打了很久，还是撤了。一路
　　　　　上，所有的人都在跑，乱得很，死的死，伤的伤……

陈子良　你是……教书的……

林　　山　能有一口气的都去拼了，不管是做什么的……我只顾着跑，
　　　　　也不知道在哪里？……晚上冷，我不想被冻死，看见这里有
　　　　　光，就爬了过来。

陈子良　你们……你们……真是好样的……早就该打了。"九一八"
　　　　　之后，就该打了。

林　　山　是的，早就该打了。团结一致，共同抗敌，中国人只要被唤
　　　　　起来，我们是绝对不会输的，有一个人在，抗战就不会停。
　　　　　〔鲁水儿打开抽屉，拿出一把剪刀和几根布带给陈子良。
　　　　　〔陈子良剪着布带。林山半撑起身子，看了看四周，又看了看床。

林　　山　新房？——你们刚结婚——对不起——

鲁水儿　日本人在上海——杀了很多人？

林　　山　（点点头）他们凶残得很。
　　　　　〔沉默。林山怔怔地看着抽屉里。

林　　山　那……那是你的书？

陈子良　不。
　　　　　〔林山从抽屉里拿出那本书。

鲁水儿　这是我爸的书。

林　　山　你爸……《共产党宣言》？

鲁水儿　我爸也在上海，他也是教书的……这是他的书，书上有他的
　　　　　名字。

林　　山　（看着封面）鲁彦峰？鲁彦峰是你爸爸？

鲁水儿　是的，你认识我爸爸？

林　山	（稍停）我……听说过。
鲁水儿	你听说过？听说过什么？他还活着吗？我爸还活着吗？有人说他早死了呀……你？……你是不是听说……他很多年前就在龙华被杀了？有人说他是共产党？
陈子良	（制止地）水儿。
林　山	（迟疑地）我……上海……乱得很。
陈子良	你也读过《共产党宣言》？
林　山	是的！
陈子良	那你是……共产党？

〔林山点点头。鲁水儿一震，她看着林山。

〔陈子良扯开林山的裤腿，林山疼痛难忍，忍不住叫起来。

林　山	哎哟。
陈子良	你忍一忍，得擦干净，给你取出弹片。

〔陈子良轻轻地给林山清理着伤口。

鲁水儿	共产党……是什么？
林　山	共产党？
陈子良	水儿，我跟你说过的，书上说，共产党人信共产主义，共产主义是一种信念……
鲁水儿	什么是信念？
陈子良	信念就是……一个明确的方向。
林　山	你会相信走下去是没有错的，因为那是为我们老百姓着想，没有阶级。
鲁水儿	什么是阶级？
陈子良	就是没有贵贱，就是让这个社会没有压迫，没有剥削，没有强权。

〔林山惊奇地看着陈子良。陈子良低头用布条给他扎住大腿。

陈子良　（站起来）我去拿刀。

　　　　　〔陈子良下场。

　　　　　〔静场。鲁水儿远远地看着林山。

鲁水儿　做共产党……是要被杀头的。

林　山　是的。

鲁水儿　你……怕吗？

林　山　不怕。

鲁水儿　不怕……死？

林　山　不怕。

鲁水儿　真的不怕——死？

林　山　死，谁都会怕的——可是为了让更多的人过上好日子，死，
　　　　　就值了，就不怕了！

鲁水儿　死了，就什么都没有了。

林　山　可是更多的人就有了。

鲁水儿　有什么？

林　山　好的生活啊。

鲁水儿　好的生活？！——就像今生受了苦，来生就会更好？

林　山　共产党是不相信来生的。

鲁水儿　不为自己，那是为了谁？

林　山　为所有的好人。

鲁水儿　所有的好人？

　　　　　〔鲁水儿思忖着，她走过去，给林山擦了擦额头上的汗。

鲁水儿　现在有很多共产党？

林　山　是。

鲁水儿　有很多共产党被杀了？

林　山　他们的血不会白流。

445

鲁水儿　为什么？

林　山　就像是在泥泞的路上拉车，车总是走不快，有时候还会陷进
　　　　泥里，为了让车走得快一些，就得有人倒下去垫着。

鲁水儿　垫着？

林　山　是的，有人做了铺路石，后面的人就可以走了……后面的人
　　　　是不会忘记他们的。

鲁水儿　可是他们死了。

林　山　是的。

鲁水儿　（默默地）铺路石？

　　　　〔鲁水儿静静地坐着，眼角挂着眼泪。

　　　　〔陈贞年、曹月静和陈子良上场。

　　　　〔林山挣扎着要站起来，被鲁水儿按住。

鲁水儿　不要动，伤口还没弄好……

曹月静　（严厉地）水儿，过来。

　　　　〔鲁水儿听话地走了过去。

陈子良　爸，昨天晚上他昏倒在……

陈贞年　（打断地）我知道。（对林山）过路的，对不起，你也知道现
　　　　在这情况，日本人马上就要到了，我们也得要走了。不是我
　　　　们不救你啊，现在谁也顾不上谁了。

曹月静　村西头那里有间土地庙，你躲在那儿吧……可能会安全一些。

林　山　（挣扎着要爬起来）我……好的，谢谢你们了。

曹月静　子良，你扶他过去吧。

鲁水儿　他受着伤，腿上还有弹片。

曹月静　（有些生气）水儿，现在我们也是泥菩萨过河，自身难保！

陈子良　爸，妈，你们先走吧！他腿上伤口里有弹片，不挖出来的话，
　　　　感染了就……

陈贞年　子良,我知道咱们行医的不能见死不救。

曹月静　现在是什么时候,别脑子里稀里糊涂的。日本人来了,我们
　　　　就谁也救不了谁了。

　　　　〔远处,传来枪炮声。

林　山　大伯大妈,我明白的。(对鲁水儿和陈子良)谢谢你们的救
　　　　命之恩,要不,昨天晚上我就⋯⋯

曹月静　水儿,你帮他把那床被子也带上,土地庙冷,用得着。

鲁水儿　妈,我不走了。

曹月静　(吃惊地)什么? 水儿,你说什么?

鲁水儿　我不走了,白天我就躲起来,晚上再回来,子良说二狗子他
　　　　爸就没走。

曹月静　二狗子他爸? 他是保长,你跟他学? 再说,二狗子不也跑了吗?

鲁水儿　爸,妈,我想帮帮他。

林　山　谢谢你,真的不用了,大妈说得对,我不能连累你们。

陈子良　妈,我得把他的弹片取出来。

鲁水儿　子良,我来。

陈子良　你?

曹月静　水儿,你不要要性子了。

陈贞年　要是再不走,就来不及了,还有那么多的东西要带。

鲁水儿　爸,我知道,让子良陪你们走吧,我留下。

曹月静　子良——

陈贞年　水儿! 你——

鲁水儿　爸,他——

陈贞年　他怎么了?

鲁水儿　他是——共产党。

　　　　〔陈贞年与曹月静都僵在那里,他们看着陈子良。

447

陈子良　是的,爸,妈。

林　　山　(挣扎着要走,摔倒在地上)对不起。

　　　　　[鲁水儿急忙过去扶住他。

　　　　　[陈贞年和曹月静看着林山,突然,他们转身离开。

陈子良　(紧跟着)爸!妈!爸——(又转身看着鲁水儿)水儿?

鲁水儿　子良,你去吧!

　　　　　[陈子良无奈地跟父母下场。

　　　　　[静场。屋外,响起了马铃声,越来越远。

林　　山　(看着鲁水儿,吃力地)对不起。

　　　　　[鲁水儿走到桌前,打开医药包。从包里拿出草药、钳子、绷带。

林　　山　为什么?

　　　　　[鲁水儿摇了摇头,噙着泪。

林　　山　怎么了?

鲁水儿　(轻声地)因为你是共产党。

林　　山　因为我是共产党?

　　　　　[鲁水儿拿起刀走到林山面前,把一块纱布塞到林山嘴里。

鲁水儿　咬紧它,别怕,我杀过鸡。

林　　山　(摇了摇头,笑了)唔。

　　　　　[陈子良上场,他从鲁水儿手中接过刀。

　　　　　[灯光渐暗。

第三场

(1938 年)

　　　　　[灯光渐起。字幕:两个月后。

　　　　　[窗外,飘着雪花。

[鲁水儿在做着芝麻汤圆,陈子良悄悄地上场。

[静场。突然,鲁水儿有些恶心地伏在桌上。陈子良急忙上前。

陈子良　水儿,怎么了?

鲁水儿　回来了。没什么,也许坐得太久了。还下雪吗?

陈子良　是的,积雪很深。

鲁水儿　林大哥呢?

陈子良　他去了河东,就回来。

鲁水儿　(担心地)又去河东,现在到处都是日本鬼子。

陈子良　没事,林大哥有经验,那边有人接应。再说,没到十五,还在
　　　　年内,这雪又下得这么大——村里和镇上连个人影都没有,
　　　　鬼子们都冻得待在屋里不肯出来。(稍停)刚才在路上碰到
　　　　二狗子他爸,二狗子回来了,他说,爸妈后天就回来了,正好
　　　　赶得上过元宵节。

陈子良　太好了。

[静场。陈子良来回地走着,有些焦虑。

鲁水儿　怎么了?

陈子良　没,没什么。

鲁水儿　你有事瞒着我?(稍停)林大哥的伤好了,你们总是跑河东,
　　　　我知道那里有游击队、共产党。

[陈子良犹豫地看着水儿。良久。

陈子良　水儿,我是有件事想跟你商量。

鲁水儿　你准备跟林大哥走?(看着陈子良)我没猜错。去哪里?

陈子良　延安。

鲁水儿　延安在哪里?

陈子良　很远,在陕北。

[静场。

陈子良　水儿,我舍不得走的,舍不得你,舍不得这个家,可是就像林大哥说的,国难当头,匹夫有责,大丈夫志在四方,我们总应该做点什么吧……

鲁水儿　可是你走了,我怎么办? 小时候,爸爸走了,没有回来,妈妈走了,也没有回来,如今,你又要走了,我怕——

陈子良　(从抽屉里拿出《共产党宣言》)这本书——你爸留给你妈,你妈留给了你——以前,我上学的时候,你爸总是教导我,要为穷人过上好日子而努力——我那时候还小,还不是很懂——后来,我去县城读书,接触了新思想,慢慢地明白了一些。这本书我一直都在读,虽然不太明白,但好像发现了另一个世界,那里充满着希望,我说不清楚——可自从林大哥来了这里,我们谈了许多,他让我懂得了许多的道理,好些事我一下地就想明白了——水儿,从林大哥的身上,我看到了你爸的影子——那是一种信仰,就是相信,就是相信共产党,跟着走就行——水儿,我也怕,可是知道有那么多人像我一样,我就不怕了,我终于相信,天下竟然还有比活着更重要的事情。

鲁水儿　比活着更重要的事情?

陈子良　希望,水儿,那是希望。水儿,我不想再在这里躲着了,这是我们的家,可它正被禽兽们践踏着,我们必须要反抗。我信共产党,因为他们是代表劳苦大众的——就像你爸爸。

鲁水儿　我爸爸?

〔陈子良把手中的《共产党宣言》递给鲁水儿。

陈子良　水儿,有件事——林大哥没有跟你讲,他告诉我了。

鲁水儿　(抬起头)我爸爸?

〔陈子良点点头,鲁水儿突然就哭了起来。陈子良走过去,抱着她。

陈子良　林大哥说,你爸原来是共产党江浙区委的副书记,他带领工
　　　　人武装起义,十年前,他和你妈就在龙华被国民党杀害了。

鲁水儿　二狗子他爸说的没错。

陈子良　是的。

鲁水儿　他们真的是共产党。

陈子良　将来,我也会加入共产党的,林大哥说他会是我的入党介绍人。

鲁水儿　你也要加入共产党?

陈子良　对不起,水儿,我不该跟你讲你爸你妈的事情,可是不讲的
　　　　话,我要走了,怕没机会了。

鲁水儿　你什么时候走?

陈子良　今晚。

鲁水儿　今晚?

　　　　〔静场。

陈子良　林大哥跟河东的游击队都联系好了,过两天上海正好有船
　　　　去重庆。

鲁水儿　后天就是元宵节了——外面雪这么大!

陈子良　我们先乘船去重庆,再去延安,党在那里。

鲁水儿　党?(喃喃地)又是共产党!子良,共产党到底是什么啊?

陈子良　林大哥说,就像春天田野里盛开的油菜花。

　　　　〔鲁水儿拿起汤圆站起身。

鲁水儿　我去下两碗汤圆。

　　　　〔鲁水儿下场。

　　　　〔陈子良开始收拾,他拿起那本《共产党宣言》抚摸着。

　　　　〔林山匆匆地上场。

陈子良　林大哥,还顺利吗?

林　山　好了。(看着陈子良)你——跟水儿说了?

陈子良	说了。
林　山	其实,子良,我可以一个人先走的。等过段时间,你再过去,否则,水儿一个人在家,也不放心。
陈子良	外出逃难的人都陆续回村了,我爸我妈后天就回来了。
林　山	你们刚结婚。
陈子良	她理解的。(少顷)我跟水儿说了——他爸的事情。
林　山	(叹气)我开不了口。
陈子良	是啊,十年了,水儿一直都在想他们。
林　山	真是苦了她了。
陈子良	我去拿包裹。

　　〔陈子良下场。鲁水儿端着两碗菜碟上场,放在桌上。

林　山	水儿——
鲁水儿	林大哥,谢谢你告诉我们——我爸我妈的事情。
林　山	他们很英勇,是我们学习的榜样。水儿,正是因为你爸、你妈,那么多人才开始觉醒——
鲁水儿	林大哥,子良你要多费心了,他做事冲动。
林　山	哪里,这阵子还都是你和子良照顾我的啊。水儿,你知道吗?为什么我们共产党人都不怕死吗?就是因为有你们。
鲁水儿	我们?
林　山	是,你们,你们老百姓。有了老百姓,我们才能坚持下去。
鲁水儿	林大哥,求你一件事情,答应我,保证让子良完好地回来。

　　〔静场。

林　山	好,即便我死了,我也会让子良平安地回来的。水儿,我的命是你们给的,子良就是我的兄弟,我们是革命同志。
鲁水儿	林大哥,我信你。我下了汤圆,过两天就是元宵节了。

　　〔鲁水儿下场。

〔林山走到窗前，窗外，大雪正紧。

〔陈子良拿着包裹上场。

陈子良　林大哥——我既兴奋又紧张，心里觉得对不起水儿。

林　山　当初我离开家的时候，也是这样。

陈子良　我的手在抖，控制不住，你别笑话我呀。

林　山　怎么会呢！

〔鲁水儿端着两碗汤圆上场，林山和陈子良坐到桌前。

鲁水儿　我放了一些青菜，冬天的青菜很好吃。陕北可能就吃不着了。林大哥，秋天的时候，跟子良一起回来吧。

林　山　秋天?

鲁水儿　秋天我们这里作兴吃螃蟹，很好吃的。

陈子良　我们这里的大闸蟹是很有名的。

林　山　好，回来吃大螃蟹。

陈子良　是大闸蟹。

鲁水儿　那我等着！

〔林山吃了汤圆，放下碗筷。

林　山　子良，我先走，在河边等你，不着急的，他们从对岸过来还得有会儿。水儿，这汤圆真好吃，吃了这汤圆，就一定会团团圆圆的！再见，水儿！

〔林山转身下场。

〔烛光下，鲁水儿与陈子良怔怔地看着对方。

鲁水儿　吃啊。

陈子良　好。

〔陈子良吃着汤圆，鲁水儿看着他。陈子良抬起头，看着鲁水儿。良久。

陈子良　爸妈回来，你就说我，说我去上海教书了，不，你说我去南京了,不,重庆? 对,你就说我去重庆了。

鲁水儿 吃吧!

陈子良 (低头吃着汤圆,抬头)水儿,林大哥说,大丈夫不能忠孝两全——

鲁水儿 (抬起头看着陈子良)子良,你是个大丈夫,就像我爸。

〔陈子良怔怔地看着鲁水儿。

陈子良 我走了。

鲁水儿 我送送你。

陈子良 外面冷。

鲁水儿 不冷,你看,都出月亮了。

〔远处,一轮明月镶在天空,夜风阵袭,夹杂着雪花,飞舞着。

〔鲁水儿与陈子良站起身,一起慢慢地走着。

陈子良 水儿,你不要送了,你胆小,不要吓着自己,啊!

〔鲁水儿把手里的包裹递给陈子良。

陈子良 水儿,我不该瞒着你的,我该早点跟你说。回去吧! 外面冷,啊!

鲁水儿 今晚有月亮,我不怕。

陈子良 多静啊,可是这寂静又是那么不安宁啊。

〔静场。

陈子良 水儿,你怪我把你一个人留下吗?

鲁水儿 一个人? 不——(抬头)你看,还有月亮!

陈子良 过两天月亮就圆了,可现在有几家是能够团圆的?

鲁水儿 子良——(看着远方,平静地)我有孩子了。

〔陈子良看着鲁水儿,有些不相信。鲁水儿迎着他的目光。
陈子良欢快地蹦了起来。

陈子良 真的? 水儿? ……我要做爹了?!

〔陈子良在鲁水儿的面前跪下,仰着脸看着她。

陈子良　你为什么不早点告诉我？

鲁水儿　我怕告诉你就不走了，怕拖你的后腿，子良，你放心，我会和孩子在家里等着你的，答应我，一定要回来，我可不想让我的孩子跟我一样，从小就没了爸爸，只认识爸爸的名字。

陈子良　不会的，水儿，我答应你。

　　　　〔陈子良轻轻地把头贴在鲁水儿的身上。

陈子良　快让我听听，他会动吗？你也不说一声，还整天地忙里忙外的，我真该死。

鲁水儿　子良，我告诉你——只是想让你给他起个名字。

陈子良　名字？

　　　　〔陈子良站起来，不停地搓着手，来回地走动着。

陈子良　不知道是男孩还是女孩？

鲁水儿　你希望是男孩还是女孩？

陈子良　现在提倡男女平等，都一样。

鲁水儿　那等秋天你回来的时候，就能见到他了。

　　　　〔陈子良从包裹里拿出《共产党宣言》打开。

陈子良　水儿，这扉页上的诗，是你爸写的。

鲁水儿　你又不是不知道，我不识字的，我只认识他的名字：鲁彦峰。

陈子良　那我读给你听——（读着）黑夜需要什么？黑夜需要光明。天就要亮了……

鲁水儿　（喃喃地）黑夜需要光明。

陈子良　对，光明。这是你爸爸写的诗，不管是男孩还是女孩，就都叫光明吧！也算是他外公给他起的。

鲁水儿　光明？

陈子良　因为我现在就是去寻找光明。

鲁水儿　光明——陈光明——好，就叫光明吧。

　　　　　[陈子良合上书,交给鲁水儿。

陈子良　光明,爸爸对不起你,你还没出世,爸爸就要离开你了! 光
　　　　明,爸爸爱你! 爱你妈妈! 光明,再见!

　　　　　[陈子良准备离开。

鲁水儿　(突然叫住)子良! 记住了,月亮是圆的,是亮的,是光明的。

陈子良　水儿,我记住了,我会回来的。

　　　　　[陈子良转身下场。

　　　　　[鲁水儿慢慢地在树下坐下。月光洒满了她的肩头。大地
　　　　清辉一片。鲁水儿拿出书,轻轻地打开,在扉页上抚摸着。

鲁水儿　(轻轻地)光明,黑夜需要光明——光明! 爸,你知道吗? 你
　　　　外孙的名字是你取的,叫光明。

　　　　　[鲁水儿把书轻轻地抱在怀里,她的声音轻扬,绵长而久远,
　　　　在如霜的月光下轻轻地荡漾着。

　　　　　[灯光渐暗。

第二幕

第一场

(1944 年)

　　　　　[灯光渐起。

　　　　　[舞台纵深处,魏全英牵着童年的水儿立着。鲁水儿拎着菜
　　　　篮子,看着她们。

鲁水儿　妈,你不要我了?

魏全英　傻孩子,妈妈爱你还来不及呢? 怎么会不要你呢?

鲁水儿　可这水里的菱角花多会儿才能开啊!

魏全英　快了! 春天到了,柳树绿了,河水活了,油菜花开了,燕子回
　　　　来了,就快了!

童年水儿　(开心地)好啊,我要让爸爸给我编个柳球儿玩。你跟爸
　　　　爸说啊!

魏全英　好,我跟爸爸说。

童年水儿　(开心地)好啊,好啊,有柳球儿玩了。

鲁水儿　(喃喃地)妈,你跟爸爸说啊!

　　　　　〔魏全英和童年的水儿渐渐隐去。

　　　　　〔字幕:六年后,1944 年。

　　　　　〔鲁水儿家的堂屋,有着许多的变化,却大不如从前。

　　　　　〔曹月静静静地坐在堂屋的中央,手里拄着根拐杖。

鲁水儿　妈,你睡吧!

曹月静　睡不着。光明睡了?

鲁水儿　睡了。疯了一天,累了,倒下就着了。爸还好吧?

曹月静　睡下了,就是一直在咳嗽。

　　　　　〔鲁水儿把一些菜放到篮子里。曹月静一直看着她。

曹月静　水儿,歇歇吧!

鲁水儿　妈,我不累。

曹月静　这家全靠你了,上有老,下有小。

鲁水儿　妈,说什么呢!

曹月静　有子良的信儿吗?

鲁水儿　(摇了摇头)没。

曹月静　水儿,我们陈家真是对不住你了。

鲁水儿　妈,您是怎么了?

曹月静　刚才我在房间看着光明,这孩子长得跟子良一个样。

鲁水儿　是的,光明笑起来最像他爸。

曹月静　子良他一走就是六年多,也不见音讯。

鲁水儿　妈,没事的,子良肯定没事的,林山——

曹月静　快别提那个人了,就是因为他——当时我就让你们别多管闲事。

鲁水儿　妈,子良本来就很开明的。

曹月静　开明?我真应该把你爸留的那本书给烧掉,就是因为看了那本书,子良他一天到晚这脑子里不知道在想些什么?——他们天天有人盯着我们家,说子良是共产党——子良是去了重庆的啊,可村里人是怎么看我们的啊,一个大活人,说丢了就丢了,说回来就回来了,这几年子良他爸想儿子,茶饭不思的,家里又没个劳力——

鲁水儿　妈,你这样想想,亏得子良不在家,否则,这抓壮丁他也是难逃的。

曹月静　(叹一口气)谁说不是呢,你爸是岁数大了,又生个病,否则,也得躲。躲过了日本鬼子,又要躲黑头鬼子,全是鬼子,没一个好东西——每天晚上,我躺在床上就等着天亮,天亮了,起了床,就等晚上,这叫什么日子哦!

　　　　[曹月静颤巍巍地站起来,鲁水儿急忙搀着她。

鲁水儿　妈,总会有出头的日子的!

曹月静　水儿,你也早些歇着吧!

鲁水儿　妈,我知道了,我先纳会儿鞋底!光明的鞋又小了。

曹月静　好,好,水儿,苦了你了。

鲁水儿　不苦的,妈,你看,你又说什么呢!

　　　　[曹月静下场。

　　　　[鲁水儿坐在桌边纳着鞋底,突然,她停下来,怔怔地看着远

方,记忆里,仿佛是陈子良的声音,隐隐约约。

〔陈子良的场外声:

黑夜需要什么?

黑夜需要光明。

天就要亮了⋯⋯

〔突然,响起了笃笃的敲门声。

鲁水儿 （有些吃惊）谁呀？谁?!

〔鲁水儿打开门,门口站着陈子良和林山,他们显然比过去成熟了许多,风尘仆仆。一时间,他们都怔住了。

陈子良 水儿!

鲁水儿 子良?

陈子良 水儿,是我,是我。

林　山 我是林大哥。

鲁水儿 林⋯⋯大哥?!

〔陈子良和林山挤进了门,随即,把门掩上。

〔鲁水儿怔怔地退坐到桌边,有些站不稳。

鲁水儿 子良⋯⋯你⋯⋯你们⋯⋯我⋯⋯你们吃了没有?

陈子良 （有些意外）吃? 噢⋯⋯没呐!

鲁水儿 那我给你们弄些吃的。

林　山 我们不饿,水儿。

鲁水儿 （慌乱地）林大哥你坐啊,子良你坐啊。

〔鲁水儿慌乱地让出地方,林山和陈子良坐到桌边。静场。

林　山 （笑）水儿,你看,我没有完全食言吧,我给你带回来一个完完整整的陈子良,就是晚了六年。

鲁水儿 我给你们弄点吃的吧,现成的。

〔鲁水儿急急地下场,她走得有些踉跄。

林　山	子良,那么多年,你外出不回家,别人肯定会怀疑的。现在情况很复杂,日本人气数已尽,却越来越凶残。汪伪政府也在到处抓共产党,我们不能不当心啊。
陈子良	政委,你放心,我会见机行事的。
林　山	也是,你现在也不比从前了。

　　〔鲁水儿端出几只米饼,陈子良和林山吃起来。

鲁水儿	先垫垫吧! 妈刚刚去睡,我去叫他们起来。
陈子良	不,水儿。
鲁水儿	那……那明天再见他们吧!

　　〔陈子良和林山面面相觑。

鲁水儿	你们还要走?
陈子良	我们是有任务回来的。
鲁水儿	任务?
林　山	我们会在这里待一段时间。
陈子良	可现在家里不能久留,怕敌人发现,以后,我晚上回家。
鲁水儿	家?

　　〔鲁水儿突然哭起来。

林　山	(安慰地)水儿,就要胜利了,我们的部队都已过了黄河了。

　　〔鲁水儿渐渐地平静下来。

鲁水儿	子良,你先去看看光明吧?
陈／林	光明?
鲁水儿	你儿子光明呀,他在房里睡着呢!
陈子良	噢,儿子,我儿子,我去看看。

　　〔陈子良急急地下,鲁水儿呆呆地坐在桌边。

林　山	真是高兴啊,子良这家伙整天地唠叨着光明光明,说不知道是男孩还是女孩,这下子开心了,有儿子了。

[陈子良悄悄地出来,不说话,摇着头,满眼泪水。

陈子良　他睡得真香啊!政委,等解放了,我哪儿也不去,就待在家里,整天陪着水儿,整天看着光明睡觉。

林　山　那一天不会远的。

陈子良　水儿,我们得走了,过两天我再回来。

[陈子良欲走,被林山拦住。

林　山　子良,我在门外等你,顺便把把风!

[林山下场。鲁水儿坐着,陈子良不安地站着。静场。

陈子良　水儿,真是对不住你。

鲁水儿　回来就好。

陈子良　我会注意安全的。

鲁水儿　爸妈挺好的。

陈子良　知道。

鲁水儿　我也挺好的。

陈子良　知道。

鲁水儿　你呢?

陈子良　挺好。

鲁水儿　早点回来。

陈子良　我会的。

鲁水儿　走吧。

陈子良　哎。

[陈子良欲下场,走了几步,突然转过身奔到鲁水儿面前,紧紧地抱住她。良久,他们才分开,陈子良转身跑着下场。

[鲁水儿看着陈子良下去的方向,有些站立不稳,空荡荡的舞台上,她的身影被灯光拉长,孤单得很。

[灯光渐暗。

461

第二场

（1944 年）

[灯光渐起。

[字幕:两个月后。

[水儿独自坐在桌前,她身边的桌上放着几盆菜,分别用碟子盖着。

[曹月静坐在一边的竹椅上,打着瞌睡,月光透过窗户落在她的身上。鲁水儿显得很着急,她来回地走着。

[远远传来几声犬吠。曹月静突然惊醒。

曹月静　子良回来了?

鲁水儿　没,妈。

曹月静　噢,我像是听到动静了,啊,月亮都这么高了。

鲁水儿　妈,晚了,要不,你先回房歇会儿吧。

曹月静　中秋节也不回家。

鲁水儿　妈,他有事。

曹月静　有事,有事,家都不要了,有什么事比家还重要啊。你呀,还护着他。你现在肚子里又有了孩子,可不能太累啊。以前,光明他就没管过,现在他可不能不管啊。

鲁水儿　妈,我晓得子良的。

曹月静　水儿,虽然说男人的事女人家不要管,可是有时候也是要说说的,不能全都由着他。

鲁水儿　知道了,妈。

曹月静　光明睡了?

鲁水儿　早睡了,妈,都快半夜了。

曹月静　噢,真是不早了。

鲁水儿　（站起来扶着曹月静）妈,没事的,前几天,子良都是半夜回
　　　　来的,他怕被别人看见。

曹月静　自己家,看见就看见。子良又不是共产党,怕什么？别忘了
　　　　让他吃月饼,啊,冰糖馅的,甜得很。

鲁水儿　知道了,妈。

　　　　〔突然,响起了笃笃的敲门声。

　　　　〔鲁水儿打开门,陈子良跌跌撞撞地走了进来,他浑身上下都
　　　　是血。鲁水儿吓得惊慌失色,急忙扶住陈子良坐在竹椅上。

曹月静　子良,你怎么了,你怎么了啊!

陈子良　刚才送药去河东,遇到了伏击。

鲁水儿　伤得这么重？我去拿药。

陈子良　不,不,快,快把爸叫起来,还有光明,马上走,马上走,快,
　　　　快。别管我了。

鲁水儿　走？

陈子良　日本鬼子,黑头鬼子,他们很快就会来的。你们躲一躲,否
　　　　则,他们是不会放过你们的。

曹月静　好,我,我去。水儿,水儿——

鲁水儿　妈,这里有我。

　　　　〔曹月静急急地下场。

鲁水儿　子良,这是怎么了？林大哥呢?

陈子良　他们转移了,药都运走了,林大哥他们也都安全了。

鲁水儿　子良,你干什么回来啊,你应该跟他们一起走的啊,走啊。

陈子良　我受了伤,走不了,我怕他们来抓你们,快带着爸妈走,你别
　　　　管我了,啊。

鲁水儿　你别动,得包扎起来。

陈子良　来不及了。

[曹月静、陈贞年带着光明上场。

陈贞年　子良,我瞧瞧,伤在哪里了?

陈子良　爸,不用了,你们现在赶快逃出去,一会儿日本鬼子和黑头
　　　　鬼子就要来了! 他们抓不到我,是不会放过你们的。

陈贞年　子良,我们一起走。

陈子良　不,我走不了的。

鲁水儿　爸,妈,你们带着光明马上走,这里有我,我留下来。

曹月静　子良,水儿——

陈子良　快,快,否则就来不及了。光明?

陈光明　爸。

陈子良　光明,听话,啊。走,水儿,你也走吧。

鲁水儿　不,我不走,我陪着你。

[曹月静、陈贞年带着光明下场。

陈子良　水儿,你走呀。

鲁水儿　子良,这次我死也要和你死在一块。

陈子良　别傻了呀,水儿,看着我,不要慌,啊。

[鲁水儿看着陈子良,痛苦地摇着头,泪水不停地流着。

陈子良　水儿,真的来不及了,快。你不为了自己,也要为我们的孩
　　　　子考虑啊。

鲁水儿　子良。

陈子良　水儿,我们的孩子就叫亮明吧,那时肯定解放了,日子好过了,
　　　　天亮了。水儿,记住,照顾好亮明、光明和爸妈。走,你走哇!

[陈子良艰难地把鲁水儿推开。

[鲁水儿跑了出去,她瘫倒在舞台的一侧。

[几个日本兵和伪军急急地跑过来,领头的是二狗子。他们

扑向陈子良。

陈子良　二狗子,你要干什么?

二狗子　干什么,你清楚的。都是乡里乡亲,大家抬头不见低头见
　　　　的,可我也没办法。子良,说出来,就没事了,你跟谁接的
　　　　头,药品的来源说清楚,就得了。子良,识时务者为俊杰,你
　　　　要是不说,到时候别怪我没提醒啊。

陈子良　我没什么好说的。

二狗子　子良,何苦呢? 你要是把日本人惹急了,他们可是什么事情
　　　　都干得出来的。

日本兵　他说什么?

二狗子　劝,劝,太君,我正在劝。子良,你可不要不知好歹,否则,水
　　　　儿、光明,还有你爸你妈,都够你喝一壶的。

日本兵　(用枪指着陈子良)说!

二狗子　子良,最后一次机会了。

陈子良　二狗子,我说过了,没什么好说的。

二狗子　陈子良,你不要再执迷不悟了。

　　　　〔陈子良抬头看了看月亮,月光的清辉洒满了他的脸颊。

陈子良　今晚的月亮真亮真圆。

日本兵　他说什么?

二狗子　月亮——月亮,真亮——真圆。

日本兵　(气急败坏地)八格!

二狗子　陈子良——别犯傻啊——子良!

日本兵　(对二狗子)八格!

　　　　〔二狗子吓得退了回去。

日本兵　(对于陈子良怒斥着)走。

　　　　〔陈子良面向着月光,平静地一瘸一拐地往前走着。

日本兵　　站住。

[陈子良站住,然后,他转过身。

日本兵　　(厉声地)转——过去,转——过去。

陈子良　　(对着天空,大声地)黑夜需要什么?

日本兵　　八格,闭嘴!

陈子良　　(继续着)黑夜需要光明。

日本兵　　(愤怒地)闭嘴!

陈子良　　(平静地吟诵着)黑夜需要什么?

　　　　　　　　黑夜需要光明,

　　　　　　　　天就要亮了⋯⋯

[突然,一声枪响,震裂了舞台空间。

[鲁水儿扑倒在地,无声地痛哭着。

[秋日的芦苇荡,芦花飞舞。

[日本兵下场。二狗子逃下场。

[月亮渐渐地变成了血红色,纯净的红充满了舞台空间。

[天幕处,一条小路曲折蜿蜒地伸向远方。魏全英与童年水
儿走在路上,她们回转身,静静地看着鲁水儿。

[灯光暗转。

第三幕

第一场

(1951 年)

[远处,枯柳照水,寒意萧索。

　　　　　[突然，童年水儿挣脱了母亲的手，她兴奋地叫着。

童年水儿　妈，妈，你快看，你快看呀！那边的柳树发芽了！

魏全英　水儿，还没到时候呢！

童年水儿　可我看见了，妈！你看——

魏全英　是，快了！春天来了。

　　　　　[童年水儿牵住母亲的手。她们继续地走着，下场。

　　　　　[场外传来雄壮歌声：雄赳赳，气昂昂，跨过鸭绿江……

　　　　　[字幕：1951 年。

　　　　　[歌声中，舞台上又变回鲁水儿家的堂屋。

　　　　　[鲁水儿来回地走动着，曹月静坐在桌边，她们都比过去老
　　　　　了许多，而且都显得很焦急。

曹月静　水儿，你不要总是来回地走来走去的。

鲁水儿　（停下）妈，我——

曹月静　子良的烈士证呢？

鲁水儿　都准备好了。

曹月静　一旦工作队有人来，兴许能派上用场。

鲁水儿　没问题的，妈，我们家的地不多——

曹月静　（叹了一口气）水儿，你说这是怎么了啊，想想以前我娘家有
　　　　　七十多亩田啊，家里每天吃饭有三十多口人，放牛的、喂猪
　　　　　的、种菜的、下田干活的——我专门负责烧火，我六姐专门
　　　　　淘米，放牛的就有三个人——还好，你外公死的时候把田都
　　　　　给分了，否则，这次肯定要划成地主了。

鲁水儿　就是不知道二狗子他爸占去的那四亩地，现在还算不算我
　　　　　们家的。

曹月静　早知道就不要了。解放了，谁晓得会这样呢。二狗子他爸是
　　　　　活该，不管是日本鬼子来，还是黑头鬼子来，他都狗仗人势，

到处占地。你看刚解放，当不了保长，就想混村长，这下好了。

鲁水儿　听爸说，昨晚上二狗子他爸一直都在水塘边晃荡。

曹月静　他呀，活该。

　　　　〔陈贞年上场。

鲁水儿　爸，回来了？正说着你呢？

曹月静　（站起来）怎么样？

陈贞年　水儿，你去关上门。

鲁水儿　好，爸。

　　　　〔鲁水儿急忙去关门。

曹月静　工作队怎么说？

陈贞年　不算富农。

曹月静　（跌坐在椅子上）啊，地主啊，可我们不能算是地主啊，我们
　　　　家的地都让二狗子他爸——

陈贞年　贫农。

鲁水儿　贫农？

陈贞年　是的，你爸妈和子良都是烈士。

曹月静　贫农，（长舒了一口气）吓死我了。

陈贞年　二狗子他爸逃不了了，工作队要开批斗会了。

　　　　〔静场。陈贞年看着鲁水儿。

鲁水儿　爸，光明呢？他不是跟你一道去的吗？

陈贞年　光明跑去参军了。

鲁水儿　参军？

陈贞年　他跑得快，我追不上。村里好几个青年人一起去的。工作
　　　　队刚说我们是贫农，他就跑了，说不能对不起组织。

曹月静　这孩子，水儿，你赶快去追——

陈贞年　他们是去县里体检去了，过了，立刻就走。

曹月静	水儿——(对陈贞年)你呀,怎么连个孩子都看不住啊,怎么就让他跑去参军了呢!
陈贞年	他报了名,我又不能不让,那么多的人。
曹月静	他才刚刚十四岁啊,还是个孩子。
陈贞年	都是那么大的孩子。
曹月静	水儿,快,快,你去劝劝他,劝劝他。

〔静场。鲁水儿坐着没有动。陈贞年和曹月静看着鲁水儿。

曹月静	水儿——
鲁水儿	妈,让他去吧。
曹月静	水儿,你怎么这么糊涂啊?当兵可不是当着玩的啊,以前抓壮丁,大家躲还来不及呢,他怎么要自己去送死啊?
鲁水儿	妈,这不是抓壮丁,是自愿去的,我知道光明的。
曹月静	不是一样吗,都是当兵?
鲁水儿	不一样的,妈。

〔静场。突然,响起一声枪响。三人都很警觉。

陈贞年	别动,怎么会有枪声?

〔轻轻地笃笃地响起了敲门声。

〔门被推开,二狗子闪了进来,他迅速地掩上门,自己靠在门上,不停地喘着气。

陈贞年	二狗子?
曹月静	你来干什么?
二狗子	爷叔,我爹被打死了。
陈贞年	你爹? 刚才他还不是好好的吗?
二狗子	听说他被打死了——爷叔,那些地不是我们家的,这一季过去都是要还回去的,怎么能算在我们家头上了啊。
陈贞年	有人知道你来我们家了吗?

二狗子	没,没,爷叔,你行行好,救救我啊。

[陈贞年转过身去。

二狗子	水儿……救救我,你们家又是烈士,又是贫农,只有你们家能救我,我只有躲到你们家才能活命啊,要是让他们看见了,我就没命了。水儿,现在只有你说话管用。
曹月静	烈士? 二狗子,你还记得子良吗?

[静。二狗子心虚地看着曹月静,又转头盯着鲁水儿。

[屋外响起了一阵脚步声。

[良久,二狗子转身,他准备去打开门。

鲁水儿	你躲房里吧。
曹月静	(吃惊地)水儿?
二狗子	谢谢,谢谢。

[二狗子千恩万谢地从房门处跑下场。

[静场。陈贞年与曹月静都看着鲁水儿。

鲁水儿	爸,亮明要放学了,你去接一下,这里,我来。
陈贞年	哦。

[陈贞年开门出去。几个年轻人凶神恶煞地闯了进来,鲁水儿站起来迎了上去。

鲁水儿	你们,找谁?

[灯光急暗。

第二场

(1952 年)

[黑暗中,喧闹的歌声响起来:
我们再见吧亲爱的妈妈,

470

请你吻别你的儿子吧，

再见吧，妈妈，

别难过，莫悲伤，

祝福我们一路平安吧……

〔字幕：1952 年。

〔灯光渐起，一支秧歌队欢天喜地地跳过来。

〔一个邮递员骑着自行车从队伍的前面过来。

邮递员 鲁水儿，鲁水儿？你儿子从前线来信了。

〔鲁水儿从队伍中走出来，她现在剪成短发，换成中山装。

〔鲁水儿不安地接过信打开，众人都停了下来，他们期盼地看着她。一会儿，她的脸上洋溢着笑容。

众　人 怎么说？

鲁水儿 光明说他很好，他们的部队去了金城，我们就快胜利了。

〔众人欢呼，秧歌又舞动起来。

〔鲁水儿拿着信走到台前，她陷入了沉思。

〔陈光明的画外音：妈，见信安好。家中现在情况怎么样了？我甚是挂念。我走时爷爷身体不太好，他现在好些了吗？奶奶、弟弟都好吧，我很想念他们。妈，谢谢你支持我参军，保家卫国是我们的责任，很多战士都像我一样，我都十六岁了，是成年人了，也应该为国家作些贡献。妈，我很想你。

〔鲁水儿把信贴在胸前，她抬头看着天空。

〔灯光暗转。一轮明月挂在空中，澄明而宁静。

第三场

（1954 年）

〔字幕：两年后。

［依旧是鲁水儿家的堂屋。

［桌子上放着几盆菜和两只空的酒杯。

［鲁水儿依靠在窗前,她手里拿着那封她不知看了多少遍的信。

［陈光明的画外音:妈,我见到林山伯伯了,他人真好,对我也很好,他说我跟我爸长得一个样。伯伯很英勇,总是待在前线阵地,我们都很崇敬他。妈,我入党了,你为我骄傲吧,爸爸和外公、外婆都是共产党员,入党是我的人生目标,我要跟他们一样,为国家贡献一切。妈,你给我的那本《共产党宣言》,我一直带在身边。我们现在到金城了,要再次上前线了,我很兴奋,可我一点都不怕,你不用担心我,美帝国主义就是纸老虎,胜利终将会属于我们。妈,等着我凯旋吧! 问爷爷、奶奶好! 让弟弟好好读书。儿:光明,一九五三年七月十日,于朝鲜金城。

［鲁水儿收起手中的信。

鲁水儿　子良,仗都打完了,志愿军都要回国了,很快,光明也要回来了……(少顿)这是他去年这时候从朝鲜寄回来的信,落款地址是中国人民志愿军钢字信箱九二五〇号五支队六中队。

［鲁水儿把信放在桌上。

鲁水儿　子良,你要保佑光明平平安安地回来啊。

［童年陈亮明扶着陈贞年上场,曹月静跟上。

鲁水儿　爸,快坐,腰还疼吗?

陈贞年　没事,老毛病了。水儿,亮明会写"良"字了,子良的良。

童年亮明　妈,我会写爸爸的名字了。

鲁水儿　亮明真棒。

曹月静	水儿,今天你去镇上,有光明的信吗?
鲁水儿	没。
曹月静	听说很多人都回来了。
陈贞年	那么多人,村里参军的不都没回来吗?
童年亮明	胜利的大哥没了,他爸去县里接的骨灰。
陈贞年	(制止)小孩子,别乱说。
童年亮明	我长大要做科学家,造更多的大炮支持哥哥。
陈贞年	好,亮明有出息。
鲁水儿	爸,下午我去了烈士陵园,看到了子良的墓,修得挺好的。
童年亮明	我妈给同学们讲我爸的故事,我爸是个大英雄。
陈贞年	是的,亮明的爸爸是个大英雄。
曹月静	吃饭吧,水儿。

〔四人在桌前坐定。

曹月静	光明要是回来了,就好了。
陈贞年	光明会回来的,不要整天地唠叨个没完。
曹月静	不唠叨,那你一天到晚总叹气做什么。
陈贞年	我——
童年亮明	爷爷,吃完饭,我要看月亮,还要吃月饼。
陈贞年	当然喽,亮明,只是今年的月饼没有冰糖,味道要差一些啰。

〔突然,响起了敲门声。

鲁水儿	谁呀?
童年亮明	(喊)我哥回来了。
曹月静	这么晚?
陈贞年	水儿,快,快去开门。

〔鲁水儿走过去,打开门。门口站着林山,他穿着军服,有些沧桑,有些威武。

鲁水儿	你？
林　山	水儿，是我！
鲁水儿	林——林大哥！天哪，真的是你，林大哥，快，快进来。

［林山转身对着门外。

林　山	我不叫你们，你们不要进来。
鲁水儿	（招呼着）一起进来吧，正好吃饭，一起坐坐。
林　山	水儿，不用。（对陈贞年和曹月静）伯父、伯母好。
陈贞年	林山啊，坐吧。

［林山依旧站着。

鲁水儿	林大哥，真的是你啊？天哪，你还是老样子，没变。

［曹月静倒了一杯茶，递给林山。

曹月静	喝茶。

［林山举起茶杯。

林　山	子良，我是林山啊，今天……我来看你来了。

［林山以茶代酒，以酒祭地，突然嘶声地痛哭起来。

鲁水儿	林大哥，不要这样，子良他在天有灵一定会高兴的。你赶快把门外的同志叫进来，一起吃顿热乎饭吧。

［鲁水儿准备开门，被林山阻止。

林　山	水儿，不用。
鲁水儿	怎么了？
林　山	水儿——

［林山再次举杯，对着鲁水儿和陈贞年、曹月静。

林　山	伯父伯母，这一杯算我林山敬你们，赔个不是。

［林山仰头喝茶，他看到童年陈亮明。

林　山	这是亮明吧！
鲁水儿	亮明，叫林伯伯。

童年亮明	林伯伯。
林　山	好,好!(从口袋里摸出几颗子弹壳,递给亮明)喏,给你的,亮明。
童年亮明	(接过子弹壳,开心地)给我的? 谢谢。
林　山	这些都是打过美国鬼子的子弹壳。

〔童年陈亮明开心地看着手里的弹壳。

鲁水儿	林大哥,光明来信说你很厉害,总是冲在第一线,所有的战士们都很崇敬你。
林　山	不,是战士们英勇,还有你们后方的支持,我们才取得了胜利。
鲁水儿	林大哥,你最近见到光明了吗? 这孩子也不见他给家里写封信,有封信还是一年前写的。
林　山	水儿,我——对不起你。
鲁水儿	什么意思?

〔静场。

鲁水儿	林大哥,你……你……林大哥,你怎么今天来看我了? 你怎么突然来看我了——是不是光明怎么了? 林大哥——林山,你说话呀!
陈贞年	林山,光明到底是怎么了?

〔林山转身走出门。屋内的人都紧张地盯着门口。

〔少顷。林山手里捧着一只军包慢慢地走进门。

〔静场。林山突然直直地跪下。

〔鲁水儿跌坐在椅子里。许久,她发出了一声撕心裂肺的哭嚎。

林　山	光明很英勇,他是第一个冲破封锁线把物资送上山头的战士。

　　　　　[林山双手举着军包,泣不成声。

　　　　　[鲁水儿默默地接过军包,紧紧地抱在怀里,像是要抱进
　　　　　心里。

林　　山　光明,到家了,现在在妈妈怀里了。我跟县里说了,你们
　　　　　一家有四个烈士,应该得到照顾。

鲁水儿　　不,我们什么都不需要。

林　　山　水儿。

鲁水儿　　我想,我想陪他们爷俩单独待一会儿。

　　　　　[陈贞年、曹月静和陈亮明下场。

　　　　　[林山走到门口,回转身,啪地给鲁水儿行了个军礼,然后
　　　　　轻轻地掩上门,走了出去。

　　　　　[鲁水儿把军包轻轻地放在桌上,她坐下来,打开军包,从
　　　　　里拿出一本染血的《共产党宣言》,轻轻地抚摸着。

鲁水儿　　(喃喃地)子良,光明回来了。

　　　　　[灯光渐暗。

第四幕

第一场

（1967 年）

　　　　　[灯光渐起。

　　　　　[天空里,乌云遮住了云霞,远处,天际边,曲折的道路有
　　　　　些模糊不清。母亲魏全英与童年水儿出现在路口。

童年水儿	妈,好像要下雨了！太阳为什么要藏在云后面呀?
魏全英	太阳并不想藏,是因为云想遮挡。
童年水儿	太阳会不会没有了?
魏全英	不会的,太阳在云后面,一直亮着呢。
童年水儿	妈,太阳在干什么呀?
魏全英	它正在等乌云散开,要让我们水儿见到阳光。
童年水儿	为什么要有阳光?
魏全英	有了阳光,冰就化了,花就开了,鸟就唱了,春天就到了……
童年水儿	爸爸就会回来了。
魏全英	对,爸爸就会回来了。
童年水儿	(开心地)噢,回来了,回来了。

〔母女俩渐隐。灯光暗转。

〔字幕:1967年。

〔陈亮明背着军包,穿着军装上场,他长得很像他的父亲陈子良。

陈亮明	妈,我回来了!

〔陈亮明放下军包,拿起桌上的茶缸,喝了几口水。

〔鲁水儿上场,她穿着一套蓝色的军服,显得很革命,不过,看上去却有些憔悴。

鲁水儿	(有些惊讶)亮明? 你怎么回来了?
陈亮明	不上课了。
鲁水儿	不上课?
陈亮明	都停了。
鲁水儿	这怎么行呢,快回学校去,万事皆下品,唯有读书高,你爷爷一天到晚说的话,你怎么又忘了。

陈亮明　妈，你这话是不对的。

鲁水儿　多读书肯定没错，妈这一辈子就是恨没有多识字。

陈亮明　思想路线错了，知识越多越反动。

鲁水儿　好，那你毕业的事情有消息吗？

陈亮明　听说要推迟到明年。

鲁水儿　推迟？你要是能分到上海的钢铁厂里就好了。

陈亮明　妈。

鲁水儿　你学的是冶钢专业，有技术，哪里都需要。

陈亮明　妈，有件事我想跟您商量一下，毛主席在天安门接见了红卫兵，许多同学都要去北京，我也想去。

鲁水儿　好好的学上不上，不可以。

陈亮明　大家都去的，我们准备走着去，一路上都有接待的。

鲁水儿　（稍停）你要是真的去北京，就去找你林伯伯，否则，我不放心。

陈亮明　好，妈——

　　　　［陈亮明准备出去。

鲁水儿　你现在去哪里？

陈亮明　公社礼堂，我刚才和几个同学都说好的，一回来就去礼堂。

鲁水儿　干什么？

陈亮明　破"四旧"。

鲁水儿　（厉声地）你回来！（气急地）你……你破什么"四旧"？

陈亮明　妈，我觉得我们这里有许多"四旧"需要破除掉，旧思想、旧文化、旧风俗、旧习惯都要破除掉。

鲁水儿　亮明，你就待在家里，哪里都不许去，那是别人的事情，与我们无关。

陈亮明　破"四旧"怎么是别人的事情？妈——

鲁水儿　记住,在任何时候,任何情况下,只有好事,我们才可以去做,如果是坏事,是绝对不可以做的。

陈亮明　破"四旧"当然是好事情了。妈,你知道不知道? 那些走资派、老学究就是需要斗,是他们破坏了我们伟大的社会主义祖国!

鲁水儿　(气急地)闭嘴!

陈亮明　妈,报上都这么说的,明天,我还要给那帮老顽固写大字报呢。

鲁水儿　亮明,你知道那些反动学术权威是谁吗? 有你爷爷!

陈亮明　(突然惊住)爷爷?! ……

鲁水儿　(难过地点点头)难道你也相信,你爷爷破坏了我们伟大的社会主义祖国?

陈亮明　(怔住)妈,不。

鲁水儿　(嘶声地)你爷爷是老中医,也是走资派。

陈亮明　(突然站起身)妈,我这就去礼堂,把爷爷带回家。

鲁水儿　亮明,你去我不放心,注意安全。

陈亮明　妈,我知道分寸的。(离开,又转身)妈,我听你的了,在学校写了入党申请书。

鲁水儿　好。

陈亮明　学校还没批。不管怎样,我相信党,也希望自己能像一个党员一样要求自己,做好事,做有益于人民的事,像我爸我哥一样。妈,我走了。

鲁水儿　当心啊!

陈亮明　知道了,妈。

　　　　〔陈亮明匆匆地下场。灯光渐暗。

第二场

（1967 年）

　　[灯光渐起。

　　[鲁水儿家的堂屋,鲁水儿不时地向外张望着,心神不宁。
这时,陈亮明扶着陈贞年上场。

鲁水儿　爸,怎么样? 又受伤了吧?

　　[陈贞年不说话,用手拍了拍桌子,很烦躁。

鲁水儿　怎么了?

陈亮明　妈,他们说——

陈贞年　亮明,你先走吧,同学们还在外面等你呢,我来跟你妈说。

鲁水儿　你又去哪儿?

陈亮明　同学们约我去镇上的钢厂看看,这是我们的专业,兴许能帮
　　　　　上忙。

鲁水儿　那你早点儿回来。

陈亮明　哎。爷爷,那,我,我走了!

　　[陈亮明匆匆地下。

鲁水儿　(端起一碗汤)爸,来,喝点汤,我用红薯干熬的。

　　[陈贞年依然不说话,用手挡开碗。沉默。

鲁水儿　爸,喝点吧,别凉了。

　　[陈贞年依旧呆坐着,不作声,一动不动。

鲁水儿　爸,他们是不是又打你了? 明天你就装病吧。

　　[陈贞年抬起头,欲说又止,他摇了摇头。

鲁水儿　怎么了,爸?

陈贞年　水儿,我想不通。

鲁水儿　爸,会过去的,啊。

陈贞年　子良要是还活着,我都不知道怎么去面对他。

鲁水儿　子良?

陈贞年　他们说子良是叛徒,工作队的李大山说他看到子良逃回家的。

　　　　〔鲁水儿雷轰般地坐下,手中的汤倒了一地。

鲁水儿　胡说。

陈贞年　他们还说子良跟日本人和伪军有交易,才放了我们一家人。

鲁水儿　造谣,造谣。爸,你是知道的,那天晚上——

陈贞年　可他们一口咬定了,都写了大字报,说明天就要贴出去了。

鲁水儿　当时,我就趴在芦苇荡里看着……子良死得很英勇,他不是叛徒。

陈贞年　可……这跟谁说理去呀?

鲁水儿　找林山,对,找林山,等亮明去北京,就让他去找林山。

陈贞年　林山当时也不在场,他去了河东,他怎么能证明。

鲁水儿　爸,那就让他们贴吧,身正不怕影子斜,就让他们说去吧。
　　　　我相信,最终,党和政府一定会是公道的。

　　　　〔突然,门被闯开了,二狗子走进来。

鲁水儿　二狗子?

二狗子　水儿,子良怎么死的,我最清楚,我明天一早就去跟他们证明。

陈贞年　你?

二狗子　二十多年前是我和日本兵一起的。

鲁水儿　二狗子,算了吧,子良是什么人,不需要你证明,他对得起他
　　　　自己,对得起党就行。

二狗子　可是明天大字报就要贴出去了,那就黑白难辨了。

鲁水儿　黑白自有分明。

二狗子　他们不能毁了子良的名誉。人不能恩将仇报,更不能苟且
　　　　偷生。我活了这么多年,天天担惊受怕,也活够了,我现在

什么都不怕了,子良不能白死。

鲁水儿 谢谢你的好意,我爸我妈、子良,还有光明,我们家四个党员都牺牲了,他们无须要证明什么,自己相信就够了。

二狗子 水儿,我不是党员,也没有那么高的觉悟,但是这四个人我都认识,我决定了。爷叔,你放心,子良是清白的。

〔二狗子转身出门。

陈贞年 (苦笑)算他有良心。

〔突然,响起了咚咚的敲门声。

鲁水儿 谁呀?

〔门外传来叫嚷声:亮明他妈,亮明他妈,不好了,你们家亮明让炼钢炉给砸了。

〔鲁水儿跌跌撞撞地向门口跑去,跑了几步,却径直瘫软了下去。

〔灯光急暗。

第三场

(1967 年)

〔灯光渐起。

〔字幕:一个月后。

〔鲁水儿静静地立在堂屋里,桌上放着大红的奖状,一只骨灰盒,一碟月饼,两杯清酒。

鲁水儿 (拿起奖状)子良啊,今天县里召开了大会,进行了表彰,追认亮明为党员。(少顷,放下奖状,看着骨灰盒)子良啊,我对不起你啊,亮明死了,我没有照顾好他,我答应过你,一定要保护好他的。早知道,那天晚上,我就从芦苇荡里跑出来,跟你一起死了。(端起酒杯)子良啊,中秋节了,家里就剩下我和爸了。今天是你的祭日,这杯酒先陪你喝了吧,对不起了,子良。

　　[鲁水儿以酒祭地,她抱起骨灰盒。

鲁水儿　亮明啊,妈想你啊。

　　[陈贞年拄着拐杖,颤巍巍地上场。

陈贞年　亮明啊,我的亮明啊?

鲁水儿　爸,您怎么起来了,当心你的腰啊。

陈贞年　水儿,我这是造的什么孽啊! 表彰有什么用,我要我的孙子,我要我的孙子啊。

鲁水儿　爸,您别难过了,歇会儿吧。

　　[鲁水儿扶着陈贞年坐在椅子上。

　　[赵冬平推门上场。

鲁水儿　你? 你是谁?

　　[赵冬平扑通一声跪倒在地。

赵冬平　我叫赵冬平,镇钢铁厂的车间主任,我对不起你们! 亮明出事那天,我当班。

鲁水儿　你走吧。

赵冬平　我对不起你们。

鲁水儿　你,站起来。

赵冬平　不,是我害了亮明。

鲁水儿　你?

赵冬平　我是来认罪的。

陈贞年　(举起拐杖,欲打赵冬平)滚! 滚!

赵冬平　对不起,对不起。

陈贞年　你,你还有脸来我家,你还我孙子,还我孙子呀!

　　[陈贞年手里的拐杖无情地落在赵冬平的身上,他跪在那里

硬挺着。

鲁水儿　爸,别打了。

陈贞年　(气急地)打,打,我打死你,打死你。

　　　　[陈贞年剧烈地咳嗽着。

鲁水儿　(拍着陈贞年的背)爸,你当心点儿,别动气。

陈贞年　你还我孙子呀!

赵冬平　(抬头)爷爷,你打死我吧,打死我你好受点儿。

鲁水儿　亮明救的人是你?

赵冬平　是我,我应该相信亮明的话,他一进车间,看到冷却阀门,就说
　　　　阀门有问题,他说一个钢炉一天要出二十炉钢,迟早是要出事
　　　　的,亮明想制止我,可我就是听不进去。县里下达的任务不能
　　　　完不成啊,钢炉不能停啊。后来,阀门裂了,冷水倒流,钢炉就
　　　　爆炸了,亮明当时就在我身边,他一把就把我推开了——
　　　　[鲁水儿看着跪在地上的赵冬平,她伤心地坐了下来。
　　　　[沉默。

鲁水儿　你走吧,这不怪你。

陈贞年　这怎么能不怪他,他要是听亮明的话,就不会出事了。

鲁水儿　他也不知道啊!

赵冬平　阿姨,我应该听亮明的话,我真蠢。阿姨,我是鼓足了勇气
　　　　才敢来的,要打要骂,你随便吧,只要你能过得去,反正我的
　　　　命也是亮明救的。
　　　　[鲁水儿看着赵冬平,伤心地把头扭了过去。
　　　　[沉默。长久。

鲁水儿　你起来吧!

赵冬平　(哭喊着)阿——姨! 我对不起你,对不起你们一家!

鲁水儿　(擦拭了眼泪)行了,你走吧!

赵冬平　阿姨！我……

鲁水儿　（大声地）你走吧，你到底想干什么？

赵冬平　那就让我做你的儿子吧，在您面前尽孝！

鲁水儿　别傻了，你走吧！你替代不了他的。

赵冬平　我是顶不上亮明半点儿，但是亮明能做的，我会学着去做。

鲁水儿　你不要再说了。

赵冬平　阿姨，你就答应了吧，否则，我这一辈子都不会安心的，这是我欠下的债，就让我自己来还！

陈贞年　（气愤地）你还，你还得了吗？滚——

赵冬平　爷爷，阿姨，你可以相信一个人的良心，给我一次机会吧，我是一名共产党员，共产党员知错就改，我是有这个决心的。阿姨，不管你认不认我，从此以后，我就把你当作我的亲妈。（喊）妈！

〔鲁水儿看着赵冬平，她仿佛看到了儿子陈亮明。

〔灯光渐暗。

第五幕

第一场

（1978 年）

〔灯光渐起。

〔童年水儿与母亲魏全英立在路边，远处，云蒸霞蔚，太阳就要出来了。

童年水儿	妈,爸爸为什么不要我了?
魏全英	爸爸没有不要水儿,爸爸有重要的事情要做。
童年水儿	比我还重要?什么事情?
魏全英	是我们国家的事情。
童年水儿	那为什么只有爸爸一个人做?
魏全英	不,水儿,有好多像你爸一样的人,都在做。
童年水儿	那他们有女儿吗?
魏全英	有。像水儿一样,都是好孩子。
童年水儿	嗯。
魏全英	你看,我们的水儿并不是一个人。

　　[母女俩渐渐地消失在道路的尽头。

　　[灯光暗转。

　　[字幕:1978年。

　　[李谷一《乡恋》的歌声悠然地响起来,欢快的旋律溢荡着。

　　[一阵自行车的铃声叮铃铃地响过。

　　[赵冬平骑着自行车上场,车后座上坐着张丽芳,她抱着一些草药。

赵冬平	(大声地)妈,妈,我回来了。

　　[张丽芳跳下自行车。

　　[鲁水儿拿着一只铁碾子上场,她系着围裙,有些见老,头发花白。

　　[赵冬平用铁碾子碾药,张丽芳给他加着草药。

鲁水儿	冬平,你在工厂上了一天的班,现在还要帮着弄草药,歇会儿。
赵冬平	妈,我不累的。
鲁水儿	你给瑞明打电话了?

张丽芳　打了。

鲁水儿　怎么说？

张丽芳　没说两句话，他说，他在上海很想您。

鲁水儿　这孩子，估计还不太适应。

张丽芳　妈，瑞明一直是你带大的，跟你亲。

鲁水儿　跟他外公外婆一起，更好。冬平，丽芳回上海的事情，怎么
　　　　样了？

赵冬平　噢，不急。

鲁水儿　这哪能不急，现在知青都回城了，丽芳是知青，虽然我们这
　　　　里离上海不远，但毕竟也是乡下，丽芳能回去就赶紧回去，
　　　　她爸妈都在上海，年纪大了也需要她，你们不要总想着
　　　　我，啊。

赵冬平　就算我和丽芳回上海，我们也要带你一起走。

鲁水儿　上海，我不去。

赵冬平　为什么？

鲁水儿　这里才是我的家。

赵冬平　如果你不去，我们也不去了。

　　　　〔静场，只有碾草药的声音。

鲁水儿　冬平，有一句话我一直想跟你说。

　　　　〔赵冬平低着头没有言语。

鲁水儿　把头抬起来，看着我。

赵冬平　妈。

鲁水儿　我是你妈，你为什么不敢看我？冬平，我再说一遍。亮明的
　　　　死是一个意外，你不能因为这个而背一辈子的锅。十多年
　　　　了，你也应该放下了。

赵冬平　妈……

鲁水儿	如果你再这样内疚一辈子,妈我这心里怎么能过得去?你也是我的儿子。冬平,以后不管到哪里,不管做什么,我们都凭着良心做事情就行了。
赵冬平	妈,我听你的。
张丽芳	妈,我们都听你的。
鲁水儿	你们放心,现在"四人帮"粉碎了,一切都会好起来的。
赵冬平	妈,我想问问你,你任何时候都不曾怀疑过?
鲁水儿	怀疑什么?
赵冬平	党。
鲁水儿	不。
赵冬平	从不?
鲁水儿	从不。
赵冬平	为什么?
鲁水儿	因为那是我的亲人们用生命维护的,所以我相信呐。冬平啊,一直以来,我总是觉得我母亲搀着我的手一直走在一条路上,一会儿刮风,一会儿下雨,路也并不好走,有时候天上全是黑压压的云,见不到阳光,可是我知道那云层的背后就是太阳,既然我们都知道太阳就在那里,那么这暂时的黑天又怕什么呢?所以每每想到这里,我的心里总觉得亮堂堂的,然后,就什么都不怀疑了,方向对了,我们一步一步把路走好就是了。
赵冬平	妈,作为党员,我是绝对不会给您丢脸的。
鲁水儿	好孩子!

〔静场,只有碾草药的声音。

鲁水儿	冬平,你爸平反的事情,县里怎么说?
赵冬平	我去县里打听了,说是子虚乌有的事情,爸本来就是烈士,

有烈士证的,不需要平反。

鲁水儿　他们贴了大字报,弄得满城风雨。

赵冬平　二狗子后来不也证明了,爸是英雄。

鲁水儿　问题不在这里。

张丽芳　妈,都是十多年前事情了,难道——

鲁水儿　是的,我需要他们给我道歉。

张丽芳　道歉?

赵冬平　那个造谣的李大山早已经死了。

鲁水儿　那总该有个人吧,这事有关子良的名誉。谁能代表组织就是谁。

张丽芳　公社? 可人早就换了呀。

赵冬平　妈,我倒是想起一个人。

鲁水儿　谁?

赵冬平　林山。

鲁水儿　林山?

赵冬平　您跟我讲过,他是个大官儿,他跟爸爸一起去过延安,一起回来给新四军运过药,他可以证明爸爸的清白。

鲁水儿　不,我不需要证明,我只需要一个道歉。共产党不是有错就改吗?

张丽芳　妈,很多人都平反了,那么多的冤假错案都纠正了。

鲁水儿　可是没有子良。

张丽芳　这本来就不是个案子,爸也没有受到迫害啊。估计是没人能道歉的。

鲁水儿　十年了,总得有人道歉吧,没人道歉,我就等着。

　　　　〔灯光急暗。

第二场

（1979 年）

[灯光渐起。

[字幕：一年后。

[舞台的中央是一间有些讲究的客厅，有沙发和茶几，虽然布置简单，但不失品质，跟前几场的风格完全不一样。鲁水儿提着个小布包，有些不安地坐在沙发上。她四下里看着，有些局促。

[林山悄悄地上场，他显得苍老了许多，也很疲惫。林山立在那里，静静地看着鲁水儿。

[鲁水儿感觉到了，转过身，看见林山，急忙站起来。静场。

鲁水儿　林大哥？

林　山　水儿？

鲁水儿　我找了很久才找到你，不打扰吧？

林　山　我们俩快二十多年没见面了吧？

鲁水儿　林大哥，你……老多了噢。

林　山　人，哪有不老的，都七十多了。你也快六十了。

鲁水儿　五十八。

林　山　家里一切还都好吧？当奶奶了吧？开明还好吧？

鲁水儿　开明 67 年就没了。

林　山　（吃惊地）亮明没了？

鲁水儿　镇上钢铁厂的锅炉炸了，砸的，说来话长，算了吧，不说了。
　　　　我后来认了个干儿子，叫赵冬平，就是他找到你的。

林　山　对不起，水儿。

鲁水儿　林大哥,这是哪里的话。

林　山　这二十多年我关心得不够。

鲁水儿　你忙啊。

林　山　忙? 是,是忙。

鲁水儿　像你这样的大官,肯定很忙的,真的不需要老想着我们的。

林　山　(羞愧,苦笑)官? 水儿,你真的是让我无地自容了。

鲁水儿　林大哥?

林　山　唉! 水儿,看到你啊,恍若隔世,羞愧难当啊。

鲁水儿　心里惦记着,就行,就像……就像鱼和水。

林　山　鱼和水? 是,鱼在水中游,得意了,忘形了,就忘了还有水了。

鲁水儿　什么?

林　山　忘本了。

鲁水儿　林大哥,我找你有两件事。

林　山　噢,好,你说。

　　　　[鲁水儿把小包放在茶几上,从中慢慢地拿出一只储蓄罐,
　　　　轻轻地打开,是一大堆硬币和零钱。

林　山　这是……?

鲁水儿　这是十年来冬平的党费。

林　山　党费?

鲁水儿　他说,这十来年他没地方缴党费,一直都攒着,我就想替他
　　　　来问问你,去哪里缴?

　　　　[林山有些颤抖地拿起茶几上的钱,慢慢地站起来。

林　山　还有一件呢?

鲁水儿　十几年前,他们说子良是叛徒,但是,现在,造谣的人死了,
　　　　我觉得他们得跟我道歉。我起先不敢找你,但是,总该有个
　　　　人来道歉吧!

林　山　道歉？是，道歉，应该道歉，但是，我现在没有这个资格了。水儿，我不再是党员了。

鲁水儿　（吃惊地）你？林大哥啊，子良入党还是你介绍的啊。

林　山　是，是。党员，党员，是，我曾经是名老党员，21年，我入的党，多早啊，都五十多年了……这么久啊，什么风雨没经历过，"四一二"反革命政变那会儿，上海滩血雨腥风的，我没怕过。你爸你妈就是那时候牺牲的。共产党人为了信仰，面对生死，抛头颅，洒热血，前赴后继。32年，日本人打到上海，淞沪抗战打成那个样子，我也没有灰心过，因为，我们中国人的精气神还在。37年，淞沪会战继续打，中国人奋起抵抗，抗战全面爆发。就在那时候，我认识了你和子良。我心里也是踏实的。38年，我和子良一起去了延安，44年我们又一起回来，跟着游击队运输药品，子良牺牲了，我很难过，但是我内心的信念无比坚定。49年，我们打过长江，解放南京、解放上海、解放福州……胜利了，即便还是千辛万苦，提着脑袋四处奔波，可我的心里还是充实的。51年，我奔赴抗美援朝最前线，面对美帝的凶狂，可我的胸中怀有必胜的信心。光明牺牲了，我们胜利了……水儿，即便是怎样的出生入死，我都从来没有动摇过……可是，后来，慢慢地，一切都变了，我做官了，是首长了，太平日子过惯了，就滋生出事情来了，我分不清敌我，认不清形势，我的政治立场错了。水儿，这二十多年来，我没见过你，也不关心你过得怎么样？我不是忙，我是把你们都给忘了，水儿，我是心里没有你们了。

　　　　　〔鲁水儿吃惊地看着林山，她站起来，不禁哭了起来。

林　山　水儿，这十多年，我犯了浑，我犯了错，直到粉碎了"四人帮",我才突然从梦中惊醒过来,这十多年,我都在做什么啊!(少顷)一年前,我就不再是党员了。

鲁水儿　你?

林　山　我被开除了党籍。

　　　　〔鲁水儿看着林山,林山低头不敢看她,突然,鲁水儿高高地扬起手,欲打林山。

林　山　水儿,你打吧,打吧。

鲁水儿　(慢慢地放下手)我真想打你一巴掌,我想替子良打,替光明打,替我爸我妈打。

　　　　〔静场。远远地,响起了林山的画外音:

就像是在泥泞的路上拉车,车总是走不快,有时候还会陷进泥里,为了让车走得快一些,就得有人倒下去垫着。

　　　　〔沉默。

林　山　(抬头,愧疚地)谢谢,水儿——

鲁水儿　(悲愤地)林大哥,那么多年了,我跟着你——

林　山　水儿,对不起,我让你失望了。

鲁水儿　不,不是失望,是伤心。

林　山　水儿,打得好,这让我清醒——谢谢。

　　　　〔沉默。鲁水儿从布包里拿出那本染血的《共产党宣言》,递给林山,林山接过,满脸的羞愧。

鲁水儿　林大哥,共产党人一直说有错就改。

林　山　改?

鲁水儿　我相信你。

林　山　你还相信我?

鲁水儿　相信。因为我爸,我妈,子良,光明,亮明……还有你……那么多人为之献出了生命,那么多人都相信,就不会错。

林　山	谢谢。
鲁水儿	我不需要你谢，我只需要你改。
林　山	好，我答应你。
	［沉默。
鲁水儿	等你有资格了，你给我道歉。
林　山	我？都七十多岁的人了。
鲁水儿	我等你。秋天了，蟹很肥，很鲜。你曾经答应过我，一定会
	回来吃的。
林　山	是。
鲁水儿	所以，你一定要来。
林　山	谢谢，水儿。
鲁水儿	今年不行，明年，明年不行，后年，我等着……
林　山	（怔怔地看着水儿，良久，哽噎着）水儿，我一定来。
	［鲁水儿转身离开，下场。
	［林山打开那本《共产党宣言》，翻看着，然后把它抱在怀里。
	［灯光渐暗。

第六幕

（1993 年）

　　［灯光渐起。

　　［母亲魏全英与童年水儿走过水边，水边的道路干净而整洁。

童年水儿	妈，你看，太阳。

魏全英　是啊，太阳。

童年水儿　好暖和啊！妈，爸爸在上海能看到太阳吗？

魏全英　能，太阳出来了，哪里都暖和了。

　　　　〔母女俩渐走渐隐。

　　　　〔字幕：1993年。

　　　　〔歌曲《春天的故事》远远地传过来。张丽芳坐在桌边，用计算器算着，写着。此时，她显得时髦而富态。赵冬平西装革履，夹着一只皮包，兴冲冲地上场。

张丽芳　什么开心事儿，看把你给乐的。

赵冬平　人逢喜事精神爽嘛。

张丽芳　这西装哪来的？

赵冬平　买的啊。

张丽芳　又买，多少钱？

赵冬平　一千多。

张丽芳　赵冬平，你疯了？都老菜皮了，什么衣服穿穿就得了啊，你把卖蟹的钱全花了？

　　　　〔赵冬平把手中的皮箱放在桌上。

赵冬平　喏，打开。

张丽芳　什么？

　　　　〔张丽芳打开皮箱，里面满是钞票。

张丽芳　（轻声地）这么多钱？

赵冬平　前阵子，我跟你说做投资，你说我脑子进水了，还跟我吵。

张丽芳　你抢银行了？

赵冬平　我买了股票认购证。

张丽芳　就因为跟我赌气？

赵冬平　你以为呢！

495

张丽芳　（突然意识到）什么？赵冬平，你买了认购证？

赵冬平　是啊，你看，发了啊，新股一上市就翻了几十倍，这不，从蟹上市到下市，我就赚了十二万。

张丽芳　冬平，你，你怎么有这狗屎运啊?!

赵冬平　什么叫狗屎运？这是判断，跟上形势，对我们国家有信心！

张丽芳　赵冬平，你牛啊！

　　　　〔赵冬平把手提袋递给张丽芳。

赵冬平　老婆大人，这是孝敬你的，吃水不忘挖井人啊。

张丽芳　（接过手提袋）这还差不多，看把你得意的。

赵冬平　妈呢？叫她出来，我给她也买了件新衣服，想让她也开心开心。

张丽芳　她在卖蟹呢，噢，那个林伯伯来了。

赵冬平　林伯伯？噢，我还得谢谢他呢，当年，要是没有他的一句话，我哪里敢出来做生意啊。

　　　　〔鲁水儿与林山上场，他们都尽显老态，但都非常精神。

鲁水儿　冬平，回来了？

赵冬平　林伯伯！

林　山　我来看看你妈。

鲁水儿　丽芳，你去做几个菜，林伯伯晚上要跟我们一起吃饭，吃蟹，要大个的。

林　山　好，我答应你妈我要来尝的。

鲁水儿　五十多年前，你就答应的，现在终于吃上了。

　　　　〔林山打开随身带着的红布包，里面是那本《共产党宣言》。

林　山　水儿，这本《共产党宣言》，还给你。这本书，我看了又看，很多事情我现在才明白，我也真正认识到了自己的错误。两年前，我向以前的单位打了入党申请报告，想再次入党。我请党考察我,昨天,我正式转正了。

鲁水儿　祝贺你呀,林大哥。

林　山　不,我作为一名党员合不合格,还得要问问你的。

鲁水儿　我? 我只是一个普通老百姓。

林　山　水儿,共产党行不行,得老百姓说。水儿,你说,我行吗?

鲁水儿　(热泪盈眶)行。

　　　　〔林山颤微微地站起来,给鲁水儿深深地鞠了一躬,鲁水儿
　　　　扶住他。

林　山　对不起。

鲁水儿　林大哥,你这是干什么?

林　山　水儿,我现在终于有资格给你道歉了。

　　　　〔灯光渐暗。

尾声
(2021 年)

　　　　〔灯光渐起。

　　　　〔字幕:2021 年。

　　　　〔舞台的中央,鲁水儿穿戴整齐坐在轮椅上,犹如一尊雕像,
　　　　她的眼里闪着慈祥的光芒,看向远方。记忆中的声音在她
　　　　的脑海里激荡。

　　　　〔天幕上,一条道路的尽头显得很明亮。天际边,油菜花盛
　　　　开,漫溢着春天的气息。母亲魏全英牵着童年水儿。

童年水儿　妈,看,你快看呀,那儿,那儿的油菜花开了,真好看啊。

魏全英 是的，水儿，春天到了。

　　[童年水儿往远处跑去，那般快乐。魏全英看着女儿，笑着。

　　[童年水儿走过来，她牵起鲁水儿的手，她们对望着，似曾相识。

　　[童年水儿推着鲁水儿的轮椅走到舞台的最前方，她们仰着头怔怔地看着远方——上海龙华烈士陵园的夜色现代而迷人。

　　[魏全英牵着童年水儿的手，她们走向远方，渐渐地消失。

　　[远处，阳光明媚，鲜花似锦。

鲁水儿 （默默地）妈，水里的菱角花开了。

　　[鲁水儿慢慢地站起来，边说着边摘下头套，渐渐地恢复成年轻时的容颜，她脱去外套，依旧是新娘的模样。

鲁水儿 我不知道共产主义是什么，也不知道它是不是就是眼前这情景，但是，我知道，它是一种希望，就像春天里，家门口的那一片金黄的油菜地，只要你走近，你便会闻到那花香，看到那叶绿，感受到那充满生机的一切。

　　[雄壮的音乐声中，满眼的油菜花，金黄灿烂。

　　[一片巨大的党旗从金黄灿烂之中慢慢地升起。

　　[远处，金黄灿烂之中，一条大道伸向远方。

　　[神圣——在每个人心里，如虹般扬起。

　　[幕落。剧终。

The Land of the Living

人世间

时　间　1978 年—2018 年
地　点　北京、深圳、上海、安徽江村和火车、高铁上

人　物①

　　江晨雪　女，安徽人。52 岁(美国安威会计师事务所北京分所代
　　　　　　表)、42 岁(国家开发银行部门经理)、28 岁(国家开发银
　　　　　　行未入职员工)、22 岁(复旦大学国际金融系学生)和 12
　　　　　　岁(江村小学小学生)
　　韩子胜　男，北京人。55 岁(北京大学法学院教授、江晨雪的丈
　　　　　　夫)、31 岁(北京大学未入职讲师)和 25 岁(研究生)
　　韩　凡　女，24 岁。英国利兹大学研究生。江晨雪的女儿
　　胡　望　男，沈阳人。25 岁左右。咖啡吧服务员
　　林书宥　男，美籍华人。生于台湾。哈佛大学经济系毕业。45 岁
　　　　　　(美国安威会计师事务所董事)、35 岁(美国安威会计师
　　　　　　事务所合伙人)
　　郑显石　男，江苏吴镇人。45 岁(武汉中铁勘察设计院工程师)和
　　　　　　21 岁(中国科技大学少年班毕业生)
　　李　项　男，上海人。53 岁(深圳岗龙医药有限公司总经理)和
　　　　　　23 岁(复旦大学国际政治系学生，江晨雪男友、诗人)
　　齐盼儿　女，香港人。28 岁。香港中文大学毕业。李项的现女友
　　傅国兰　女，75 岁(农民、曾是江村小学的民办教师、江晨雪的母
　　　　　　亲)和 35 岁(农民)
　　江新岱　男，38 岁(江村的村书记)和 28 岁(北京理工大学毕业研
　　　　　　究生)
　　江济山　男，48 岁。江村小学校长，教师。江晨雪的父亲
　　江　泰　男，江新岱的父亲。56 岁(原为江村村支书，时在深圳打
　　　　　　工)和 40 岁(时为江村的村支书)

　　酒吧顾客、火车和高铁上的旅客、食客、服务员、村民等群众角色

_____

①　剧中江晨雪在不同的年龄阶段都是由一个演员饰演。另，根据实际情况，可由
　　同一个演员在不同的场幕当中饰演不同的角色。

关于舞台

　　舞台写实但是简洁,呈现的都是实际的生活场景,从首都到城市,从城镇到乡村,所有的场景都由具有典型意义的道具组合形成,他们可以全景式地呈现在舞台上,组合成一种独特的样式,那是岁月沉淀之后的凝固形态。这里面有时间流逝的感觉,它无时无刻不在提醒着观众时间的存在。具体到城市的客厅、厨房、餐厅、咖啡厅、街头、校园或是农村的堂屋、田头、村口等都是其中闪现的突出部分,就像是生活的片段被从岁月的长河里捞起,在静默中诉说着韶光的远去。全景之中总是有一块变幻着的过去的或是现在的影像,它是岁月的见证,也是背景的体现,在现时的演出空间里,是一种对话、一种对抗和一种关照。

关于时空

　　舞台上现实的情境可以随时切入到过去的环境之中,是一种现实与过去交织的情形。角色在时空的转换之中可以自如地进入,时间的改变可以通过服饰、发型上的变化来体现,但无需刻意,可以通过演员的表演去证实,如习惯的动作、特定的台词内容等,或是有时代特点的道具、影像背景或是有源声音等。

序幕

（2018 年）

江晨雪　女,52 岁。安徽人。复旦大学国际金融系毕业。
　　　　现为美国安威会计师事务所北京分所代表
韩子胜　男,55 岁。北京人。北京大学法学院教授。江晨
　　　　雪的丈夫
韩　凡　女,24 岁。英国利兹大学研究生。江晨雪的女儿

[灯光起。舞台的一角,江晨雪静静地伫立,她手里拿着手机看着远方,若有所思。

[静场。

[舞台的后方,灯光渐起,餐厅内,一张餐桌和三把椅子。餐桌上放着早餐。

[江晨雪回过头,她远远地打量着餐桌上的早餐。旋即,她拿起手机,在手机屏幕摁动着。她看了一会儿手机,把手机揣在兜里,迅速地下场。

[静场。

[韩子胜穿着睡衣上场。他边走边用双手擦着脸,他在餐桌前坐下,眼里仿佛并没有看到早餐。他抓起桌上的遥控器,摁了一下,旋即,传来早新闻的声音。韩子胜并没有看电视,他只是默然地坐着,翻看着手中的手机。

[场外声(韩凡:妈,妈,妈!)

〔韩凡赤着脚轻快地跑上场,她四处张望着寻找着什么,最终,她看到早餐,眼睛发亮。

韩　凡　啊,真不错,还是回家好,早餐竟然有煎饺吃,尝到老妈的手艺,我在英国,早餐无外乎咖啡加面包,真是把人吃到崩溃。

韩子胜　(头也不抬)也是你回来,你妈才做,平时她哪有空。

韩　凡　(悄声地)我妈呢?

韩子胜　自己找!

韩　凡　爸,我想跟你说件事,你可一定要支持我。

韩子胜　(眼睛并没有离开手机)噢。

韩　凡　爸!

韩子胜　(从手机上抬起眼)什么?

韩　凡　人家跟你说话呢!

韩子胜　噢,说!

韩　凡　爸!

韩子胜　怎么了?

韩　凡　爸,你别看手机了,我回来也就两个星期,你要多陪陪我!

韩子胜　(放下手机)好,不看了,我就是看看他们怎么说 AI 的,现在人工智能发展很快,他们说我们做法律的人将是最先被替代的一类人,在美国,现在律师胜诉的几率没有机器人高——

韩　凡　爸! 难道我还不如一个机器人!?

韩子胜　乖女儿,什么事情?

韩　凡　下个月我就硕士毕业了。

韩子胜　我和你妈说好了会去英国参加你的毕业典礼,乖女儿,为你骄傲。

韩　凡　毕业后我不想回国了,我想留在英国工作。

韩子胜　(吃惊地)留在英国? 之前我们讨论过,英国很难找到工作的。

韩　凡　我有师姐在那边开文化创业产业公司,我想试试。

韩子胜　你跟你妈谈过？

韩　凡　没有。这不，我怕她反对，所以先得征求你的意见。

韩子胜　我反对。

韩　凡　爸？

韩子胜　你总觉得我好对付，是吧？

韩　凡　爸，你又不是不知道我妈，她自己要去纽约做合伙人，可肯
　　　　定不会让我留英国——

韩子胜　你妈，我当然知道，她是我老婆。

韩　凡　那你还故意逗我。

韩子胜　你留英国，你妈去美国，那我呢？

韩　凡　你？当然还在北大教你的书，难道你还要辞职陪妈去？

韩子胜　那这家还像个家吗？

韩　凡　好多人现在不都这样吗？为了孩子，为了爱人，妻离子散的。

韩子胜　以前，家人里总在一起的。现在，乡下人来了城里，城里人去
　　　　了国外，家都不像家了。

韩　凡　时代变了，爸。

韩子胜　是变了，亲情的坍塌就是代价。

韩　凡　爸，我留伦敦，也会回来看你的；我回北京，也不会住在家里
　　　　的。其实没区别的。再说，距离产生美。爸，你就别多想
　　　　了，投赞成票吧！

韩子胜　即便都是赞成，你说我是应该，还是必须？

韩　凡　爸，你又来了。

韩子胜　应该属于原则性用语，必须属于严格定义！

韩　凡　我不管，只要你赞成就行。

韩子胜　（突然）是不是你有男朋友了？

韩　凡　爸！想啥呢？

韩子胜　这叫合情推理！我跟你说过了,常言道女儿是爸爸的小情人,小情人找男朋友得过我老情人这一关。

〔韩凡拿起桌上的遥控器关了电视。

韩　凡　爸,现在谁还看电视啊！

韩子胜　也就是开着,习惯了。

韩　凡　爸,说定了,待会儿我跟妈妈讲,你可一定要支持我噢。(看了看四周,大声地)妈！我的拖鞋呢?

〔静场。

韩　凡　(大声地)妈！我的粉色小兔兔拖鞋！妈！妈?

〔韩凡跑下场,旋即又跑上场。

韩　凡　爸,妈呢?

韩子胜　不知道啊,刚才起床时她还在的啊。

韩　凡　妈?咦,没有啊！

韩子胜　晨雪！晨雪！(对韩凡)你看看她在不在洗手间?

韩　凡　没有,我找过了。

〔韩子胜用手机打电话,听着。

韩　凡　怎么了?

韩子胜　无人接听。(突然看到手机)等等！

韩　凡　什么?

韩子胜　你妈的微信。(看着,念着)我今天想出去走走,过一两天就回家,你和凡凡不用找我,勿念。爱你！晨雪。

韩　凡　(从韩子胜手里抢过手机,看着)哇,我妈出走了?我妈她做了早餐之后就出走了?天啊,太神奇了,我太喜欢了,我妈她真他妈的太酷了！耶！

〔韩凡高举着手机,开心地跳着。韩子胜看着女儿,呆呆地立着。

〔灯光急暗。

第一幕　2018/2008

第一场
（2018 年）

江晨雪　　女,52 岁

胡　望　　男,25 岁左右。沈阳人。咖啡吧服务员

林书宥　　男,45 岁。美籍华人。生于台湾。哈佛大学经济
　　　　　系毕业。美国安威会计师事务所董事

齐盼儿　　女,28 岁。香港人。香港中文大学毕业。无业

[随着都市的吵闹声,灯光起。影像:北京的街头,人群熙熙
攘攘,热闹而繁忙。

[歌曲《岁月》轻轻地响起来,王菲和那英演唱的版本。

[咖啡馆,有着桌子和沙发,背景的远处可以看到鸟巢。

[齐盼儿和林书宥坐在沙发里,他们面前的桌上放着吃完的
早餐,林书宥静静地看着齐盼儿,她却看着远处的窗外。

[舞台的另一侧,江晨雪瘫坐在沙发里,她看着外面。

[齐盼儿转回头,她看着林书宥。

齐盼儿　就这样吧!

林书宥　（靠回到沙发上)就这样?

齐盼儿　四年了,也应该有个了结,挺好。

林书宥　还是因为我结过婚。

齐盼儿	不,不是。从一开始你就没有隐瞒过,你一个人在中国,你太太和儿子都在纽约。这不是问题。
林书宥	时间?
齐盼儿	也许吧。也许这是个理由。
林书宥	他,他怎么样?没说过。
齐盼儿	挺好的。其实,几年来,你教会我许多东西,把我从香港带到北京,跟你在一起,不后悔的。
林书宥	好聚好散,只是……他,他比我年轻,我理解。
齐盼儿	不,他比你大八岁,而且,还生病。
林书宥	那你——
齐盼儿	他教会我如何去爱,而你,没有。
林书宥	(冷笑)是吗?
齐盼儿	你不用这样,林书宥。
林书宥	盼儿,我没别的意思。
齐盼儿	谢谢。
	〔齐盼儿站起来。
林书宥	你今天就回深圳。
齐盼儿	是的。
林书宥	我来买单。
齐盼儿	我买过了。
林书宥	再见。

〔林书宥站起来,齐盼儿跟他非常有礼节地握了一下手,离开。林书宥目送她离开。

〔林书宥走过江晨雪,他们对视了一下,仿佛在什么地方见过对方,然后,江晨雪又转身脸去,林书宥下场。

〔胡望端着咖啡上场。江晨雪略微坐直了身体。胡望把咖啡壶放在桌子上,给她倒了一杯咖啡。

江晨雪　谢谢!

胡　望　您又来了?

江晨雪　是的。

胡　望　昨天晚上你们聊得挺晚的。

江晨雪　同学聚会之后过来的。不好意思,把你们弄晚了。

胡　望　没有。

　　　　[静场。胡望知趣地退到一边,站着。江晨雪端起咖啡杯转
　　　　过身,她看着远处的鸟巢。

　　　　[江晨雪喝了一口咖啡,她用咖啡壶续杯时,不小心把杯子
　　　　弄倒了。胡望赶紧过来帮她收拾。

江晨雪　真不好意思。

胡　望　没啥事,姐。

江晨雪　你东北哪里的?

胡　望　长春的。现在东北经济不景气,工作不好找,很多人都出来了。

江晨雪　你不上学?

胡　望　那哪能啊,姐,现在是个人就能上大学,我今年大三,退学了。

江晨雪　退学?

胡　望　姐,退学老时髦的了,乔布斯、比尔·盖茨不都退学过吗?

江晨雪　(笑)是,马斯克也是。

胡　望　姐,你说的是刚把特斯拉整上天的那个美国兄弟? 我咋能
　　　　跟他们比? 我们那里的大学,上不上一个样。上,毕业了,
　　　　也得出来打工。反正迟早都是出来打工,那还不如提前出
　　　　来的划算。姐,你说对不? 那个谁说的出名要趁早?

江晨雪　张爱玲。

胡　望　对,张爱玲! 谁啊?

江晨雪　一个写小说的。

胡　望　还是这兄弟说得彻底。

江晨雪　她是个女的。

胡　望　管它呢? 说的对就是兄弟。(笑)姐,我知道张爱玲,读过她的书,开个玩笑。

江晨雪　(笑)上大学,也不只是为了找份好工作。

胡　望　那你说为啥? 你就是上了个清华北大,还不是为了将来能更好地混口饭吃。

江晨雪　上大学是为了让自己知道如何学习。

胡　望　姐,你干啥工作啊?

江晨雪　会计师事务所,怎么了?

胡　望　会计啊,你这个打扮,不像。

江晨雪　高级会计,做统计。

胡　望　统计? 现在谁还相信统计?

江晨雪　也没有,就是计算的方式不一样。

胡　望　苍白了不是。姐,你说,我要是从沈阳的大学毕业了,我家在长春,我还得回去,在我们那里,啥都得靠关系,是不?

江晨雪　归根结底还得靠本事。

胡　望　会托关系就是本事啊。我们大长春,几十年全城就一个一汽,啊,美丽的北国春城,坐落在一汽的怀抱里。以前吧,进了厂,就是金饭碗,啥都在厂里解决,厂里有自己的幼儿园、小学、中学——现在,还有大学,啊,美丽的春城,又坐落在极大的吉大怀抱里了。

江晨雪　极大?

胡　望　吉林大学啊,大学一扩招,整个长春都在大学里了。姐,那你说这上大学还有什么用? 以前我爸,我姥爷在厂里,几代人都吃一碗饭,他们早已习惯了参加同事父亲的葬礼,喝工友孩子的喜酒。那是一份阶级感情加上同事亲情,现在呢?

江晨雪 东北是共和国的长子。

胡 望 那是过去,现在都孔雀东南飞了,以前是深圳,上海,现在是雄安新区。对于我们这一代人来说,这是机会。

江晨雪 你很乐观。

胡 望 穷开心呗!姐,说句不怕你噎着的话,其实现在最不开心的就是你们这些人,整天累得要死要活的,心里还想要个要死要活的,要死要活的要不到,就更加要死要活的。昨天晚上你们几个同学可不就是这样的?

江晨雪 (笑)要死要活的?同学聚会,宿舍的几个好不容易聚一起。

胡 望 那个胖胖的喝多了,还让我陪她喝了几大杯 XO。

江晨雪 (大笑)胖胖的?她是我们班长,大学那会儿她可是我们班里最苗条的。

胡 望 后来你们咋哭了呢?

江晨雪 我们宿舍八个女生,其中一个上个月刚刚过世。

胡 望 这么年轻啊?

江晨雪 她在美国有两栋别墅,从一座城市到另一座城市来回跑,每周都是坐飞机上班的。

胡 望 这么有钱?

江晨雪 有什么用?走了,才知道钱是身外之物。她连孩子都没有,当年她可是我们班上学习成绩最好的一个。所以大家现在拼命工作,也不知道是为了啥,以前还有理想,现在是因为诗和远方。

胡 望 诗?太忽悠人了。我之所以坚定地相信未来,是我相信未来人们的眼睛。

江晨雪　食指？你读食指的诗？这是他的《相信未来》，我们上学那
　　　　会儿很流行的。

胡　望　那个时代一去不复返了。

江晨雪　是，那时候还有诗，现在——

胡　望　现在只剩下尸体了。

江晨雪　（看着胡望）我挺羡慕你的。

胡　望　姐，您别逗了，我要钱没钱，要啥没啥。

江晨雪　你有好的心态。

胡　望　其实也不是，我住郊区，去年冬天被赶了，你看我一没偷二
　　　　没抢，可是却捞不着一个住的地儿，总归不开心。

江晨雪　家家都有一本难念的经。

胡　望　家？姐，我们这些90后，混在北上深，有个词叫什么，对，空
　　　　巢青年，北京大概就有一百万，有个兄弟说得好，我们没有
　　　　性生活就算了，可我们连生活也没有。

江晨雪　那为什么你们还要来北上深呢？

胡　望　公平，不托关系，不讲人情，混不出是我水平不够，我服。

江晨雪　混出来也不见得就好，就像我的一个朋友，他是上市公司的
　　　　老总，半年前辞职养猪去了。

胡　望　听说马云也养猪，可能养的猪不一样吧！

江晨雪　如果我们没有了理想，真的跟猪一样了。

胡　望　理想？

江晨雪　是啊，理想。你的理想是什么？

胡　望　北京赚够了钱，然后去雄安，那里遍地黄金，我年轻，我拾
　　　　得动。

江晨雪　真好。

胡　望　什么真好？

江晨雪　你的状态。

胡　望　我？我这状态我爸都骂死我了,姐,你还夸我。

江晨雪　每代人的理解不一样。我女儿的岁数应该比你还大,你们的想法真不一样。

胡　望　姐,你说笑吧,你女儿比我大?

江晨雪　她24。

胡　望　噢,是的。姐,你真看不出。

江晨雪　(笑)是不是该叫阿姨了?

胡　望　还是姐亲切,姐,别生气啊。

江晨雪　不生气。

胡　望　你刚才说我和你女儿不一样,怎么个不一样?

江晨雪　她有些迷茫。

胡　望　她在哪里?

江晨雪　英国。

胡　望　哟,这我哪里能比。

江晨雪　你把未来看得比较清晰。

胡　望　我？哪里啊,只是瞎想。

江晨雪　你跟我们那时候很像,80年代,未来怎么样,并不知道,但是肯定是好的。

胡　望　当然。

江晨雪　可是我女儿并不这么想。她们衣食无忧,却不知道接下来要干什么。

胡　望　也许,也许她只是没有跟你讲吧!我爸我就不跟他讲,反正他也不理解。

江晨雪　我想我还是个通情达理的人吧!

胡　望　阿姨,不,姐,我不是这个意思。

江晨雪　我知道。（稍停）以前这个咖啡馆我记得叫奥运咖啡馆。

胡　望　是吗？我还是喜欢现在这个名字——香奈儿。

江晨雪　你知道香奈儿？

胡　望　知道，这个牌子的包很贵的。

江晨雪　她这个人更有意思，特立独行，很自我。

胡　望　那就对了，你看奥运会有什么稀罕的，作为老百姓，我只要过得好就行。

江晨雪　奥运会让我们看到了国家的力量，是集体的意志，奥运之后，人们更希望有个人意志的空间，这就是进步。

胡　望　姐，话一到你那里就深奥了。

江晨雪　还是你说得好，话糙理不糙。

胡　望　歪嘴的梨甜，好吃的米糕。姐，你看，我一直在胡扯，幸亏我们经理上午不在，否则，他又要扣我工资了。

江晨雪　没事，我也是没事，上午想过来坐坐，昨天晚上在这里同学们聊了很多，我想静下来一个人想想。

胡　望　哟，真对不起，全让我给搅了。姐，你忙，我不打搅你了。

〔胡望退到一边。江晨雪怔怔地看着远方的鸟巢。突然，她的手机震动起来。胡望看到，犹豫了一下。

胡　望　姐，不好意思，你的手机。

江晨雪　（看了一眼）噢，我老公打来的。

胡　望　你咋不接？

江晨雪　不想。

胡　望　噢。

江晨雪　这是什么歌？你把声音放大一些。

胡　望　好。王菲和那英唱的《岁月》。

江晨雪　女人到了她们这种年龄才算是真正的平和了。

胡　望　可我喜欢《相约九八》。

江晨雪　你还年轻。

胡　望　噢。

　　　　［突然，胡望的手机响，他掏出手机，看了看，接听，转身下场。

　　　　［江晨雪看着他下场。她拿起手机，看了看又放下。手机持续震动着。

　　　　［《岁月》的歌声越来越大。

　　　　［灯转。

第二场

（2008 年）

江晨雪　　女，42 岁。中国国家开发银行部门经理

林书宥　　男，35 岁。美籍华人。生于台湾。哈佛大学经济
　　　　　系毕业。时为美国安威会计师事务所合伙人

江新岱　　男，28 岁。北京理工大学研究生。江晨雪同乡

　　　　［歌曲《北京欢迎你》无端地响起来，打破了一切。

　　　　［江晨雪把苹果手机揣在兜里，她坐在沙发上没有动，周边的摆设、道具有些变化，时间转到 2008 年。江新岱坐在江晨雪的对面，穿着打扮上有些土，看上去有些局促。

　　　　［江晨雪转过身看着远处的鸟巢。鸟巢已经变得色彩斑斓，到处都是奥运的标志。影像：北京的街头，全是迎接奥运的气氛。

江晨雪　再吃点？

江新岱　够了，姐。（一指桌子下面的一个大纸盒）这些蛋都是村里

的鸡下的,我妈说城里买不到。

江晨雪　那么大老远的,从安徽带到北京来,你妈也真是的。

江新岱　我妈说凡凡爱吃。

江晨雪　她是爱吃。(稍停)你想好了,去上海?

江新岱　我想闯一下,免得以后后悔。

江晨雪　我倒是挺喜欢上海的,大学在那里读的。就是你要放弃自
　　　　己的专业有些可惜。

江新岱　我那也不叫专业,我先去汶川,那里很需要人。

江晨雪　这次没想到死那么多人。

江新岱　感觉命运挺无常的,然后——就回上海。

江晨雪　我倒是挺羡慕你的。

江新岱　我? 姐,你说笑了。

江晨雪　现在什么都可以做。

江新岱　姐,你是我们村的骄傲。

江晨雪　(笑)混口饭吃。

江新岱　(看了一下手表,站起身)姐,那我先走了,你等的人要到了。

江晨雪　(从口袋里掏出一叠钱,递给江新岱)喏,拿着。

江新岱　(拒绝)不,姐,我够的。

江晨雪　嫌少啊? 拿着。

江新岱　总要你的钱! (接过钱)谢谢姐。

江晨雪　你在北京读了三年研究生,这突然就要离开了,还真舍
　　　　不得。

江新岱　我也是。

江晨雪　总会见面的。

江新岱　是的,再见,姐。

江晨雪　再见。

[江新岱离开。江晨雪从兜里掏出一个黑莓手机,她迅速地在上面摁点着,显得很忙碌,她最终放下手机,长吁了一口气。

[林书宥上场,他拎着手提箱,西装革履,一副意气风发的样子。他远远地看到了江晨雪,大声地招呼着。

林书宥 Michelle!

[江晨雪赶忙起身,他们拥抱,相互亲了亲脸。

林书宥 让你久等了。

江晨雪 没有,刚和朋友吃了午饭,正好接上。谢谢你 Michelle,能来这里,这里离我们银行近。

林书宥 应该是我谢谢你,让我见到你。

江晨雪 喝什么?

林书宥 美式咖啡。

江晨雪 好!

[江晨雪招呼服务员,她点了一份美式和卡布其诺。

林书宥 现在在北京喝咖啡越来越流行了!

江晨雪 还不像纽约那么普遍。

林书宥 是,在台湾,喝咖啡是生活日常,所以便宜。在这里还算特别,所以贵。我是台湾人,生在台湾,后来去了美国。Michelle,你是哪里人?

江晨雪 安徽。

林书宥 安徽? 没过去,听说有黄山,中国最美的山。

江晨雪 下次有机会请你去玩,不过,离我们家远了些,我生在皖北的农村。

林书宥 中国好大。

江晨雪 美国也不小。

林书宥 是,是。北京现在好热闹。

江晨雪	马上就要开奥运嘛。
	［服务员端上两杯咖啡，放在桌上。
林书宥	对不起，能把音乐关得小些吗？
服务员	好的。
江晨雪	谢谢。《北京欢迎你》，这阵子天天听，都烦了。
林书宥	中国人嘛，好客。生怕别人不知道。
	［背景音乐的声音小了起来。
林书宥	我们开门见山吧，工作的事情，你想得怎么样了？
江晨雪	说实话，我挺意外的，没想到你要我跳槽。我在银行做得不错。
林书宥	你有客户资源。
江晨雪	为什么这时候？雷曼兄弟倒了，华尔街现在一片狼藉。
林书宥	我对安威会计师事务所有信心。这次的次贷危机，某种意义上来说，我们也是同谋，但是伤的永远是别人。
江晨雪	银行？
林书宥	银行是共犯，他们跟那些公司在同一条船上，而我们在岸上。
江晨雪	为什么找我？
林书宥	我跟你工作了一个月，觉得你适合。
江晨雪	我们是甲方乙方。
林书宥	看到好的就要要，这是我的原则。
江晨雪	直接。
林书宥	当然，我不喜欢拐弯抹角。
江晨雪	现在不是中国银行最困难的时候——
林书宥	尤其是中国加入世贸，未来会被看好的。
江晨雪	就是，那我为什么要跳槽？
林书宥	中国生产、美国消费的时代马上终结，如果我是你，我会跳。
江晨雪	我们在改革。

林书宥	对,改革是常态,金融和实业会一再折腾,但是,有一个行业永远会获利,就是统计、税收和咨询,而你——最适合做。
江晨雪	你看得很清楚。
林书宥	做我们这一行,一定要放下眼下看长远,跳出企业看行业,才会立于不败之地。
江晨雪	我喜欢看过去,这次危机其实是缘于十年前的东南亚金融风暴。
林书宥	看过去是避免再犯同样的错误,那次风暴让金融大鳄们尝到了金融衍生品的甜头,而这次次货危机就是那次——疯狂的代价。
江晨雪	国外也没有那么好呀!
林书宥	中国经济的发展是无法用西方制度经济学来解释的,中国的改革成功是个意外。
江晨雪	我认为是必然。
林书宥	更多是因为人口红利,但这会过去。当然,我对中国的认识也许不如你清楚。
江晨雪	不,旁观者清,而我也许是只缘身在此山中。
林书宥	有人说西方人对于中国的认识有一半是无法理解的,另外一半理解了,但理解错了。
江晨雪	这也许是你们找到我的原因?
林书宥	只能算一半。
	〔桌上的手机震动。
林书宥	你的电话!
江晨雪	(看了一眼)对不起。有点儿急事。
	〔江晨雪起身,离开,在不远处打电话。
	〔服务员过来加了咖啡。

林书宥 对不起,能把这歌给关了吗?

服务员 对不起,上面有规定,一定要放。

林书宥 他们凭什么规定? 你们可以不放的啊!

服务员 你可以不听啊,先生。

林书宥 (有些生气)不可理喻。

〔服务员下场。

〔林书宥看着江晨雪。江晨雪打完电话,走过来坐下。

林书宥 怎么了?

江晨雪 没什么,就是挺烦的。

林书宥 烦?

江晨雪 我女儿上学的事情。

林书宥 她多大?

江晨雪 14 岁,马上要上高中,叛逆期,不省心,也不乐意跟我沟通,她爸爸又不管。在北京上个高中可不那么简单,这里面花头太多,没有规矩可言,全靠找人、托关系,拼父母的资源。你不做吧,又不行,大家都这样做,否则,你就被淘汰,孩子也容易就被孤立,你做吧,对孩子伤害又大,从幼儿园到小学,从初中到高中,全是这样,这是一个怪圈死圈,谁都走不出来。

林书宥 大陆的教育真是看不懂。

江晨雪 以后真想把孩子送出国,一了百了。

林书宥 国外也一样。

江晨雪 但至少公平。

林书宥 也许。你老公做什么的?

江晨雪 大学教授。

林书宥 挺好。

江晨雪	好？现在高校成为培养投机分子的场所，教师们一天到晚为评职称搞课题所累，哪有人真正有心思去教书育人，高校变得越来越实际，好跟思想没关系。
林书宥	你还是有的。
江晨雪	我们那一代是有，如今，全丢光了。
林书宥	大陆现在有钱的人出去的很多。
江晨雪	是的，我的同学和同事中出国的就有很多。
林书宥	你呢？
江晨雪	为了孩子，我真的这么想。
林书宥	是不是中国的有钱人觉得不安全？
江晨雪	还好，好在政府明白有恒产者有恒心，公民的合法的私有财产不受侵犯内容写入宪法了。
林书宥	否则出去的人会更多。
江晨雪	作为一个中国人，谁不希望自己的国家变好。
林书宥	这盛世，如你所愿。
江晨雪	盛世，也没个标准，可我是一个老百姓，我能感觉到生活越来越好，这也就够了。
林书宥	不再有更远的想法？
江晨雪	当然有，否则今天我就不来见你了。好了，你刚才说是一半，那另一半呢？
林书宥	我喜欢你——的直爽。
江晨雪	我跟你又没什么关系，何必藏着掖着。
林书宥	（笑）那要是有关系了呢？
江晨雪	有关系？
林书宥	等你跳槽了，我们就是同事关系了。
江晨雪	你这么自信我会跳。

林书宥	你是明白人,不容得自己不跳。
江晨雪	你怎么知道?
林书宥	因为你不安于现状呀,就像现在的中国。
江晨雪	是吗?
	〔静场。江晨雪看着窗外。
林书宥	你,有一种跟别人不一样的东西。
江晨雪	(回头,笑)噢,是什么?
林书宥	不知道,但是——挺吸引人的。
江晨雪	也许是假象。
林书宥	不管是不是假象,我喜欢。
江晨雪	谢谢,这么直接。
林书宥	是啊,生活很忙,我们都没有时间拐弯抹角了。我住在王府半岛。
江晨雪	我知道。
林书宥	今天晚上我有空,我们再仔细聊聊。
	〔静场。江晨雪看着林书宥,她一时间有些迷惑。
江晨雪	你是在约会我吗?
林书宥	如果你这么认为,是的。
江晨雪	你这样做很危险。
林书宥	在哪里都很危险,我喜欢直接,我喜欢你。
江晨雪	这跟让我跳槽有关系?
林书宥	另一半的理由。(稍停)其实,我是在违反我自己的原则,把工作和感情混在一起,可是我情不自禁。
江晨雪	我有家庭,岁数也比你大。
林书宥	这并不妨碍什么。
江晨雪	你在玩火。

林书宥　每一段感情不都是这样开始的吗?

江晨雪　玩火自焚。

林书宥　烧掉才好,如果能烧得着的话。

江晨雪　对不起,我有家庭,我爱我的丈夫。

林书宥　然后呢?

江晨雪　不可能。

林书宥　我不是死缠烂打的人。但是,我们这一行的特点,就是见到好的东西就想要。

江晨雪　对不起,我是人,不是东西。

林书宥　你是学经济的,肯定知道土豆效应和口红效应,土豆是必需品,口红不是,但是在经济不好的时候都会畅销。

江晨雪　对不起,我对你真没兴趣。

林书宥　那工作呢?

江晨雪　我想我现在挺稳定,我不会换的。

林书宥　谢谢。

江晨雪　(一抬手)买单!

林书宥　AA 吧!

江晨雪　不用了。

　　　　[服务员走过来。江晨雪却发现钱包里没有钱了。

江晨雪　刚才把钱包里的钱都给了别人。

林书宥　别人?

江晨雪　我弟弟。

林书宥　你是一个好姐姐!(笑)以后要是能用手机付钱就好了。

　　　　[林书宥拿出银行卡,刷卡付钱。

林书宥　现在国外的卡在中国也能支付了,真好,不像以前,我刚来的时候,好麻烦!

江晨雪	是的,总归越来越方便的。谢谢。
林书宥	不用谢,下次来纽约你请我。
江晨雪	再见。
林书宥	Bye!(稍停)改变主意了,就联系我,不管是一半,还是全部。

　　〔林书宥离开。

　　〔江晨雪怅然若失,她掏出黑莓手机,接听。

　　〔景转。

第三场

（2018 年）

江晨雪　女,52 岁

胡　望　男,25 岁左右

　　〔歌曲《岁月》继续,景同一场。

　　〔江晨雪从兜里掏出苹果手机,她放在耳边听着。然后,她在手机上看着什么,点击着。

　　〔胡望上场。他有些不开心,挂着脸。

胡　望	姐,咖啡要续吗?
江晨雪	不用了。
胡　望	要点餐吗? 快中午了,我们这里有套餐。
江晨雪	不用。(看着胡望)怎么了?
胡　望	没什么。
江晨雪	问一下,这里去北京南站怎么走方便?
胡　望	门口骑一辆共享单车到地铁站,然后坐地铁去,时间保证,姐平时很少坐地铁吧? 姐去哪里?

江晨雪　深圳。去看一个同学。

胡　望　他怎么了？

江晨雪　病了。

胡　望　那么远去看他？

江晨雪　不应该吗？

胡　望　不，应该是个男同学吧！

江晨雪　以前的男朋友，其实我们也不是一个班的。

胡　望　噢。

江晨雪　后来他留在深圳，我来了北京，就分开了。

胡　望　是。

江晨雪　你到底怎么了？有事？

胡　望　我女朋友要回家了。她是四川的，也在一个餐厅做服务员，她父母觉得一个女孩子安稳就行，逼她回四川。我是不可能跟她回去的。可我们也不想分。

江晨雪　那只能辛苦了。

胡　望　姐，你后悔吗？如果再来一次，你们还会分手吗？对不起——

江晨雪　没法再来一次的，只有一次机会。

胡　望　如果呢？

江晨雪　一样。

胡　望　知道了。我不怕辛苦。我想，她也是。

江晨雪　你们现在真好。

胡　望　我们？姐，别笑话我们了，你看，刚才我接电话，房东又要赶我们走，限定一周之内。（苦笑）又没地方住了。

江晨雪　那怎么办？

胡　望　没事的，姐。我是打不垮的，就像是小强，永不放弃。

江晨雪　（笑）小强！蟑螂？是啊，在我们想要放弃的时候，想想为什么当初要来。

胡　望　不忘初心,牢记使命。

江晨雪　(笑)我觉得中国现在最有干劲的人就是你们。

胡　望　一无所有,只能拼命干。

江晨雪　这几十年,我们就是这么过来的,当我们变得富有了,才开始患得患失。

胡　望　姐,我本来就处于社会的最底层,所以它的好处就是无论朝哪个方向努力,都是向上去。

江晨雪　是。

胡　望　谢谢姐,这个上午很神奇,下次你要是再来的话,我就不在这里了。

江晨雪　你去哪里?

胡　望　雄安啊。

江晨雪　你了解那里吗?

胡　望　不了解。

江晨雪　找好工作了?

胡　望　没有。

江晨雪　那就去了?

胡　望　是的。

江晨雪　为什么?

胡　望　希望。

江晨雪　希望?

胡　望　因为不知道会怎样,也不确定,但结果肯定会是好的。现在去,也许机会多。

江晨雪　你不怕?

胡　望　怕?我没什么可以失去的啊。我什么都可以干,那个美国人把汽车送上了火星,我为什么不可以。

江晨雪　希望下次在雄安见到你。

胡　望　突然就觉得有些等不及了。

江晨雪　80年代人们去深圳,90年代人们去浦东,就是这个感觉。

胡　望　未来会好的。我之所以坚定地相信未来,是我相信未来人们的眼睛。

江晨雪　(笑)诗歌的力量。希望是因为不确定,是一种可能,如果我知道未来要做什么,哪一步都那么清楚,再成功,那也不是希望。

胡　望　我想说服我女朋友跟我一起去。

江晨雪　她肯定会同意的。

　　　　〔江晨雪掏出手机。

江晨雪　买单。

胡　望　微信还是支付宝? 都可以。

江晨雪　微信吧!

　　　　〔胡望去拿支付码,手里还有一本书。他让江晨雪扫码付款。

江晨雪　十年前我在这里喝咖啡没了钱,好尴尬! 时代变化真快,有时都能心想事成了。没有做不到的,只有你想不到的。

胡　望　所以,任何时候我们都不能放弃理想。

江晨雪　国家有中国梦,个人也有每个人自己的梦想。

胡　望　光有理想不行,还得奋斗。

江晨雪　就像什么人说的,奋斗就是每一天很难,可一年一年会越来越容易;不奋斗就是每天都很容易,可是一年比一年困难。

胡　望　说得真好,姐。

江晨雪　希望你成功。

胡　望　谢谢。

　　　　〔胡望把手中的那本书递给江晨雪。

胡　望　姐,送你一本书,就是破了点,在网上买的二手书。

江晨雪　(接过书,惊讶地)《当代大学生诗选》?（翻看)1988 年? 这
　　　　本我曾经也有过一本,后来丢了。

胡　望　那正好,送给你。

江晨雪　你喜欢,你留着吧。

胡　望　我喜欢他们的思想,自由自在,无所不能。我想,也许你更
　　　　喜欢。

江晨雪　谢谢,真是惊喜。知道吗? 里面的一个诗人就是我同学。

胡　望　你要去看的那个男同学?

江晨雪　是的。真巧。

胡　望　真不知道诗人老了会什么样子?

江晨雪　就是老诗人了。

胡　望　当然。姐,你祝你一路平安。

江晨雪　再见,祝你好运。

　　　　〔胡望收拾起桌上的咖啡杯。

　　　　〔江晨雪起身,她拿着书,匆匆地下场。

　　　　〔灯光渐暗。

第二幕　2018/1994

第一场

（2018 年）

江晨雪　女,52 岁

郑显石　男,45岁。江苏吴镇人。中国科技大学少年班毕业。现为武汉中铁勘察设计院工程师

齐盼儿　女,28岁

[灯光渐起。影像:北京南站,旅客拥挤得很。

[舞台的中央是一节高铁一等座的车厢。

[人们陆陆续续地上场,行色匆匆。齐盼儿边走边打着电话。

齐盼儿　谁? 同学? 今天晚上一起吃饭? 好的,我来订位吧! (稍停)用不着,我直接打车回去……云南那边我也联系好了……是的,我确定。(稍停)不,不后悔,我是认真的。对,你是大叔,我是大叔控好吧? (稍停)你知道我来北京是干什么,是吧? ……是的,解决掉了……是的,我爱你! (稍停)你怎么了? 不说话? ……我明白,我知道我在干什么? 等我! ……爱你! 再见! 再见!

[齐盼儿亲了一下电话,挂上电话。她走到一个座位上坐下。

[江晨雪上场,她找到一个座位,坐下。这是两对靠窗的座位,面对着面。江晨雪从座位的扶手里拉起小桌板,她从包里拿出那本《当代大学生诗选》,打开,认真地看着。

[场外声:到深圳方向的 G79 次高铁马上就要开车了,送亲友的旅客请抓紧时间下车……

[郑显石推着一个大的行李箱,肩上扛着一个大包,匆匆地上场。

郑显石　对不起,借过,劳驾。

[郑显石走到江晨雪面前,他对了一下车票,费力地把包放上行李架,可是行李箱太大,怎么也放不下。

郑显石　（指着江晨雪旁边的座位）这座位有人吗？

江晨雪　（抬起头）不知道。

郑显石　你去哪里？

江晨雪　（不情愿地）深圳，怎么了？

郑显石　噢，没什么。我先把行李箱放在这里，行吗？

江晨雪　你得先得到列车员的允许。

郑显石　是，但在列车员之前，得经过你的同意。

江晨雪　我没意见。

郑显石　谢谢。

　　　　〔郑显石把行李箱放在身边，自己一屁股坐下。他继续收拾
　　　　着自己的物品，不时地转过头看着江晨雪。

　　　　〔行李箱碰到了江晨雪。

郑显石　对不起，对不起。

　　　　〔江晨雪笑了笑，她继续低头看书。郑显石坐定，他不时地
　　　　打量着她。她好像意识到了，抬起头，郑显石立刻移开视线
　　　　向着窗外。

　　　　〔影像中，中国大地，生机盎然。

　　　　〔郑显石又回过头来看江晨雪，目光相遇，他笑了笑。

郑显石　《当代大学生诗选》？

江晨雪　30 年前的大学生。

郑显石　一定是一群鲜活的家伙。

江晨雪　只在书里，岁月好狠，估计现在现实里一个都不剩了。

郑显石　毕竟有过。

江晨雪　是啊，毕竟有过。

　　　　〔静场。江晨雪收起书。

郑显石　不好意思，这么多东西。

江晨雪　搬家啊！

郑显石　是，噢，也不算是。总是在好几个地方来回地折腾，所以就
　　　　来回地搬。

江晨雪　辛苦。

郑显石　痛并快乐着，现代人的生活状态。

　　　　〔江晨雪礼节似的笑了笑。

　　　　〔静场。

　　　　〔郑显石掏出一枚硬币小心地竖在车窗台上，硬币站了不
　　　　久，倒下，他又扶起来。江晨雪看着，不禁好奇起来。

江晨雪　试试高铁是不是平稳？国外的视频网站上也有这样的实
　　　　验，都传疯了。

郑显石　中国的新四大发明：高铁、移动支付、电子商务和共享单车。

江晨雪　中国的高铁技术真了不起。

郑显石　可还有很大的发展空间。

江晨雪　听说本来可以开得更快些，因为上次的温州动车事故，现在
　　　　降速了，保守了些。

郑显石　我觉得挺浪费的。

江晨雪　安全更重要。

郑显石　高铁的更新换代快，和谐号、复兴号，目前正在开发的是600
　　　　公里时速的磁悬浮列车。

江晨雪　这上海不早就有了吗？

郑显石　不一样，新一代自主知识产权的，会更快。以后坐高铁，就
　　　　像进入了家庭影院，窗口都是电子屏幕，想看什么就看什
　　　　么。还有，使用永磁驱动系统，未来的重点会是自动驾驶、
　　　　无人驾驶——

江晨雪　你干什么的？这么了解？

郑显石　做高铁的。

江晨雪　哪方面？

郑显石　工程师。

江晨雪　总算是见到真神了。

郑显石　高铁是综合工程，我只能说自己曾经作出过贡献。

江晨雪　嚯，这口气。

郑显石　自豪还是有的。

江晨雪　的确，高铁极大地方便了人们的出行。

郑显石　以前是四纵四横，现在是八纵八横，全国覆盖，而且还会越来越方便。

江晨雪　我们县那么偏远的地方现在都通高铁了。

郑显石　哪里？

江晨雪　安徽北部。

郑显石　老乡啊！

江晨雪　你安徽的？

郑显石　不，我江苏人。我在安徽上的学，科大少年班，所以，也算是半个老乡。

江晨雪　神童、传说。

郑显石　王安石的《伤仲永》学过吧！

江晨雪　父利其然也……不使学。只记得这句。

郑显石　倒不至于，提前一年而已，跟一般大学没区别。

江晨雪　科大少年班对我们来说，是一个神奇的存在。那里的毕业生怎么会做高铁？

郑显石　哪里的毕业生不是一样的？清华的毕业生不是还有做屠夫的吗！科技从来就是这样，从零到一，就得要有草莽精神，可以试错，甚至可以不按常规出牌，但是一旦有了一，往后的事情就得规范,得让聪明的人去做!

江晨雪　看得出来你是挺聪明的。

[郑显石从包里拿出几听可乐放在窗边。他打开一听一口气喝光,又开了一听,喝了起来。

江晨雪　你在美国待过?

郑显石　7年。

江晨雪　所以喝这么多的可乐。

郑显石　习惯。其实并不是每个在美国待过的人都喝可乐。

江晨雪　你是。

郑显石　(笑)我下个月去美国,参加美国西部快线高铁的建设。(递一听可乐给江晨雪)喏!

江晨雪　(拒绝)不,我不喝可乐。

郑显石　你像是学心理学的。

江晨雪　别人经常说我善于总结。

郑显石　你看,只是一会儿的工夫,你对我就全了解了。那你呢?

江晨雪　经济师,也准备去美国。

郑显石　哪里?

江晨雪　纽约。

郑显石　好地方。

江晨雪　看对谁来说。

郑显石　你呢?

江晨雪　不知道。

郑显石　挺好。

江晨雪　挺好?

郑显石　像我们这种年纪还有不知道的未来,当然挺好。

江晨雪　(笑)年纪?

郑显石	我 45，按联合国分法还是青年。
江晨雪	我比你大。
郑显石	看不出来。
江晨雪	少来。

[静场。江晨雪怔怔地看着郑显石。他转过头看到她。

郑显石	怎么了？
江晨雪	没什么，你让我想起了一个人。
郑显石	谁？
江晨雪	不清楚。
郑显石	怪了。
江晨雪	是的。
郑显石	（稍停）我离婚了。
江晨雪	我差点儿说恭喜了。
郑显石	（笑）为什么？
江晨雪	总归有道理。
郑显石	昨天离的。
江晨雪	噢。
郑显石	你怎么看？
江晨雪	什么？
郑显石	离婚。
江晨雪	我？我又没离婚。
郑显石	我差点儿说恭喜了。
江晨雪	那就说吧。
郑显石	恭喜。
江晨雪	（笑）你这人真逗。
郑显石	你更逗。

江晨雪　为什么？

郑显石　离婚？不过，你肯定不会离婚的。

江晨雪　为什么？

郑显石　你是学经济的，离婚总归是不划算，你们只要算一算，然后
　　　　就会作罢的。

江晨雪　有时候，不离，更不划算。（看着行李）因为离婚，所以搬家？

郑显石　不，我上海、北京和武汉都有家，所以——

江晨雪　都有家？

郑显石　你别想歪了，我不是那种人。我父母在上海，我在武汉工
　　　　作，北京是前妻。狡兔三窟。

江晨雪　你好像并不伤心——离婚。

郑显石　是有那么一刻会有一种彻骨的痛，然后，就没了。

江晨雪　因为什么？

郑显石　就这么厌倦了。

江晨雪　你？

郑显石　她。

江晨雪　噢。

郑显石　噢？

江晨雪　可不就是噢么。

郑显石　噢。

　　　　〔静场。

　　　　〔铃声响起来，齐盼儿站起来接电话。

齐盼儿　（接听）是，妈！……是这样！我跟他分了……妈，你就不能
　　　　安慰安慰我吗？……我不会跟爸讲的……你讲了？对不
　　　　起，我不想让他生气的！……妈，我知道我在做什么……是
　　　　的，他是有病，身体不好，可是我有原因……你们不了解他，

是的,我年轻,所以我才可以,我不想将来再后悔……妈,你是了解我的。我定了的事情——是的,决定了!(倾听)……是的,谢谢妈! 我爱你们。再见!

〔齐盼儿挂上电话,她怔怔地看着窗外。

〔静场。郑显石看着江晨雪,江晨雪瞪了他一眼。

郑显石　(突然地)我应该不喜欢女人。

江晨雪　噢?

郑显石　你别瞎想。

江晨雪　我什么也没说啊!

郑显石　我是说——我昨天刚离婚,我觉得我应该——痛恨女人才是。

江晨雪　也许并不能怪她。

郑显石　我不能总是责备自己吧!

江晨雪　如果你有错,为什么不可以?

郑显石　你这样吗?

江晨雪　责备自己?

郑显石　是的。

江晨雪　我不习惯。

郑显石　好习惯。(稍停)以前很少听说别人离婚,现在不离婚的倒很少听说。

江晨雪　这是时代的进步。

郑显石　那男人有了外遇,女人该不该原谅他?

江晨雪　不是该不该? 是值不值。

郑显石　所以感情就不那么值了。

江晨雪　经济发展,亲情却愈加淡薄了,这就是代价。

郑显石　唔,也是进步。(稍停)那女人有了外遇呢?

江晨雪　她就一定会离开你的。

郑显石　男人就没有机会去考虑值不值了。

江晨雪　传统被颠覆了。

郑显石　你会离开你丈夫吗？

江晨雪　除非他出轨。

郑显石　你会检查他吗？

江晨雪　不会。

郑显石　以前，我经常是凌晨一点至四点工作，在铁路线上，勘察路线是否有问题。

江晨雪　辛苦。

郑显石　其实也不觉得，爱，就不辛苦了。

江晨雪　爱？（笑）我们这种年纪。

郑显石　（笑）怎么？就不能谈情说爱了？

江晨雪　应该与年龄无关，对吧？

郑显石　不是应该，是值不值。

　　　　［江晨雪感觉到了什么，她从口袋里掏出手机，看了看，就放进兜里。

郑显石　现在骗子电话真多。

江晨雪　不，是我丈夫打来的。

　　　　［静场。

　　　　［江晨雪转过头，默默地看着窗外。

　　　　［郑显石看着她，期待着她回头，可是她没有。郑显石打开一听可乐，一口气喝完。他躺下身体，眯上眼睛，像是睡着了。

　　　　［影像：窗外的风景有些变化。

　　　　［歌曲《笑脸》渐渐地有些突兀地响起来。

　　　　［景转。

第二场

（1994 年）

江晨雪　女，28 岁。国家开发银行未入职员工
韩子胜　男，31 岁。北京大学未入职讲师
郑显石　男，21 岁。中国科技大学少年班毕业生
江　泰　男，56 岁。原为江村村支书，现在深圳打工

〔火车里的广播正播放着歌曲《笑脸》。

〔江晨雪站起来，她身后的座椅转动，另一边是以前绿皮火车的硬卧车厢。她感觉有些冷，从座位旁边的包里拿出一件老式的大红羽绒服，穿上。

〔江晨雪的前面是一块很小的旧式火车卧铺车厢过道边的窗台，很小的台面上，放着一箱啤酒。

〔江晨雪看着窗外。

〔舞台的另一侧，江泰也坐在座位上，他面前的小桌板上放着一些熟食，他默默地看着窗外。

〔影像：90 年代中国大地的风景，一派建设中的景象，有雪飘过。

〔韩子胜拎着几只大的旅行袋上。他走到江晨雪的身边，把旅行袋放在行李架上。

韩子胜　对不起。

〔江晨雪转过头，冷漠地看了韩子胜一眼。旋即，又转过头看着窗外。

〔韩子胜像是听到了什么声音。

韩子胜　请问,是你的吗?

　　　　[江晨雪回过头。

韩子胜　我说,我听到了什么声响——是不是你的?

　　　　[江晨雪一摸自己的口袋,掏出一部中文的拷机,她看着上
　　　　面的信息。

韩子胜　中文拷机? 挺贵的。

　　　　[江晨雪没有理会韩子胜,她放下拷机,继续转过头看着
　　　　窗外。

韩子胜　挺萧条的,是吧? 今年夏天发大水,到现在还没有恢复过来
　　　　呢! 不过,今年三峡大坝开建了,以后就好哪! ……我补了
　　　　张卧铺的票过来的。还没到春运,人少,不打扰你吧!

　　　　[江晨雪从啤酒箱里拿出一听啤酒,她试着打开,可就是打
　　　　不开,韩子胜一伸手。

韩子胜　我来吧!

　　　　[江晨雪把啤酒罐递给韩子胜,他帮她打开,递给她。

江晨雪　谢谢。

韩子胜　(长舒了一口气)我还以为你不会说话呢!

江晨雪　对不起。

韩子胜　遇到什么事了?

江晨雪　不关你的事。

韩子胜　噢,就是问问。

　　　　[江晨雪喝着啤酒。韩子胜从包里掏出几袋零食放在小
　　　　桌上。

韩子胜　喝酒没有下酒菜可不行。

江晨雪　(笑)谢谢。

韩子胜　你还会笑啊! 我可以喝一听吗?

〔江晨雪看着他，没有反应，韩子胜径自打开一听，自己喝了一口。

　　〔江晨雪惊奇地看着他。

韩子胜　一人喝酒愁上愁，两人对酌山花开。喝酒喝的是心情!

江晨雪　我心情挺好。

韩子胜　独饮杯中酒，但闻君所愁。落花遍地是，无需为此忧。

江晨雪　谁忧了? 凭什么? 你，写诗的?

韩子胜　背的。

江晨雪　（笑）是吗?

韩子胜　你看，经常笑也没有那么难。

　　〔两人碰杯，各自饮了一口。

韩子胜　怎么了?

江晨雪　没什么。

韩子胜　肯定有什么。

江晨雪　也无须对你讲。

韩子胜　也许你需要讲。

江晨雪　你这个人挺有意思的啊。

韩子胜　别人是这样说我的，没想到你也这么认为。

江晨雪　你是做什么的?

韩子胜　律师。

江晨雪　难怪。

韩子胜　什么意思?

江晨雪　律师其实挺讨人厌的。

韩子胜　还好。

江晨雪　还好?

韩子胜　我刚辞掉了律师的工作。

江晨雪　为什么?

韩子胜　我准备去大学里教书。

江晨雪　为什么?

韩子胜　就是让你没机会讨厌啊。

江晨雪　(笑)哈!

韩子胜　你又笑了。

江晨雪　我又不是傻子,为什么我不能笑。

韩子胜　不,傻子才总是乐呵呵的呢!

江晨雪　你才是傻子呢!

韩子胜　你去北京?

江晨雪　是。

韩子胜　做什么?

江晨雪　国家开发银行。

韩子胜　今年刚成立的。

江晨雪　你呢?

韩子胜　北大。

江晨雪　为什么离开深圳?

韩子胜　不,我离开的是香港。

江晨雪　还有三年,香港就要回归了。

韩子胜　反正也是回来,那就不如早点儿回来。

　　　　〔江晨雪喝了一口酒。

韩子胜　(笑)你喜欢喝酒? 人们喜欢喝酒只有一个原因,不是因为
　　　　情怀,就是因为情绪。

江晨雪　我没说喜欢。

韩子胜　好,不说喜欢,人们喝酒肯定是遇到什么问题了。那你遇到
　　　　什么问题了?

江晨雪 （看了韩子胜一眼）太自以为是了吧，你凭什么这么说？

韩子胜 是啊，这世上没有什么克服不了的事情，你看三峡大坝都正式开工了，香港也快回归了。

江晨雪 你好像没有权利跟我说这些。

韩子胜 你说话倒是像律师。（稍停）失恋了？

江晨雪 失望了。

韩子胜 男朋友，还是丈夫？

江晨雪 你怎么就这么笃定？

韩子胜 我是做律师的。

江晨雪 估计也是一个很烂的律师，在香港混不下去了？

韩子胜 我做得很好。但中国目前的许多问题其根子是教育出了问题。

江晨雪 所以你去北大。

韩子胜 是的。

江晨雪 好有情怀。现在有情怀的人不多。

韩子胜 所以你喝酒，而我没有。

江晨雪 （笑）所以喝酒是因为情怀，绕到现在，不愧是做律师的。

韩子胜 （拿起啤酒罐喝了一口）喏，你说这话我很开心，现在我喝酒是因为情绪了，好的情绪。（笑）所以，男朋友怎么了？

江晨雪 你这个人很讨厌。

韩子胜 我已经不是律师了。

江晨雪 一个英雄，想拯救别人？

韩子胜 安慰。

江晨雪 我不需要。

韩子胜 通常都会这么说。

江晨雪 你可以闭嘴吗？

韩子胜　你想让一个律师闭嘴?

江晨雪　(笑)你这人怎么这么讨厌啊!

韩子胜　我是律师啊。

江晨雪　讨厌。

韩子胜　你好喜欢说讨厌。

江晨雪　你已经不是律师了。

韩子胜　怎么,失望了?

江晨雪　谁?

韩子胜　你男朋友。

江晨雪　没怎么?

韩子胜　那为什么分开?

江晨雪　我说过分开了吗?

韩子胜　这还用说吗?

江晨雪　我对自己失望了,他是个诗人。

韩子胜　奇葩。

江晨雪　大家都这么认为。这个社会怎么能容得下诗人。

韩子胜　诗人在深圳?

江晨雪　本来就不搭。

韩子胜　他怎么了?

江晨雪　没怎么,他总能从生活中找到诗意,而我却越来越现实了。

韩子胜　人们总是在理想与现实之间徘徊。

江晨雪　我每天在银行和证券交易所之间忙碌,他每天在诗意和远
　　　　方之间留恋。他曾是我们的校园诗人,大学时代他就是我
　　　　们所有女生的梦中情人,激情四射,才华横溢。88 年毕业
　　　　了,我们一起来的深圳,那时候,是多么令人兴奋,只有深
　　　　圳,一切都是新的,一切都在建设。可是生活是琐碎的,生

活是柴米油盐,我们活着是为了生活,可是生活却没了。

韩子胜　分手总是痛苦的。

江晨雪　其实很平静。这一箱啤酒是他买的。

韩子胜　你确定分手了。

江晨雪　我们都知道。

韩子胜　你还爱他?

江晨雪　(看着窗外)是挂念。

　　　　〔静场。

　　　　〔江泰看着窗外,郑显石上场,他指着江泰对面的座位。

郑显石　这里有人吗?

江　泰　没有。

　　　　〔郑显石坐下来看着书,江泰看着他。

江　泰　小伙子,吃点花生米吧!

郑显石　谢谢大伯,我不饿。

江　泰　吃着玩,不顶饿的。

郑显石　(放下书)谢谢。

　　　　〔郑显石拿了两颗吃着。

江　泰　大学生?

郑显石　是的。大伯去北京?

江　泰　不,我在蚌埠下车。

郑显石　我也是,我回合肥。

江　泰　你在合肥上大学?

郑显石　中国科技大学。

江　泰　少年班?

郑显石　算是吧。

江　泰　噢,真了不起。

郑显石　我们在深圳实习，现在回学校。

江　泰　真好，我儿子要是能上大学就好了。

郑显石　他多大？

江　泰　14 岁。

郑显石　他会考上的。

江　泰　难，村子里，不太可能了。

郑显石　我们班里就有好几个是农村来的。

江　泰　你父母肯定很骄傲吧。

郑显石　是的，我考上大学就是因为我爸。

江　泰　为什么？

郑显石　我读初三的时候就不想读了，想退学，我爸盯着我，非得让
　　　　我读。他说他们那个时候能读上书就算不错了。我们现在
　　　　不可以不珍惜。

江　泰　的确，时代不一样了。

郑显石　大伯在深圳做什么？

江　泰　给人家看自行车。

郑显石　挺辛苦。

江　泰　不，挺知足，我出来之前在村里是农民，也做支书，一年挣的
　　　　还不如在深圳一个月挣得多。看看自行车，又不累。

郑显石　怎么现在回家了？

江　泰　我儿子不想读书了。

郑显石　你要带你儿子去深圳？

江　泰　这次回村想带一批人出来做，农村没前途的。

郑显石　如果你坚持的话，也许他会读的。

江　泰　我儿子？

郑显石　是的。

江　泰	他就不是那块料——(指着桌上的熟食)再吃点吧!
郑显石	谢谢大伯,不了。

　　　　[郑显石拿起书,认真地读着。江泰看着他。

　　　　[韩子胜起身,他走到江泰面前。

韩子胜	请问,有火吗?

　　　　[江泰掏出打火机递给韩子胜。

韩子胜	谢谢。

　　　　[韩子胜点上烟,远远地抽着。

　　　　[静场。

　　　　[江晨雪远远地看着韩子胜。韩子胜灭了烟,走过来。

江晨雪	抽烟不好。
韩子胜	是,我戒了。
江晨雪	什么时候?
韩子胜	从现在。你监督好了。
江晨雪	(笑)好! 你女朋友不管?
韩子胜	我? 我没有女朋友? 应该说有过,现在没有了。
江晨雪	为什么分手?
韩子胜	时间、观念、距离,还有机遇。
江晨雪	我们都习惯了。
韩子胜	是的,我们会习惯的。
江晨雪	生活真会磨炼人。
韩子胜	你知道今年最大的事情——除了我们回北京——还有是什么吗? 彗星撞木星。
江晨雪	什么意思?
韩子胜	几千万年才会遇到一次,就像我们。
江晨雪	那我们谁是彗星,谁是木星?

韩子胜　你那么聪慧，当然是彗星。

江晨雪　不是同一个"慧"字好吧？一个有心，一个没心，不过，管他呢？只要不是晦气的"晦"就行。（笑）这么说，你是木星，Jupiter，宙斯神？不，是你找的我，我才是木星。

韩子胜　你好博学。

江晨雪　就在今年联合国教科文组织首次指出，贫富之间的差距是知识上的差距。

韩子胜　（递一纸片）这是我在北京的地址。

江晨雪　你确定我会找你？

韩子胜　本来我想要留你的联系方式，怕你不乐意。

江晨雪　是的。

韩子胜　所以，这样的话，主动权在你。

江晨雪　你倒是挺体贴人的啊。

韩子胜　这是从女朋友们身上学到的。

江晨雪　女朋友们？你就不怕我妒忌。

韩子胜　那倒是我希望的。（稍停，一口气喝完手中的啤酒）现在，我觉得你希望安静，是吧？

江晨雪　是的。

韩子胜　（把纸片放在小桌上）再见。

江晨雪　谢谢。

　　　　[韩子胜下场。

　　　　[江晨雪看了看桌上的纸片，她把纸片丢在地上。

　　　　[江晨雪喝着啤酒，看着窗外。窗外一片漆黑。

　　　　[舞台的另一侧，郑显石站起来，他走到江晨雪的对面，坐了下来。

　　　　[灯光渐暗。

第三场

(2018 年和 1994 年)

江晨雪　女,52 岁/28 岁

郑显石　男,45 岁

韩子胜　男,31 岁

江　泰　男,56 岁。深圳打工者

[灯光渐起。

[舞台中央江晨雪坐在座位上,她的一边是 1994 年的绿皮车硬卧车厢,一边是 2018 年高铁一等座位。江晨雪坐在中间,她可以转身跟韩子胜或是郑显石说话,也可以面对观众独白。

[2018 年和 1994 年的对白是交互的,他们既可以相互独立,也可以相互交融。1994 年的场景是 2018 年时江晨雪脑海里对于过去的景像,她对于过去的回忆,在某些瞬间,2018 年又与 1994 年相互呼应,是一种超现实的状态,是冥冥之中的一种可能。

[江晨雪怔怔地坐着。韩子胜坐在她的对面,看着她。

[郑显石醒了,他坐起来,看着江晨雪。

[静场。

[慢慢地响起绿皮火车行驶在轨道上的声音。

江晨雪　你不是去睡了吗?

韩子胜　不放心你。

江晨雪　你没这个义务。

韩子胜　我有这个权利。

　　　　〔静场。江晨雪笑着。韩子胜掏出香烟,他一直在犹豫是否要抽。

郑显石　笑什么?

江晨雪　你醒了啊!

郑显石　只是眯一小会儿。

江晨雪　好奇怪,我像是听到火车撞击钢轨的声音,咣当当,咣当当——

韩子胜　我喜欢听这种声音,好有节奏,是实打实的碰撞,尤其是过岔道时,那种金属的碰撞非常过瘾。

郑显石　(笑)以前是蒸汽机和枕木铁轨,现在都是无缝钢轨,能听到的话就出问题了。

江晨雪　幻听!以前我们学的英语课本上说有一个小孩,他每天上学都喜欢听火车车轮撞击钢轨的声音。

韩子胜　有一天他发现声音不对了,于是嚷着要停车,别人不理解,以为他脑子出了问题,后来,他们发现果然是铁轨出了问题。

江晨雪　他叫什么名字?

郑显石　没人知道他叫什么,其实我一辈子都对这个故事表示怀疑。

韩子胜　他听力挺好。

江晨雪　你信吗?

韩子胜　什么?

江晨雪　这个故事。

韩子胜　当然,他教会我们学会观察。

郑显石　观察要有科学,不能瞎说。

韩子胜　咣当当,咣当当——

郑显石　不是咣当当,咣当当,其实你要是仔细听的话,是咣当咣光,
　　　　咣当咣光。

江晨雪　(笑)那个男孩后来成了一个音乐家。

郑显石　因为是两组车轮一起相继经过铁轨的缝隙,只不过,后面的
　　　　一个"咣"被前面的"当"吃掉了,你就以为是咣当当,咣
　　　　当当!

韩子胜　你听,咣当当,咣当当——

郑显石　其实是咣当咣光,咣当咣光——

江晨雪　(大笑)爱听这种声音的人真不少。

韩子胜　真的很好听,咣当当,咣当当——很有质感,可是吵得人睡
　　　　不着。

郑显石　不是咣当当,咣当当,是咣当咣光,咣当咣光,听着听着就让
　　　　人睡着了。

江晨雪　(大笑)没见过能把这种声音分析得如此透彻的。

韩子胜　我喜欢你大笑的样子。

江晨雪　(笑)谢谢。那我不笑呢?

郑显石　你笑起来真特别。

韩子胜　也喜欢。

江晨雪　(严肃地)少来。

　　　　〔静场。韩子胜把玩着手中的香烟。

江晨雪　想抽就抽。

韩子胜　我说过了,戒了。

江晨雪　(对郑显石)你抽烟吗?

郑显石　现在谁还抽烟啊!

　　　　〔振动的声音又响起来。

韩子胜　你的拷机?

郑显石	你的手机?
江晨雪	知道。
郑显石	也不看看?
江晨雪	我知道是谁。
韩子胜	是你男朋友的。
郑显石	这么肯定,是不幸还是万幸?
江晨雪	不幸中的万幸。

[场外声:列车前方到站是武汉站,请下车的旅客提前做好下车准备——

郑显石	我要下车了。
江晨雪	很高兴认识你。
郑显石	我也是。
江晨雪	到家了,真好。
郑显石	家?其实现在家的意义也都变了,有一个能在一起的人就是家。
江晨雪	那到故乡了。
郑显石	和你梦想有关系的,和你所想象的自己有关系的,才是你的故乡,那才是你为之拼搏的地方。

[郑显石收拾起东西,他费力地拖着行李箱。

江晨雪	祝你好运。
郑显石	谢谢,再见。
江晨雪	再见。

[郑显石拖着行李箱下场。

[韩子胜与江晨雪默默地对坐着。

[江晨雪弯下腰从地上捡起那张纸片。

[韩子胜默默地伸过手,把江晨雪的手捧在自己的手里。

韩子胜　你不怕被我骗?

江晨雪　(笑)不要去欺骗别人,因为你能够骗到的,都是相信你的人。

韩子胜　谢谢。

　　　　[韩子胜与江晨雪默默地对坐着。

　　　　[火车吭当当的声音,越来越响。他们拿起啤酒碰了一下,对喝起来。

　　　　[舞台的另一侧,灯光亮起,年轻的郑显石趴在桌上睡熟了。江泰站起来,他脱下自己的棉袄轻轻地盖在郑显石的身上。江泰有些疼爱地看着他。

　　　　[灯光渐暗。

第三幕　2018/1988

第一场

(2018 年)

江晨雪　女,52 岁

李　项　男,53 岁。上海人。现为深圳岗龙医药有限公司
　　　　总经理

齐盼儿　女,28 岁。李项的现女友

　　　　[灯光起。影像:深圳的夜景,现代化的城市景象。

　　　　[临海的高级餐厅,透过窗户可以看到远处闪烁的霓虹。

　　　　[舒缓的音乐声中仿佛有隐隐的海浪声。

［李项坐在桌边，齐盼儿依偎着他。

李　项　好了，等会儿，我老同学来——

齐盼儿　怎么了？

李　项　不合适。

齐盼儿　哟，难道你们还有见不得人的事？

李　项　你说像我这样的人，还有什么见不得人的事，有的话，也都是和你干的事。

齐盼儿　（笑）见不得人无所谓，只要别是见不得我就行。

李　项　（笑）我和她是二十多年前的恋人。

齐盼儿　我知道，那现在呢？

李　项　都二十多年没见了，见不得也是见不得彼此。

齐盼儿　那最好别让我见得。

李　项　都什么时代了，女人还把心事放在这里？

齐盼儿　男人不吃腥，猪都会笑，我得提防着的。

李　项　（笑）防？你是从别的男人那里学的吧！

齐盼儿　是的。

李　项　告诉你，盼儿，这男人要是想偷腥，是防不住的。知道吗？男人是风筝，你得放，飞得再高，只要线还在你手里就行。

齐盼儿　线在手里有个屁用，风筝早就在天上缠绕在一起了，到那时，拉不得，放不得，却只能割线了。

李　项　你怎么不把我也给割了？

齐盼儿　想得美，你算是落在了我手里。

李　项　谢谢你，对我不离不弃。

齐盼儿　（叹了一口气）也是摊上了。

李　项　我警告你啊，装一装，啊！

齐盼儿　（在李项的脸上亲了一下，笑）男人怎么都那么要面子？

〔江晨雪匆匆地上场，她看到李项，怔了一下，然后，有些犹
豫地走过来。李项看到她，站起来。

李　项　（叫）江晨雪！

江晨雪　李项？

〔李项和江晨雪握手，然后，他们相互拥抱了一下。齐盼儿
站了起来。

李　项　这是我女朋友，齐盼儿。

江晨雪　李总好福气啊！（对齐盼儿）你好，我是李项的老同学江晨雪。

齐盼儿　你好，听李总……李项说起过你。

李　项　提起。

江晨雪　其实我们也不是同学，在同一个学校，不在同一个系，他在
哲学系，我在经济系。齐小姐是？

齐盼儿　我是香港人。

江晨雪　口音听不出。

齐盼儿　现在香港不像以前，讲普通话的人越来越多，不学不行。

李　项　她在北京待了几年，现在在我的公司。

齐盼儿　为李老板打工。

江晨雪　（笑）香港员工，这要搁在二十多年前，想都不敢想。

李　项　你还是老样子，说话一点也没变。（对齐盼儿）她说话就这样。

齐盼儿　我喜欢。

江晨雪　我还以为你说我的样子一点没变呢！

李　项　是没变。

江晨雪　李总，走点心，好吗？

齐盼儿　（站起来）江小姐喝什么？点瓶红酒？

江／李　（几乎同时）啤酒！

李　项　青岛？

江晨雪　绝对。

齐盼儿　(有些尴尬)噢,好! 那你们聊,我去点菜。(对李项)你可别
　　　　想喝。

李　项　她除了芹菜不吃,什么都可以。

江晨雪　谢谢齐小姐,不过,现在芹菜也吃了。

齐盼儿　李总,你真的就不怕我妒忌吗?

　　　　[李项和江晨雪笑着,齐盼儿下场。

江晨雪　人不错啊。

李　项　对我挺好,有些死心眼。

江晨雪　(坐下)啤酒,还记得我离开深圳的那天,你就送了我一箱青
　　　　岛啤酒上的火车。

李　项　大学的时候经常喝。

江晨雪　你这个人居心叵测,临分手还来这一套。

李　项　忘掉一个人不容易,喝点酒也许会有帮助。

江晨雪　你太自信了,其实也没那么难,知道吗? 你的那一箱啤酒让
　　　　我在火车上遇到了我后来的丈夫。

李　项　命中注定,你得谢我。

江晨雪　休想。

李　项　好吧,一旦真的谢了,说明你们现在还不错。我真不知道是
　　　　该高兴还是不高兴?

江晨雪　(笑)24 年了,什么都可以轻松地说了。

李　项　轻松就好,本来就像是两个人一起走路,走着走着,到了分
　　　　岔的路口,就自然然地分开了,水到渠成。

江晨雪　顺其自然。(稍停)你怎么了?

李　项　(笑)不久于人世了。

江晨雪　别瞎说。

李　项　真的。也许是报应。

江晨雪　你说什么呢？

李　项　我一点都不后悔，也不伤心，只是平平静静地接受。

江晨雪　昨天聚会我才听班长说的。

李　项　我也只告诉了她一个人，她也是我们大课的班长，我习惯于
　　　　向她汇报，我叮嘱她不要告诉别人。

江晨雪　昨天晚上她喝多了，哭了一个晚上，差点儿还把咖啡馆的服
　　　　务员小伙子给带回了家。

李　项　（笑）真好！（稍停）谢谢你这么大老远地来看我，我接到你
　　　　的电话，很意外，不过，也很开心。

江晨雪　那是真的了？

李　项　（笑）我真希望是假的。肺癌，也许几年，也许几个月，也许
　　　　几天，谁知道？以前烟抽太多了。

　　　　〔静场。李项和江晨雪对视着，都笑了笑。

江晨雪　这些年你在深圳做什么？

李　项　什么都做，刚开始在报社，后来做杂志，倒卖港货，再后来开
　　　　垃圾处理厂，专门处理洋垃圾，然后是做假货，LV，Prada，
　　　　你能想得到的名牌我们都做，比真的还真，反正什么赚钱快
　　　　做什么，什么流行做什么……

江晨雪　现在呢？

李　项　公益，让云南山区的孩子们中午在学校能有一顿像样的午
　　　　餐。就这么简单，以前赚了很多不义之财，现在得还回去，
　　　　赎罪吧！

江晨雪　别说得这么不堪！（稍停）还写诗吗？

李　项　（笑）什么都做，就是不写诗了。你觉得这个时代还需要
　　　　诗吗？

江晨雪　当然需要。

[江晨雪拿出那本《当代大学生诗选》。

李　项　(接过，感动地)你还留着？那些文字现在读起来好幼稚可笑。

江晨雪　没有啊，我觉得……仿佛还是能看到那个意气风发的少年。

李　项　(摸着自己的光头)你看，那时候我长发飘飘，现在却是秃瓢一个。那些文字就像这头发一样，早就掉得光光的了。

江晨雪　你以前的头发多黑多密。

李　项　化疗，都掉没了。

江晨雪　也挺特立独行的。

李　项　我也早就成了那类用保温杯泡枸杞的中年油腻男人了。说来你不相信，有一天早晨，我在镜子里看到自己，一个赤条条的大腹便便的老男人，我突然就哭了！

江晨雪　哪个人不老呢？毕竟都拥有过。

李　项　(稍停，看着江晨雪)谢谢。

江晨雪　少来，你可别煽情啊，二十多年，我好不容易忘了。

李　项　忘不掉的，小雪，是吗？

江晨雪　都是过去的事情，忘掉或是忘不掉又有什么关系？

[静场。

李　项　(动情地)我以为见不到你了。

江晨雪　我也以为。

李　项　谢谢。

江晨雪　你别老说谢，好吗？

李　项　我不知道说什么？

江晨雪　(笑)那就别说。

李　项　我又不是哑巴。

江晨雪　没人会当你是哑巴!

李　项　(笑)真想哭。

江晨雪　你是个男人,好吧。

李　项　(笑)是啊,男人!男人比女人脆弱得多。

江晨雪　当年大学一毕业,我们就不顾一切地跑到深圳,无所畏惧,那时候,深圳还是全国的深圳,刚到的那天晚上,我们就睡在立交桥下。

李　项　那一夜真难忘,盯着漆黑的夜空,四周车来车往,可内心却豪情万丈,仿佛明天一切都是我的,一定能成功。

江晨雪　成功,你都不去找工作,真不知道你的成功是指什么?

李　项　是欲望,浑身充满着干劲,一个人能不能成功,它只跟一样有关系——那就是你的欲望,要,要,要,发自你内心深处的要,就是你成功的原动力。成千上万的人满怀理想奔到深圳,我们涨红了脸,浑身有使不完的劲,跌倒了,爬起来,再跌倒,再爬起,即便内心伤痕累累,脸上依旧容光焕发……我们活在深圳,活在中国,活在当下,这就是这个时代的魅力所在。只要你想要,一切皆有可能。

江晨雪　三天一层楼,深圳速度。

李　项　时间就是生命,效率就是金钱。

江晨雪　水深又如何,摸着石头过河。

李　项　错了又怎样?急了我就直接游过去。

江晨雪　真的怀念那时候的时光。

李　项　好像不吃不喝自己也能活似的。我整天地写诗,好像有发不完的感慨。

江晨雪　青春加上理想,就是豪情万丈。

李　项　可生活本身很现实,你一样需要吃饭、睡觉、上厕所……人不能靠着理想过日子。

江晨雪　（笑）这是我对你说的话。

李　项　我始终记得，理想在现实面前不堪一击。

江晨雪　（笑）我现在依旧现实，可你却理想不在。

李　项　这也是代价吧。

江晨雪　你后悔吗？

李　项　不，这是必然的过程，就像是改革。

　　　　［齐盼儿端着两瓶啤酒上场，她斟满两杯，一杯给江晨雪，自
　　　　己一杯。李项拿过啤酒瓶。

齐盼儿　你不可以喝酒。

李　项　今天必须喝。

江晨雪　李项，别，注意身体。

李　项　小雪，你说这话真是不应该，你是知道的。

　　　　［江晨雪没有说话，三人举杯。

齐盼儿　为健康。

李　项　为了失去的理想，干。

　　　　［李项一口气喝完一瓶啤酒，齐盼儿很关切地看着。

齐盼儿　你不可以的，别逞能了。

李　项　我以前就这么喝，是吧，小雪？

江晨雪　李项，我们都不是以前了。

齐盼儿　是的，你的身体不允许。

李　项　盼儿，今天晚上我开心，跟我心爱的两个女人一起，我想喝
　　　　醉。小雪，你应该有个好的生活，值得一个男人为你付出，
　　　　去爱你。我没有这个福分，唯一能做的就是放手。有句话
　　　　怎么说的来着，我爱你，你随意。（笑）你看，我又居心叵测
　　　　了！盼儿，你别生气啊，我在你面前说这些话，好像不太尊

558

重你,我现在这个样子,你还跟我在一起,我真的很感激,你知道我是爱你的,无所顾忌,其实,我这一生挺失败的,以前为了理想活着,后来为了生活活着,现在,我只想为了你活着,我对不住你,你跟我在一起只捞到个肥头大耳俗不可耐的油腻老男人,我的青春,我的激情早就灰飞烟灭了,我没什么能给你的……

齐盼儿　(笑,喝酒)有你这个人就够了。

李　项　有爱。(喝酒)你看,到了我这种年龄,这个词不喝两口酒我还真不知道如何说出口?小雪,你是不是对我挺失望的?

江晨雪　没。

李　项　你的眼神骗不了我。

江晨雪　只是跟我的想象不一样,我不也是吗,都这么大岁数了,再怎么着,也是人老珠黄了。

齐盼儿　江小姐,岁月沉淀下来的都是精华,是气质。

江晨雪　谢谢,齐小姐,再怎么说精华,气质,都比不上青春。

李　项　盼儿还是直性子,来不得半点假,这么说话容易得罪人,你知道不?

齐盼儿　我改。

李　项　那还是别改得好,多难得。小雪,你知道我们怎么认识的吗?我去香港的大学做演讲,想找更多的人来支持我的公益项目。她就缠上我了。

齐盼儿　我想支持他,我没钱,只有人。

李　项　算是卖身了。我生病了,赶她也不走。我们年龄差距那么大,别人还以为我包了小三。

齐盼儿　我不在乎别人怎么想,你有理想。

李　项　我的名字是李项。

江晨雪 我们刚才还在说我们得到了那么多,只是丢掉了理想。

齐盼儿 在香港,从小到大,我一直都是在奔跑着的,一切都是那么的实际,好好学习,将来有份好的工作,有个稳定的生活……可是他在谈乡村,谈孩子,谈那份免费的午餐……这让我很感动,所以,我愿意跟着他。

李 项 即便是一个老男人。

齐盼儿 你不老,有时候你就是个孩子。

[齐盼儿抓住李项的手,看着他。

齐盼儿 江小姐,有个好消息,我们结婚了,昨天刚领的证。

江晨雪 啊,这么大的事情,李项你怎么不告诉我,祝贺啊! 什么时候办婚礼? 我得把同学们都叫过来,大家要好好热闹热闹。

李 项 都这么大岁数了,还办个什么?

江晨雪 咦,李项,这我可得说你啊,你不办,人家齐小姐还得要呢!

齐盼儿 办的。我们说好了,下周五在云南山区的一个小学,上午我做饭做菜,中午跟孩子们一起吃顿饭,就算是把我们的婚礼宴席给办了。

江晨雪 太好了,我可以去吗?

李 项 大老远的,路又不好走,我只是想给盼儿一个仪式。

齐盼儿 我喜欢的。

江晨雪 我一定去。

李 项 别。

江晨雪 (端起酒杯)喏,先祝贺祝贺,恭喜!

[江晨雪站起来,李项和齐盼儿也站起来,他们共同碰杯,喝酒。

[李项一个踉跄,齐盼儿赶紧扶着他。

李 项 盼儿,把那个包给我拿过来。

[齐盼儿拿来一只包裹，李项打开，是一件旧的天蓝色毛衣。他把毛衣递给江晨雪，江晨雪有些激动地接过去。

李　项　这件毛衣还给你，小雪。这是上大学的时候我送给你唯一的一件礼物，我记得是用我的第一笔稿费给你买的。

江晨雪　《当代大学生诗选》，就是那本诗集，三十二块五角钱的稿费。

李　项　买了一箱啤酒，然后就买了这件毛衣，我喜欢它的颜色，天蓝色，很纯净。上次你离开深圳的时候，你把它还给我了。

江晨雪　其实是你要的。

李　项　是吗？每次我看到它，就像是见到你，这算不算你的居心叵测？今天我把它送给你，当着盼儿的面，也是给过去一个交代，再留着它，我就对不起盼儿了。希望你能够理解。

齐盼儿　不必的，朋友间的礼物还是应该珍藏的，我要是早知道是江小姐的，我就不带过来了。

江晨雪　谢谢。（接过毛衣）还给你，其实没有别的意思，因为那是我们最好的时光，就是不知道还能不能穿得上了。

[江晨雪抖开毛衣。

[灯转，景转。

第二场
（1988 年）

江晨雪　女，22 岁。复旦大学国际金融系学生。李项女友

李　项　男，23 岁。诗人。时为复旦大学国际政治系学生，江晨雪男友

韩子胜　男，25 岁。研究生

[音乐声起,是张雨生唱的歌曲《我的未来不是梦》。

[舞台的一侧,站着韩子胜和保安。

[秋夜。校园。路灯下,一把长椅孤寂地放在那里。长椅的旁边是一箱啤酒和一大排的空瓶。

[青年的李项坐在长椅上,他穿着白衬衫和牛仔裤,留着不羁的长发。他跷着腿,正饶有兴趣地看着远方。

韩子胜　师傅,帮帮忙,我从北京大老远赶来的——

保　安　噢!

韩子胜　跟同学约好了。

保　安　让他出来。

韩子胜　这——我这怎么找到他。

保　安　那没办法。

韩子胜　要不你帮我通知一下。

保　安　我没这个义务。

韩子胜　大爷——

保　安　谁是你大爷。

韩子胜　叔叔——

保　安　叫爹也没有用。

韩子胜　你怎么说话呢?

保　安　我就这么说了,怎么着,这是规定!

韩子胜　没素质。

保　安　你有素质,好啊,你素质给我瞧瞧。

韩子胜　不就是进个门吗?

保　安　对,不就是进个门吗! 今天你就进不去。

韩子胜　我好好跟你说了。

保　安　是的,你是好好跟我说了。

韩子胜　那为什么不让进。

保　安　不让进就是不让进,没有为什么?

韩子胜　我看我的同学不行吗?

保　安　不行,深更半夜的,谁知道你要干啥!

韩子胜　喂,你是不是受过什么刺激啊?

保　安　被你刺激了。

韩子胜　我找你们领导去,太不讲理了。

保　安　好呀,要不要我给你电话。

韩子胜　我现在就去,太嚣张了。

保　安　好呀,你去呀!

韩子胜　看个同学,比考进来还难。

　　　　〔李项一直看着他们,他站起来,走了过来。

李　项　哟,是你啊! 我是李项啊!

韩子胜　(一愣)李项?(明白过来)我是韩子胜。

李　项　我知道你是子胜,你认不出我了吧!

韩子胜　两年没见了,你在这里读书,我还不知道呢!

李　项　怎么? 找人。

韩子胜　我来看同学,进不了门。

保　安　这两天学校舞厅打架,现在陌生人不让进学校。

李　项　(拿出学生证给保安看)叔叔,这样吧,算他来找我,让他
　　　　进吧!

保　安　(看了一眼学生证)你?

李　项　(掏出一支烟)叔叔,我们好久没见了,你放他一马。

　　　　〔保安接过烟,离开。

　　　　〔韩子胜和李项走到长椅前。

韩子胜　同学,谢谢啊。

李 项	我也是北京的,这帮人就是妒忌我们大学生,总找麻烦。
韩子胜	想想也理解。
李 项	你同学是哪个系的?
韩子胜	研究生!
李 项	女朋友?
韩子胜	快了。
李 项	要我帮你带路吗?
韩子胜	(看了一眼地上的啤酒)不了,你告诉我怎么走就行。
李 项	(指路)往前,穿过草坪,第三个路口左拐,再第二个路口右拐,就是研究生楼,到了那里再问。
韩子胜	好,谢谢。
李 项	(拿起一听啤酒递给韩子胜)再见。
韩子胜	谢谢。

〔韩子胜接过啤酒下场。

〔李项坐到长椅上。江晨雪上场,她穿着上一场里蓝色的毛衣,他站在李项的面前,转了一个圈。

江晨雪	好看吗?
李 项	好看。
江晨雪	谢谢。
李 项	你喜欢就行。
江晨雪	一本诗集就值一件毛衣。
李 项	还有一箱啤酒。
江晨雪	写诗真没前途。
李 项	诗的价值不是金钱能衡量的。你们学金融的人整天满脑子都是钱,其实生活不只是有钱,还有——
江晨雪	还有诗?

李　项	不只是诗。可是现在的社会,什么都是钱,衡量一个人成功与否的标准,就是金钱。钱,钱,钱,什么都是钱,为什么我们不能谈谈理想。
江晨雪	理想能当饭吃啊。
李　项	至少能让我们知道为什么要吃饭?
江晨雪	吃是动物的本能。
李　项	动物是不会想为什么的,而人会。
江晨雪	明年毕业你有什么打算?
李　项	没想好,我可能回北京。
江晨雪	可能?
李　项	我家在北京,那里的一切我都熟悉。
江晨雪	诗人的去途不应该是远方吗?
李　项	远方是心底,不是物理意义上的某个地方。所以大学我考的是上海。写诗是因为我对这个社会充满怀疑,充满着怨恨。
江晨雪	我觉得你把这个世界看得太真切。
李　项	生活很残酷,它会把我们心底里仅有一点诗意给耗尽。所以,我们得尽力地去找。我觉得北京需要我,对于写诗的人来说,这是一个很好的时代,也是一个最坏的时代。
江晨雪	我也觉得奇怪,北京人来上海读大学的的确少。
李　项	这里有诗。
江晨雪	有吗?
李　项	因为不熟悉,所以看得清楚。
江晨雪	毕业之后你还想做个诗人?
李　项	我不是诗人,我只是写诗,诗人不能成为职业,否则会被饿死。

江晨雪　那做什么？

李　项　学哲学的本来就不好找工作，又喜欢写诗，就更难了。我想办个诗歌的刊物，让更多的诗人可以发表自己的作品。

江晨雪　不是已经有那么多诗歌的刊物吗？

李　项　我不喜欢，没有意思，有时候那些诗我都读不下去，无病呻吟，肆意哀号，所谓歌颂就是吹捧，所谓主流就是平庸，如此的话，我为什么还要写诗呢。

江晨雪　钱从哪里来？

李　项　可以凑。

江晨雪　跟谁？

李　项　总归有的，再说，有了读者，就可以生存。中国现在就缺这样的刊物。

江晨雪　那不就是地下出版物。

李　项　我联系了几个写诗的，他们很乐意一起干。一帮人有了志趣，生活才会有意义。

江晨雪　是快乐吗？

李　项　也可以是痛苦。

江晨雪　为什么要寻找痛苦呢？

李　项　那是人们感知世界的途径。写诗的时候，我不是我；生活的时候，我也不是我。所谓写诗，就是寻找一些有意思的句子。

江晨雪　诗意的灵感？

李　项　不过，即便是做个看大门的，诗意也会在，诗人需要孤独。诗句都是从灵魂里榨出来的汁。

江晨雪　你这么说我都不敢读了。

李　项　所以写诗的人要喝酒，把榨掉的部分给补回去。

　　　　〔李项从啤酒箱里拿出一瓶啤酒，递给江晨雪。

江晨雪	我又不写诗。
李　项	你读诗啊。不记得谁说过的,一个能读诗的人是不可被战胜的。
江晨雪	肯定是个诗人说的。
李　项	是的。
江晨雪	真会夸自己。
李　项	你们学金融的真的很恐怖。
江晨雪	现实。
李　项	是的,会让我觉得自己很缥缈。
江晨雪	(笑)衬出了你诗人的气质?(稍停)你觉得我们是在谈恋爱吗?
李　项	你觉着呢?
江晨雪	你是那么多女生心中的王子,你为什么会和我?
李　项	写诗的人都是药渣,精华的部分都熬成诗了。药给了别人,药渣给了你。她们看的是我的诗,你看的是我的人,他们不会平视我。
江晨雪	仰慕。
李　项	而你不会。
江晨雪	你不需要被仰慕吗?
李　项	我讨厌那种感受,没了对话的机会。
江晨雪	听上去挺狂的。你知道吗?人狂挨打,狗狂挨砖。
李　项	这是生活的本来面目。
江晨雪	理性,不像是写诗的。
李　项	我是学哲学的。
江晨雪	我是谁?我从哪里来?我到哪里去?
李　项	你哪来的这么多问题?
江晨雪	否则怎么和你对话!

李　项　　我喜欢听你说你家乡的情景,你爸爸,你妈妈,还有乡下的四季,春天的紫云英,夏日的稻田,秋田的沟渠还有冬日的冰锥。

江晨雪　　每个人都有自己的记忆,那些是我的。

李　项　　跟北京的完全不同。你毕业去哪里?

江晨雪　　肯定不会是乡下。我可能会去深圳。

李　项　　深圳? 一个没有根基的城市,没有文化。

江晨雪　　可是那里机会很多。

李　项　　一份好的工作?

江晨雪　　难道不是我们想要的?

李　项　　不是,一份朝九晚五的工作不适合我。(看着远方,朗诵着)

　　　　　到南方去

　　　　　到南方去

　　　　　你的血液里没有情人和春天

　　　　　没有月亮

　　　　　面包甚至都不够

　　　　　朋友更少

　　　　　只有一群苦痛的孩子

　　　　　吞噬一切

江晨雪　　谁的诗?

李　项　　海子,阿尔的太阳。

　　　　　〔李项把空瓶都扔到垃圾桶里。

江晨雪　　听说明年我们就要发行股票了。

李　项　　我们是社会主义国家,怎么能发行那玩意儿? 那是资本主义的东西。现在不是在批评资产阶级自由化吗,怎么能发行股票? 发了的话也没人买。

江晨雪　能赚钱的话就会有人买。

李　项　能赚钱吗?

江晨雪　中国在发展,肯定不会亏。

李　项　现在什么都是问题,但是会好起来的。

江晨雪　生活总归越来越好。

李　项　希望。

江晨雪　是的,太阳明早还会升起来的。

李　项　就像张雨生唱的那首歌《我的未来不是梦》。

江晨雪　他音调好高,没法学。

李　项　那就唱苏芮的。

江晨雪　哪一首?

李　项　《跟着感觉走》。

江晨雪　我不喜欢。

李　项　大家都这样。

江晨雪　(站起来)谢谢你送给我的毛衣。

李　项　好好珍惜,全是诗句啊。

江晨雪　感受到了。

　　　　〔李项从书包里拿出一个笔记本,递给江晨雪。

江晨雪　什么?

李　项　我刚写的。

江晨雪　给我?

李　项　是的。

江晨雪　为什么不发表。

李　项　诗不一定都要发表,写给你的。

江晨雪　谢谢。我得回宿舍了。

李　项　想马上读?

江晨雪　美的你。

　　　　　[李项站起来,他走到江晨雪的面前,江晨雪等待着,李项很
　　　　　快地在她的脸上亲了一下。

李　项　我送你回去。

江晨雪　(笑)不必了,果然是药渣。

李　项　什么?

江晨雪　(笑)没什么,我去读你的诗。

　　　　　[江晨雪笑着跑下场。

　　　　　[李项又在长椅上坐下,他跷着腿,手里拿着啤酒。

　　　　　[保安打着电筒上场,他用电筒照着李项。

保　安　又是你,喂,要熄灯了。

李　项　晚上好!(一扬手中的啤酒瓶)大爷,要不要喝一瓶。

保　安　谁是你大爷! 你大爷的。

李　项　爷叔可以哦?

保　安　别找不自在,啊!

　　　　　[李项继续喝着啤酒。

　　　　　[灯光渐暗。景转。

第三场

(2018 年)

江晨雪　女,52 岁

李　项　男,53 岁

齐盼儿　女,28 岁

[灯光起。场景又回到第三幕第一场的高级餐厅。

[江晨雪上场,她的手里拿着那件蓝色的毛衣。江晨雪坐在桌边,她看着李项,李项不停地喝着啤酒。

[江晨雪静静地看着他。

[静场。

江晨雪　还记得那句话吗?

李　项　什么话?

江晨雪　隔着岁月的长河,再熟悉的人也成了陌生人。

李　项　我说的? 我都不认识以前的自己了。

江晨雪　真正的诗人是不能在一个地方待久的。

李　项　我不是一个诗人。

江晨雪　曾经是。

李　项　写过,仅此而已。当我们的生活不顺时,切记不要把爱情当成救命稻草。

江晨雪　一根稻草,如何救命? 诗人都没有自己的生活,否则如何成为诗人,生活对于诗人来说过于残酷。

李　项　我在深圳待了整整 29 年。

江晨雪　我也没想到。

李　项　从没回过北京。北京,那早已不是我的城市了。我曾在那里生活了二十多年。

江晨雪　时间会磨平一切。

李　项　半百之年,曾经沧海,阅人无数,见惯了秋月春风,如何还能大惊小怪? 历尽了是非成败,怎么还会再愤愤不平? 在生活面前,我们都活成了狗。

江晨雪　(笑)可是,狗和狗不一样。

李　项　是的,同样是本地狗,在法国叫泰迪,在日本叫秋田,在英国叫金毛,在德国叫雪纳瑞,在中国叫土狗。

江晨雪　现在不叫土狗,叫中华田园犬。

李　项　我和你,现在就是土狗和中华田园犬的区别。(看着江晨雪,稍停)我准备回一次北京。

江晨雪　什么时候?

李　项　明天。(稍停)因为我想写诗了。

江晨雪　为什么不是深圳或是上海。

李　项　我看到了东城区天桥边,我家的院子了。

江晨雪　早就不在了。

李　项　想,就在了。

　　　　〔江晨雪拿出一本笔记本放在李项的面前。江晨雪静静地
看着李项。

江晨雪　你的。

李　项　还留着?

江晨雪　一直。

李　项　为什么?

江晨雪　因为药渣。

　　　　〔李项有些激动翻看着。

李　项　从明天起,做一个幸福的人,喂马,劈柴,周游世界。

江晨雪　从明天起,关心粮食和蔬菜,我有一所房子,面朝大海,春暖花开。

李　项　还是海子的诗。他说出了一切。为什么要从明天起,而不是今天?

　　　　〔齐盼儿上场。

齐盼儿　这是什么?

李　项　我写的诗。

齐盼儿　手稿?

李　项　我想回趟北京。

齐盼儿 北京？什么时候？

李 项 现在。

　　〔灯光急暗。

第四幕 2018/1978

第一场

（2018 年）

江晨雪　女,52 岁

傅国兰　女,75 岁。江晨雪的母亲。曾是江村小学民办教师

江新岱　男,38 岁。江村的村书记。从上海辞职回乡

　　〔随着夏虫的嘶鸣声,灯光渐起。

　　〔影像中,中国当代农村的普遍景象,水泥的楼房并不整齐地散落在杂乱的树荫当中,有着一种蓬勃旺盛的生命力,却像是少了人迹的努力与打理。

　　〔舞台的中央,一张矮桌,几把竹椅。不远的香几上,放着一个穿着长衫男人照片的镜框,男人清秀而文静,透着一股睿气。

　　〔江晨雪静静地上场。

江晨雪 （喊）妈？妈？

　　〔江晨雪四下里看了看。她看到那个镜框,拿起来看着。

江晨雪 妈？妈？

[傅国兰戴着两只护袖,两手湿漉漉地甩着上场。江晨雪放下镜框。

傅国兰 小雪?!

江晨雪 妈! 你在干吗?

傅国兰 正好在洗衣服。

江晨雪 不是给你买洗衣机了吗?

傅国兰 我一个人没两件衣服的,哪里用得着,自己手搓搓就行。你咋回来了?

江晨雪 噢,出差,路过,就顺便回家看看您。

傅国兰 也不早说一声。

江晨雪 这样不是挺好吗? 一个惊喜。

傅国兰 我这心脏,可经不起你这一惊一乍的。

江晨雪 妈,你心脏怎么了?

傅国兰 没事,我就是这么一说。饭吃了吗? 你要是早告诉我,我也给你做几个菜。

江晨雪 妈,我中午在高铁上吃过了。

傅国兰 你也没跟你哥说吧?

江晨雪 没,我就住一两天,我不想让他又从县城里赶回来。

傅国兰 就一两天?

江晨雪 妈,我说过了,是路过。

傅国兰 路过,你就不能说是专门回来的啊! 别光站着啊,多累,自己家。

江晨雪 (坐下)真是,搞得我跟个客人似的。(把包放在桌上)好久都没坐这小竹椅了。(推了推面前的小矮桌)妈,大桌子你不用啊?

傅国兰 太高,坐不惯,妈岁数大了,坐着这小竹椅舒服。(看着镜框里的照片)那高桌和香几就让给你爸吧！

江晨雪　（笑）妈，我觉得爸爸还是乐意跟你一起坐小竹椅的。

傅国兰　他腰杆子直，坐不惯。小雪，凡凡回来了，是吧？

江晨雪　是的，她回来准备论文，再过两个月就毕业了。

傅国兰　我都多久没见她了。

江晨雪　这孩子真是的，回来也不跟外婆打个电话。

傅国兰　她学习忙，不怪她。

江晨雪　那就怪你，我接你去北京住，你说住不惯，前两天，凡凡说毕业后要回来看你呢！她还说带你一起去英国。

傅国兰　哟，英国，那么老远的地方，我可去不了。

江晨雪　妈，哪里呀，现在老人们出国旅游多的是，我还听说一个八十多岁的老太太，一句英语不会说，游了几十个国家。

傅国兰　我一个农村老太婆。

江晨雪　妈，你可不是一般的农村老太婆，你是人民教师，有文化，是知识分子。

傅国兰　那是你爸，他从解放后就是江村小学的校长，我是改革开放后才做民办教师的，一辈子没转正，不算数的。

江晨雪　算数，我们江村这十里八里的，哪个不是你傅国兰老师的学生。

傅国兰　（站起来）我中午剩了菜，还热着呢，你再垫垫。

江晨雪　什么菜？

傅国兰　蒸茄子。

江晨雪　好的，妈，我吃，我爱吃的，做梦都想吃。

　　　　〔傅国兰下场。

　　　　〔江晨雪坐在竹椅上，她试了试椅子，前后晃了晃，听到椅子吱吱呀呀的声音，她不禁笑了起来。

[傅国兰端着两只碗上场。

傅国兰　你干吗？别把椅子给我摇坏了。

江晨雪　小时候我就喜欢这样摇。

傅国兰　也没少挨你爸的骂，椅子全让你和你哥给摇坏了，现在你们多沉啊。

江晨雪　妈，我有那么胖吗？

傅国兰　（放下碗筷）吃饭。

江晨雪　（吃了一口，感受着）嗯，真好吃，我们这里的茄子就是香，甜丝丝的，不像在北京，根本就蒸不出这个味来。

傅国兰　自己种的，当然不一样，吃菜要有季节，你们那里吃的都是大棚里出来的，能好吃吗？

江晨雪　（端起碗，吃着饭）好吃！

傅国兰　吃慢点儿，再喝点儿排骨汤。

江晨雪　（喝汤）好喝，有肉香。

傅国兰　黑毛猪。

江晨雪　怎么什么都是家里的好吃。

傅国兰　你吃的是记忆，习惯。

江晨雪　妈，你这手艺要是在城里开家饭馆——

傅国兰　那还不赔死啊！（稍停）小雪，你上次说去美国的事情——

江晨雪　噢，成了，合伙人。

傅国兰　噢。

江晨雪　噢？妈，这很不容易的，全中国没几个人能成的，你女儿了不起的。

傅国兰　花了十年时间，是吧？

江晨雪　是的，妈。

傅国兰　什么时候去呢？

江晨雪　很快吧,手续都办好了,我的签证也下来了。

傅国兰　子胜会去吗?

江晨雪　他也许暑假会去。

傅国兰　那……多久回来呢?

江晨雪　不回来了,以后可能要移民了!(意识到什么)噢,我是说……
　　　　可以随时回来的,现在国际旅行很方便的,比以前从北京回
　　　　来一趟还方便!

　　　　〔静场。

江晨雪　我刚才回来的路上,看到河边的王家村,破得——怎么像是
　　　　没人住了?

傅国兰　村里没人了,全是些老人或是孩子。

江晨雪　想当年,我们这里多有名,摁手印分田的事情都敢干。

傅国兰　那是没办法,否则就要饿死。

江晨雪　过了几十年,为什么我们一夜之间解决了温饱,可是四十年
　　　　还过不了富裕的坎?

傅国兰　小农意识嘛,吃饱喝足就行。刚解放那会儿,你爸在私塾教
　　　　书,每天家里就等着他从学堂里带回来的那点百家粮,等米
　　　　下锅,现在,至少不愁吃不愁穿。

江晨雪　小富即安,看不远。

傅国兰　不是的,是别的。

江晨雪　是什么,妈?

傅国兰　我说不清楚,可我感觉得到。好像什么丢了,得找回来。

江晨雪　找?

傅国兰　我们不那么地喜欢田地了。(稍停)晚上,我们一起去看看
　　　　学田吧。

江晨雪　学田,还在呀?

傅国兰	好着呢,我今年种了辣椒,本来等收成了,给你们寄些去。
江晨雪	北京啥都有。
傅国兰	北京啥都有?你能有学田种出来的辣椒?!(稍停)你还记 得小会计吗?
江晨雪	当然,我的数学还是他启蒙的。
傅国兰	死了,上个月。
江晨雪	(吃惊地)啊,他岁数不大呀。
傅国兰	也快七十了。过年前他感觉肚子不舒服,去县城查了,胃 癌,过完年,上吊了。其实他身体没啥的。
江晨雪	为什么?
傅国兰	他就一个儿子,在县城打工,日子过得也艰难,他怕连累他们。

〔静场。

〔江新岱上场。

江新岱	傅老师!傅老师在家吗?
傅国兰	哟,新岱,你来了?
江晨雪	(抬起头)新岱?
江新岱	小雪姐!
傅国兰	新岱现在是我们村的书记,他把上海的工作辞了,做了 村官。
江新岱	在上海也是混,还不如回来做点儿事。
江晨雪	哟,江村长。
傅国兰	新岱,有什么事吗?
江新岱	有事!不,没,我本来也是找您要小雪姐的联系方式,十年 没联系了。
江晨雪	找我?什么事?
江新岱	也没什么事,就是村里要组织花灯队的事情。

江晨雪　花灯队？多久都没看过花灯了。小时候从过年到元宵节，总有花灯表演的。

江新岱　我小时候就看过一次，后来就没了，人都没了，也就不跳了。

傅国兰　你哥说今年过年县里有，好热闹。

江晨雪　小时候多的时候能有七八支队伍。

江新岱　今年县城有二十多个队，还有比赛，各个乡镇都有，都演过了。我爸说他小时候，我们村也曾组织过，他还说傅老师跳过河蚌仙子。

傅国兰　什么河蚌仙子，就是河蚌精。

江晨雪　我们村要组织花灯队？

江新岱　是的，花鼓灯，还有十八番锣鼓，从清朝就有，是我们这里的传统，省里的非遗。我在我们村的群里发了，大家响应的很多。

江晨雪　我们村有微信群？

江新岱　有啊，近两百号人呢！让傅老师加，她不干。

傅国兰　我玩不了那新玩意儿。

江新岱　我拉你进来。

　　　　〔江新岱拿出手机，打开微信，给江晨雪扫码，入群。

江新岱　（点着手机）欢迎！

江晨雪　（看着手机，读）欢迎小雪姐！你叫不忘初心？

江新岱　工作，工作。

江晨雪　真没想到，我们村还有群。

江新岱　建了两年了，大家都在天南海北的，有个群方便多了。我再拉你进花灯群。

江晨雪　花灯群？

江新岱　是啊，刚刚建的，就是讨论组建花队的群啊。我们的计划是

	在明年春节前组建起来,有钱的出钱,有力的出力,争取在明年春节的时候热热闹闹地舞起来。
江晨雪	要我做啥?
江新岱	本想说你春节前能否回来参加?
江晨雪	继承我妈的传统,演个河蚌精?
江新岱	能参加排练演出最好,资助一下也行,多少不限,根据自己的经济能力,大部分人都是出 1000 元左右,不强求。总共大概需要十四五万吧! 主要是热闹热闹,今年隔壁镇的李个庄还有最远的从南非赶回来的。
傅国兰	从非洲赶回来?
江新岱	是的。傅老师,落叶归根,这两年,回乡的人越来越多了。
傅国兰	也是,老一辈出去打工的都回来了。
江新岱	我爸带的那一批最早去深圳打工的,现在都早回村了。
傅国兰	老了,还是家好。
江晨雪	年轻的呢?
江新岱	大都在外面,所以……这花灯队很有必要。
傅国兰	否则乡下都没有人气了。
江晨雪	春节我不知道能不能赶回来,我先出点资吧!
江新岱	谢谢。
江晨雪	多少?
江新岱	你随意。
江晨雪	我也没带多少现金啊,妈——
江新岱	你转账给我就行。
江晨雪	转账?
江新岱	是啊。
江晨雪	(拿出手机)好! 那,我出两万吧!

江新岱	（看了看傅国兰）两万？太多了吧，一两千就够了。
江晨雪	我代我哥出一份，还有我妈。
江新岱	傅老师不需要出的。
江晨雪	我多出一点儿，心意。
江新岱	那……好吧！我会在群里公示的，到时候，村里也会出告示的。

〔江晨雪拿出手机，转账，江新岱看着。

江新岱	收到。我会截屏放在群里的。谢谢小雪姐。再见！
江晨雪	再见！

〔灯光急暗。

第二场

（1978 年）

江晨雪　女，12 岁。小学生

江济山　男，48 岁。江晨雪的父亲。时为江村小学校长，教师

江　泰　男，40 岁。江新岱的父亲。时为江村的村支书

傅国兰　女，35 岁。江晨雪的母亲。农民

〔灯光渐起。

〔香几上的镜框被撤掉，小竹椅和矮桌也被搬走。一只昏黄的白炽灯垂了下来。

〔江济山坐在大桌边，他批改着作业。江晨雪转过头有些担心地看着父亲，他改得那么的专注。

〔静场。

〔江济山抬起头，他看了一眼江晨雪。

江济山	晨雪，做得不错！数学很好，十五道题，一道都没错。你现在可以看小说了。《西游记》和《钢铁是怎样炼成的》你选哪一部？
江晨雪	《西游记》。
江济山	可以，不过是竖版的，你会遇到有些繁体字不认识，先不要急着查词典，看完之后再回来一个个地查。
江晨雪	知道了，爸。

〔江济山从作业的底下拿出一本《西游记》递给江晨雪。江晨雪高兴地接过去，她把竹椅搬得离父亲远一些，坐下看书。

江济山	晨雪，眼睛不要离书太近！
江晨雪	知道了，爸。

〔年轻的傅国兰端着杯茶上。

江济山	国兰，晨雪进步很大，她的数学特别好，全对。
傅国兰	队里的小会计也这么说，说我们这几个村子，他就觉得只有小雪可以和他比。
江济山	晨雪比他强。
傅国兰	小会计没上过学。
江济山	所以要上学啊！听说都要恢复高考了……孩子们要好好上学，我们学校以后要是缺老师，你可以的。
傅国兰	我可不行，别误人子弟。
江济山	你是我教的。

〔傅国兰把杯茶放在一张作业纸上。江济山赶紧把杯子拿起来，把纸抽出来。

傅国兰	茶杯烫，我怕把桌子烫坏了。
江济山	这上面有字，纸上有字，要敬重。
傅国兰	小孩子写的字。
江济山	小孩子写的字那也是字，只要是字，就不能扔，不能撕，只能烧掉。

傅国兰 好,好,烧掉。

　　　　〔江泰上场。

江　泰 江老师?

江济山 (站起来)支书晚上怎么来了!

江　泰 找你聊聊天。

江济山 请坐。国兰,给江书记倒茶杯。

江　泰 不必了,不必了,我喝过了。

　　　　〔傅国兰下场,去倒茶。

江济山 晨雪,过来,叫江三叔。

　　　　〔江晨雪放下书走过来。

江晨雪 三叔好!

江　泰 小雪最懂礼了,不愧是书香门第,我们家那两个小子野得不行,整天不见个影子。

江济山 喏,这是你的作业。

　　　　〔江晨雪接过父亲递过来的纸,边走边看,她一屁股坐在那本《西游记》上。

江　泰 还让孩子学习呢——

江济山 (突然严厉地)晨雪,起来。

　　　　〔江晨雪吓得立即站起来。

　　　　〔傅国兰端着茶杯进来。

傅国兰 怎么了? 济山,别吓着孩子。

江济山 (指着江晨雪)你看看她,讲过多少遍了,人怎么可以坐在书上? 这叫有辱斯文,懂吗?

江　泰 哟,江老师,这是多大的事儿。

傅国兰 他呀,就是对这些容不得半点不敬。也不想想前几年,知识分子算个什么,连讨饭的都不如,臭老九,还知识呢!

江济山	就是你惯的。我们现在村里出去讨饭多的是,因为什么?
傅国兰	没吃的呗。
江　泰	收成不好。
江济山	不,是因为没规没矩。
江　泰	哪跟哪儿呀,搭不上的。
江济山	这是根本。
傅国兰	江书记,喝茶。
江　泰	其实讨饭也没啥,放下脸皮,不偷不抢,过了春天就好过了。现在要想不讨饭,只有一条——(轻声地)单干。江老师,你想想我们村以前哪块地的收成最好?
傅国兰	那还用说,我们家以前的那块学田呗!
江　泰	是,那块地照讲也不是全村最好的地,离水又远,阳光也不是最好的。可为什么好?
傅国兰	用心。
江　泰	就是。这是给教书先生的地,全村的人帮着种,大家都用心,所以收成好。现在呢,别看那么多地,可没几个人用心来打理,虽说分了组,可即便是兄弟一组,翁婿一队,还是搞不好,反正干好干坏一个样,没人愿意花力气,倒自己家的几小块自留地,都整得跟朵花似的,但那哪够吃呢!
江济山	(笑)兄弟在一组都搞不好,这能怪地?
江　泰	没有,当然是人的问题。
江济山	人为什么会有问题?
江　泰	为什么?
江济山	没规矩。
江　泰	那还是人有问题,积极性和主动性没有发挥出来!(轻声地)听说有的村子已经开始了,悄悄地,都摁了手印。

江济山　噢！

江　泰　江老师，你也知道了？

江济山　说吧！

江　泰　他们搞的是分田到户，不再伸手向国家要钱要粮，如果因为这件事干部坐了班房，社员保证把他们的小孩养活到十八岁。这种事瞒上不瞒下，不准向任何人透露，现在搞得大家都知道了。这种事情上面是不同意的，搞不好是要做班房的。这——你怎么看？

　　　　〔江济山站起来，从一堆报纸里翻出来一张，递给江泰，江泰拿起来就着灯光看着。

江　泰　实践是检验真理的唯一标准？

江济山　现在不提"两个凡是"了！

江　泰　又有运动？

江济山　解放思想。

江　泰　那你认为能做了？

江济山　做做看，看实践。

　　　　〔静场。江泰掏出一根烟递给江济山，他拒绝了。傅国兰递上一盒火柴，江泰点着了，猛吸了几口，因为呛着，不禁咳嗽起来。

江　泰　江老师，你觉得时代要变了？

江济山　时代嘛总在变，中国不是寡民小国，那是理想主义。老子说：治大国，如烹小鲜。治理大国要像煮小鱼一样，不容易！

江　泰　江老师，煮小鱼？那应该是容易吧。

江济山　不，你要问大厨，他们肯定会告诉你，大菜容易烧，家常小菜最难做，你看，就像我们煮小鱼，不能过头，要掌握火候，更不能多加搅动，多搅就易烂掉，这就告诉我们治大国应当无为而至。

江　泰	江老师,这跟现在有什么关系?
江济山	管仲说:凡治国之道,必先富民。民富则易治也,民贫则难治也。民富则安乡重家,所以要想治理好国家,就得让老百姓先富起来。
江　泰	你是说分田到户是可以做的?
江济山	它会让我们富起来?
江　泰	肯定的。
江济山	周武王曾去问姜子牙:治国之道若何? 姜子牙说:治国之道,爱民而已。
江　泰	你是说事情是对的就没问题,政府应该爱民。
江济山	我哪有资格说,姜子牙说的。
江　泰	他这么说——我心里就有底了。
	〔静场。
江济山	现在学生还在寺庙里上课,我想下学期开学就得搬到以前的教室里去。
江　泰	这,革委会……也没了,我想办法。
江济山	谢谢。
江　泰	江老师,我再说一句,你们小雨和小雪都在读书,没用的,读书能顶上几个工分? 我让小雪去给生产队放牛吧,也许能挣上几个工分补贴一下家里,小雨呢,我还是建议让他回来,别学了,都是小大人了,不教书,也可以下田干活,给家里帮衬点儿。
	〔江晨雪放下书,转身看着江泰。
江晨雪	三叔,我不想放牛,放牛没出息。
江　泰	小雪,也不能这么说,朱元璋不还是放牛的吗?
江晨雪	爸!

傅国兰　没说让你放牛啊！

江济山　富家不用买良田,书中自有千钟粟。安居不用架高堂,书中自有黄金屋。

江　泰　江老师,你这是什么意思?

〔江晨雪继续看书。

〔场外声(收音机):12月18日至22日,十一届三中全会在京举行。邓小平在闭幕式上作了题为《解放思想,实事求是,团结一致向前看》的重要讲话,全会作出了实行改革开放的新决策。

〔灯光渐暗,景转。

第三场

(2018 年)

江晨雪　女,52 岁

傅国兰　女,75 岁

韩子胜　男,55 岁

〔舞台上,影像之中,山峦隐约,旷野辽阔,月色如银。

〔江晨雪搀着傅国兰上场,她手里打着手电筒。

傅国兰　月色这么亮,我看得见!

江晨雪　(看着四周)啊,种了那么多辣椒啊!

傅国兰　你和你哥都喜欢吃。

江晨雪　哪里能吃这么多。

傅国兰　我腌好了,可以吃上一年的。其实,我只是种了一小块,这一大片我还种了红花草。

江晨雪　红花草？我后来才知道它的学名叫紫云英,小时候,我就喜
　　　　欢在红花草丛里打滚。

傅国兰　衣服上弄得全是草汁水,洗都洗不掉。

江晨雪　(伸开双手)啊,真好,这月色如水,远山如黛……(深吸了
　　　　一口气)空气多新鲜啊！小时候我经常来这里摘蔬菜,辣
　　　　椒、茄子、黄瓜……尤其是早晨,西红柿上挂着露水,鲜滴
　　　　滴的。

傅国兰　有得必有失,大城市有大城市的好,否则,人们为什么总往
　　　　大城市跑呢。

江晨雪　以前,我总想着要逃离这里,现在让我选择的话,也许我会
　　　　改变主意。

傅国兰　人总有厌倦的时候。(打量着四周)这学田是村里人拼凑的
　　　　地,已经有好几百年的历史了,每年,学生的家长们就会轮
　　　　流来种地,这块地的收成也就是先生们的薪水,可每年,这
　　　　块地的庄稼都是收成最好的。

江晨雪　我小的时候怎么不知道?

傅国兰　你爸后来拿的是工资,当然就没有了。

江晨雪　这块地我爸经常带我来。

　　　　[傅国兰坐下,江晨雪躺了下来。

　　　　[静场。

　　　　[远远地,传来夏虫的鸣叫声。

江晨雪　真安静啊。

傅国兰　别把衣服又弄脏了。

江晨雪　没事,妈!(稍停)妈,我其实……这阵子挺焦虑的,去美国
　　　　做合伙人是我们奋斗了十年的梦想,可是……前阵子,我的
　　　　一个同学……就是那个来过我们家的女孩。

傅国兰	我记得她，你说她成绩很好。
江晨雪	死了。
傅国兰	(吃惊地)死了？
江晨雪	累的。
傅国兰	太年轻。
江晨雪	这事情刺激到了我，让我一直在想，我到底想要什么？我总是心慌，每天忙忙碌碌的，在办公室里拼命，面对着一堆数字，总有做不完的工作，可我总觉得自己是飘着的，人不踏实，人的岁数越大，应该平静，可是我却越来越焦虑和浮躁，我们变得越来越不相信未来，也变得越来越功利……可是现在，躺在这红花草丛里，隔着身下柔软的草茎，我能感受到土地的厚实和博大，它让我平静下来了，我像是和这土地产生了链接，我像是成了这土地的一部分。听着虫鸣，看着满天的星星，远山似有似无，微风从脸上拂过，我能闻到紫云英的清香，听到辣椒花开的声音，还有你在我的身边……妈，你知道吗？待在城里面这么多年，脱离大地和农村，我感受不到季节的变化，我的生活失去了节奏，一切都是紧绷着的，我像是没有了生命，只是苟活着而已，就像是一个机器人。别人那叫活着，而我只是没死。
傅国兰	小雪，你怎么能说这么丧气的话？
江晨雪	妈，我生活得很好，几乎是要啥有啥，可是我不甘心。
傅国兰	生命来自土地，也必将归于土地。
江晨雪	尘归尘，土归土。
傅国兰	就像你爸爸说的那样：我们的一切都是源自这片土地，这是我们的文化，我们的根。
江晨雪	对，人对土地永远要依赖和感恩，人对天要敬畏，对物要珍惜。

［静场。

［远远地，有手电筒光照过来，韩子胜上场。

江晨雪　（坐起来）谁啊？这么晚！

［韩子胜走近。

江晨雪　子胜？你怎么来了？

傅国兰　子胜？

韩子胜　妈！

江晨雪　你怎么找到的？

韩子胜　我回家了，村里的人跟我说你们在这里。

傅国兰　你怎么也来了？

韩子胜　找她呀，她离家出走了，妈！

傅国兰　什么？你不是路过？你们——

韩子胜　妈，我们没有吵架！

江晨雪　你拉我起来！

［韩子胜把江晨雪拉起来，他们扶着傅国兰站起来。

江晨雪　妈，我这两天想静一静，就回来看看。

傅国兰　你没跟子胜讲。

江晨雪　我讲过了呀！

韩子胜　她发了微信说要出来两天，我和凡凡在家，不急死了啊。

江晨雪　有什么好急的，我以前出差你从来不问。

韩子胜　那是我知道你出差。

江晨雪　好了，别在我妈面前表现了。

傅国兰　没吃饭吧，我先回去给你热。

韩子胜　我搀您回去。

傅国兰　不用，这路我闭着眼睛都能回，小雪喜欢这里，你陪陪她。

［傅国兰转身下场。

江晨雪　你怎么知道我会回家？

韩子胜　我猜的。

江晨雪　为什么？

韩子胜　我就是知道。

江晨雪　坐下来，陪陪我。

韩子胜　这里？

江晨雪　是啊。

韩子胜　怎么坐在草上？

江晨雪　这是紫云英，我妈种的。

　　　　〔韩子胜和江晨雪并排坐在地上。

韩子胜　干什么？

江晨雪　不干什么。

韩子胜　不干什么？

江晨雪　对，就躺着。听！

韩子胜　听什么？

江晨雪　听自己。

韩子胜　自己？

江晨雪　对，自己。

韩子胜　听不到。

江晨雪　听，就有了。

　　　　〔韩子胜和江晨雪并排躺着。

　　　　〔静场。

　　　　〔夏虫的鸣叫声，一阵赛过一阵，越来越大。

　　　　〔月色如水，笼罩四野，大地清辉一片。

　　　　〔灯光渐暗。

尾声

（2018 年）

江晨雪　女,52 岁

韩子胜　男,55 岁

韩　凡　女,24 岁

［灯光起。景如序幕。

［韩子胜穿着睡衣上场。他边走边用双手擦着脸,他在餐桌
前坐下,眼里仿佛并没有看到早餐。他抓起桌上的遥控器,
摁了一下,旋即传来早新闻的声音。韩子胜并没有看电视,
他只是默然地坐着,翻看着手中的手机。

［场外声(韩凡:妈,妈,妈!)

［韩凡赤着脚轻快地跑上场,她四处张望着寻找着什么,最
终,她看到早餐,眼睛发亮。

韩　凡　啊,真不错,有煎饺。

韩子胜　(头也不抬)平时你妈哪有空做?

韩　凡　(悄声地)我妈呢?

韩子胜　不知道。

韩　凡　爸,我想跟你说件事,你可一定要支持我。

韩子胜　(眼睛并没有离开手机)噢。

韩　凡　爸!

韩子胜　(从手机上抬起眼)什么?

592

韩　凡　人家跟你说话呢！

韩子胜　噢，说！

韩　凡　爸！

韩子胜　怎么了？

韩　凡　我想留在英国工作。

韩子胜　你跟你妈谈过？

韩　凡　没有。我怕她反对，所以先征求你的意见。

韩子胜　我反对。你总觉得我好对付。

韩　凡　爸，你又不是不知道我妈——

韩子胜　她是我老婆。

　　　　　［江晨雪上场。

江晨雪　说我什么呢？

韩　凡　妈，我想毕业后先留在英国打拼几年。爸爸同意了。

江晨雪　那你还问我？

韩　凡　妈，你同意了？

江晨雪　当然，自己的事自己决定，我们会给你参考意见。不过，我
　　　　要送给你一句话：真正的成功靠的不是激情，而是恰当的喜
　　　　欢与投入。

韩　凡　就这么简单？

江晨雪　是，喜欢就好，你都是大人了，再说你爸也同意了。

韩子胜　我还没同意呢！

韩　凡　爸！

韩子胜　我觉得在国内发展也不错啊。

韩　凡　我就是想试试，否则，我以后会后悔的。

江晨雪　我支持你。

　　　　　［韩凡一下地跑过去，抱着江晨雪的脖子，亲了又亲。

韩　凡　妈,你真是太棒了!

江晨雪　少来,我也有个消息要说,问一下你们的意见。

韩子胜　你那哪里叫消息,签证都办了。

韩　凡　妈,什么时候走?

韩子胜　女儿在英国,老婆在美国,我在中国,这家还是家吗! 为什么就没有人为我着想?

韩　凡　老爸,我和老妈会经常跟你视频的。

江晨雪　子胜,凡凡,我决定不去纽约了。

韩子胜　什么,不去纽约?

韩　凡　老妈?

韩子胜　为什么?

江晨雪　不想让你孤单啊!

韩子胜　(笑)老婆,你不觉得有时候孤单对于一个已婚男人来说是求之不得的事情吗?

江晨雪　没良心的。

韩　凡　老妈,牛!我赞成!在中国的公司里你是老大,到了纽约,你可就是孙子了。

江晨雪　不,我准备辞职。

韩子胜　辞职? 晨雪——

江晨雪　我知道我在做什么,子胜,你别担心。

韩子胜　你——

江晨雪　是的,我对我自己有信心,我对现在的中国也有信心。我不想以后一边后悔,一边生活。

韩　凡　好样的,妈!

　　　　〔韩子胜拿起桌上的遥控器打开电视。

韩　凡　爸,现在谁还看电视啊!

韩子胜　习惯了。

江晨雪　我就是不想习惯。

韩　凡　(小声地)妈！我的拖鞋呢？

　　　　［江晨雪一指不远处的地上，那里有一只拖鞋。

江晨雪　喏，那不就是吗？你的粉色小兔拖鞋！

　　　　［韩凡跑过去穿上拖鞋，下场。

江晨雪　子胜，下周五，我要去一次云南的山区。

韩子胜　做什么？

江晨雪　参加一个同学的婚礼，你乐意陪我去吗？

韩子胜　噢？好，我安排一下！

　　　　［静场。韩子胜和江晨雪默默地坐着。

江晨雪　我的人生就像是浸过水的木板拼图，湿透了的每一块无论
　　　　是形状还是厚度，都无法再次地被拼接在一起了。

韩子胜　怎么了？

　　　　［静场。

江晨雪　吃饭吧！

　　　　［电视里播着早新闻。声音越来越大。

　　　　［影像。北京。初夏。阳光明媚，天蓝如水，人来人往。

　　　　［灯光渐暗。

图书在版编目(CIP)数据

不可说 : 喻荣军话剧作品选 : 2014—2023 / 喻荣军
著. -- 上海 : 上海人民出版社, 2024. -- (海上风艺
术文丛 / 夏萍主编). -- ISBN 978-7-208-19088-7

Ⅰ. I234

中国国家版本馆 CIP 数据核字第 20245V72Y3 号

责任编辑 赵蔚华
封面设计 邵　旻

海上风艺术文丛

不可说
——喻荣军话剧作品选(2014—2023)

喻荣军 著
夏　萍 主编

出　　版　上海人民出版社
　　　　　(201101　上海市闵行区号景路 159 弄 C 座)
发　　行　上海人民出版社发行中心
印　　刷　上海商务联西印刷有限公司
开　　本　890×1240　1/32
印　　张　18.75
插　　页　3
字　　数　449,000
版　　次　2024 年 9 月第 1 版
印　　次　2024 年 9 月第 1 次印刷
ISBN 978 - 7 - 208 - 19088 - 7/J • 733
定　　价　98.00 元